# 中国年度作品 2019

## 散文

贾兴安——主编



中国出版集团 现代出版社

图书在版编目（CIP）数据

2019中国年度作品. 散文 / 贾兴安主编. —北京：现代出版社，2020.5

ISBN 978-7-5143-8321-8

Ⅰ. ①2… Ⅱ. ①贾… Ⅲ. ①中国文学—当代文学—作品综合集 ②散文集—小说集—中国—当代 Ⅳ. ①I217.1

中国版本图书馆CIP数据核字（2020）第049573号

2019中国年度作品. 散文

主　　编：贾兴安

组稿编辑：庞俭克

责任编辑：申　晶　朱文婷

出版发行：现代出版社

通信地址：北京市安定门外安华里504号

邮政编码：100011

电　　话：010-64267325　010-64245264（兼传真）

网　　址：www.1980xd.com

电子邮箱：xiandai@vip.sina.com

印　　刷：三河市宏盛印务有限公司

开　　本：710mm×1000mm　1/16　　印　　张：20

版　　次：2020年5月第1版　　印　　次：2020年5月第1次印刷

字　　数：380千字

书　　号：ISBN 978-7-5143-8321-8

定　　价：42.00元

# 目　　录

# 将军几死却永生

梁　衡

今年是新中国成立七十周年，共和国的由来有多块奠基石，其中之一就是抗日战争的胜利。诚如天安门广场上人民英雄纪念碑的碑文所说：“三年以来，在人民解放战争中牺牲的人民英雄永垂不朽。三十年以来，在人民解放战争和人民革命中牺牲的人民英雄永垂不朽。由此上溯到一千八百四十年，从那时起，为了反对内外敌人争取民族独立和人民自由幸福，在历次战争中牺牲的人民英雄永垂不朽。”抗日战争中，国共两党团结御敌，同仇敌忾。国军方面牺牲之最高将领为张自忠将军，八路军方面为代参谋长左权将军。他们所代表的是无数先烈用热血凝铸的共和国的基石。

但是，张自忠将军受国人的尊重和纪念还有更深的一层背景。他是一个人格受辱，曾被误解为汉奸，几乎被舆论的唾沫星子淹没的人。然而他决然以死洗身，来证明自己的清白。

我第一次知道张自忠将军这个名字，是五十六年前考入北京的中国人民大学，学校就坐落在张自忠路上。想不到五十多年后我有事经过湖北宜城，这里竟是他 1940 年的战死之地。2015 年 9 月，世界反法西斯战争胜利七十周年，宜城在当年的旧战场处修建了巨大的纪念碑，从山脚至山顶铺一千二百余级步道。步道中段留出一段原始地貌，约三十平方米，为将军牺牲之地。内有七块竖石，一片绿草，一丛怒放之杜鹃花。激战之后在这里发现了他的遗体。时将军身受八处伤，有枪伤、炮弹炸伤、刺刀伤，可见搏斗之惨烈。一上将级战地最高指挥官这样慷慨赴死于刀丛弹雨之中，实为现代战争中所罕见。将军的热血浸透了身下的土地。后来这个地方就名“血窝”，作特别保留。现在每一个从血窝旁走过的人都会驻足致敬，流下热泪。

将军出身行伍，其成名是 1933 年长城抗战，以大刀杀敌。其时中日之国力、军力甚为悬殊。我军还使用冷兵器，每人背大刀一把，只能靠夜战、近战，摸入敌营。一曲《大刀进行曲》响彻长城内外。1937年“七七事变”后，在和战两难、进退维谷的状态下，上面命他留在北平，任北平市长与敌虚与委蛇。他明知这是一件要背黑锅的事，为挽大局只好委曲受命。他对南撤的战友送行时说，以后诸君是民族英雄，我怕要被骂为汉奸了。果然民情汹汹，一片喊骂声。后日寇野心膨胀，残局已无法维持，他逃出北平，过济南，群众在站台上围攻喊骂，高呼打倒汉奸，他都无法下车。后转道青岛，到南京述职，反接到蒋介石的一纸处分令，这更坐实了他应对平津败局负责。其实，抗战初期我方研判失误，一不战而失东北；二稍战即退出平津热河，国土沦丧。这本是应由最高当局负责的，而骂名却不公正地落在了他的头上。敌犯土失，官责民斥，有口莫辩，其内心之煎熬可想而知。他明白，如不能洗污，将成秦桧。誓以死明志。

将军以民族大义为重，团结抗敌，处事有节。国共合作，常有摩擦，张部却从未有此事。1939年1月上面下达“限制异党活动办法”，当时两名红色名记者安娥、史沫特莱正在他的防区。将军毫不刁难，立派人牵马将她们送至新四军李先念防区。他的干训团有进步教员讲社会发展史，团长说是通共，将人捆绑，他立令释放。西北军另一悍将庞炳勋与张同是冯玉祥的部下，兄弟多年，但中原大战庞叛冯投蒋，并突袭张的师部，欲置其死地，张逃得一命。从此两人结下怨仇。抗战中，冤家路窄，张、庞又同在五战区。临沂战事，庞被日军围困，危在旦夕。李宗仁时帐下无人，急召张自忠说：“我知你们有旧怨，但那是打内战时的私仇。今庞在前方浴血，是为国难。望你受点委屈，捐弃前嫌，急救之。”张二话没说，带队驰援。出生入死，如赵子龙七进七出，两救庞于临沂，击败号称铁军的日板垣师团，板垣羞极，几欲自杀。张部也因此损失五千多人。蒋介石大受感动，亲致电嘉勉，并撤销了对他因“七七事变”失守北平的处分。

将军一向治军极严。临沂之战最激烈时，一营长逃阵，立即枪毙；一旅长进攻不力，阵前撤职。他有这样一个绰号：“扒皮将军。”他经常训诫部下要遵守军纪，爱护百姓。常挂在嘴边的一句话是：“看我不扒了你的皮！”这让我想起三十多年前看到的一则旧事。张带军驻扎某地，借宿民房。一军官强奸民女，第二天被指认出来，立判枪毙。此人是一员猛将，战功无数，对此事也供认不讳，只求暂留一命，让他明天死在杀敌的战场上。众将也为之求情。张不许，只是吩咐去买一副好棺材。事有蹊跷，这个跟随他多年的老部下被枪决入棺，因未至要害，人醒过来后又翻棺而出，不但没有逃走反回来向他报到，并要求杀敌而后死。张仍不许，二次枪毙。在襄阳我还听到另一故事，二十世纪七十年代有一跟随张的抗日老兵退伍在襄。一日，被驻军请去干活，正遇上新兵训练。此老兵不由得梦回沙场，上前接枪示范，白发皓眉，雄姿勃发，吼声震天。全场为之震惊。可见张将军的治军之风。

将军待民以亲，待下以慈，持己则严。虽是战时，他仍不忘民生。襄阳著名的秦代水利工程白起渠年久失修，他就向当时已流亡到恩施的湖北省政府打报告，倡议修复，并亲率士兵挖渠。他常说军队离不开老百姓，抗战胜利全赖民资助，每驻一地，即筹划生产，公平贸易。这一点很像左宗棠，虽在行伍，却有政经胸怀。他的部队开饭前先唱《吃饭歌》，歌词大意是："这些饭食人民给，救国救民我天职。"逢节日时常有座谈联欢，对六十岁以上的老人亲送礼品一件。一次宿劫后山村，见百姓疾苦，就吩咐军需官每户发洋十元。一老妪感激下跪，他急搀起说："是该我们当兵的给您下跪，我们没有保护好老百姓。"

他爱兵如子。每宿营，兵无食，他必不食。伤员出院归队，必亲自一一验伤，凡子弹从身前穿入者，即大声点名，让其站前排，彰其英勇。伤者无不感无上光荣，人人争先恐后。临沂战役，跟随他多年的冉营长负重伤，自知难保，留下遗言。一是望司令见其遗体一面；二是勿告家属；三是墓上立一小碑。张抱尸痛哭，亲写碑文，后将遗属接到部队说："冉营长为国牺牲，死得有价值。今天我张自忠还在，说不定哪一天也会死在抗日战场上。这是一个军人在国难当头时的责任。今后，有我张自忠的一天，就有你们母子的一天。两个孩子的教育费由我负责。以后我的家属在哪里，就送你们去哪里，与我的家眷在一块儿。"而他严于律己，为当时高官所罕见。一次指挥部转移新地，荒村破舍。副官调几名战士打扫卫生，他批评说："士兵是国家的士兵，不是我张自忠的奴仆。他们保卫国家，战死沙场是本分，但没有给我打扫卫生的义务。弟兄们行军已走得很累，你让他们累上加累，很不应该。"

他历充要职，却持身极俭。他的参谋长张克侠（共产党员）回忆他："如偶有过人享受，辄有不安之意……公殁后，余回部，过其所居，见报纸糊壁，敝席悬门，其刻苦奉公之状如在目前，不禁泣下。"1940 年 3 月，文人梁实秋到前线慰问，遍访九个战区，张的司令部最为简陋。他留下这样一段文字："张将军司令部固然简单，张将军本人却更简单。穿普通的灰布棉军服，没有任何官阶标识。他不健谈，更不善应酬。他见了我们只是闲道家常，对于政治军事一字不提。他招待我们一餐永不能忘的饭食。四碗菜，一只火锅。菜以青菜豆腐为主，火锅是豆腐青菜为主……我看得出来，这是他在司令部里最大的排场……大概高级将领能刻苦自律如张自忠将军者实不多见。"长官如师如父，可见一支军队之炼成，首先是长官人格意志之造就。张自忠将军带出来的这支军队，后来在淮海战场上由张克侠、何基沣两将军带领起义，投向人民的怀抱。

自从大刀抗战之后，将军又有几次痛快的杀敌。1937 年年底，他辗转回到自己的部队，失声痛哭，言今日回来乃为杀敌报国，共寻死所，部下皆泣不成声，誓死赴难。他重新出山后一战淝水，二战临沂，皆建奇功。不到一年，除撤销处分外，连获晋升，由军长而军团长、集团军总司令、战区右翼兵团总司令。他说别人都可以打败仗，唯有我张自忠不能打败仗。1939年5月，日寇进犯襄阳。张率部在襄河东岸指挥了一场漂亮的伏击，毙伤敌九百余人，更重要的是缴获了敌人准备大规模渡河的舟船辎重。其中竟有张学良放弃东北，日军借其兵工厂生产的折叠船。可见当年不放一弹而失东北之恶果。张立令全部烧毁。此役虽小却粉碎了敌突破汉水，攻占襄阳、宜城之企图。其时将军拔剑独立汉、襄两水之间，一如当年屹立长城。

岳飞有名言，只要武官不怕死，文官不爱钱，国就不会亡。文天祥在《指南录》中谈到他于国难中不知几死。纵观张自忠将军之精神，就是抱定武人必为国赴死的信念。自敌寇压境，他经常挂在嘴边的一个字就是“死”。一个人只要拼得一死，总能干成一件事，一件轰轰烈烈的大事。

他每见长官必言死，战前他致电蒋介石：“职现亲率两团渡河，攻击北窜之敌，如任务不能达到，决一死以报钧座。”他去重庆述职，行前别老上司冯玉祥，突然下跪。冯忙拉住说：“这是干什么？”他答：“蒙先生栽培，终生难忘。此去我死也死个样子，决不给先生丢脸！”冯一时语塞，不知该如何劝慰。他给部下训话，常说的是：“不惜一切牺牲，阵地就是棺材！”他给亲人（弟弟）写信：“吾自南下作战，濒死者屡矣。濒死而不死，是天留吾身以报国耳……吾一日不死，必尽吾一日杀敌之责；敌一日不去，吾必以忠贞，死而已。”他答记者问：“现在的军人，很简单地讲句话，就是怎样找个机会去死。因为中国所以闹到这个地步，可以说是军人的罪恶。十几年来，要是军人认清国家的危机，团结御敌，敌寇决不会来犯。我们军人要想洗刷他的罪恶，完成对于国家的义务，也只有一条路——去死，光荣地死！”这是他由一个旧军阀部队的将领，在国难当头时自觉转化为一个爱国将领的心声。他到日本考察，日本人说，你们中国有文德而无武德，女人死节者多，男子捐躯者少。很刺他的心。他说，这一回，我一定要给日本人看一看。每有大战，他即将军务推给副司令，亲上前线督战。正如他言：“濒死者屡矣。”

1940年5月，敌再犯襄阳。他又如以往，从容做好一死报国的准备。会战刚开始，5月1日他即致信59军团以上将校，表示共赴国难：

看最近之情况，敌人或要再来碰一下钉子。只要敌来犯，兄即到河东与弟等共同去牺牲。国家到了如此地步，除我等为其死，毫无其他办法。更相信我等能本此决心，我们的国家及我五千年历史之民族，决不致亡于区区三岛倭奴之手。为国家民族死之决心，海不清（枯），石不烂，决不半点改变。愿与诸弟共勉之。

小兄张自忠手启

5月4日又给副司令留下遗书："已决定今晚往襄河东岸进发，奔着我们最后之目标（死）往北迈进。无论作好作坏一定求良心得到安慰。以后公私，均得请我弟负责。"开作战会议时，他见一团长未佩手枪，便说：长官上前线一定要带手枪，一为自卫，二为必要时杀身成仁。大家预感不妙，劝他说主将不应冒险到前线去拼命。他说："不是日本人不怕死，而是中国人当大官的太怕死了。"5月16日遭敌最后包围，他说："你们每个人都可以走，唯有我张自忠不可以走。"遂从容指挥将苏联顾问、文职、后勤、伤员等一一安排护送走。然后带少数警卫与敌激战，先是左臂被子弹打穿，后弹片划伤肩、胸、肋多处，此时敌已近身，将军昂然而立，怒目逼视，大呼杀敌，又遭枪击、刀刺，终于殉职。

张自忠将军的牺牲震动国共两党。其遗体被我军拼死抢回，前线将领抚其伤口，放声大哭，十天前将军的遗言犹在耳旁。部下瞻仰遗容，皆泣不成声。前线总部作简单吊唁后入殓，楠木棺内置《孟子》一本，彰其为富贵不淫、贫贱不移、威武不屈的大丈夫；又置《三民主义》一本，"三民"之第一义即求民族独立，彰其为争民族独立之英雄。灵柩过宜昌，十万人送行，敌机在头顶盘旋，无一慌乱。抵达重庆后，蒋介石以下军政要员在码头迎灵。国民政府先后宣布为其国葬、入祀忠烈祠、改宜城县为自忠县。8月15日，延安各界举行追悼大会。1943年，将军牺牲三周年之际，周恩来又亲在《新华日报》著文，说每读"将军的两封遗书，深觉其忠义之志，壮烈之气，直可为我国抗战军人之魂！"1945年10月，毛泽东赴重庆谈判，专门去拜望将军在世的老母，表达崇敬之情。新中国一成立，张即被颁布为烈士，北京、天津、武汉等地设张自忠路。2009年，新中国六十华诞，又被评为"一百位为新中国成立做出突出贡献的英雄模范人物"。2015年纪念世界反法西斯战争胜利七十周年，又为之重立丰碑。

死生，人之大节也。将军在世时，不知曾经几死；其死后实又每日犹生，与国同在。痛哉！天不留其身，然其忠魂长在，壮我华夏。他如岳飞、如文天祥，是一位彪炳青史的民族英雄。

（选自《北京文学》2019年第9期）

# 郎平和一个时代

肖复兴

站在体育的第一线，没有一位能够如郎平一样，同新中国七十年历史相濡以沫时间更长的人士。

1980年年底，郎平二十岁，我受《中国青年》杂志的委派，到新源里她家和体委训练局女排宿舍采访她的时候，发现她和其他运动员有一点不同之处，就是爱读书。光她订的杂志就不下十种。她告诉我她爱读巴金、杨沫、宗璞的小说，也爱读大仲马的《基度山伯爵》和夏洛蒂·勃朗特的《简·爱》。她告诉我1976年地震时，在北京青年队塑料布搭成的地震棚里，她还在看书，看得眼睛都近视了，现在视力只有0.6了。说到这里，她冲我笑了起来。

那时候，郎平还只是中国女排初出茅庐的年轻姑娘。她告诉我一个笑话，有一次和孙晋芳一起出门，在公交车站等车，几个小伙子冲她们两人叫道："嘿，傻大个儿，过来呀，和哥们儿比比个儿！"气得她俩冲他们喊道："谁像你们呀，跟土豆一般高！"说完，她和我一起乐了起来。如今，谁不认识她郎平呢？还会冲她这样乱喊乱叫吗？

我为《中国青年》杂志写了一篇报告文学《球，落地生花》。记录了二十岁初出茅庐的郎平。她的运动生涯的开始，正好踩在中国刚刚结束了一个旧时代开启了改革开放新时代的点上。可以说，生正逢时。

四年之后，1984年洛杉矶奥运会，我国重返奥运大家庭，第一次在奥运会上亮相，其运动比赛含有无可比拟的政治意义，不仅寄托在运动员身上，也翻涌在全国人民的心中。郎平幸运地参加了这一届奥运会，不仅参加，而且和女排姑娘们一起在决赛中，以3∶0的成绩干脆利落地完胜美国女排，实现了是她们也是我们中国人的三连冠梦想，可谓扬眉吐气。正是国家改革开放伊始，万物复苏，百废待兴，郎平参与了拉开这个新时代帷幕而成为世界瞩目的显赫人物。

体育正是那个时代崛起的一面镜子，是民族精神振奋的一种写照和激情的一种宣泄，在新中国历史中绝无仅有而举足轻重。所以，当时的中美女排决战，万人空巷，一家老少都围着电视机看，连大字不识的老太太都知道“短平快”，都会叫响郎平的外号“铁榔头”。当女排姑娘胜利归国的时候，万众欢腾，红旗漫卷。女排的那场胜利，曾经对于我们是那样的重要，因为女排的拼搏成为那个时代的精神，而女排姑娘一跃升级为中国姑娘。郎平，成为一个时代英雄的名字。

1986年，二十六岁的郎平退役。退役之后，她结婚生女，到美国留学，尽管生活之路并不平坦，但她都会努力，并获得成绩。她独自品尝人生的种种况味，而将曾经的辉煌与美好的记忆，留给我们大家。

这之后九年的时间如水而逝。九年，淡出赛场与人们的视野之外，足可以让人彻底遗忘，很多曾经有名的运动员，就是这样被无情的遗忘。郎平，之所以是郎平，就因为她不可能被遗忘。她的血液里，融化着体育的细胞；她的睡梦中，激荡着体育割舍不去的情感。她不愿意归隐江湖，独钓寒江，而愿意做弄潮儿。1995年，郎平临危受命，当中国女排的主教练，是她人生角色的重要转换，从中国女排的运动员，成为中国女排的教练员。九年来人生起伏之中，中国女排的运动员，有的出国，有的经商，有的升官，有的成为将军，只有她一人做到了这样不同凡响的转换。尽管伤病缠身，尽管生活跌宕，她始终都无法离开自十三岁就开始摸爬滚打的排球场。那一年，从美国飞抵首都机场，她受到前所未有的热烈欢迎，是郎平，也是几乎所有人都没有料到的盛况。郎平，中国体育一个从未被遗忘的名字。她的名字响亮，永远回荡着历史与时代的回声，是其他运动员难以比拟的，就因为她始终在场，在体育的现场，不是笑看风云，而是叱咤风云。

在她的带领下，仅仅用了一年的工夫，在1996年亚特兰大奥运会上，中国女排获得亚军。可以说，做运动员和教练员做到这份儿上，是郎平体育与生命的巅峰，迄今在女排前国手中，无人可以企及。

以后，她只身一人闯荡意大利好长时间，又辗转回到美国，执教于美国女排。她开始率领美国女排打中国女排。作为主教练，她将在2008年北京奥运会上，在自己的家门口，和中国队的主教练陈忠和对垒斗法，这不仅成为中国球迷和记者，也成为世界上许多人关注的热门话题。一时间，郎平被推上舆论的浪尖。这段富于戏剧性的经历，更是中国女排前国手不曾有过的传奇。

这一年，率领美国女排出征北京奥运会与中国女排对阵的郎平四十八岁。那一年，跟随中国女排出征洛杉矶奥运会战胜美国女排获得三连冠的郎平二十四岁。生命中的整整两轮光阴，让郎平出奇意外地从此岸站到彼岸。按照过去人们惯性的思维，是两军对垒，站在了敌对的一面。不少人对此颇为不解，但绝大多数人为郎平骄傲，也为中国骄傲。毕竟时代在前进，曾经以郎平为首的中国女排举国欢庆万人空巷，属于一个时代；转身一变，执教美国女排，对阵自己国家的女排，属于又一个时代。体育，是战争的袖珍版，又是和平的象征物。中国运动员、教练员到世界各国当教练的有很多，并不独此郎平一人，只不过郎平名气更大，女排这个项目更为国人瞩目而已。实际上，郎平此举，善莫大焉，不仅促进了世界女子排球的发展，而且给我们带来了多少观赛的欢乐，让一部体育史变得那样跌宕生姿，丰富多彩。

记得当年有记者问郎平，你带领的美国女排参加北京奥运会，和中国女排对阵，是一种什么样的感受？郎平回答得非常得体。对比我第一次采访她的时候，她确实成熟了许多。看得出，常年国外的生活与学习，东西方文化的碰撞，她受益良多，不那么偏颇，不那么拘谨。她说，带领美国队对抗中国队，一定会有不同的感受。从感情上，中国队是我的祖国的队伍，当然会很特别。但作为职业教练，我尽量不去想对手是中国队，只是我的一个对手，战胜对手是必要的，这是体育比赛，不是战争。同时，她说，我还是希望中国女排能够走在世界之巅。只不过，她有自己对“世界之巅”的理解，她说，奥运会上有两个中国主教练，说明中国排球走向了世界，也展示了中国排球的魅力。

事实上，人们对那一次中美女排大战的关注，和二十四年前的心情与心态已经大不一样，从爱国激情到国际友情的演进，从借助体育浇筑自己心中之块垒一般的宣泄，到尽情享受体育回归体育之本位，从拼搏精神到奥林匹克精神的回归，正体现了一个越来越有实力、越来越朝气蓬勃的中国开放和包容的胸怀。于是，女排不仅仅是历史中怀旧的一种情感，更是中国在新时代焕发出的一种青春形象。如果说郎平是一本书，那么，打开这本书，可以管中窥豹，看到新中国七十年特别是自粉碎“四人帮”中国百废待兴之后迄今为止这四十余年一部跌宕起伏的体育简史。

如今，水流回环，郎平又回国成为中国女排的主教练，以近六十岁的高龄带领新一代的女排姑娘，奔赴日本参加女排世界杯，进而备战日本奥运会。如果从十三岁步入体坛，到 2020 年日本奥运会，郎平的体育生涯长达四十七年，在这四十七年的时光里，郎平始终在赛场的第一线，这种几乎占据了新中国七十年体育史百分之七十如此长时间所彰显的在场感，是其他人无可比拟的。我不知道郎平心里做何感想，会不会想起四十年前曾经年轻的自己。训练场和赛场像一个个旋转的魔盘，变幻着自己多彩的人生。流水带走光阴的故事，改变了一个人。

我常常会想起 1980 年，第一次采访郎平的情景。一晃，四十年的时间这么快过去了。那时候的郎平，叠印着今日的郎平。郎平，踏进体育，从一个年轻的姑娘到霜染两鬓，贯穿中国改革开放整整四十年，郎平让我们清晰地看到共和国见证她个人的成长，也看见郎平以自己的生命见证共和国的历史进展。

（选自《天津日报》2019 年 9 月 24 日）

# 一斗阁笔记

莫 言

## 真 牛

那头牛，身材魁梧，面貌清纯，是牛中伟丈夫也。初购来时，儿童围绕观看，社员点评夸奖，队长扬扬得意。但此牛厌恶劳动，逃避生产。套一上肩，立即晕眩，跌翻在地，直翻白眼。鞭打不动，火烧不理。一摘套索，翻身跃起。如此这般，众人傻眼。支书曰：“人民公社可以养闲人，但绝不能养闲牛。”队长曰：“若不是法律保护耕牛，老子一定要宰了你。”会计曰：“好男不当兵，好牛不拉犁。”支书曰：“闭嘴，你的话里有严重的政治问题！当心撸了你的会计。”会计面色灰白，悄然而退。牛翻白眼，不见青光，疑似转世。无奈，只好将它牵到集市售卖。那牛一到集市，双眼放光，充满期待又略带忧伤，仿佛一个待嫁的新娘。集市上收税的人一见它就乐了：“伙计，您又来了呵。”牛眨眨眼曰：“伙计，不该说的莫说，拜托了呵！”

## 诗 家

大清乾隆年间，吾乡白公有三子，皆忤逆不孝，但俱有诗才。父将三子诉之于官。差役将三子拘至衙，县官升堂审讯。父历数三子不孝行状，言之动情处，失声号啕，老泪纵横。官曰：“忤逆不孝乃本朝法定大罪，轻则廷杖，重可大辟。但本官爱才，不忍动刑。闻尔等皆能诗，即以衙前竹为题，各作一首，通即恕，不通则严惩之。”长子咏曰：“老爷衙前一丛竹，顺着节儿往上数。老爷今年做知县，明年定会升知府。”次子曰：“老爷衙前竹一丛，旭日初照枝叶红。老爷明年升知府，后年提拔进京城。”三子曰：“老爷衙前竹丛一，观音菩萨来送子。送个儿子中状元，送个女儿嫁皇帝。”官大喜，令差役责打白公四十大板，斥之：“生了三个诗人，还告什么刁状。”

## 葱 管

余少年时与兄割草、牧羊于野，渴甚。沟渠中虽有水，但苦如盐卤，不能饮。兄遂问羊：“羊羊羊，何处有水井？”羊咩咩数声，东向狂奔，吾与兄追随至翰林碑。碑前果有一古井，深可数丈。时有翠鸟由井中飞出，水汽淋漓焉。探身下望，井中映出倒影。吾口渴愈烈，恨不能跳入井中畅饮。兄突发奇想，采来葱管数根，以口叼之，劈开双腿，足蹬井壁，次第下之，如入幽灵之境。良久，兄口叼贮水葱管，攀缘而上。以葱管授我，饮之，其水甘洌，如琼浆玉液。如是者数，兄气喘吁吁，力渐不支。余心有不忍，道：“哥，我不渴了。”兄道：“再取一次即止。”兄蹬壁又下。忽听扑通一声，余知兄落水，急忙低头探看，只见兄站在井底，水及其胸。余急问：“哥，没事吧？”兄道：“好凉快啊。”我道：“哥，你快上来吧。”兄道：“我踩到一个硬硬的东西。”兄俯身入水数次，摸上一黑色长物。兄解下腰带，拴住此物，挂在脖上，攀缘上来。拔草擦去泥污，竟是一把长刀。找砖头磨去铁锈，发现刀背上刻有两个篆字，经学校老师辨认，说是“葱管”。我与兄闻之愕然，难道古人知道我们会用葱管取水吗？许多年后，我想，也许是一个姓管名葱的人，将自己的名字刻在刀背上。

## 锦 衣

一富家女，容貌姣好，及笄，自言宁死不嫁。其母怪之。每至夜深人静时，闺中即有男子说笑之声。母逼问之，女曰：“系一美貌华服男儿，夜来幽会，鸡鸣时，即匆匆离去。”母授计于女。至夜，男又至，女将其华服锁于柜中。平明，男索衣欲去，女不予，男怅怅而逝。清晨，大雪，母开鸡舍，见公鸡赤裸而出，不着一毛，状甚滑稽也。女急开柜，见满柜鸡毛灿灿。女抱鸡毛出，望裸鸡而投之。只见吉羽纷扬，盘旋片刻，皆归位鸡身，有条不紊，片羽未乱也。公鸡展翅，飞上墙头，引颈长啼。啼罢，忽作人语，曰：“吾本天上昴星官，贬谪人间十三年。今日期满回宫去，有啥问题找莫言。”

## 仙 桃

吾少时听爷爷说，崂山西侧悬崖上，有桃一株。三月开花，其华灿烂。八月桃熟，崖下仰望，鲜红如玛瑙，气味芳香，人间罕嗅之也。博者曰："此仙桃也，食之可长生不老。"多有渴望不死者，攀岩而上，但终无一近顶者。村中有巧人杜乐，诸工皆能，乃倾其家产，造抛石机一具，能抛石数十丈。俟桃熟，集村中精壮数十人，拉动机器，抛石上崖，先不中，调整数次后，有一石正中桃树，似闻噼啪之声，见数桃下落，众蜂拥上前欲接，但距地数丈时，即被仙鹤噙去。

抗日战争时，游击队找杜乐造抛石机。其时杜乐已死，其子杜兴按父留图纸，造抛石机一具，在攻打蓝村炮楼时，立下大功。游击队奖励杜兴，赠其蟠桃一筐。

## 茂腔

吾乡高密有戏曲茂腔，流传二百余年，至今演唱不绝。吾从小耳濡目染，得益甚多。此戏起源于民间，曲调委婉凄凉，如泣如诉，如怨如慕，尤为村妇所迷。剧情多惩恶劝善、帝王将相、才子佳人等老套路。剧中唱词，多使用方言土语，听起来格外亲切，但外乡人不懂也。

黑龙江边祝家屯，系民国初年由一闯关东的祝姓高密人创建，后亲戚朋友皆投奔而来，遂成一高密屯。九十年代中，屯中一老妇病重，对儿女说出最后愿望，临死前想听一段茂腔。那时还没有互联网，但 VCD 已经有了。其子就给高密的亲友拍电报，索求茂腔光盘，同时去哈尔滨买了一台机器等候着。半月后，光盘寄到，老妇已在弥留之际。家人匆忙将茂腔放出，起调过门一响，老妇手指颤动，慢慢地睁开眼睛。等到著名旦角郭秀丽那悲凉婉转的唱腔响起来时，老妇竟然坐了起来。一曲听罢，心满意足地说："中了，现在可以死了。"言毕，仰倒而逝。

## 褂子

吾少时曾随生产队里的妇女采摘棉花。深秋时节，天气寒冷，妇女们已有披棉衣者。是秋，余新缝一件蓝华达呢褂子，穿在身上，自觉添了二分人才。因棉花柴磨损衣服甚重，余即将褂子藏在麻袋中。赤膊拾花，身上被花萼划得伤痕累累。一日，冷风飕飕，阴云密布，时有雪花飘落，气温降到零度。妇女们都穿上了棉衣。一常姓大嫂激我："青年，今天还光膀子吗？"我说："光啊！"于是我冒着寒冷脱下褂子，塞进麻袋，放在地头，然后将白布包袱，上挂脖子下系腰，赶紧拾花，塞进包袱，棉花冰冷，凉着肚皮，风吹到背上，如被刀割。妇女们嬉笑不止。为了不让她们看我笑话，我发誓宁愿冻死，也不穿褂子。为了抵抗寒冷，我开始唱样板戏："穿林海跨雪原气冲霄汉——"那些娘们儿，一定认为我疯了。我暗自得意。装疯卖傻是为了吸引女人的注意，她们注意我了，并且知道了我的抗寒和我的爱护衣服。当我拾满了一兜棉花到地头上找麻袋时，麻袋没有了，珍藏在麻袋里的褂子自然也没有了。

装疯卖傻是要付出代价的。

## 踩 鱼

吾家房后五十米，即胶河也。夏天晌午，河中全是洗澡的人。河水被晒得滚烫，浅水处，水仅没脚踝。河系沙底，硬而平滑，有银白鲢鱼被烫得发昏，来回乱窜。吾等追逐踩踏之。有乳名皮囤者，一中午曾踩鱼八十条。

皮囤七岁时，父母双亡。皮囤跟哥嫂生活。其兄懦弱，其嫂霸蛮。皮囤常受其嫂虐待，其兄不敢阻拦。一日，其嫂与邻村一著名泼妇打架，被打翻在地，踢踏不止。皮囤奋勇向前，揪住泼妇头发，将其拽倒在地。有邻人问："皮囤，你嫂子对你那么不好，为什么还要救她？"皮囤说："她再不好，也是我嫂子。"其嫂闻知，甚为感动，从此改变态度，视皮囤如同己出。

吾曾追随皮囤下河踩鱼，但总是踩不到。看那皮囤，在浅水中跳跃腾挪，如同舞蹈，一会儿弯腰，从脚底摸出一条，放到胸前布袋里，一会儿又弯腰摸出一条，放在胸前口袋里。我问皮囤："为什么你能踩到而我踩不到？"他说："左脚撵了右脚踩，右脚撵了左脚踩。"

## 虎 疤

吾乡有一奇人，面目狰狞。自言系在关东挖参时为老虎所伤，人送外号"虎疤"。吾曾听其亲口讲述此事。说，一日黄昏，他挖得一枝七品叶，大喜。忽觉脑后冰冷，猛回头，见一只吊睛白额大虫正款款地从林中走出来。大虫说："挖参的小子听着，此参是我栽，此山是我开。要想拿参走，留下小命来。"那人说，我扑上去与大虫斗，虫死我伤。

这个打死过老虎的人，人民公社时期，在生产队里当饲养员，喂牛喂马，颇有怀才不遇之慨，常常在我们面前发牢骚："奶奶的，老子堂堂的打虎英雄，竟然落魄到如此地步啊……"接着就唱："何日里施展我盖世武功，打尽了老虎再打恶龙——”人民公社解体后，此人成了卖药酒的，四集遍赶，卖虎骨酒、虎鞭酒，当有人质疑其假时，他指着自己的疤脸说：“看到了吧？这是跟老虎搏斗时所伤，虎死我伤。”

## 槐 米

槐树分国槐与洋槐。国槐花籽可入药，能治风症。吾家曾养一猪，因去势而染破伤风，牙关紧咬，身体僵直，平躺在地，不能站立。兽医云，必死无疑。吾母曰：死猪当成活猪医吧。遂将槐米炙末，混以米汤，用兽用针管自嘴角灌之，半月后竟愈。之后此猪狂吃疯长，邻人曰，其报恩也。

数十年后，我爬上北海公园白塔所在之小山，下山时，见山路两侧，全是粗大的国槐，槐花半谢，槐米累累。一老人正在采摘槐米，曰：“半花半米，正是最佳采摘时。”吾问老人采此何用，老人曰：“晒干，炙粉，蘸煮鸡蛋，日食两枚，可轻身健体。”

## 深 巷

我的朋友禚糕在县城梧桐街开了一家咖啡馆，生意兴隆。馆名“深巷”，系我所题。戊戌春节，我在故乡。禚糕来访，邀我去喝咖啡。盛情难却，即随其往。进馆便见墙上挂着一幅署名“莫言”的书法，字迹秀美，法度森严。文字内容是：“一辆由白鹅驾辕的四轮车由小巷深处摇摇摆摆地驶出来。拉长套的是两只肥胖的绿鸭，车上载着狐狸的新娘。她身披白色的婚纱，头上戴着丁香花冠，睫毛很长。早起送牛奶的工人看到她们来了，慌忙跳到一边，为她们闪开了道路。”

我问：“这是怎么回事？”他憨憨一笑说：“替你扬名呢！”

## 爱 马

爱马人爱马胜过爱自己。他自己从不洗脸，但他会给马洗。严寒的早晨，在结冰的井台，用冒着热气的井水给马洗脸，用洁白的毛巾给马擦脸，马神清气爽，目光皎然。他满面污垢，眼睛晦暗。此是我亲眼所见，1969年在城外五里店。爱马人是我家亲戚，姓汪，是地主分子，我该叫他表叔。那还是人民公社时期啊，那时候马和牛一样都是集体财产。那时我们的教科书上说，地主对人民公社怀有深仇大恨，时刻梦想着变天。经常有地主投毒害死人民公社马匹的案件，这个地主怎么会这样呢？一个地主爱人民公社的马爱到这种程度，谁会相信？如果那匹马是他自己的，他该怎么个爱法？又一想，我这想法太不文学了，真正的爱，是与所有权无关的。上帝是所有人的，难道能归你一个人所有吗？祖国是十几亿人共有的，难道能归你自己吗？想到这些，我就明白了。

（选自《上海文学》2019 年第 1 期）

# 外交部街深处

韩小蕙

送走了一场撩人的春花雨，我独自走到我们胡同东口，静下心来，想要细细寻觅一番。

## 一

这是一条多么熟识的胡同，名“外交部街”，位置在北京城市中心的中心：南接东单长安街，西临金街王府井，往北面上去是中国国家美术馆，往东一拐就看到了北京站的报时大钟。一环以里的位置，是元大都的最早发源地片之一。即是说，如果把今天1641平方公里的庞大北京比作一朵大花，那么这条胡同堪称花蕊的心脏。

这是一条多么熟悉的路，我从五岁起就投入它温暖的怀抱了。半个多世纪来，每天东来西走，从牙牙学语一下子就走到了两鬓斑白。问问胡同里的每棵大树、小树认识我不？问问一根根哨兵似的电线杆子认识我不？问问每一块马路牙子认识我不？是的，它们一起笑吟吟地回答：“认识认识，你是韩小蕙，你是外交部街的女儿。”

周围胡同的名字，有“东总布”“西总布”“东堂子”“西堂子”“新开路”“北极阁”“干面胡同”“甘雨胡同”……唯我们这条胡同后面缀了一个“街”字，为此曾引起多少误会，误以为它是一条街。其实不然，回归历史深处，它最初是叫“石大人胡同”，望文生义，可轻易推测出这条胡同里曾有石姓的高官大人府，确然这说的是明朝将军石亨。石亨曾是一代名臣于谦手下的一员虎将，在“土木之变”后的北京保卫战中，临危受命的兵部尚书于谦举荐石亨任京营总兵。石果然英勇善战，一举击败南侵的瓦剌军，保住了北京，成为家喻户晓的护城骁将。但后来在代宗景泰七年（公元1456年），乘代宗重病时，石勾结宦官曹吉祥等发动

“夺门之变”，协助英宗重新登上皇位，因此被赐封为武清侯。英宗还赐他在今外交部街胡同地面上营建府第。石自恃功高，将石府建得浩大宏阔，几乎占据整个胡同路北的四分之一，比一般王府还大，用今天的话说，绝对是“超级别、超标准”的豪华腐败建筑，不仅违背了祖制，也大大冒犯了皇家威权。后来眼见着石亨越来越骄横跋扈，结党营私，更引起英宗的猜度与不安，终以“图谋不轨”罪名将石下狱治死，庞大宅第没收入官。所以，历史的经验值得注意，“满招损，谦受益”，老祖宗的话还是智慧的护身符。人无论到了什么地步，都绝对不可以狂妄轻浮，用老百姓的话说即“得知道自己姓什么”！

嘉靖年间，鞑靼族首领俺答汗率军侵扰西北边境，嘉靖帝派咸宁侯仇鸾为大将军前去剿敌。仇鸾贪生怕死，不战即请人疏通议和，屈辱示弱退兵，回京后又谎报军情，骗得龙颜大悦，将石大人府赐予仇。后败露，被革职，忧惧而死，此大宅再次被没收入官，又赐给成国公朱庚。

转眼到了万历年间，明神宗女儿寿宁公主出嫁。她是神宗最宠爱的女儿，神宗便将这座大宅赐给寿宁公主驸马冉兴让。冉驸马是什么背景有点难考证，后人只知其有雅兴，重建了石府，堂皇富丽，还新添了优雅园林，取名“宜园”，时人形容其“鸟语藏深处，云光断远山”，被誉为京师八大名园之一……

到了清朝，睿亲王又在外交部街盖起新府。新睿王府规模十分宏大，远远超过公主和驸马的宜园，有房屋五百多间，中路建筑如同缩小的紫禁城三大殿，有东西翼楼、银安殿、二道门、神库、安福堂等殿堂，西路为王府花园，东路为宗祠、大厨房、瓷器库、灯笼库和戏台等，府门外还有马圈和车房。到了末代睿亲王中铨时，已是民国年间，王爷爵位形同虚设，既没有禄银，又没有禄米，但王府依然挥金如土，修房子、修花园、安电话、吃西餐、买汽车……开销巨大，很快就花光了祖上留下来的财产……

一眨眼，三百年大清朝，又马嘶人喊过去了。老百姓们可闹不清这些宫斗和宦海里的沉沉浮浮，也记不住一换再换的园子主人姓甚名谁。日久年深，张冠李戴，于是，“石大人胡同”便稀里糊涂地变为“石驸马胡同”……

1923 年，在睿亲王府原址上建立了北平著名中学之一的京师私立大同中学。在此后的屡拆屡改屡建中，王府原貌渐渐荡然无存。首任校长是北大教授谭熙鸿先生，该校实行新式教育，很快就与当时蜚声京城的贝满、育英、汇文等几所中学一同扬名天下。新中国成立后，大同中学被改名为“二十四中”，在北京市的中学中排名处于中上游水平。二十世纪六十年代，有一个哲学词语“一分为二”是很走红的社会学概念，二十四中竟也被一分为二，成为二十四中学和外交部街中学。再后来呢，外交部街中学又被更名为“一百二十四中学”。新千禧年里，不知又是哪一片云彩飞来，两校又合二而一，回归“大同中学”旧称——真的是潮起潮落，云卷云飞，往雅了说，这不叫“折腾”，而叫作“分久必合，合久必分”。

一百二十四中，在“文革”中的“就近分配”口令中，成为我的胡同中学。

## 二

我这个北京话中的“小丫头片子”，居然就在外交部街中学里厮混了两年半时光。那是最宝贵的冰雪聪明的青春年华呀！并非是我主观想“混”，而是被强制地“混”着日子：今天到农村割麦子，接受贫下中农再教育；明天在学校里脱砖坯，说是苏修要打来了，必须深挖防空洞，便烧出许许多多的红砖。只有在初三的上学期，突然传来伟大领袖的最新指示“要复课闹革命”，一时，老师们亢奋得腰都挺直了，无须动员，一个个“蠢蠢欲动”，在连课本都没有的荒谬面前，苦口婆心地教我们学会了“狼赖扶柴门毛”（“Long life Chairman Mao！”即“毛主席万岁！”）。

我还被教会了一元一次方程，那是我这辈子最惊艳绽放的与代数拥抱的蜜月期。小学五年级即遭遇“文革”，北京1966—1968年学校关门，我连六年级的功课一点儿也没学，就以“小学毕业”身份被分配进了我的胡同中学。此前那动荡的两年里，我们大院里有一位大医将他的四个孩子关在家里，亲自督学数理化；而我的家长被批斗，整日栖栖惶惶，自顾不暇，我也就“自由化”了两年。这一“复课闹革命”指示来临，我感到自己可就惨了，根本不知道代数为何物。张老师嘴里的“正数”“负数”，在我看来简直是魔法世界的语言，完全听不懂他在说什么。后来换了王老师，是位留用的“旧知识分子”，他的课就像是一把一把钥匙，一点一点打开了同学们心中的锈锁，也让我重新找回了学习的快乐。记得后来学了半学期以后，学校顶着“右倾翻案”的无限大压力，搞了期中语文和数学考试。语文是默写生词，这对于两年来整天以“黑五类子女”身份囚在家里“自由化”看书的我来说太不难了，所以我就考了全班唯一的满分。数学就两道题，难得上了九霄云天，我憋到一节半课的时候，终于用一元一次方程给解出来了。班上另一个女生即那位大医的女儿，用三元一次方程解出，我俩的得数一样，老师证实都做对了！班上一共五十来名学生，只有我们两个女生做出了那道题，这件事真给我自信，比后来我拿到新闻界最高奖价值还高。从此，我就喜欢上了数学，后来进工厂做工后，还坚持自学完初中三年的六册数学课本，此竟成为我1978年考上大学的一个关键因素。人生真是步步连环啊！一直到现在，我也还没放弃对数学的向往，前些时在微信上看到十道数学测试题，还忍不住做了做，结果做出了八道，对了六道！我认为数学和语文其实是并蒂莲，在我们看不到的高空中，它们就合二为一，结成一颗自然果——就像当年吴冠中先生和李政道先生做过的一个有趣的私人小“游戏”：吴先生请李先生用高能物理的科学思维方法写出他读自己绘画的感受，他则把自己对高能物理的理解用一幅画表现出来。最后，两个人都做了出来，发现双方在高处互相“通电”而会心一笑。吴先生讲起那件事时兴致勃勃的，还拿出那幅画给我看，上面画有许多大大小小的行星，在沿着各自的轨迹运行着。当时我的领悟即“世界就是一个‘一’”。老子所言“一生二,二生三,三生万物”的“一”，吴先生笑呵呵地颔首。所以，什么语文—数学，什么文科—理科，什么艺术—科学，这全是我们人类愚昧的自我矫情，在“上帝”面前，哪儿有这么多无聊的分野……

话题扯远了，还是回到我的外交部街中学生涯。1970 年 6 月，正当我的学习有点起色的时候，突然变故又来了，说是由于连年把知识青年都送到广阔天地去了，北京市就严重缺乏劳动力了，就需要把我们七〇届的一半学生提前分配进工厂。于是，我就黯然告别了外交部街中学——之所以“黯然”，是因为心情极为复杂，首先，庆幸能进工厂，留在京城里不用上山下乡了；其次，不甘心以这么低的学历就终结学生时代；最后，心里总还是存有一个上学梦，自小的理想是考上当时北京市排名第一的女校师大女附中，然后考北大。现在若去了工厂，万一要是下半年恢复高中了呢？虽然我一直对自己被强行塞进这所胡同中学耿耿于怀，在老长时间里觉得她“委屈”了我，但现在突然要我离开，我心里还是涌起了“念去去，千里烟波，暮霭沉沉楚天阔”的惆怅。

非常感念几位老师。第一位是数学王祖容老师，就是我前面提到的“解锁”老师。在那价值观严重混乱的年代里，他竟然天才地调动起班上每一个学生，包括所谓的流氓学生，跟着他对数学有了兴趣，造成了我们全班都很热忱地上代数课的奇观。还有年轻的女教师常老师，她并不教我们班，却对我极为幼稚的少年诗作大加鼓励，简直像明灯一样照亮了我的心……可惜我那时少不更事，并不知学校脚下的土地即为寿宁公主的宜园，不然，怎么着也得像黛玉葬花那样，寻寻觅觅一番两番。

常老师细眉细眼，扎两根细短辫，有点儿南方口音，比我们大不了几岁。后来我惊讶地发现，她就住在外交部街胡同西口，与我们协和大院斜对门的一个小四合院里。

## 三

今天那院子已破败不堪，被一间间支出来的小厨房挤得早就变了形，成为一个这儿那儿开了口的“馅儿饼”。但据考证，就在它的西面，曾建有“墨碟林”西餐厅，是北京最早的西餐厅之一，服务的“基本群众”是协和大院当年那些从美国来的洋大夫。商人嘛鼻子最好使，哪儿能赚钱他们就能及时地出现在哪儿。今天，朝西一面的原建筑还在，其西洋的装饰风格尚存，但也仅仅限于这点儿钢筋水泥上的意义，墨碟林早消失了，早早变成了普罗大众填饱肚子的平民饭馆。而且还经常“城头变幻大王旗”，昨天还挂着“云南米线”的招牌，今天就换成“杨国福”了。好在它们的服务对象也换成来协和医院看病的人，不求吃好，只图填饱肚子，加上便宜和快就行啦——有些对当下时代不管不顾，只要把钱赚到手的味道。

这是说的胡同西边，而在胡同的紧东口，曾发生过一件特别神的事。那是1979年冬天，我从天津放寒假回到北京，某一天的某一刻，走过胡同东口1号院的瞬间，刚好邮递员在喊：“1号院里有叫韩小蕙的吗？谁叫韩小蕙？……”我条件反射地答道：“我是韩小蕙。”他随即递给我一封信，是我同学写来的，她只知道我住的协和大院是胡同西口的第一个院子，却不知道北京胡同的门牌号均是从东往西排序的，1号院是胡同东口的第一院，到了胡同西口，我们大院已经排到59号了——然而可真是上天佑我，不然怎么会那么巧，就那么几秒钟工夫，我恰好从那儿路过。也是直到今天寻根到此，我才知道，这外交部街1号院，原来竟然是著名京剧艺术大师李少春先生的故居。

李少春先生出身梨园世家，工武生、老生、文武老生，是京剧“李派艺术”的创始人。他自幼在家中受到艺术熏陶与严格的庭训，十分刻苦，终于练就一身硬功夫。1934年年仅十五岁，就在上海与梅兰芳同台合演《四郎探母》，得到梅大师的称许和观众认可。1937年在天津演出，声誉大起，一跃成为头牌演员。此时杨小楼已去世，余叔岩已不再登台，他驰骋于京、津、沪舞台上，一时成为一颗耀眼新星。1949年以后，这位文武全才、不可多得的京剧表演艺术家，出任新中国实验京剧团团长、中国京剧院一团团长，并于1958年加入中国共产党。此时他的艺术创作热情达到高峰，与袁世海、翁偶虹结成艺术团体，连续编演新剧，塑造了杨白劳、李玉和、少剑波等角色，成功运用传统京剧表演技巧塑造现代英雄人物，使国粹艺术得以保存并发扬光大。可惜这么一位京剧功臣，却在“文革”中惨遭迫害，于1975年黑暗即将过去时驾鹤西去，年仅五十六岁……唉、唉、唉，哇呀呀！

外交部街住过的名人还有侯德榜、陈雪屏、华南圭。

侯德榜先生是著名科学家、杰出化学家、“侯氏制碱法”创始人、世界制碱业的权威，同时还是中国重化学工业的开拓者、近代化学工业的奠基人之一。他出生于福建闽侯县一个普通农家，青少年时代得姑妈资助在福州英华书院学习。1911年考入北平清华留美预备学堂，曾以十门功课1000分令人不可思议的优异成绩誉满清华园。1913年入美国麻省理工学院化工科学习，又先后进入普拉特专科学院和哥伦比亚大学研究院学习、工作，获得博士学位。由于学习成绩特别优异，在校期间即被接纳为美国科学会会员和美国化学会会员，其博士论文《铁盐鞣革》在《美国制革化学师协会会刊》全文发表，并破格予以连载，至今还是世界制革界广为引用的经典文献之一。1921年，侯德榜接受永利制碱公司总经理范旭东的邀聘，离美回国，满腔热情承担起续建碱厂的技术重任，并在短短几年间破解氨碱法制碱技术的奥秘，主持建成了亚洲第一座纯碱厂，其主要产品红三角牌纯碱1926年荣获万国博览会金奖。侯德榜一生在化工技术上有三大贡献：一是揭开了索尔维法的秘密；二是创立了中国人自己的制碱工艺——侯氏制碱法；三是为发展小化肥工业做出了贡献。他的一生充满传奇色彩，培养了很多科技人才，桃李满天下，备受敬重。但在“文革”中被冠以“资本家”罪名，一度无法工作。最终，他也没熬过“十年浩劫”，带着疑惑与苦闷逝于1974年，终年八十四岁。

陈雪屏先生（1901—1999）生前是台湾大学心理学系的教授。从二十世纪三十年代起曾于北京师范大学教育系、北大理学院心理系任教，曾代理国民政府教育部部长。后出任过台湾省教育厅厅长、“行政院”秘书长等职。顺便介绍一句，他的女婿是大陆知识界人人皆知的当代华人历史学家、汉学家余英时先生。

华南圭先生（1877—1961）毕业于法国公益工程大学。归国后，在1928年到1929年担任北平工务局局长期间，制订了《北平河道整理计划》等，提出了整治永定河及修建官厅水库，将景山、中南海辟为公园等意见；还主持辟出沙滩经景山前门至西四丁字街的道路，辟出地安门东大街等为民造福工程。新中国成立后，出任过北京都市计划委员会总工程师、顾问。其间，他的许多提案都获得采纳，比如建设煤气工厂，在北京东郊建设工业区，为北京市全部胡同路面铺沥青，继续对永定河进行整治并修建官厅水库，开通京密运河并修建密云水库等。老先生比较幸运，于1961年仙逝，终年也是八十四岁。现今，华先生家的二层小洋楼还在，簇拥小洋楼的小院子也还在，大门处还有一株几百年的老香椿树，掐下一朵小叶，凑到鼻尖嗅闻，清香如故。

## 四

不过，你若以为我们胡同仅仅停留在此高度上，便也未免太小觑外交部街了。为什么它能被称作“街”？是因为它系着数百年，甚至是中国近代史的风云际会呢！它与孙中山、宋庆龄、袁世凯、傅作义、周恩来、陈毅、黄华……都有过交集呢！

1912年，它亲眼看到图谋称帝的窃国大盗袁世凯，满脸堆着虚伪的奸笑，不得不暂时躬下身来，恭恭敬敬地在这里迎迓孙中山和宋庆龄。当时孙为遏制袁妄欲称帝的狼子野心，凛然将自己的第一任民国临时大总统位置让给了袁贼。而袁贼却玩出种种花招，就是不肯到南京履行仪式，并擅自于当年的3月10日，在北京的“总统府”宣誓就任中华民国第二任临时大总统，盗取了革命成果。

这“总统府”即今天的外交部街33号院。1907年清政府实行“新政”以后，为准备招待来华访问的德国皇太子，特命外务部在石大人胡同建造迎宾馆，并聘请美国土木工程师学会会员詹美生负责将之修建成一座完全西洋式建筑。该馆于1910年建成，成为清末所建最豪华、质量最好，也是最地道的西式风格建筑群。整座院子造型宏伟，楼宇全部采用雅典神庙式屋顶，罗马大柱，维多利亚门、窗、卷帘、花饰……此外还“庭前碧柳垂阴，芳草宜人。浓荫深处，参列铜制鹿马数具，洵佳境也”。但是后来，计划中的德国皇太子访问并未成行，迎宾馆也就没用上，倒是被袁世凯盯上了这块风水宝地。1911年，时任大清国内阁总理大臣的袁贼将内阁设在迎宾馆内，还在这里谋划了南北议和以及逼迫清帝退位等大事件。

袁贼就任民国大总统后，国内反对声浪迭起，尤其政府与国会屡起冲突，内阁不稳。在此情况下，诡计多端的袁世凯多次邀请孙中山入京，想借孙的威望巩固自己的势力。1912年8月18日，孙中山抱着疏通南北意见的良好愿望赴京。袁为表示礼让，将总统府迁往铁狮子胡同的陆军部，腾出迎宾馆作为孙中山的临时居所。孙在北京的25天里，共与袁世凯长谈十三次，并在迎宾馆内接见了包括逊清王朝摄政王载沣在内的各界人士以及不少外宾。经过他的努力调解，组阁危机彻底化解，政局得以稳定，一时社会上呈现出一派安定祥和的景象。

9月18日，孙中山离京后，袁世凯的内阁政府没搬回来，原在东堂子胡同的北洋政府外交部迁入迎宾馆，从此，“石大人胡同”更名为“外交部街”，著名外交家顾维钧曾在这里担任过外交总长。日伪时期，伪“临时政府”、伪“华北政务委员会”设于此。抗战胜利后，这里又成为傅作义的北平警备总司令部……

新中国成立后，周恩来总理在几个备选的地点中，拍板将这个大院定为中华人民共和国外交部所在地，其时兼任外长的周总理，后来的外交部部长陈毅，都曾在这座大院里办公。直至1966年“文革”浩劫前，外交部搬至东四大街新址。可是我又浑浑噩噩、糊里糊涂了，我儿时的记忆里，从没见威风凛凛的车队、前呼后拥的武警在胡同里出现过。那时的司长局长们，也都是坐公交车，然后步行到33号院上班。胡同里除了上下班时间人流有所增多外，并无异常。我只记得那些外交官的穿着都比较好，深色西服比较多，也有少量大小格子的浅色西装，还有深色呢子大衣，一个个风度翩翩，尽显儒雅相，跟他们的外交官身份特别般配。外交部搬走之后，33号大院即清寂下来，我们胡同也随之安静了不少。可是后来的某一年某一天，那院子突然发疯了，老吊车、大铲车、渣土车，一片鬼哭狼嚎，一座又一座高大壮美的建筑——礼堂、宾馆、图书馆、花房……统统被拆毁！随之，在胡同居民们的目瞪口呆中，33号院长出了一幢幢丑陋无比的六层居民楼，除了居住功能外，什么艺术元素也不见，灰头土脸的，就像晚间被贱卖的廉价菜。胡同里传说，是为了给外交部那些众多的司长局长解决住房问题，时任外交部部长的黄华下了这个罪孽的拆迁令。等周恩来总理得悉此事后，大惊，大怒，大叹惋，让黄华做检讨——可是一切都为时已晚，昔日大清帝国的迎宾馆，被拆得只剩下一个双忠祠的中式大屋顶，外加一个欧式的大门楼，连大门外的两座石狮子都不知去向。多年以后整治北京街区，恢复胡同原貌，有关方面重雕了俩石狮子置于原地。可是糟糕啦，过去我从它俩跟前走过时，记得它们特别高大，我得仰着头看；可现在似乎矮了很多，恨不得让我伸手都能摸到它们的脑袋——不知是我长高了还是石狮子变矮了。到现在我都没解开这个谜团。

（选自《美文》2019年第1期）

# 我们照相吧

梁鸿鹰

看起来没有摄影不能吞下的东西，任何不能被拍下来的都会变得不那么重要。

如果照片是我们与历史的联系，那么那是一种非常独特、脆弱、感伤的联系。你在毁掉什么东西之前拍一张照片。照片是死后的存在。

——苏珊·桑塔格

小镇上的人们和别的地方的人们一样，到照相馆去留影。而且，小镇上只有一家照相馆。照相而入“馆”，顺理成章，这样的场所不大不小，半家常、半神秘，不单规模、形制上端庄含蓄，其幽暗也给人一种难以言喻的高贵感，牵动人心，令人神往。自上中学后，我曾和多位好友去照合影，进到这个面积不大的地方，交钱、开票、整理衣服，就要坐到照相的凳子上了，大家经常会发出这样的问话：我脸洗得干净吗？眼睛亮吗？牙齿露出来好，还是藏着好？我们男孩平时不大谈到的问题，照相的时候会一下子涌上来。不过没关系，旁边总会有别的人提醒：你脸上粘了个东西，你头发乱了，你牙上有韭菜。那时，小镇上的孩子们不可能拥有照相的条件，只得依赖照相馆存放和停留我们少年时代过往的青春、温情、期待。照完相，我们会依然惦记着这件事，甚至兴奋得晚上睡不着，迫不及待地想看到照片上的自己，等待在取相单上所标的“某月某日下午三点”或“某月某日上午十点半”那个时候看到照片。在我的记忆中，取相片这件事从来没有出现过滞后或忘记的情况。照片即将从简陋的纸袋里抽出来的那一刻，我们经常心脏狂跳不止。有次我去取与伙伴的合影，但抽出来的却是一位陌生姑娘的照片，戴副眼镜，冲镜头甜甜地笑着。

照片确证身份，仔细想想，人的一辈子可能需要不了几张身份证照片。我的第一张身份证照是1988年在天津读研究生时候拍的，我对自己二十六岁时的样子已经完全没印象了，直到补办第三张身份证的时候，才从派出所的电脑上看到——黑白色，头发凌乱，形容仓皇，狼狈不堪，是我起居无定、营养不良的忠实记录。第二张身份证是2018年初秋时节在首都机场三号航站楼丢的，上面的照片我曾洗印出来供填表格用，2005年照的，四十三岁，我在照片上精神饱满、干练自信，一头短发里发现不了多少白发的踪迹。目前这第三张身份证照片里的我，满头黑白参半的头发，完全是年过半百的中老年人样貌。不拍照不知道自己有多老。年龄渐长，却迎来了影像泛滥的时代，外出学习，到重要场合开会，朋友见面聚餐，大家趋向于拍照发到群里，每逢此时我总是积极不起来，照了几次，发现只要有笑容就找不着眼睛。听说苹果手机里有个自拍证件照程序，有天晚上试了几次，越试越失望，成像的我眼睛几乎找不到。老得简直可怕。

摄影是挽歌、黄昏艺术，摄影将被拍照的一切留给未来，正如桑塔格所说，拍照参与一个物体或一个人的必死性、脆弱性、可变性，所有的照片切割下一个特定的时刻，并将之冻结，从而去见证时间的流逝。现在餐厅吃饭，一俟菜品上齐，年轻人喜欢拍个照发朋友圈，半小时后，桌上必定杯盘狼藉，好吃的被吃掉，不可口的被剩下，人生大概如此吧，一切都在减少，直至消失，拍照记下这一切。

## 二

人生在世一辈子可能会不断缺少许多东西，缺少穿戴，缺少食物，缺少呵护，但绝对不会缺少合影。每逢会议、会见、入学、毕业、研讨，必合影，常有几百人参与，场面壮观，组织周密，蔚为壮观。话说有一年，我随一大拨人在长春一汽参观，厂工会领导带参观者走进一老工人位于厂区平房区的家。家门打开后，除了满屋的旧家具，迎面映入眼帘的，是墙上一张足有一米长、一尺宽的巨大合影。那是二十世纪五十年代劳模表彰大会的纪念品，上面的人头如黄豆大小，起码不少于五六百人，整齐有序，神态严肃，第一排的中间坐着毛主席、朱老总、周总理、刘少奇等领导人，自豪的主人举起颤颤巍巍的手示意大家，他本人坐在第五排左边的哪里哪里，大家凑过去，努力去辨别眼前这位昔日的劳模，感受这个平房长期居民灵魂里充溢着的崇高感。这样的合影想必有过相当严密的组织协调调动，过程一定较为复杂，当时不像现在，每个参与拍照的人都可以拿着一张示意图去按图索骥。

场合隆重的合影亦非全部出于有言在先的安排。比如，人们耳熟能详的延安文艺座谈会，在1942年5月开了三次，最后一次会议朱老总讲完话，摄影家吴印咸提议趁落日余晖尚存照张合影，毛主席欣然同意。当时并没专门安排座次，前排坐小马扎，二排坐长凳，三排站着，四排站长凳上，五排、六排站到会议室外狭窄的台阶上，一百〇六人的合影就这么随便坐、随便站着拍成了，没有严格的领导群众之分，没有职务的排序。这一百〇六人还不是参加座谈会人员的全部。因为有的跑到正在施工的中央大礼堂工地参观误了拍照，有人去了厕所，也有的人对拍照不感兴趣，没有参加。毛主席旁边坐着田方。我见有人写文章说，毛主席先坐下招呼大家，环顾四周问："丁玲在哪里？"看见丁玲坐在前排靠中的朱老总身边，这才放心地坐下，还笑着开了一句玩笑："对嘛，照相坐前一点，不要明年再写《三八节有感》了！"吴印咸刚要按下快门拍照时，不知从哪里跑来一条狗闯入镜头。主席站起来，一边轰狗，一边对康生喊："康生，管好你的狗！"人们都笑起来。康生任部长的中央社会部就是负责抓特务、抓"走狗"的。正拍侧面照时，坐在第一排的刘白羽个子大、身体重，一不小心把马扎给压塌了，仰面朝天，引得人们一阵哄笑，目光都转向他。自己带相机站在一旁的摄影师郑景康按下快门，抢拍下这个场面。吴印咸的相机镜头很小，胶卷也已过期多年。为确保拍摄效果，他就先从前侧方拍了一张，又从正面用三张底片拍了接片，为延安文艺座谈会留下珍贵的合影。五年一次的文代会作代会曾经有过大合影的辉煌，每次开幕前都有数千文艺界人士毕集于一堂，在大会堂等待接见与合影，某次有位老文艺家由于劳累过度在合影架上摔倒，于是接见和大合影废止，省去了麻烦，也留下不少遗憾。任何战争年代的照片都格外珍贵，这种照片经历了风雨，保留着一切，诉说着一切。不管后来年代的人们什么时候拿出来看，都会给人历久弥新的感觉。

## 二

二十世纪六七十年代照相是稀罕事，小镇上的照相馆照相很少有一个人单独去的，去那里毕竟太奢侈。再说，除了证件照，单人照用处不大，我只在小学、初中、高中毕业时各照过一张，到照相馆照的，除了与朋友、班干部的合影，大多数是集体合影。

学校里的孩子们能够遇到的最隆重的事情莫过于合影。我人生的第一张集体合影是小学集体毕业照。从照片上看，我站在最后也就是最高一排几乎正中间，穿着白衬衫，戴条红领巾，短短的小平头，微微倾斜着身子。父亲说我像模像样了，可能就是指我有了讨好镜头的朦胧意识了。事实上，那个时候的我，已不自觉地拥有了自我意识，知道了怎么才能"臭美"一下，至少知道照片不单给自己看，要分发给众人，被许多人凝视，被熟悉或不熟悉的男男女女们指点、议论。

这种念头促使我反复调整表情，我微笑，而且露齿，努力要把自己最好的一面展现给别人，或者表现给那些可能会关注或垂青自己的人。为了这次合影，班主任要求我们把脸洗净，无论男女一律穿白衬衫、蓝裤子，穿新鞋、新衣服。其实新裤子只对第一二排的人才有意义，第一排蹲着女生，第二排坐着老师和学生，后面几排人的腿露不出来。我记得，为了迎接这样一个大场合，我和两个小伙伴还到小镇上唯一的浴池里洗了澡，浴池的水每逢加热便发出巨大的声响，搞得我们心惊肉跳。洗过澡后，身上顿觉轻松了不少，味道也好闻了许多。

第二天，站在高高的架子上的时候，我是蛮自信的。环顾四周，我发现四周弥漫着一种刻意的庄重，掩盖着大家的惴惴不安，昏暗的室内让大家变得更一本正经。我那时大概还没有心仪的女生吧，我也不清楚，但我总感觉自己的一举一动会被女孩们观看。平心而论，漂亮的女生是顺眼的，再说，她们的味道好好闻，但我并没有想搭理她们的心思，至于有没有想接近她们的愿望，也还不清楚。韩国电影《八月照相馆》里有几个小毛孩子曾经在照相馆“抢”班上合影里的女生，划定了让照相馆放大，而且为此还发生争执、扭打在了一起。他们才多大啊，也就二三年级的样子，即使没有和女生说过话也要划出自己所“心仪”的女生，这种背后公开自己“所爱”的做法，难道是男孩的天性？我照合影时的那种矫揉造作，那种想穿得好，让身上有好味道，希望在女孩跟前有面子的念头，大概是与这些小男生一样的，该是荷尔蒙在起作用了。

对了，那天上学的路上，我与班上的女同学小琴相遇，搞得有些心神不宁。我出门格外早，本想出个小风头，到班上打扫一下卫生。途中有迎头而来的小风沙，我正埋头走着，忽然有股好闻的味道飘过来。是雪花膏，要不就是护肤脂之类，是和身体本身发出来的不一样的好味道，而且绝不属于男孩。我像嗅觉灵敏的小动物一样不自觉地加快了脚步，只追了几步，我就认出来是小琴。她眼睛大大的，眉毛很黑，嘴唇永远红红的，不胖不瘦。我们两家住的地方相距不远，她是我父亲一个老朋友的孩子，是当时很少见的独生女。她吸引我的，是那种不紧不慢的从容，不高不矮的正好，不娇艳又不平庸的让人放松，她让我喜欢，是因为她还有别的女孩所少有的那种不忸怩作态。我赶上去，认出是她便想躲开了。倒不是我没出息、窝囊废，更不是有多不好意思，而是为受她那种香味的吸引而忽然感到深深羞愧。但她冲我连叫着“嗨、嗨、嗨”，飘过来的香味更浓更怡人，我的脸“唰”一下子红了，抬起头连问“怎么、怎么、怎么”，她的睫毛原来那么长，密得简直不像话，而且，她的下唇有一个很小的痦子在左边，一下子让她俏皮了不少，这是我之前没有注意到的。“就是叫你！”她又喊着，显然想让我停下来。此时，我的脸很不争气地红了，至少比她的红。她的吁求很快见效，我的脚像失去了行走的功能，或像被钉住了似的，难以移动。只见她从书包里拿出一段甘蔗。在那个物资匮乏的年代，甘蔗是好吃的稀罕物，给我们生活在北方的人们带来了对遥远南方的想象。她说，给你给你，我说不要不要。她剜了我一眼，说，给你你就拿着。我嘴里说不要不要，手却很不争气地打开来伸过去，接住了这段不长的甘蔗。接过来就接过来吧，人却动不了了，依然钉在原地。小琴达到了目的，欢快地先走了，也卷走了她的香味。看她走远，确认周围没人，本想迅速将甘蔗塞到嘴里，啃开，皮吐掉，大口大口地吸食甘蔗的甜汁，三下五除二就将它消灭掉。但我没有这样做，我把它塞进书包，发现像心里搬掉了一块大石头，背上甩掉一个包袱似的轻松。我想，回家的路上一定要给她买一个小文具，尺子、果糖味橡皮什么的。到了学校，班里的地已经被人扫了。我心里一阵失落，更恨自己不争气，直后悔拿小琴那段甘蔗。直到与小伙伴们排着队，站到照相馆架子上，与旁边的吉平一起说笑，指点着他人的一个个破绽，我的好心情才重新回来。我俩发现摄影师由精干的矮个子换成了一个高高的秃子，他那稀稀拉拉的头发只围绕着两个耳朵长着，十分滑稽，前一段时间我们俩照合影时还没有他呢。摄影师的秃顶平复了我起伏不定的思绪。但我想臭美，想给人留下好印象，一直在调整自己的表情和站姿，但这也没有妨碍我观察别人。立于照相馆最高处的正中间，一切一览无余。我发现第二排居中的数学老师，即使照相也戴着那顶颜色永远含混的旧帽子，语文老师的大辫子一前一后搭在肩上，显得身强体壮。体育老师穿着运动半袖衫，傻傻地和第三排的男生一起站着，觉着自己挺神气。小琴呢？费了些力气才从一排头顶中辨认出来，她蹲在第一排最右边，黑幽幽的头顶，与其他女生并没有任何不同，此刻，她离我是那么遥远，似乎与那段甘蔗已经没有了任何关系，而且也与几个小时前我俩的相遇没有了任何关系。合完影，买文具的事情早被我忘到了九霄云外，那段甘蔗回家半道上也给了别人。

在二十世纪六七十年代的小镇上，照相被人们普遍推崇，作为一项隆重而稀缺的情感活动，作为婚事、友谊、团聚的见证出现。只是在小学时代的最后阶段，我才开始进入班级的“管理层”，但尚未获得组织任何拍照活动的权利。中学之后，我当了班干部，很愿意组织照相活动，初中时提议全体班干部与班主任胡老师合影，高中阶段带领班干部与班主任包老师合影。合影时我并没发现男女班干部之间有什么微妙，只觉得班主任对自己喜欢的学生格外好，他们都爱抵制摄影师的固执摆布。到我上高中的时候，照相馆里的摄影师依然是那个秃顶，但他已经变成了一个不折不扣的老人，背驼后，人矮了不少，动作迟缓，嗓音低沉，只是头发好像经历了十余年并没有减少。

## 三

没有哪家没有照过合影的。组织家庭合影是一个家长的治家必选项，这种照片毕竟保留了一个家庭里所有人的一颦一笑，可陈列，可传代，可被长久记挂。韩国电影《八月照相馆》里有个一家老小合影的桥段。这显然是一次聚会之余的正式活动，三代同堂，老幼咸集，穿戴整齐，大家都围绕着戴眼镜、坐在前面的老太太，显然，家里的老人只剩她一个了，两个年轻女性怀里还抱着年幼的孩子，旁边的成年男性西服领带、衣冠楚楚。合影完毕，一位好像是儿子的男性过来让老太太单独照一张，老太太本无意于此，推辞了一下，儿子说，好不容易来了，就照一张吧，老太太才重新坐定。老太太照相过程中，有孩子的两家主人开始聊天，一个说要搬新房子，另一个说也想搬，只是还没有找到合适的地方，诸如此类的家常，反映的是家庭生活的常态。合影，连带着日常生活诸多小段落中的一个个小举动，将永久留给未来，留给后人回味。不过，家人合合分分，所有照片、合影的归属、下落肯定大不相同。《八月照相馆》的女主人公最后看到了自己的照片被陈列在了照相馆的橱窗里，我们不禁为她感到欣慰。许多照片的命运则连主人也掌握不了，常常被冷落、抛弃，最后不知所终，令人慨叹。

妈妈六十二年前在北京展览馆与哥嫂侄女们拍的一张黑白合影是我的最爱之一。照片上共十二人，妈妈和她的哥嫂六个大人，加大哥的五个女儿、二哥的一个女儿，六个孩子。照片的背景是那座巍峨挺拔的苏式主楼，妈妈的旁边龙飞凤舞地标着“首都苏联展览馆留念，57.8.11”。照片里最年长的是我大舅，也就三十多岁，最小的五姐才一岁多，在大舅妈怀里抱着，如今已六十三岁。大家穿以白色为主的夏装，妈妈位于照片第一排最右边，侧身而立，上身那件带深色斑点儿半袖白衬衫束在黑色长裙里，脚上是带道儿的线袜，穿一双黑皮鞋，朴素而洋气。妈妈正是二十岁左右的黄金年纪，短发梳在耳后，目光炯炯，朝气蓬勃。在这端庄、美好、年轻的一家人当中，她依然显得很漂亮。更引我感慨的是她温婉娴静的神态。她和她的亲人们微露笑容、凝视前方，如在眼前。照片经不起岁月，何况经过翻拍、放大，但这依然不会减少我对这张照片和照片上的人们的爱，但我的孩子们呢？

大舅一辈子在北京园林古建公司工作，是毕生从事古建筑设计、维修的工程师，绘图、计算是他的主要业务。他的摄影爱好由来已久，待到完全具备玩摄影的条件，已经到了二十世纪八十年代后期，人也步入了晚年。彼时数字化摄影尚未到来。他购买了大批相机、镜头、胶卷，过年过节，人一凑起来，他就热情地拍照，其中拍过不少一家一家的合影，也有不少大人、小孩的单人照。即使在他的四弟（我的四舅）去世举行悼念仪式的时候，他也不辞辛苦地拍照。除了拍照，他还不惜代价洗印较为满意的照片，放进相册供大家翻看。我在大舅家曾留过不少自己的照片——孩子小时候的照片，与妻子的合影，甚至结婚照，黑白与彩色的，大大小小很有几张。我与妻子的黑白结婚照是在银川一家残疾人开的照相馆拍的，大舅妈很喜欢，自己坐公交车到西四白雪照相馆给放大。今年1月4日，九十四岁高龄的大舅妈去世了。春节前，五姐说姐妹们在分家里的照片时，她把与我有关的照片全拿回来了。五姐和我走得近，她才会把我的照片带回来。照片毕竟属于私人物品，散落异地的照片，如果不是有人在意，其命运一定是谁也料不到的。

## 四

春节是家庭合影的集中高发期。

在这个中国人一年一度固定的盛大节日里，人们大吃大喝、无所事事，休息着、闲耗着，暴露着国人所有的优点、缺点，让自己的希冀与失落任意滋长。身份、活法不同的家人们凑齐了，大家来自四面八方，在团聚、年夜饭、看电视、拜年之余，在比较活法、窥视秘密，以及掂量各种关系轻重、琢磨不同利益优长之余，往往将合影列入春节活动议程，为纪念、为维系亲情，但不少时候照了也就照了，没人真当回事儿。

我父亲有位老朋友每年大年初三带全家老小在当地的建平照相馆照全家福，十几年前我上门拜年时就谈起这事儿，他说坚持好多年了。那么，二十几年间对比下来，该会发现多么惊人的变化啊。照片最不会撒谎，最能见证人的衰老。写这篇文字的时候，我不禁百度了一下“巴彦淖尔建平照相馆”，发现这个照相馆已经不存在了，倒有了名为“好莱坞”“巴黎风情”“皇家”之类的所谓婚纱影楼。好多年没有见面了，他们还合影吗？他们在哪儿合影呢？

我们全家与父亲拍的最后一张照片，同样是合影，同样是春节全家福。那是踏入二十一世纪第一年的春节，病入膏肓的父亲从北京回到家里，去过一个不得不过的春节。春节照例是一个又一个聚会，一次又一次你来我往的走动与吃喝。无论场面多么热闹，对万念俱灰的父亲来说，已没有了任何意义，问候、吉祥话再多，也难以驱散他脑海里的阴云。一场数家在一起的大型聚餐之后，照相的时刻终于到来了，父亲始终神情阴郁、默不作声。以往，一直是父亲在张罗和出钱让亲戚们合影，现在却只能听任别人摆布。照相整个过程中他已失去交谈的兴趣，不再留意别人的穿着，不再品评照相馆的奢华、不实与价格虚高。在摄影机前安顿好之后，大家才忽然间感到了一种无形的压抑，这不大不小的隆重，这家庭成员悉数到齐的步调一致，大家整衣服、调表情、一心一意迎合镜头，以及我的两个未上学的孩子的格外听话，会不会加重父亲的不祥之感呢？此时，我的一个儿子偎依在爷爷的膝间，听任爷爷握着他的胳膊。我不敢说大家都能感到哪儿有些不对头，但至少父亲脑海里此刻一定正在演绎着翻江倒海的往事，他的内心必定五味杂陈，他会不会想到这是全家最后一张合影呢？

从二十世纪九十年代开始，我在岳父家经历过多次全家合影。两个老人，先是加三个子女及我，后来是两个老人加全部子女及配偶，再后来两个老人加三个子女带子女的家庭。近三十年间，照片确定无疑地告诉我们，一切变动不居，只有时间最忠实地履行着职责，绝不放过任何一个人——最初襁褓之中的孩子，如今已建立了家庭，刚刚退休的岳父如今已步入不得不立遗嘱的风烛残年。今年春节全家照例拍了合影，岳父母二人也单独拍了合影。

我与父亲在拍照这件事情上的交集非常之少，仔细回忆了一下，我们父子一场，合影居然只有一次！这个结论让我大吃一惊。而这唯一的一次合影却要归功于二姑。在我上小学高年级的时候，二姑一家从北京到小镇来看我们，时值初春季节，万物萌发、百草初绿，光彩照人英姿勃发的二姑提议到小镇的街心花园和小动物园去游玩一次，我抢着坐上了自行车，妹妹则没有赶上。等大家到了小动物园，我才知道有照相这个环节，当时，家庭照相机是奢侈品。当人们把我和父亲安排到一起的时候，我完全没有想到。我俩是被动的，连爸爸也没有想到。合影是对关系密切、时机吻合的确证，但照这张照片的时候，我和爸爸之间仿佛隔着厚厚的坚冰，是熟悉的陌生人，而此时，坚冰并未因为亲人的到来而有所融化，我被推到爸爸跟前，勉勉强强地让不自然的笑浮上脸庞，我俩一前一后如此近距离地蹲在一起所形成的气场，也让爸爸感到别扭了，照片上的我穿着一件中式棉袄，左腿跪在地上，右手放在腿上，很勉强地笑着，父亲大背头，同样穿着中式棉袄，眼睛微微眯着，好像在躲阳光，我们背后有一株带着些针叶的小松树，照片聚焦很好，很清晰，遗憾的是早已不知道流落到哪儿去了。不过，这幅画面所展现的一切，永远铭刻在我的脑海里。

## 五

在这个世界上，我能记得起来的平生第一次照相，是与妈妈、妹妹在照相馆里的合影，这同样是我与妈妈唯一的一次合影。不知道什么原因促使妈妈产生了带我和妹妹去照相的念头。彼时显然既非我们三人的生日，亦非置办了新衣服。是不是什么年节之类，我更不记得了，从装扮上看，也不像。只能猜测出，这次照相的时间是二十世纪六十年代中后期冬季的一天。我也就四五岁的样子。我们仨穿着厚厚的棉衣，妈妈长头发，脖子上围着一条格子围巾。小镇的冬季永远是漫长的，当时到底是十一二月，还是转过年的一二月，我哪里说得上来。即使春节后的三四月，小镇上的人也需要穿棉袄棉裤。

照片肯定是在小镇那家唯一的红卫照相馆拍的，与我长大后经常光顾的东风理发馆比邻而建，门脸儿小小的，坐东朝西，面对着一条炉渣铺就的南北向大马路。照相馆的窗框和门框用蓝色漆漆过，湛蓝湛蓝的，让人过目难忘。一扇小橱窗里摆了几张单人的，或多人合影的放大照片，只记得其中有一张一年四季光着屁股的小男孩照片，他咧开大嘴永远朝一个方向看着，不知道笑的是什么。照相馆门板红色，上缀一个生了锈的大铁环。进到店里，光线一下就暗了下来，眼睛稍稍适应一下才发现，左边是小小的柜台，里面有位穿着整齐、和善但并不可爱的女人，看不出多大年龄，妈妈招呼我和妹妹叫阿姨，但我和妹妹就是不肯，我俩呆呆地站着，让眼睛适应室内的昏暗。我打量周围的一切，发现照相馆右边墙上挂着几套衣服，钉着一面不小的圆镜子，墙边放着一排颇有些年头的实木板凳，是木本色，被磨得油光滑亮。往里走三四步，掀开一个布帘子，才进到拍照的地方。

背景布有蓝的和白的两种颜色，还有一种是一座楼，后来才知道叫天安门。幕布的前面，同样是条很旧的板凳，对面是架在高高的架子上的庞大照相机，威严而神秘。相机上蒙着外黑里红的两色厚布。摄影师是个说话很快、声音很高的大个子，他忙忙碌碌，在小屋子里走动不停，头上永远有薄薄的一层细汗珠子。他热情地张罗着我们过去坐定，但我死活不动弹，最后哭了起来。据妈妈后来说，这是因为我在这个时候发现屋里一个角落的笼子里卧着一只白色小兔。这小兔太可爱了，小嘴动个不停，我像中了魔怔一样，哭着闹着，死活就是要去看那只兔子，摄影师哪肯啊？他急得满头大汗，我却哭个不停。板凳摆好了，妈妈、妹妹坐好了，我死活不肯听摄影师摆布，怎么也哄不安静，最后是柜台后面那位妇人拿了块饼干，好说歹说才把我给糊弄住。我们三个人照的是半身照，妈妈在中间，她俩坐着，妹妹的头顶到妈妈脖子位置，我则脚踩板凳站着，头恰好与妈妈头顶持平，左手耷拉着拿了一块饼干。照片最初能看清饼干，经过多次冲洗，不仅饼干不见了，左手也模糊了，有个版本甚至连我的左手也不见了，只留下袖管，怪怪的。

这张照片上状态最好的是妈妈。妈妈如同所有现存照片一样放松、文静和美好，面带微笑，明眸皓齿，满脸的高兴，根本看不出是在生着病，其实此时她的病已经很重了。照相的时候爸爸又不在，这是我们一家唯一一次人数最多的合影。爸爸，你在哪里？

“我明白，爱情的感觉会褪色，一如老照片，但你却会长留我心，永远美丽，直到我生命的最后一刻。”在我现存为数不多有妈妈的照片里，她始终美丽、贤淑、温婉。

（选自《上海文学》2019 年第 5 期）

# 一件白衬衫

李佩甫

大约五十二年前，或许更早一些?

那时候，我还在家乡一所小学里读书。那是一座小城市。城虽小，却是有些历史渊源的。这里有满城的荷花，有一板一板走的木桥，有明代的“文峰塔”，且还是古时曹操“挟天子以令诸侯”的地方。当年，就连我读书的那所小学，名字也是有些雅意的，叫“古槐街小学”。

时光荏苒，许多事情记不得了。可那年秋天，一个少年背着书包，踽踽独行，走在夕阳里的情景，却一直烙在我心底里。

我出身于工人家庭。当年，父亲作为国有工厂的工人，月工资只有四十二块钱。母亲原也是这家工厂的工人，后来成了一名在街道上打零工的家庭妇女。父亲的四十二块月工资不仅要养活我们兄弟姊妹四人，还不时要接济乡下的姥姥、姑姑等亲戚们，委实就十分吃力了。

那时候，为了养家，母亲整夜在一架缝纫机上给人轧鞋垫，轧一双鞋垫一分钱，母亲整夜要轧上一百双鞋垫，才能挣上一块钱。那时，夜半醒来，缝纫机的“咔咔”声每每在耳畔响着。昏暗的灯光下，母亲佝偻的身影印在墙上，灰嗒嗒的，就像是一头老牛。

当时的一块钱，在这样一个家庭里，是十分当紧的。经过了一晚的劳作之后，我的母亲，白日里还要站在街头给建筑工地织草苫子，织一个一米五长、七十厘米宽的草苫子，可挣五分钱。这样的活计时有时无，好的时候，一天可挣七角五分钱。可以想见，那年月，母亲把全身的细胞都当手来用，四下里扒扯，才勉强护住了一家老小的生计。

在这样一个秋天，我家乡的城市要在十月一日举办一个国庆庆典，要在本市广场组织十万人规模的庆祝大会，规定参加的学生一律要穿蓝裤子、白衬衣。也就是现在人们所说的“正装”。

我们都觉得这是多么光荣的一件事，学校在临近国庆一月前，就开始训练了，队列走不好要刷下来的，个头太低也要刷下来。在操场上训练时，我已连过两关了，步伐走得很标准，昂昂的，个头也不低。可是，我遇到了一个难题——没有“正装”。

那年秋天，天很蓝，我心里却很苦。

整整一个月时间，每天放学回家的路上，我都是在沮丧中度过的。上哪弄这么一件白衬衣呢？那年月，我们兄弟姊妹就像一支“蓝色小队”，上下都是一身蓝，是母亲自己做的蓝上衣、蓝裤子，做时还要大上一号，这是为了让正在成长的我们多穿一些日子。裤子虽皱巴些，还是有的。这白衬衣就不好办了。

现在想来，那时家里有一群嗷嗷待哺的“嘴”，吃饭都成问题，要无端添置一件白衬衣，这要求的确有些过分了。可一个不谙世事的少年，能参加这么一个光荣的活动，是多么……于是，我与母亲整整对抗了一个月，甚至绝食，执拗地要求她给我买一件白衬衣。我记得，那时候，买一件标准的、商店里卖的白衬衣，需要六七元钱和相应的布票。于是，在我跟母亲“斗争”了一个月后，在那年的9月29日早上，我含辛茹苦的母亲，经过一夜的劳作，终于把一件白衬衣放在了我的床头上。

家里实在拿不出这六元钱，也找不来布票……这件白衬衣是她用一夜的时间，用一块白布料自己做的。这件白衬衣不是制式的、商店里卖的那种，袖子没有缩口，是农民常穿的那种“一敞当”。

我哭了……

五十二年过去了，社会生活已发生了翻天覆地的变化。日子比那时好太多了，母亲却已走了。心里有些话，该对谁说呢?

现在的少年，决不会再为一件白衬衣发愁了。我还听说，有些年轻人网购成瘾，有一屋子衣服。当然了，如今我的衣柜里，也有各种各样穿不完的衬衣。可那时候，一个少年的孟浪，直至今天，还是让我羞愧不已。

（选自《人民日报·海外版》2019年9月28日）

# 宇宙间的庄严幻影

陈启文

## 一

大武，藏语，这名字有意思，丢失马匹的地方。

出门早看天，若天公作美，在大武一眼就能望见阿尼玛卿那刺破天幕的冰峰，然而推开门一看，哗——！一场大雾裹挟着阿尼玛卿雪山的寒气扑了过来，顷刻间我已满头雾水，浑身凉了半截。我忽然理解了大武的真谛，在这丢失马匹的地方，我一下把自己丢失了。

大武已是阿尼玛卿雪山北麓，实际上我们已抵达了阿尼玛卿，但我们要去的是“神秘的阿尼玛卿”。一场大雾可以把一切都变成奇迹，那位昨夜就已约好的司机开着一辆牛头车，像腾云驾雾的神一样降临在我们面前。这小伙子叫尕桑多杰，才二十四五岁，他生怕我们小瞧了他，一见面就郑重声明，他可不小啦，已是俩孩子他爹了。

驾——！小伙子响亮地打了一声呼哨，还猛地甩了一下头发，就像一匹骏马抖擞了一下鬃毛。我一下被他给逗乐了。他好像不是开车呢，好像是驾驭一匹烈马呢。藏族汉子这种与我们迥然不同的浪漫气质，这种天真而又开朗的天性，让我感觉这弥天大雾都开朗了许多。

雾气并未消逝，却在渐渐退远，仿佛将要笼罩另一个世界，一辆牛头车恍若穿越荒原迷雾的独行侠，在它自己射出的灯光里飞奔。

尕桑多杰一边摆弄着方向盘，一边冲我说：“只要看见了太阳，就能看见雪山！”

乍一听觉得特神奇，阿尼玛卿竟然是这样一个两极之间的存在，太阳与雪山，冰火两重天，谁说水火不容啊，大自然中的冰与火往往能神奇地合二为一。

尕桑多杰把一辆牛头车开得充满了牛劲和激情，就在我们享受着速度的快感时，小伙子猛地一打方向盘，一个急转弯飞旋而下，一下就把我们晕头晕脑地推进了漫无边际的玛沁大草原。这草原上也有一条砂石路，一路沿着蜿蜒曲折的河谷向着阿尼玛卿雪山延伸。远眺那山巅上依稀可见的冰冷的光亮，我才发现天渐渐亮了。晨曦从阿尼玛卿山巅照射下来，清晰得可以看见一束束扇形的光线，草原上泛着一片鲜亮的青绿色，最鲜亮的还是草原上的花朵，格桑花、马兰花、雪莲花、金女花、狼毒花……无论鲜花与毒草，它们都必须抓紧时间，在青藏高原这短暂的花季一展姿色。那细微的、透明的露珠，每一滴都是有姿色的。

尕桑多杰小时候也在这草原上赶过羊，放过牛，他忽而指着一片草滩，让我们猜猜那白花花的羊群有多少只；忽而又指着一片草山，让我们猜猜那黑黝黝的牦牛有多少头，而我们的每一次猜测都是错误的。对那闹成一团数也数不清的牲口，只有那些牧人心里才有数。他们在弯弯曲曲的河流或溪涧边搭起了三三两两的帐篷，用牛粪饼圈起一道道围墙，从帐篷里飘起的炊烟散发出牛羊粪燃烧的温暖气味。偶尔还能看见那些身材高挑、腿儿特别长的牧羊姑娘。尕桑多杰一看见她们的身影，那眼珠子就发亮了，他眉飞色舞地跟我讲，藏族小伙子有钻帐篷的风俗，若是相中哪家的女儿，晚上便去钻那白色帐篷，若是那姑娘没把你撵出来，你就可以迎娶那姑娘了。

我觉得这小伙子挺好玩，时不时拿他开一下涮，尕桑，你钻过帐篷没有？

小伙子暧昧地笑了笑，然后就开始泄密，哈，你以为钻帐篷那么简单哦，这个嘛可是个技术活儿，你先得瞅瞅帐篷周围有没有藏獒，你还得先想好，若是那藏獒猛地一下蹿出来可怎么办。这姑娘家的藏獒你又不能打，它们还特别喜欢在主人面前炫耀它的忠诚和勇猛，说不定一下就把你给扑倒了，趴在你身上了，哈，那可就闹笑话了。看见了藏獒你可千万莫要撒腿跑啊，你越跑它越是以为你好欺负呢，没有哪个人比藏獒跑得快，连狼也跑不过它。它可以轻松追上你，从后面轻轻一扑就把你扑倒了，然后它就会拖着你去向主人献殷勤，哈，那你可真是个猎物了！

我更乐了，嘿，嘿嘿，你小子不就是想成为那姑娘的猎物吗？

尕桑多杰说，可那姑娘看见你这没出息的狼狈相，一脚就把你踢出来了！

我问，那可怎么办呢？

小伙子说，我教你一绝招吧，若是遇到了藏獒，你最好别理睬它，连看都懒得看它一眼，就这样满不在乎地从它边上走过去，你越是满不在乎，它越是在乎你，那家伙一见你这样子，反倒莫名其妙了，不知所措了，它兴许在寻思呢，这家伙怎么就这么牛啊？若它还敢扑上来，还有一绝招，你赶紧把衣服脱下来，一下罩住那狗头，然后收紧衣服勒住狗嘴，拽着那藏獒一起钻进那帐篷里去，那姑娘一见你这样子，要胆量有胆量，要力量有力量，要聪明有聪明，那还不立马被你给征服了，上哪儿去找你这样的好汉啊！

这小伙子不知钻过多少回帐篷了，这一招接一招，还真让我佩服得五体投地了。

我们在草原转悠了一圈，那“神秘的阿尼玛卿”刚刚偶尔露峥嵘，旋即又是云遮雾绕了，一条路紧贴着河谷边的山崖越走越窄了。我总是茫然地看着那些一路磕着等身长头的信徒，当我们的车从他们身边开过时，我更清楚地看见了他们，这些朝圣者大都是带着一家老小上路的。在一个拐弯处我看见了一家四口，一对中年夫妇带着一儿一女，儿女皆是少年，这兄妹俩长得几乎是一个模子里倒出来的，那红褐色的脸蛋是高原的胎记，额头上的青紫是叩拜的印痕，但那少年的眼珠子就像他们颈脖子上挂着的黑玛瑙珠子一样又黑又亮。他们就像从泥淖中挣扎出来的，从头到脚都沾着一身烂泥，那烂泥还在不断往下掉。磕长头，是藏传佛教密宗修持的一种方法，也是信徒为实现信仰、祈福避灾而进行的最为虔诚的祈祷方式。在踏上朝圣之路前，他们往往要变卖所有的家当，只带上帐篷、衣被、餐具等简单的生活用具，我等外人，难免会为他们接下来的生计而发愁，而对于这些心有神灵的朝圣者，一切无足轻重，没有比朝圣更大的事。这不可思议的苦旅也只有信仰的力量不断加持，信仰不但可以超越财富，还可以超越生死。

我一直觉得这些朝圣者就是我们的引路者，无论你置身于青藏高原的哪个角落，你只要跟随这些朝圣者前行，就不会迷失自己。转眼间，我们的车就将他们抛在身后，然而，在我们的前方又将出现同样的一幕，而在他们停留的地方，必有经幡和风马旗出现。

## 二

在一只苍鹰盘旋的翅膀下，一座白塔寺在经幡中静穆地浮现出来。

穿过一片经幡，看见两位石匠，一老一少，看上去就像父子俩，正在白塔寺旁的石碑上錾着经文。年轻的石匠抡着铁锤，也抡圆了他肌肉紧绷的胳膊，老石匠伛偻着脊背，用那长满了老人斑的双手颤巍巍地握着錾子，那锤子一上一下，那身影一起一伏，他们一遍一遍地重复着，在呼啸尖叫的风中一笔一画地深刻下去。那敲击声并不尖锐，而且迟钝，老石匠仿佛在控制着、压抑着那声音，在这空阔无声的四野里，越是控制和压抑，那声音越是惊心动魄。他们不像是我以往见过的那些粗糙的石匠，更像是手艺精湛的银匠，那打磨过的石面，像反复抛光的白银。慢工出细活，一切皆进行得十分缓慢，一块石碑錾下来，短则半月，长则半年，那神情庄严得像刻圣经。

那些朝圣者是逢庙必拜的，我又看见了那一家四口。他们一路跪拜，匍匐而行，却具有难以捉摸的神秘速度，一直不比我们那辆牛头车慢多少。朝拜寺庙是很有讲究的，依顺时针方向自寺院正门开始，但一般不对着正门，而是面向寺庙侧向行进磕头，三步一磕，绕寺而行，每磕一次，移动的距离与身体的宽度相等。对于这些虔诚的信徒，他们根本就不用比画，那一叩一拜都是用信仰来测度的。

我正漫无目的地转悠着，从某个隐秘的角落里传来了流淌之声。循声走过去，却未见河流，但一片被风吹得哗哗作响的风马旗。刚刚走近，我神经蓦地一紧，两眼一下惊直了，直瞪瞪地看着一群可疑的身影从那经幡中一蹿而出，这是狼，还是藏獒？在它们嗷嗷嗷的嗥叫声中，尕桑多杰教我的那些绝招我一招也想不起来了，我就像乡下人遭遇了恶犬，条件反射地一弯腰，顺手在玛尼堆上抓起一块石头，猛地砸在一只狗脑袋上，嘣的一声，就像石头砸在石头上，那脑袋竟然比石头还坚硬。那家伙一声嗷叫，如狼嚎一般撕心裂肺，一下冲我扑上来，我感到自己就要被它们撕成碎片了……

突然，一个身影冲了过来，那青铜般的汉子一下就挡在了我跟前，他用藏语喊了一声，就把一群藏狗制止在那里。几只藏狗都用委屈的眼神看着这汉子。他摸摸这只狗的脑袋，又拍拍那只狗的脊背，就像一个父亲在安抚受了虐待的娃儿。几只藏狗呜呜咽咽的，像是满腹委屈又很听话的孩子，竟乖乖地退走了。这汉子看了看我狼狈的样子，又指了指我穿着的一件绛红色的夹克，比画着。我这才从木然中缓过神来，原来我犯了一个大忌，这红色对藏狗、牦牛以及很多猛兽都是一种刺激或挑衅。那汉子见我把夹克脱掉了，点点头，笑了笑说，好的嘛，好的嘛。他正要转身走掉，我才想到忘了一声道谢，连忙冲着他灰扑扑的背影说了一声，扎西德勒！

对于他，这也许只是他朝圣之路上的一个小插曲，而对于我，这却是一次逢凶化吉、铭心刻骨的经历。当我怔怔地看着他的身影出神时，他又开始绕着白塔寺叩拜了，尕桑多杰朝我这边走过来了。他虽说没有绕寺叩拜，但凡走进寺庙也是要朝拜和祈祷的。此时，他脸色如开光一般，有一种礼佛后特有的安详与莫名的欣悦。

我没告诉他刚才发生的一幕，但我一直没搞清楚，这藏狗是不是藏獒呢？

尕桑多杰给了我一个似是而非的回答，是也不是，差不多吧。

他这样说其实也不错，藏獒其实也是藏狗的一种，更准确说，藏獒是经人工选择，由喜马拉雅山地犬或从藏狗中繁育的优异品种。人类繁育藏獒的历史由来已久，在马可·波罗笔下便有对藏獒的描述："体大如驴，奔驰如虎，吼声如狮，仪表堂堂……"而藏獒最突出的天性，就是对主人绝对忠诚，对主人之外的人都特别凶狠。它们的这一天性在一个被资本所主宰的时代凸显出来，被人类的私欲所利用。很多既得利益者，原本就特别缺乏安全感，谁都希望能有一种对自己赤胆忠心而对外人又特别凶狠的力量来保护自己，而藏獒就是他们特别渴望的这种力量。二十世纪九十年代初，商人们纷纷奔赴青藏高原来寻找藏獒，那时候还是一獒难求，在商人们的竞相炒作下，一只藏獒一度创下了千万天价的神话，这又让藏獒成为人类牟取暴利的资本，大批商人赶来投机，买藏獒，建獒场，开獒市，一时间獒场、獒市遍地开花，很多牧民也从放牧牛羊改为养殖藏獒。但藏獒毕竟只是一种犬类，当神话变成泡沫，终究会有破灭的一天。近年来，随着藏獒神话的破灭，成千上万的藏狗、藏獒遭到人类抛弃，沦为无家可归的流浪狗。

尽管藏狗或藏獒都经过人类在漫长岁月中的驯化，但一旦放归大自然，其原始野性又被重新激活。这些流浪藏狗像狼群一样有着非常严密的组织，对狐狸、哈拉、兔狲、岩羊等野生动物进行围猎。它们甚至能按照各自的特点明确分工，各司其职，有的在山上把守，有的在山下堵截，有的在中间担任主攻，追捕猎物。草原上最容易捕捉的猎物就是鼠兔，但对于食量巨大的藏狗来说，那些东蹿西跳的鼠兔它们简直不屑一顾，连塞牙缝也不够呢，除非实在饿急了，它们才会抓上几只救救急。随着藏狗在流浪中还在不断繁殖，它们的捕食范围也越来越大，为了争食，它们与狼群、棕熊、雪豹等猛兽展开厮杀。而在生物链上，藏獒或藏狗几乎没有天敌，它们比狼还要凶残，一只藏狗或藏獒可以打败一只独狼，一群藏狗就可以围猎棕熊、野牦牛这样的高原之王。狼一般不会吃狼，而藏狗连自己的同类也不放过，尕桑多杰就亲眼看见过，一只藏狗叼着另一只藏狗血淋淋的后腿，那显然是它们自相残杀后的胜利品。

这些数量庞大的流浪藏狗正在演变为青藏高原及三江源最严峻的生态灾难，这也再次向人类敲响了黑色的警钟，当流浪藏狗吃了患鼠疫而死的野生动物后，在海南藏族自治州兴海县曾引发一场鼠疫，尽管疫情在第一时间便得到了控制，仍造成一人死亡多人感染。鼠疫，又称黑死病，这是世间最恐怖的瘟疫，从十四世纪中叶开始，黑死病在欧洲猖獗了三个世纪，当时有三分之一的欧洲人被黑死病夺去了生命。

丧钟为谁而鸣？这是海明威的追问，而对于人类，又何尝不是永远的警示？

## 三

告别白塔寺已是中午时分，远远近近的帐篷上又飘起了散发出牛粪气味的炊烟，很多游人和朝圣者们也开始野餐。在阿尼玛卿的朝圣者开始转山的起点——

茶昂卡多，每个朝圣者绕阿尼玛卿转一周，再回到他们转山的起点时，就会在这山沟里垒一块石头，这是一个轮回的过程，也是一个持之以恒、日积月累、聚沙成塔的过程，一座座塔形的玛尼堆，以比经幡和风马旗更恒久的方式为信仰做证。玛尼堆乃是大藏区随处可见的祈福石堆，又称多崩，意思是十万经石，在藏语中，玛尼石即经石，大小不一，形状各异，上面均镌刻着佛像或经文，最常见的是藏文六字箴言。随着转山祈福的人越来越多，这玛尼堆越堆越高，越来越大。我突发奇想，这样堆下去，会不会又堆成一座阿尼玛卿？阿尼玛卿会不会就是这样堆积起来的？

就在一座玛尼堆旁边，我又看见了那朝圣的一家四口，还有与他们一路同行的十几个藏民，正围坐在一张塑料布四周，上面摆满了吃的喝的。这时候他们仿佛又回到了热气腾腾的俗世，他们喝着酥油茶，嚼着风干肉，用我听不懂的语言谈论着什么，那爽朗的笑声洋溢着一个高原民族天然的快乐。在好奇心的驱使下，我朝他们走过去，这其实是很不礼貌的，但他们都热情好客，那解救过我的中年汉子一眼看见我，就捧着盛满了酥油茶的茶缸站起身，他微微哈着腰招呼我，他那满口藏语我一句也听不懂，但我猜得出他的意思，大哥，来吧，和我们一起吃点儿喝点儿吧。这汉子站起来时，十几个藏族同胞连同几个少年全都站起身，一个个微微哈腰地招呼我，仿佛在举行一场盛情迎客的仪式。

盛情难却啊，我半推不就的，在他们中间坐了下来，感觉也成为他们中间的一员。

吃了喝了，又该上路了。去那“神秘的阿尼玛卿”还有多远啊，仿佛越来越远了。

这时候，一条穿过草原的路上已挤满了牦牛和羊群。很多吃饱了肚子的羊，懒洋洋地趴在路上，有的正在满足地反刍，嘴角挂着白花花的垂涎。有的竟然睡着了，就像躺在羊圈里，那样平和而安详，还打起了鼾声。怪了，这些特别胆小的动物，怎么都变得贼大胆了？其实啊，这些家伙们怪聪明的，它们知道这公路上比草原更安全，那些狼哪怕胆儿再大，也不敢跑到路上来叼羊。这可把过往的司机拦住了，也难住了。这些家伙跟车匪路霸似的，把整条道路都给挡住了，任你怎么按喇叭，怎么撵，怎么轰，那些羊都半睁着惺忪的睡眼，压根就没把你这人这车放在眼里。不信，你试试看，你要撞着了它们、轧着了它们，你就知道这羊的一条命有多高的价值了。就在司机们使劲按喇叭时，那如青铜般的汉子和十几个藏族同胞慢慢走过来了，他们一边赶着牛羊，一边吆喝着什么，那些牛羊很听话，又好像只能听懂他们的话，一个个纷纷闪避到了路边上，还有十来只懒洋洋的羊，仍然躺路中间，他们也不再驱赶和吆喝了，竟然把那些懒羊一只只抱了起来，就像抱着一个个贪睡的孩子那样，又一只只放在了路边的草滩上。一条路终于变得通畅了，旷野的长风吹拂着五彩经幡，连那山沟里的玛尼堆也沙沙作响。

我总是从这样一群藏族汉子身上得到某种启示和觉悟，他们都是格萨尔的后世子孙，但他们不只有剽悍而刚烈的性情，还无微不至地体现了佛法中“无缘大慈，同体大悲”的大爱与慈悲，这一切早已融入了他们的血液，化为了他们的天性，或许他们对自己的所作所为从未想过，一切都是源自天性的自然而然的流露。而对于那位驰骋于史诗中的英雄格萨尔，关于他的每一个传说，他的后世子孙几乎都一一赋予了实证。

尕桑多杰一路上都在提醒我这个没有信仰的人，生怕我遗漏了那神圣的古迹——

呃，看见没有，那是格萨尔王的拴马桩！

呃，看见没有，那是格萨尔王的骏马踩过的蹄印……

我看着，仿佛听到了格萨尔王的马蹄声。其中最神奇的，还是格萨尔王留在一处石崖上的大手印。一开始我还以为那是摩崖石刻，当我们气喘吁吁地爬上石崖，把脸贴到手印上看时，方才发现那是一个天然的大手印。在藏传佛教密宗中，大手印法门为七大密法之一，而大手印代表宇宙的一切姿态与运动，大，谓更无深广殊胜有过于此也，唯此为至高无上，即大境界、大悲悯、大爱与大善。

尕桑多杰说，只要把手按到佛手印上，伟大的格萨尔王就会赐福我们！

拜完佛手印，一条路沿着山势呈之字形盘旋而上，越往上坡度越陡。尕桑多杰一次次加大了马力，几乎把油门踩到了极限，只有这样才能冲上那道最高的陡坡，好在这牛头车的越野性能还真不是吹牛，若是它一口气喘不上来，一个跟头栽下去那就完了。上坡之后一个急转弯，又是下坡，当车子冲过一个混浊的水凼后，该减速了，但小伙子两脚刹车踩下去，猛然感到刹车发软，一看气压表，气压已不到四个。连我也知道，正常气压可是七八个啊！这刹车好像突然失灵了，而我也感觉顷刻间失重了，眼看一辆车就像一匹脱缰的野马就要一头栽下去，尕桑多杰连呼三声，格萨尔，格萨尔，格萨尔！

在他的呼唤声中，路边忽然出现了一块石头，小伙子对准石头用右前轮顶了上去，凭借这一块石头的阻力才减缓了车速，车子终于在一道斜坡上刹住了。尕桑多杰一声长吁，满脑门还挂着一颗颗冷汗，他说格萨尔王显灵了，这就是他的拴马石啊！

他下车查看车子时，我也跟着下车了，就像一个绝处逢生的人，想要看清楚刚才经历了怎样的绝境。这条之字形的路，还裸露着一条条被撕开的裂口，暗红的山体内部，脆弱得就像内心不能触碰的伤口。我见过比这高得多的山，但山势从未如此凌乱，乱得不像一座山，就像一块块未成形的石头，犬牙交错地堆积在一起。这山不能动，一动就散架了。然而，越是这样的山，又越是有太多让人类的觊觎的东西。就在阿尼玛卿山脉的德尔尼山南坡，原本是雪山融水浸润的高原牧场，也是雪豹等珍稀野生动物的栖息地。几年前，这里竟开起了一座跻身全国一百强的铜钴矿——德尔尼铜钴矿。这也是全国海拔最高的铜钴矿了。在这种高寒缺氧的地方开矿，那也是豁出命来挣钱了。那位开矿的老板就是当地人，他很会做人，很有人情味儿，时不时给乡亲们送来一些米啊面啊和扶贫款啊，一向和当地老乡还处得挺好，至少是相安无事吧。若是人类与大自然的关系也能这么相安无事就好了，然而，你在极端脆弱的高原上大开大挖，掏心掏肺，把那值钱的铜钴出卖了，却把那尾砂像垃圾一样抛在这山里，无论人类还是牛羊，还有那些野生动物和高原牧场都会遭受钴中毒，而最直接的灾难，就是频频引发的山洪暴发、泥石流和山体崩塌等“自然灾害”。一旦发生这样的灾难，人类就会一股脑推到大自然的头上，可这还是“自然灾害”吗，谁信啊？

到了2010年，玉树大地震爆发了。这一带，从海南州、果洛州到玉树州，均处于喜马拉雅—地中海地震带上，而果洛州就夹在海南州和玉树州之间，除了玉树大地震，近年来这一带已连续发生多次有感地震。对于这地壳深处发生的坍塌和错位，是否与开矿直接有关，迄今还没有权威专家的论证，但当地牧民终于对德尔尼铜钴矿忍无可忍了，那愤怒的情绪也随着地震一起爆发了，他们认为这不是他们的愤怒，而是开矿惹怒了山神，他们必须为信仰而战，一座矿山顷刻间变成了沸腾的怒山，他们砸了矿场，推翻了一辆辆采矿机械。应该说，对这起“突发事件”当地政府在处理过程中还是很理性的，没有一个牧民被拘，而德尔尼铜钴矿随后也被封矿停产，据说也确实没有多少矿藏可挖了。自德尔尼铜钴矿停产，到我来这儿已有七个年头了，如今还在年复一年地修复和治理。人类对大自然的伤害往往是万劫不复，难以治本，只能治标，先采取局部边坡削坡卸载减压，再打防滑桩，筑起挡土墙，开挖截排水沟，一座千疮百孔的矿山，看上去就像到处贴满了创可贴，而那些更深重的污染几乎无药可治，只能等待大自然在漫长的岁月里自我净化了。

对此，我只能像这里的牧民一样双手合十，默默祈祷，但愿那些从这山里逃走了的雪豹们，有朝一日又能回归它们的栖息地，但愿吧。

## 四

随着海拔不断升高，我们已无限接近蓝天，阿尼玛卿山巅上那神秘闪烁的一线微光，渐渐由暗到亮，越来越清晰，一座“神秘的阿尼玛卿”静卧在冰天雪地间，绽放出一瓣一瓣状若雪莲的冰峰。

天地间其实有两座阿尼玛卿，一座是阿尼玛卿雪山，一座是阿尼玛卿神山。

阿尼，为安多藏语译音，意为先祖老翁，亦含有美丽幸福和博大之意；玛卿，玛青或玛沁，在藏语中其实就是同音同义词，意为黄河源头最大的、最雄伟壮观的山。阿尼玛卿的藏语寓意也可直译为强健的祖先。

在大藏区的二十一座神山中，阿尼玛卿排行第四，相传阿尼玛卿山神斯巴侨贝拉格是东方神山沃德贡杰的第四个儿子，由于安多藏区灾难深重，沃德贡杰特派老四到这儿来拯救受难的众生，他神通广大，法力无边，拥有无穷的智慧，先在安多藏区降服了无数的妖魔与猛兽，又在人间除恶济贫，终于使安多百姓过上幸福吉祥的日子。从此，斯巴侨贝拉格便主宰着安多藏区的山河浮沉和沧桑之变，既是安多藏民的救护者，还是“活佛座前的最高侍者”，被藏族人民奉为博卡瓦间贡——开天辟地的九大造化神之一。当斯巴侨贝拉格与沃德贡杰父子相会时，安多百姓为感恩斯巴侨贝拉格而修建的九层白玉琼楼化作了阿尼玛卿山神，那白玉琼楼就是雪山冰川。

对于我，一个没有信仰的人，一个一直把大自然当作信仰的人，阿尼玛卿只是一座纯粹的雪山。我来这里只想看清阿尼玛卿雪山的真相与命运，但我又总是与那些朝圣者殊途同归，走上了一条朝圣的转山路。阿尼玛卿为东昆仑山的东支，呈西北—东南走向，共有十八座海拔五千米以上的雪峰兀立于莽莽高原，而最神奇的就是那“神秘的阿尼玛卿”，其实就是阿尼玛卿主峰玛卿岗日，它正好处于黄河这个大拐弯中央，但它并非一座孤立的巅峰，而是由三个海拔六千米以上的峰尖组成，宛若在云海中露出尖尖角的三瓣莲花，这是阿尼玛卿最神秘的存在。

越是神秘越是容易让人产生幻觉或错觉。1926年仲夏，美国夏威夷大学植物标本馆馆长约瑟夫·洛克争取到了哈佛大学阿诺德植物园的考察资金，开启了他的亚洲探险和植物考察之旅，他是第一个深入阿尼玛卿考察的外国人。当他攀登到阿尼玛卿海拔将近五千米时，他再也难以往上攀登了，据他目测，阿尼玛卿主峰超过了海拔八千五百米。My God！我的天哪，这就是地球之巅啊！他对自己的估计充满了自信，还将这一数字写进了他的著作里。由于阿尼玛卿所在的黄河源区在当时还是世界地理上的空白，约瑟夫·洛克的著作填补了这一历史与地理的双重空白，他的错觉也让世人一错再错，而约瑟夫·洛克终其一生都活在幻觉之中。为了证明自己来过这里，据说他还把一个刻着自己名字的十字架埋藏在白塔寺里，等待有朝一日那震惊世界的历史被后世揭开，是谁第一个发现和考察了地球上的最高峰？瞧，就是他，约瑟夫·洛克！

其实，在亘古通今的中国史籍中，阿尼玛卿早已不是地理上的空白，追溯一条岁月长河的源头，最接近黄河正源的当是《尚书·禹贡》中的记载，大禹“导河自积石，至龙门，入于沧海”。积石山为大禹治水导河之源，如果我们相信大禹治水不是传说，或是一个接近历史事实的传说，那么它就是黄河水利史，也是华夏水利史的一个伟大开端。

当黄河绕过阿尼玛卿山时，忽然变得风生水起，这是黄河水势的第一个高潮，随之又连续遭遇了西倾山和青海南山的阻挡和挟制，在青海、甘肃、四川三省交界处，一条长河被山势与峡谷扭曲成了一个S形河曲——九曲黄河第一弯。古老的华夏文明中没有S这个字符，而在古人看来，这个S形河曲形似阴阳太极图，若从高处俯瞰，也确实非常像。古人根据日月交替、天体运行、阴阳变化之理，创造了阴阳太极图。在神秘主义者看来，阴阳太极图蕴含着无限的智慧与玄机，诠释着宇宙不为人知的奥秘。倘若没有这样一次阴差阳错的大转折，黄河的自然历史将被重新改写，它很可能由此撇开了青海和四川，直奔甘肃而去了。只因有了这样一个大拐弯，让黄河在青海绕一大圈，万里黄河在青海境内就流淌了近三千里，不然就没有万里黄河了，大半个青海早已变成大沙漠了。这一切都归功于阿尼玛卿，天地间，还有什么比阿尼玛卿更伟大的力量，让一条奔腾向东的大河转过一百八十度，又有什么比九曲黄河第一弯更伟大的弯？

穿过在风雪中飞扬的是五彩经幡和桑烟，我看见了一大片白皑皑的冰川，但我很快发现，那“冰川”欺骗了我们，那是裸露的石灰岩。忽然想起纳博科夫的一句话，“骗术最高的应首推大自然，大自然总是蒙骗人们”。其实，大自然并未蒙骗人类，而是以各种方式对人类发出灾难性的警示，当冰川消融后就会出现灾难性的典型症状——石漠化，这也是黄河源区自然生态系统恶化的征兆，表明亘古的冰川正在加速消融，雪线正在人类的步步紧逼下不断退缩，近年来，一座座千年雪山渐渐不见了踪影，在高原的脊梁上化为了流水。如果这还不足以引起人类的警觉，还有一个极端的、触目惊心的案例已经引起了全世界的惊呼，阿尼玛卿主峰玛卿岗日变矮了！

大自然从来不会以孤例示人，如果你对它发出的警示依然熟视无睹，它还将以一连串的惨烈灾难让世人在震惊中觉醒。2004年4月，由于冰川加速融化，在陡峭的山形和强降水的联合作用下，一场冰川雪崩发生在阿尼玛卿山西侧的青龙沟崩塌——青龙沟冰崩。顷刻间，天地震荡，山河动摇，一座华夏传说中的大禹治水导河之源、在藏民心中尊奉为黄河之祖的神山，仿佛又回到了女娲补天之前的昏天黑地。崩塌下来的冰川裹挟着冰碛物，如天塌下来一般扑向清水河、权隆河、达玛曲河与曲什安河交汇的河谷处，在那塌陷的天空之下又有谁能幸免于难？而一场灾难发生后还将引发次生灾害，崩塌物堆积成一道纵向三公里、横向五公里、平均厚度超过三百米的冰雪大坝，被堵塞的河道形成了一个堰塞湖，从上游流来的河水没有了出路，全都涌进了这个堰塞湖里，随着水域面积的不断扩大和蓄水量的剧增，一道由砾石和冰川碎屑组成的冰碛坝承受的压力越来越大，又加之坝体本身松散多孔，每天都在松动。随着气候变暖，冰雪消融瓦解，一座冰湖溃决的危险越来越大。到了 2005 年 6 月，积石山再次发生冰川崩塌，一座以灾难的方式形成的冰湖又终于以灾难的方式溃决，崩塌的山体形成巨大的泥石流，眨眼间又冲毁和埋葬了大片牧场……

那一座座高过云端的雪山和冰川就是孕育江河的真正源头，也是一座座固体水库，在季节的轮回更替中，雪山冰川的融水一直是江河的源泉，而年复一年的冰雪又将覆盖消融的冰雪，这是大自然处于正常状态的良性循环，从而保持了雪山冰川永恒的存在。但若雪山冰川以近年来的非正常速度加剧瓦解和消融，它将直接引发冰湖溃决、山洪暴发、冰川泥石流等自然灾害，这已被阿尼玛卿以惨烈的灾难验证了。从长远来看，还将造成水资源严重短缺、河流湖泊干涸断流，而由于干旱缺水又必将带来荒漠化。有专家预言，如果冰川消融的趋势以现在这样的速度继续下去，到 2050 年年底，中国三分之二的冰川将不复存在；到 2100 年，几乎所有的冰川都将融化殆尽。

当我们从朗日班玛本宗煨桑台那边转过来时，那一家四口又叩拜到了这儿，这条路也是那些朝圣者转山的必经之路。我望之却步的污泥浊水，他们竟然视若无物。我凝望着他们，一家四口，从头到脚都裹着一身泥浆，像是裹着一袭土红色的袈裟。他们朝天空举起了一双双凝结着泥浆的手臂，然后俯身扑向大地，这承载着信仰的躯体，在一条泥泞路上印出了一个个人的形状，这也让我目睹了那用生命测出的泥泞的深度。那硌着骨头的石头，那额头磕在地上的刺骨的冷硬，是我无法感知的。那做母亲的把手伸到女儿的膝头，替她揉着，轻轻揉着。女儿的膝头可能磨出了血迹，但她又慢慢站了起来，仰起头，双手合十，俯身扑向大地。对于这两位少年，还只是刚刚开始，在他们一生修行中至少要磕十万次长头。而让我更震惊的一幕发生了，当一家四口叩拜到那煨桑台脚下时，那儿有一条如泥浆一般的溪流，他们竟然跪在地上，掬水而饮。这水能喝吗？像我这种俗人还是多虑了，对于这些朝圣者，这水是从阿尼玛卿神山流来的圣水，可以洗心涤虑，他们饮之如甘泉。对这一切难以理喻的、不可思议的行为，像我这样一个对灵魂是否存在都充满了怀疑的人，又怎么能理喻那真正的神圣和信仰？

尕桑多杰原本也想带我们去阿尼玛卿雪山更高处看看，但车开到通向玛卿岗日主峰的山口，只见一条烂泥路，蜿蜒伸向那看不见尽头的深谷，那路边的崖壁上到处都是塌方和危险的警示。这让我又一次望而却步了。这里的海拔已超过五千米，一旦逾越这个高度就超过了人体所能承受的生理极限，这生命的海拔，只能用生命去体验了。说实话，我没有这个勇气，只能用近乎崇拜的目光看着那一家四口，那一起一伏的身影，那经幡和玛尼堆上的藏域密语和万古的箴言，对于我，从来不会迎风而解，但我慢慢也有所觉悟，倘若人类都能对大自然保持着一种虔诚而又神圣的敬畏，对上苍赐予的一切至少会保持一种必要的谦卑，大自然也就不会备受摧残了。西人认为，大自然是上帝最伟大的创作，这与藏民心中的神山不谋而合。我一直觉得，对人的神化是恐怖的，对大自然的神化则是必要的。神不是别的，神是蕴含在大自然的神秘气场与信息。如果我们能够找回神圣的信仰，把每一座山都尊奉为生命中的神山，把每一滴水都珍视为神泉圣水，这个世界连同人类自己就有救了。

当我们告别阿尼玛卿雪山时，尕桑多杰还在连声叹息："唉，你们来得真不是时候啊，没有看见玛卿岗日的雪山冰川，你们真是白来了！"

但我觉得没有白来，我虽说没有看清一座阿尼玛卿雪山，却依稀看见了一座阿尼玛卿神山。当我们回到茶昂卡多那个转山的起点时，我又一次蓦然回首，那如雪莲花瓣般的冰峰被阳光照得更清晰了，还清晰地环绕着一个巨大的五彩光环，冥冥中仿佛有一种无形之手正在主宰着天上的雪线，那静穆的雪山冰峰倾倒在河水中，你只能用冰魂雪魄这些最干净、最圣洁的词语来形容。此刻，一朵一朵白云低得就在我们眼前飞过，尕桑多杰说，那是阿尼玛卿山神驾来的祥云。神，其实就是天意，就是大手印中最高无上的大境界——宇宙。有人把绕过阿尼玛卿山的九曲黄河第一弯喻为"宇宙中的庄严幻影"，每看一眼，我都小心翼翼，真担心这一切在一瞬间融化在天光云影之中，像幻影一样消失。

（选自《芙蓉》2019 年第 1 期）

# 月亮在叫

刘亮程

那一夜刮风，我听见三层声音，上层是乌云的，它们在漆黑的夜空翻滚、碰撞、磨蹭，挨挨挤挤，想往更黑暗的年月里迁徙搬运。中层是大风翻过山脊的声音，草、麦子、野蔷薇和树梢被风撕扯，全是揪心的离散之声。我在树梢下的屋子里，听见从半空刮走的一场大风，地上唯一的声音是黑狗月亮的吠叫，它在大杨树下叫，对着疯狂摇动的树梢叫，对着翻滚的乌云叫。紧接着，我听见它爬上屋后被风刮响的山坡，它的叫声加入到山顶的风声中，在更高的云层中也一定有它的叫声。它在那里撕心裂肺地叫。我不知道它遇见了什么。对一条狗来说，这样的夜晚注定不得安宁，从天上到地下，所有的一切都在发出响动，都在丢失。它在疯狂跑动的风中奔跑狂叫，像是要把所有离散的声音叫回来。

另一夜我被它的狂吠叫起来，循声爬上山坡。我猫着腰，双手扒地，在它走过的草丛中潜行，它在自己的吠叫声里，不会听见背后有一个人爬过来，我在离它不远的草丛停住，看见它伸长脖子，对着天上的月亮汪汪吠叫，我像它一样伸长脖子，嘴大张，却没有一丝声音。

满山坡的白草，被月光照亮。树睡在自己的影子里，朝向月亮的叶子发着忘记生长的光。我扬起的额头一定也被月光照亮，连最深的皱纹里都是盈盈月光。

这时我听见远处的狗吠，先是山坡那边泉子村的，一只嗓门宽大的狗在叫，像哐哐的拍门声，每一句汪汪声都在拍开一面漆黑的大门。紧接着村子北面的几条狗也吠起声，南边大板沟的狗吠也隔着山梁传过来。

此刻我们家的牧羊犬月亮，正昂首站在坡顶明亮的月光里，站在四周汪汪的狗吠中心。

我站在它身后，一声不吭。

我们不在院子的多少个黄昏和夜晚，它独自爬上山坡，用一只母狗的汪汪吠叫，唤起远近村庄的连片狗吠。然后，它循着一个声音跑去，每跑过一片坡地麦田，每爬上一座荒草山顶，都停下来，回头看身后的院子，侧耳听后面的动静，它对这个大院子的不放心，使它一夜夜地不曾跑远，那些夜晚的风声带着满院子树叶屋檐的响声，把它唤回来。它回到自己的院子里吠叫，把远近村庄的狗，叫到书院四周，它们进不了院子，不知道院墙上它独自进出的狗洞。

那样的夜晚，院子没有人，月亮的叫声悠远孤高，它不是叫给我们听，它知道自己的主人在听不见狗吠的远处，它在院子里闻不到主人的气味，从远处刮来的风中也没有主人的气息，整个院子是它的，悄然矗立的房子是它的，寂静移动的光阴是它的。

又一个夜晚，我听见它吠叫着往山坡上跑，一声紧接一声的狗吠在爬坡，待它上到坡顶，吠叫已经悬在我的头顶，我仰躺在床上，听见它的叫声在半空里，如果星星上住着人，也会被它叫醒。

接着我听见它的叫声跑下山那边的大坡，那个坡似乎深不见底，它的声音正掉下去。其实那边是泉子沟的山谷，不深，只是月亮的吠叫深了，我再听不见。

我担心地躺在床上，不知道什么声音把它喊走了，想起来去看看，又被沉沉的睡意拖住。

那个夜晚，天上的月亮从东边出来，翻过菜籽沟，逐渐地移到后面的泉子沟。这只叫月亮的狗，跟着天上的半个月亮，翻山越岭。

它可能不知道天上悬着的那个也叫月亮，但它肯定比我更熟知月亮。它守在有月亮的夜里，彻夜不眠。在无数的月光之夜，它站在坡顶的草垛上，对着月亮汪汪汪吠叫，仿佛跟月亮诉说。那时候，我能感觉到狗吠和月光是彼此听懂的语言，它们彻夜诉说。我能听懂月光的一只耳朵，在遥远的梦里，朝我睡着的山脚屋檐下，孤独地倾听。我的另一只耳朵，清醒地听见外面所有的动静里，没有一丝月光的声音。

它一定知道我在听。

它听见屋后山坡上的响动。有时一场大风在翻过山顶；有时一个人悄然走过，踩动草叶的脚步声被它灵敏的耳朵听见；有时它听见黑云贴地，从后山压过来。它知道我的耳朵听不见黑夜到来的声音。它先在我的门口叫，在窗户边叫。它要先叫醒我，让我知道夜已经变得更黑更冷。

有时它叫得紧了，金子会喊我出去看看。更多时候我懒得出门，打开手电从窗户照出去，光柱对着两侧教室的门窗扫一圈，对着高高的白杨树和松树扫一圈，对着孔子石像前的台阶照下去，大门和外面的马路，被树挡住。

看见手电光它会回来，站在光柱里，扭过头看。我打开窗户，探头出去，喊一声“月亮”，我的喊声在它停息吠叫的大院子里，空空地响着。我关了手电，悄然走在有它陪伴的月光里。它对着月亮叫，我也对着月亮，嘴大张，发出的声音却仿佛是它的。

有时它的叫声在院子外面，在屋后山坡上，我的手电光掠过树梢，朝它对着吠叫的月亮照去。四周没有一点光，两旁黑沉沉的山梁，将远处城市的灯火挡在了另一个世界，所有的光亮都在天上，繁星、银河、月亮。这来自地上的一束手电光，伴随我仰望的一缕目光，在遥遥的月亮上，与一只狗的目光相汇。

有一夜它不停地叫到天快亮，我睡着又被它叫醒，金子一直醒着，她过一阵对我说一句，你出去看看吧，院子可能进来人了。

我说没事，睡吧。

说完我却睡不着，满耳朵是月亮的狂吠。它嗓子都哑了，还在叫。

我穿衣出去，手电朝它狂咬的果园照过去，走到它吠叫的教室后面，对着穿过林带的小路上照。全是黑黑的树影。月亮亲热地往我身上蹭，我摸着它热乎乎的额头，它叫了一晚上，就想叫我出来，有东西在夜里进了院子，但我看不见它所看见的。我关了手电，蹲下身耳朵贴着它的耳朵静听了一会儿，又打开手电，天上寥寥地闪着几颗星星，光亮照不到地上。树挤成一堆一堆，感觉那些高大的树都蹲在夜里，手电照过去的一瞬，它们突然站起来。

果真有人进了院子。那是另一个夜晚，我掀开窗帘，看见一个人走进大杨树下阴影里。我赶紧起床，开门出去，手电对着那块阴影照，什么都没有。月亮在我前面狂咬，沿着穿过白杨树阴影的小路往上走，前面是一棵挨一棵的大树，那个人不见了。

我回来睡觉。过了会儿，月亮又大叫起来，我掀开窗帘，看见刚才那个人正从大杨树的阴影里走出来，这次我看清了，他肩上扛着东西，还打着一个小手电。月亮只是站在台阶上狂咬，不接近那个人。

我出门喊了一声。那人站住，手电照过去，看见他肩上的铁锨。

是书院后面的村民，他在夜里浇地，水渠穿过我们院子，他沿渠巡水。

月亮见我出来胆子大了，直接扑上去咬。我喊住月亮，和那人说了几句话，仍然没认清他是谁。

这时东方已经泛白，从对面山梁上露出的曙光，还不能全部照亮书院。我喜欢这种微明，天空、树、房子和人，都半睡半醒。

头遍鸡叫了。我们家那只大公鸡先叫出第一声，接着，一山沟的鸡都开始叫。

我看看手机，早晨六点。我还有三个小时的回笼觉，得把脑子睡醒，不然一天迷迷糊糊，啥事情都想不清楚。

另一夜大风进了院子，呼啦啦地摇白杨树和松树，摇苹果树和榆树。月亮在铺天盖地的风声里听见一个人的脚步声，它对着果园狂咬。我也隐隐听见了，像是多少年前我在那些刮大风的夜晚回家的脚步声，被风吹了回来。

我起身开门，顶着凉飕飕的秋风，走进月亮吠叫的果园。这时候大风已经把天上的云朵刮开，月光星光，照亮整个院子，我没有开手电，在清亮的月光里，看见一个人站在苹果树下，摘果子。风摇动着果树梢，树下却安安静静。那个人头伸进树枝里摸索一阵，弯腰把摸到的苹果放进袋子。那些苹果泛着月光，我想在他弯腰的一瞬看见他是谁。但是，他一弯腰，脸就埋在阴影里。我在另一棵苹果树下，静静看他摘我们的果子，有一刻他似乎觉察出了什么，朝我站的这棵果树望，我害怕得憋住呼吸，好像我是一个贼，马上要被发现了。接着他又摘了几个果子，然后，背起满满的一袋子苹果，朝后院墙走。

月亮突然狂叫着追过去。在我静悄悄站在树下看那人时，月亮靠在我的腿边，它也安静地看着那个人。它或许在等我开口说话，它等了很久，终于忍不住，猛地扑了过去。那人一慌，摔倒在地，爬起来便跑，跑到院墙根，连滚带爬，从院墙豁口翻出去。

我没有喊月亮。它追咬到豁口处停住，对着院墙外叫了一阵，又转头回来。

我带着月亮穿过秋风呼啸的果园，不时有熟透的苹果落下来，腾的一声。有时好多个苹果噼噼啪啪地落在身边，我慢慢地走着，弓腰躲过斜伸的树枝，我想会有一个苹果落在我头上，腾的一声，我猛地被砸醒，不由自主地发出疼痛的“哎呀”声。

可是没有，从始至终，我没有发出一丝声音，甚至没有叫一声月亮。

待我回屋躺在床上，突然后悔起刚才自己的噤声。月亮那样声嘶力竭地叫我出去，它是想让我叫一声，它知道那个人在拿东西，它认得贼的样子，它想让只有孤单狗吠的夜里，也有我的一声喊叫。可是，我没有出声。

在我沉睡前的模糊听觉里，月亮孤独的叫声又在外面响起来了，一声接一声地，把我送入凉飕飕的梦。

在无数个刮风的夜晚，它彻夜不眠，风进院子了，树梢在动，树的影子在动，所有的东西都发出声响，连死去两年的那棵枯杏树，都呜呜地叫。

黑狗月亮的吠叫淹没在巨大的风声里，仿佛它也被风吹着叫，它的叫声也成了风声的一部分。在它过于灵敏的耳朵里，风吹树叶的声音都大得惊人。那时候，我在自己寥远的睡梦中，满世界不安的响动，四周阴森森，我身不由己，被拖进一场恐怖的梦魇中，我奔跑、嘴大张，我的声音像被谁没收了。最后，我拼命喊出的那一声，飘出窗户，被它听见。它猛地转身，从屋后满是月光的山坡回来，从树荫摇曳的果园回来，从只有它自己的吠叫声里回来。它对着我的窗户大叫，它不知道我在梦中发生了什么，但它听见我从未有过的叫声，它拿脊背搡门，像我晚起的那些早晨，它在门口守候久了，拿脊背笨拙地搡。

我在它的叫声里突然醒来。

（选自《天涯》2019 年第 5 期）

# 秘境之秘

祝 勇

## 一

紫禁城四大花园中，我独喜宁寿宫花园，我们通常叫它乾隆花园。

乾隆花园在宁寿宫区的西北角，是紫禁城中隐得最深的一座花园。在这座不太大（紫禁城中倒数第二大）的花园中，曲廊山石、崖谷洞壑连起二十多座楼堂馆阁，交接错落，“误迷岔道皆胜景”。

假如说御花园属于皇帝和全体宫妃，慈宁宫花园属于那些“退休”的太后、太妃们，那么乾隆花园则完全属于乾隆个人，透露出乾隆内心最幽秘的情感，他想什么、要什么，都通过这高墙内的花园得以体现。就像我小时候写日记，日记的保密工作做得越好，里面的文字越真实；需要上交给老师的日记，则都打肿脸充胖子，清一色的豪言壮语。

那一重一重的院落，一幕一幕的风景，都只是乾隆花园的序幕而已，就像那合久必分、分久必合的章回小说。但它真正的高潮部分，不在黄金分割处的符望阁，而在它的结尾处、花园的最后一座建筑——倦勤斋。

我写过《故宫的隐秘角落》，其实乾隆花园不只是故宫的隐秘角落，更是乾隆个人心中的隐秘角落，而乾隆花园最北端的倦勤斋，则是秘境中的秘境。只有走进倦勤斋——这乾隆花园的最幽秘处，我们才可能真正认识乾隆，尤其是那个藏在“千古一帝”的光辉形象背后的乾隆。

倦勤斋是一座面阔九间的居室，纵然屋顶上覆绿琉璃瓦，黄琉璃瓦剪边，廊前檐下绘苏式彩画，显示出某些不同，但乍眼望去，还是平凡而低调，就像晚年的乾隆，假若不着龙袍站在我们面前，也不过是一个普通的老头儿罢了。难怪有那么多的游客路过倦勤斋时，只是向它投去茫然的目光，甚至连看都没看上一眼，就被导游像赶羊一样赶过去，匆匆奔赴下一个景点了。

但乾隆终归是乾隆，他再低调，骨子里也是尊贵的，就像这倦勤斋，体量不大，貌不惊人，走进去，却别有洞天——在这“九间”房屋的内部，分为“东五间”和“西四间”两个区域。“东五间”又分隔成十余个小的空间，分别设有宝座床、书房、寝室、佛堂等，上下两层，拼合成一个凹字形的仙楼。用以区分空间的紫檀木落地罩，使用了竹丝嵌玉技术（使用和田玉两千多块）、双面绣技术（把针脚收纳于图案中，于正反面都看不见针脚）、竹黄贴雕技术（紫檀木壁板上镶嵌有竹黄百鹿和百鸟图案），这低调的奢华，专为乾隆私人订制。

倦勤斋退居在花园的最末端，藏而不露，但它的低调，掩不住它的富贵荣华。它静静地打量着花园空间的层层递进，就像乾隆本人，临风站立在自己的晚年时光里，安详地回望自己的一生。

## 二

有人问我，倦勤斋为什么要分隔成那么多小的空间？我想这纯属乾隆的个人偏好，同时也很符合人性，因为只有小的空间才会给人安全感，像一个温暖的子宫，或者，一床紧裹着的锦被，给人以温暖、安全。有一次，我陪法国朋友走过太和殿，他问，皇帝在这里睡觉吗？我一笑，反问，你会在这里睡觉吗？

太和殿太大，四周太空旷，反衬出人的渺小。在白天，太和殿上的皇帝并不渺小，众臣的朝拜，衬托出帝王的伟大，但白天不懂夜的黑，在夜晚，再伟大的人晚上都要睡觉，而睡觉是一个人的事——最多是两个人的事，不需要闲杂人等参与，因此，当白昼退场、众人退去，巨大的空间只剩下一个人或两个人，这空间就不再凸显出一个人的强大，而只能暴露他的弱小。夜色如潮水，漫过紫禁城，这宫殿里的人就成了荒岛上的鲁滨孙，孤立无援。

皇帝坐拥天下，但天下太大，几乎大到了无边无际、鞭长莫及。太和殿也大，宫殿的尺度与天下成正比。但作为一个人，需要的恰恰是小的空间，因为只有小的空间，给了他一个边界，让世界围拢在自己的身边，伸手可及，可亲可近，让自己成为这个世界真正的统治者。

大空间永远是冰冷的，那种冷是心理上的冷，与取暖设备无关；只有小空间才是温暖的。大空间是朝廷的、庄严的、仪式性的，小空间却是个人的、私密的、文人化的——我认识的许多作家的书斋名，都在强调它的小，比如一位作家的书斋名叫“七步斋”，说房间只有七步，当然借用了曹植的《七步诗》之名，有以曹植自喻的意思；刘绍棠老师的书斋叫“蝈笼斋”，极言其小，还不乏京味儿；但这都不算小，从斋名上来看，最小的书斋（居室）应该是元代画家倪瓒的“容膝斋”，书斋仅能容下膝盖，算是夸张到极致了，从这斋名，我们可以想象倪瓒独自盘坐，“容膝”其中的样子。

乾隆少年时生活过的重华宫，明朝时就有，面阔五间，进深三间，原本并不算小，却用雕工繁复的紫檀雕花隔扇，将宫室分隔成许多个小的空间；他登基后住的养心殿，同样被分隔成许多小空间，最小的暖阁，就是“三希堂”了。下朝的乾隆，盘腿坐在炕上，在炕桌上展读来自遥远晋代的书法珍宝，看倦了，就靠在锦枕上，沉沉地睡去。在他心里，三希堂永远是暖的，三希堂的原名也印证了这一点，它曾被叫作“温室”。有意思的是，三希堂东墙有一道小门，通向勤政亲贤殿，勤政亲贤殿后室中有一小室，叫“无倦斋”。但乾隆的生命太长——他是中国历代皇帝中寿命最长的一个，所以，他终会“倦”的，因此，后来又有了“倦勤斋”，在乾隆花园的结尾处等着他，“耆期致倦勤，颐养谢喧尘”。

倦勤斋虽小，但它的容积并不小——就像乾隆花园一样，集“殊香异色”于一身。在倦勤斋的每一个小隔间，密密麻麻地装满了乾隆喜爱的各种事物，像我这样的观者，很容易患上密集恐惧症。太和殿上的宝座屏风、角端香炉固然灿烂庄严，但它们是简单叠加式的，犹如一个人说话，通过反反复复的形容词来加强语气，但倦勤斋的神奇是通过变化来实现的，犹如魔术师的宝盒，可以变出鸽子、拐杖、绸带，变出种种意想之外的事物。是的，在那些宏大的意义之外，假若没了意外的惊喜，生命会变得多么单调和无聊。

倦勤斋里的各个独立小空间，由许多走廊相连，曲折狭窄的走廊，拉长了我们在倦勤斋内行走的距离，加大了倦勤斋的空间感，而且使倦勤斋产生了“移步换景”的效果。这样起承转合的空间叙事，让脚步有了探秘感，让目光不知疲倦。

还是回到倦勤斋吧，它的室内空间，不是一览无余，而是曲曲折折，辗辗转转，像一支昆曲，或者“春秋笔法”的文章，幽幽咽咽，弯弯绕绕，就是不把话说明白。自明代以来，随着城市的发展、土地的紧张，用于造园的“地皮”日益稀缺，园林开始“内向型发展”，不再追求场面宏大，不再简单粗暴地横向铺展，而是注重内部“挖潜”，追求“巧于因借，精在体宜”，使空间关系走向立体，起承转合、层叠错落，成为“曲径交叉的花园”。这样的流行风，也吹进了皇家花园。在乾隆心中，倦勤斋的室内，像大脑沟回般的回环曲折，不是因为他拿不到地皮，而是体现了这座建筑独具匠心的魅力。

## 三

小小的倦勤斋，真的像一个藏宝盒，藏着乾隆儿童般的想象力、少年般的顽皮和青春时代的激情。乾隆不喜欢一览无余地开敞空间，而是喜欢曲径通幽又豁然开朗的起伏感，喜欢赋予空间某种未知感，让人永远无法预想，在一个空间背后的下一个空间，究竟会是一个怎样的佳境。

在我看来，倦勤斋里最神奇的部分，不是明殿中被装修成上下两层的仙楼，不是那一个个用紫檀花罩隔开的小隔间，也不是装修中使用的手工绝活（在今天，那些绝活已成非物质文化遗产），比如竹黄贴雕、竹丝嵌玉、双面绣等，而是这耄耋的主人好似一个少年，有着无穷无尽的好奇心。

去年（2018年）秋天拍摄《上新了·故宫》，演员蔡少芬一进倦勤斋就张大了吃惊的嘴巴，她说，她想不到乾隆的世界是这样的，与她的想象，也与摄影棚里的世界大相径庭。房子里有那么多的小机巧，不像是一个见太多大世面的乾隆大帝，倒是与她女儿的心性不谋而合。我由此可以明白，众多儿女中，乾隆为什么那么喜欢精灵古怪的十公主。

乾隆花园的终结处，在倦勤斋；而倦勤斋的终结处，在西四间的墙壁。西壁上的通景画，画的是树石蓝天，让小戏院的空间，延伸向（画中的）高远天际。但那只是虚拟的远方，很少有人知道，在这终结之地，还藏着一个秘密，就是这层通景画的背后，还暗藏着一扇小门。穿过小门，真的可以“破壁”而入，进入一条暗道，出来时，竟然站在竹香馆里，又重新回到了乾隆花园。

乾隆在跟我们开玩笑吗？一个空间的玩笑，或者，关于生命的玩笑。风声中，我俨然听到乾隆的声音。他说，在这个世界上，没有终结。所谓的终结，其实不过是一个新的开始，就像这生命与朝代，都无不通向生死兴衰的无尽轮回。

## 四

竹香馆以竹为名，透露出乾隆对竹的偏好。其实竹子这一意象，在乾隆花园四进院落的第一进就已经出场，像一个预置的伏笔，等待着下文的呼应。禊赏亭在第一进院落西侧，紧依红墙，亭前抱厦中有流杯渠，用来追慕晋人王羲之兰亭雅集的风神，乾隆坐在那里，就可以呼朋唤友，约他心目中的“谢安”“孙绰”来喝两杯，而一千多年前的那场风雅事，就是在“茂林修竹”的环境下完成的（详见拙著《故宫的古物之美：书法风神》）。那些古老的竹，藏在王羲之的《兰亭集序》里，也通过禊赏亭内外装修所用的斑斑竹纹，得以重温。

乾隆一生作诗四万三千六百三十首，一人单挑《全唐诗》（《全唐诗》共收两千二百余位唐代诗人的作品四万八千九百余首），但没有一首诗被人记住，可见他不是一个杰出的诗人。但假如你对乾隆这么说，那可要得罪乾隆。在乾隆心里，自己诗文书画，无所不能，就像李白在《古诗十九首》里所写：“我志在删述，垂辉映千秋。”没有这份自信，他也没胆在历代名画上写字，用他柔弱无骨的“面条字”，在前代大师面前瞎嘚瑟。

乾隆对竹子的一往情深，是根植于他的血脉的。他的父亲雍正，就对竹有一种近乎疯狂的迷恋。他的御制诗中，有不少写到竹子，比如这首《竹子院》：“深院溪流转，回廊竹径通。珊珊鸣碎玉，袅袅弄清风……”我曾讲到过故宫发现的《十二美人图》（详见拙著《故宫的古物之美：绘画风雅 2》）——十二幅真人大小的美人绢画，画上的美人面目个个不同，没有人知道她们的身份，不知道画者是谁，亦不知道为何而画，我通过画上的“圆明主人”印章和屏风上的文字，知道这些画的背后，站着雍正（当时还只能叫胤禛），又发现这十二幅美人图有一个共同点，就是上面都有竹，或者说，竹子是十二幅面目不同的美人画里唯一的共同点。显然，在康熙晚年，当皇位争夺战在众皇子间如火如荼展开之际，没有取胜希望的雍正只好隐居在圆明园，暂时收敛起自己的凶狠冷酷，以竹和美人（几近于屈原所说的香草美人）自喻，表明自己不慕皇位、洁身自好、高风亮节，为自己猛灌心灵鸡汤，顺便也可以用这样的“姿势”来蒙蔽竞争对手。

因此，乾隆对竹的偏好，是文化熏陶的结果，也是遗传的结果。但令人意外的是，在乾隆花园里能看到的竹子并不多。竹香馆前假山堆石，苍松翠柏，却不见幽竹。所以蔡少芬会一脸蒙圈地问，竹香馆，哪有竹啊？我们都知道，竹子是南方植物，在寒冷的北方几乎无法生长，竹香馆外，也就没有“竹香”可闻。追慕古人、以竹自喻的乾隆也只能面临这样的尴尬。但皇帝一向不喜欢尴尬，更何况乾隆不是一般的皇帝。没有什么能够改变他对竹子的一往情深。因此，乾隆花园里是必然有竹子的，在这一点上，乾隆早就胸有成竹。只不过那竹子不一定都放在表面上，犹如真正的有钱人，不一定都时时刻刻想着露出自己的大金牙——有涵养的人都是笑不露齿的。那些竹子被隐藏在某处，我们什么时候发现它，什么时候才算真正走进乾隆的内心世界。

## 五

庭院深深，我们始终没有发现竹子。乾隆在和我们玩藏猫猫吗？他把竹子都藏到哪里了呢？翻阅《清高宗御制诗》，发现清高宗乾隆曾站在他的花园里，“面对此情此景”，曾不止一次地“吟诗一首”。这花园里，也曾像王羲之的兰亭一样，竹影婆娑。院落第三进有一座三友轩，取松、竹、梅“岁寒三友”之意，轩外自当是种上松、竹、梅这三种植物的。乾隆三十三年（公元1768年）乾隆写下《三友轩》一诗，在注文里证明了这一点：

轩中挂曹知白十八公图、元人君子林图、宋元梅花合卷，因以命名，而窗外亦植松、竹、梅三种。（故宫博物院编：《清高宗御制诗》，第九册卷七十四，第48页。）

乾隆的诗稿，不止一次印证了花园里竹子的存在。他在《延趣楼自警》里写："竖横峰岭势，飒沓松竹影"；（故宫博物院编：《清高宗御制诗》，第十七册卷五十一，第221页。）在《玉粹轩》里写："竹翠常摇籁，墙高因避风。"（故宫博物院编：《清高宗御制诗》，第十八册卷七十七，第224页。）竹香馆前，他也是写过诗的："竹本宜园亭，非所云宫禁。不可无此意，数竿植嘉荫。"（故宫博物院编：《清高宗御制诗》，第十七册卷五十一，第221页。）嘉庆也有《竹香馆》诗，是这样写的："岁晚花无韵，冬深竹有香。"（故宫博物院编：《清高宗御制诗》，第四册卷四十八，第189页。）显然，这些地方，有竹，也有香。

只是这些曾经茂盛的竹子，在帝国北方的寒风中摇荡飘零，早已踪迹难寻。故宫博物院近年对乾隆花园展开保护性调查，证明竹香馆的土壤呈碱性，植物不易种植成活，因此目前这一区域并无竹丛存在。（王时伟、刘畅、张淑娴：《乾隆遗珍》，第106页。）

但在乾隆的地盘里，竹子断然不会消失。但我们找不到它，这是乾隆花园留下的一个悬念。乾隆花园就像一部悬疑电影，不到终局，绝不揭晓谜底。

这谜底，就在倦勤斋。

一进倦勤斋，人们的目光立刻就会被"东五间"紫檀花罩上大面积的竹黄贴雕吸引。竹黄，是指毛竹的内皮，因其为黄色，称为"竹黄"。竹黄贴雕，是将竹黄制成的竹片贴在器物表面，再在上面雕刻纹样。倦勤斋"东五间"仙楼楼下的群墙上，贴雕的是"百鹿图"，山石松林间，有百鹿穿梭，悠游嬉戏，各具姿态；楼上的群墙，贴雕的是"百鸟图"，在树丛花间，有群鸟栖落，在空林中发出悠扬婉转的鸣唱。竹黄厚的地方，鹿和鸟毛发的肌理质感都无比细腻逼真，在窗子透射进的光线里，发出润泽的光。

庭院里消失的竹子，在"东五间"明殿里，以竹黄的形式存在着。但这并非谜底的全部，因为像乾隆花园这样的"大片"，谜底不是一次性揭晓的，而是"层层剥笋式"的。

在"东五间"明殿西侧的落地罩背后，藏着通往西四间的走廊，拐到一个"镜厅"戛然而止。"镜厅"是一个小隔间，共有两面落地镜，一面是真实的落地镜，另一面落地镜同时又是一道暗门。推开这扇门，拐过一道窄窄的走廊，进入一个更大的空间，所有人都会眼前一亮，大吃一惊——

在这幽秘的倦勤斋内，竟然暗藏着一个巨大的方形剧场（戏院）。戏院的正前方（正西），是一座攒尖顶的方形小戏台，皇帝的宝座在东面，背东面西，与戏台对望。戏台的北墙和西墙，有通天落地的“通景画”，以西方透视法描绘山树楼阁，利用视像的错觉延伸了室内的空间，使画上的风景与室内的布置融为一体。头顶上则画满了紫藤花架，透射出宝蓝色的天光，人在这小小的室内，有如置身开放的庭院里。

在戏台的两侧，有金黄灿烂的竹篱药栏铺展弥漫。那些竹篱，一部分是真实的，一部分延伸到画里，实物的竹与画中的竹无缝衔接。

这里不是有竹吗？

说乾隆花园没竹的，只因他没有走到乾隆花园最隐秘的角落。

这也正是我一直关注“隐秘角落”的原因。

（选自《当代》2019年第5期）

# 又想起了铁生哥

刘咏阁

## 一

日子流逝得好快，转眼间，铁生哥离开我们都八年了。作为当代最具思想深度和人性审美高度的文学大师，史铁生在中国文坛是一个跨时空意味的存在。这么一个以得病治病为生的“业余作家”不算高产，但并没妨碍他的文字有直追诸子百家的智慧，有《圣经》般纯净安然的美好。奇迹在平凡中呈现；生命当然可以像梦一样被解析；人比神总还是理智，你只要想，总能面对一个更新的世界。无疑，时间将会证明他跨时空存在的意义。最近我听到有诗人感慨，说没有了史铁生的文坛好像一下子丢掉了一些曾熟悉的如宗教般平和且略带苍凉意味的桥段，少了一些真实和冷静，也少了一些了悟和启迪。而我在想，如果哥没走呢？

“死是一个必然会降临的节日”，这是他很早说过的话，一句听上去很有暖意，很有浪漫色彩的话。或许这是他在贯通生与死的视角上得出的结论吧！知道哥离去的时候我曾跟自己说，显然他听真切了上帝喊他回去的声音。这是属于他的日子，他去赴节日之约了。我知道，哥从来都不是疾病和死亡的囚徒。这个日子也会因为他向死而生的那份泰然而成为一个死而后生的界碑。

话虽如此，或曰权作如此。因为再理性或是再豁达的文字跟现实感受总还是有距离的。这么多年在我心底里就总是耿耿的，觉得上帝招呼铁生哥把点儿弄错了，毕竟时间还早啊。

我没统计过，当然也不知道如何统计。但直觉让我相信，如果问中国的作家谁笔下出现“生死”这两个字的频率最高，我觉得一定是铁生哥。记得我姐夫曾说过，“铁生早在每天去地坛‘消磨时光’那会儿就已经把生和死弄明白了，他知道怎么平衡生与死的绞杀。他的生命哲学不仅是叩问生的意义，也包括对死的诸多解惑，应该是对整个生命过程的关照。而病痛与悲伤对他已经成了一种享受”。

也许正是因此，在他后来的许多作品里“生与死”交织互动，都是鲜活透明的角色，是契机，是理由，甚而是一片风景。

一般而言，“死”无论如何不是一个愉悦的字眼，人们憎恶死亡是天性使然。可铁生哥不是一般人，在我眼里他是像人类先知一样的大智者，有透视现实和未知的神灵感应；他如但丁附体，屡屡泛舟冥河去地狱描摹死神的群像；他也可以像周伯通那样左右手互搏，让“生”与“死”对话、调侃、嬉戏。“死”虽衍生于“生”却并不受“生”的制约。在他的世界里，生命不孤独，生与死的距离是有协商意味的。或许生命的本质就是痛苦，即便如此，他也从未放弃在注定的困境中不停地寻找欢乐机会的过程。他不仅用文字，也用自身的“生死履历”推演着鲜活的生死之道——生不单为了死，也为快乐；死不单会扼住你的咽喉，也会为你留一个出口。因此，生与死都需要虔诚面对。尤其当他将“死”界定为节日的那一刻，“死”的形而上意味也随之攀升着。显然，这是一种“道”层面上无言以述的虔诚。也因此，读他笔下的“死”不会有丝毫恐惧之虞。相反会感受一种没有功利意味的平易和纯粹的松弛，以及他独有的微笑做语境背景的生命智慧。我觉得这还不能泛泛地归纳为他对现实状态的释怀，因为释怀的推手往往是无奈积累的认可，有“被”的意绪。而铁生哥分明开辟了一条灵魂通道，无论什么时候，我们的灵魂都不会无路可走，甚至无家可归。如此说来，“死”其实是死神与肉身达成的“换个模式看这世界”的协议。如果将它视为呈现生命尊严的一种升华也未尝不可吧！或许这就叫死而后生。

如是，我又会跟自己说：上帝不是因为铁生哥被病痛折磨得太累了而召他回去，可能是把他对“死”的透视和泰然误认为是一种期许，从而早早让他去那边休假了。尽管都说那边怎么怎么好，没有病痛，是天国。

## 二

说起来，我和铁生哥的缘分还是因为他和我姐夫的关系。铁生哥在散文《我与地坛》中曾经用不少文字描述了他一个非常要好的朋友，即那个“被埋没了的最有天赋的长跑家”。这个长跑家就是我的姐夫李燕琨。姐夫是二十世纪七八十年代北京有名的业余长跑运动员，多次获得北京市春节环城赛跑（“北马”的前身）的冠军。许多朋友也许不知道，史铁生不但是个标准的体育迷，也曾经是运动场上的高手，上中学时还获得过区中学生运动会跳远的冠军。或许因为体育，抑或是命运同被那个特殊的年代殃及，他才与我的姐夫成了莫逆之交。

很多年前，我家、姐夫家，还有铁生哥家住得都很近，铁生哥因病返回北京不久和姐夫就认识了，由于年龄相仿，言语投机，很快成了好朋友。那会儿铁生哥刚进入“轮椅世界”不久，整个身心状态处在一个低谷，姐夫是他最重要的倾诉对象。那时他们都还年轻，只要有时间哥儿俩就会凑一块儿质询岁月问道人生。老话说“人以群分”，他俩就都是那种特善良、特热心，为朋友的事不惜流血流汗的人凑一块儿了。铁生哥身体不便，当时史家有什么重活儿累活儿姐夫总是不由分说全力去帮忙，而姐夫遇到什么不开心的事儿铁生哥也会摇着轮椅往前冲。我印象最深也最受感动的一件事是——有一次姐姐和姐夫闹别扭（那时他们刚恋爱不久），一赌气谁也不理谁了，铁生哥知道以后急得够呛。连午饭都没顾上吃，顶着大中午的太阳从雍和宫摇着轮椅来到我家做姐姐的“思想工作”（我们家院子门口好几级台阶呢，当时轮椅摇进来费大劲了）。估计那天铁生哥也发现了自己有做调解工作的天赋，尽管最后说得口干舌燥了，但愣是把当时还在气头上的姐姐给说得“阴转晴”了。如果放在今天，铁生哥从我家出去第一个动作肯定是掏出手机给姐夫报告好消息，可那会儿通信太落后，几条胡同能有个公用电话就不错了，做啥事儿都得往对方家跑。铁生哥为了第一时间把姐姐“破涕为笑”的消息告诉姐夫，再三婉拒了妈妈和姐姐在他面前摆好了的饭菜，出了门赶紧摇着轮椅又直奔姐夫家去了。后来听姐夫说铁生满头大汗到他家时还没进屋呢就嚷开了:“大妈，快给我来一杯凉白开，渴死我了。”

真所谓此一时彼一时啊！今天把这事儿当故事讲感觉很有趣，可静下来仔细想想四十几年前的人真就是这么单纯，真就是一根儿筋地“冒傻气”。如是你我他都会发问了——那现在天底下还会有这么实在的人吗？为朋友的事儿这么“卖命”的人还能遇到吗？答案嘛……嗨！您知道二十几岁时的史铁生就是这样的“傻帽儿”就行了！

当然朋友、哥们儿的情谊都是相互的，记得铁生哥患尿毒症住院那会儿，姐夫也是急得直上火，就像自家弟弟得了病似的不顾一切放下工作和训练，忙前跑后几乎每天去医院陪护。

四十多年前北京百姓的业余文化生活匮乏得一塌糊涂，所以每年一度的春节环城赛跑就成了人们或参与或关注的盛事。那时，姐夫身边就总有一群半大小子每天跟着他练习长跑。非常巧，当时我小弟在东城区业余体校（地坛体育场）也练长跑，而且小小年纪已经是北京业余体校层面的佼佼者了。东城体校和地坛公园就一墙之隔，很快小弟和每天在地坛公园训练的姐夫认识了（他们的相识也注定了姐夫和我姐姐的姻缘），并成了亦师亦友的关系。当时我在上初中，同时也在学习画画儿。每天放学我都会带上画夹子出去画速写或素描，要么去人最多、最热闹的北京火车站候车室画人物，要么就是去人最少、最清静的地坛公园画风景。

去地坛有时会碰上姐夫他们训练，一来二去的和姐夫还有他那群弟子也熟了。一晃过了两年。忽然有一天，姐夫他们的人群里多了个坐轮椅的哥哥，戴个黑边儿眼镜，腿上放着两本书，挺斯文的样子。记得当时他手里拿着一张纸，上面用钢笔记录着姐夫每跑一圈的用时，精确到秒呢。我特惊讶他居然能和姐夫一同分析每一圈和大致几个时段的用时落差及原因，而且说得挺专业。看上去他和姐夫应该是老熟人了。也就是打那天起我认识了史铁生，并随着小弟和姐夫的弟子们称呼他铁生哥。那时铁生哥就爱说爱笑的，尤其脸上的表情丰富极了，有时也会叫着姐夫弟子们的小名儿跟他们玩儿个小幽默什么的。

那时候我学画儿的重点是在人物素描和速写上，所以并不是天天去地坛。但只要去百分百能见到铁生哥。他除了看书（时常也看他在一个塑料皮儿的笔记本上记录些什么），还兼着姐夫的“助教工作”，像帮着他们照看训练用品，帮着姐夫记录训练的圈数和时间什么的。那时我去地坛总是先找个喜欢的角度自己猫着画画儿，一般都是我画得差不多了，姐夫他们的训练也结束了。这时我会过去和他们凑凑热闹。现在回想起来，很多时候我过去是因为喜欢听姐夫和铁生哥的聊天儿，哪怕就听他俩聊训练的话题也觉得有意思。铁生哥是个和蔼可亲的人，每次见到我都会微笑着问：“咏阁，今儿又画什么了？让我看看。”记忆中他对我画的古柏树速写总是特有感觉，他曾说：“喜欢看你这些纠缠在一起的线条，像是岁月无声的撕扯。”他还说过：“可能是古柏自带着沧桑和历史的面容，一落到画儿上感觉离我们熟悉的日子更远了。”有一次我去得早，正好在南门外和他碰上。他说：“我带你去个地儿，那儿有几棵古柏肯定特入画儿。”他一边说着摇着轮椅带我来到了祭坛的东南墙外。这边是挺偏僻的，几乎没有穿行的人，杂草和荆棘很多，看上去确有荒凉的画趣。铁生哥指着几棵巨大的古柏说：“一会儿你画画它们吧，我觉得它们的躯干和树冠可以表现的元素太丰富了，随便换个角度感觉都会不一样。够你画上几天的。”他一边说一边抬头仰望着距他最近的那棵古柏，两只手臂使劲撑着扶手，脊背和脖颈向后直挺着都靠实了轮椅：“你看这些和树干扭曲成一团的大疖子是不是特有故事感？我建议你别轻视树冠上那些细枝末梢，别看它们漫不经心随意舒展的样子，实际它们寓意更丰富更有灵性（事后我明白哥是在含蓄地指出我的问题，先前的速写确实更偏重对古柏主干的刻画）。”此时我好像没太在意哥说的话，却对他“费力”地仰头凝视古柏的身体语言很莫名地动了恻隐之心。我想如果没有那些裸露的树根阻碍，他一定会摇着轮椅上前去抚摸它的身躯。这时恰有微风吹来，古柏周围荒寂的杂草竞相舞动起了腰身，一大群麻雀也呼啦啦地自草丛中跃起向远处那片松林扑去，仅一瞬间竟是满眼动感和生机。我下意识地看了一眼铁生哥一直并拢着的双腿，随着他的话音我张开双臂上前拥抱了那棵古柏（这棵古柏围度太大了，与其说是拥抱不如叫投怀送抱）。我拍打着树身上的疖子，轻抚着那些深重的沟痕，围着它缓缓绕了两圈。现在回想起来觉得自己当时的举动蛮浪漫也蛮“情商”的。以我当时十六岁的年纪真没有多少词汇量能与铁生哥的感觉对话，但我的举动也不失为是一种积极的回应吧。说得再实在点儿，我当时没想别的，就想用我的身体替他亲近一下那棵古柏，就这么单纯。

那天傍晚，铁生哥看着已经被我“移植”到纸上的那几棵古柏依然饶有兴致，并说道：“我一直觉得它们是地坛之魂。”他这句话连同他对地坛古柏那些独特的感觉让我记得特真切。

也许因为视角脉络和笔墨着意点的关系，后来铁生哥在他的名篇《我与地坛》中并没有提到他钟情的“地坛之魂”。多年后我曾几次想跟铁生哥提起地坛的古柏，几次都是话到嘴边又打住了。

最近我有种冲动，正准备向有关方面建议呢——地坛公园是文学大师史铁生写作的起点，他的文字让这座古老的皇家园林享誉国内外。仅是史铁生和它的故事就足以让这里成为二十世纪末中国现代文学的一处圣地。……总之，可以有许多理由让史铁生坐在轮椅上的铜像伫立在地坛公园里。我想，如果有关方面有远见，有历史的眼光，这事儿就能成。

## 三

最近一段时间总想起铁生哥那辆不起眼的轮椅，想起他坐在轮椅里笑语欢声的许多瞬间。我认为最经典、最具审美价值的还是他右臂搭在扶手上，左手伸过来轻扣右小臂，整个身躯顺势向右斜倚椅背或沉思冥想，或谈笑风生的镜头。每每都会让我想到米开朗琪罗的天顶壁画《创世纪》中那个坐在椅子上向右斜侧身体记笔记的犹太先知但以理。不但身形和姿态近似，连脑门儿的阔度也有几分相像。之所以会有这样的联想是因为他们都是我心中智慧、善良、圣洁的化身，都是我心目中能释解梦惑、出言必有时空回声的巨人。

还有，铁生哥坐在轮椅上那标志性的微笑也彰显着永恒意味的大美。我相信所有和他有过面对面交流的人都会熟悉这个画面——他向你送出微笑的瞬间一定伴着上身和头颈的微微前探，像是同时捧出了温暖和善意给你。感觉不仅有世俗的亲和力，还有一种莫名的，或许在教堂能体会到的慰藉和安适感。那时候年少也不会形容，但这个动作特别吸引我，经常暗暗地揣摩它，甚至会情不自禁地模仿一下。后来长大了才越发觉得他的微笑和伴着的这个动作不是为了客套刻意做出来的，而是他诚实善良人性的下意识反应。也因此，铁生哥坐在轮椅上的微笑是印在我心上的。

记忆中从二十世纪七十年代中期开始，每年春节环城赛跑铁生哥都会摇着轮椅老早等候在北二环雍和宫街头或东直门立交桥附近为姐夫加油助威。印象最深的是1982年的那届赛事，我和五六个姐夫的拥趸推着铁生哥从雍和宫一直走到天安门广场，为的是看最后的颁奖仪式。一大早我们就出发了，开始铁生哥不想让我们推着他，说自己转动轮椅都习惯了，可架不住我们一群大小伙子的热心和力气呀。大家轮着推铁生哥走，一路上有说有笑真跟过节似的。之前我印象中铁生哥的轮椅挺旧的，每次看他转动两侧的轮子时都觉得挺费力。那天我发现他已经换了新轮椅，说不清是什么配置，反正我推着铁生哥走的时候一点没觉得用力，感觉人车合一特别轻便。那天按铁生哥的预测，我姐夫肯定能拿冠军。路上他给我们讲姐夫的优势，对其他几位很有实力的名将也逐一作了分析。比赛的结果如铁生哥所料，姐夫获得了冠军。当姐夫从领奖台下来特意把奖杯放到铁生哥怀中时，他兴奋地把奖杯举过头顶，连坐着的轮椅也忽悠着向前滑动起来。我这是头一次见到他这么忘情。记得回家的路上，姐夫亲自推着铁生哥，他们一直在聊刚刚结束的比赛，我看得出来铁生哥是发自心底为自己的好朋友夺冠而高兴。打那天起，我也时不时跟姐夫，要么就一个人去找铁生哥玩儿。有一个阶段我甚至觉得最开心的事儿就是听姐夫和铁生哥两个人的聊天，虽然惺惺相惜，但他们之间无论聊什么话题都不是虚伪的相互迁就，而是各抒己见，言无不尽，且互为倾听。其实他们二人性格迥异，姐夫偏外向，思想敏锐，谈话的语调激昂颇具感染效果。铁生哥则沉稳深邃，字句间隐喻着哲理和内涵，且柔和平缓的语气总能贯穿始终。姐夫聊到兴头会有身体语言的辅助，比如夸张的手势。铁生哥则面目表情丰富，是那种会让人有联想的表情。尤其那双总是微笑的眼睛闪烁的都是智慧的火花。听他们聊天我总会想到抑扬顿挫这个词，感觉是一幅幅错落起伏、节奏和谐的画面。

## 四

如果谁问我和铁生哥的交往中最不能忘记的一件事是什么，我会反问他，一向沉静如水的史铁生曾为我出头做过一回绿林好汉你信吗？

也是在1982年。日本文部省擅自将教科书上"侵入中国"修订为"进入中国"，引起了许多中国人的强烈不满，那时我也是不满的中国人中的一位。自己还周密策划了一个向日本使馆递交"北京百姓签名抗议书"的活动。为这事我特意去征求了铁生哥的建议，希望得到他的支持。其实这里说“希望”与当时的情形是有出入的。但我又必须这么说。一是为了淡化自己当时义愤填膺的情绪，进一步显示自己策划的活动很理智；二是史铁生早已是家喻户晓的文学大师，这样说也是对他和所有喜欢他的人的尊重。实际上当时我是这么想的，铁生哥有思想、有情怀，而且热心善良，这种为国家为民族出头的事他肯定能帮我，也必须帮我。国家兴亡匹夫有责，何况他还是拿过大奖的著名作家，他更应该带头支持我。所以那天去找他的目的很单纯，就是让他助我一臂之力，让他第一个在“抗议书”上签名。现在回想起来当时那份自信真是既单纯又可爱，也挺好笑。如果今天谁还用这种思维模式和社会打交道，那绝对重度精神病。正因此，我也反思过，尽管当时一心想的是爱国，尽管没有一丝借铁生哥狐假虎威的意识，但我当时那种不由分说“闯入”他家的举动和激昂的情绪状态真有些道德绑架的意思。铁生哥是智者当然很明白个中轻重，按当时的情形他可以有很多的理由婉拒我，可他偏没那么做。

那天下午到他家时正赶上有五六个影视圈儿的人围着他在讨论小说改编电影的事儿（这是事后听铁生哥说的）。屋门大开着，由于屋子小，有人索性把椅子搬出来坐在门口。随着铁生哥作品不断发表、获奖，到家里采访他的记者愈加多了，之前我也遇到过，但这么多人围着他还是头一次遇见。当时的场面挺像老同学聚会，屋里屋外的人都在抽烟，谈话高一声低一声，感觉每个人说话的语气都像是主角儿。见他们聊得正欢，我在门口那个留着络腮胡的大叔身边停住了脚步，想寻摸他们谈话的缝隙再进去。这时坐在屋里的铁生哥先发现了我：“那不是咏阁吗，有事吧？快进来呀。”有了铁生哥的口谕我就没那么多犹豫了，几步迈进了屋子。记得我和那几位要么胡子拉碴、要么邋里邋遢的客人恭敬地问了声：“老师们好！”也没容铁生哥跟他们介绍我是谁就径直站到铁生哥的轮椅边开始和他叙述我策划的活动，并将事先写好了“抗议书”的大本子递到他手里。铁生哥一边接过本子，一边用左手熟练地往后推了一把轮椅，并顺势拉我坐在了他身旁的床边上。这个过程里他脸上挂着的一直是他那标志性的微笑。铁生哥听我说完后先问了我一句：“这个策划你姐夫知道吗？”我回答说：“他去外地集训了，还没和他说呢。”这时他打开本子开始看我用正楷写就的抗议书。我记得抗议书一共撰了五百多字，铁生哥却反复看了至少得有两三遍。忽然他抬头问那些已经略显出不耐烦神情的朋友们：“哎，你们知道日本文部省改教科书的事儿吗？”有人回答：“好像听过一耳朵。”坐在门口那个留着络腮胡的大叔一边往地上弹着烟灰也跟了一句：“刚听这小伙子跟你叨唠才知道的。嗨！平时哪有时间听什么新闻呀。”铁生哥跟他们“嗯”了一声，并随即跟他们介绍道：“这是我一个好朋友的弟弟，也是画坛后起之秀呢。”那些人并没有附和铁生哥什么，而是纷纷调整了自己的坐姿渲染出“那就再等一会儿”的氛围。铁生哥却用挺兴奋的眼神刻意打量着我说：“咏阁，我一直觉得你的注意力只在画画儿上呢，真没想到你还是热血青年啊，这么有激情。难得！难得！”他连续两个“难得”说得我有点儿不好意思了，只跟他的眼睛对视着没说话。铁生哥接着说道：“这抗议书措辞挺有力的，我看没什么毛病。”他说这话的时候还特意用拳头捶了一下我的肩头，接着挺严肃地问我：“你准备征集多少签名呢？”我回答道：“把这一本儿签满了就递进去。”听了我这话，铁生哥又把大本子拿了起来，他随意翻着整本儿的空白页若有所思，而后微笑着说道：“很多时候匹夫之勇并不一定都是心血来潮或是莽撞，它在某种特殊时期或特定的背景下常常可以唤醒一种力量，一种使命意识。”他停顿了一下又补充道：“我并不是说你在逞匹夫之勇，你的策划，包括抗议书还是很理性的。但你确实又是一个人或是几个人的行动，这个过程确实要有点儿匹夫的精神作支撑。这一大本儿都签满了名字想想都是个工程啊，还别说会遇到什么麻烦事儿。”此刻我明显觉得哥看我的眼神有些异样，说有些游离也是可以的。忽然他又一次用拳头捶在我的肩头，我能感觉到他这次是用了力的：“你这份激情和使命感真挺难得的！”紧接着他刻意加重了语气——“好，我必须支持你！”说罢他伸手从桌子上的笔筒里抻出一只黑色的老式粗管儿钢笔，拧下笔帽特别郑重地签下了“史铁生”三个字。说实话，也许是太熟悉了，铁生哥签下自己名字那一刻我没有什么特别激动和感动的情愫，但他说的“使命感”却让我至今都心怀感动。因为我一直觉得铁生哥是思想大师，他说的很多话都意味悠长。在我看来，他说的使命感已经超出了对我个人褒奖的范畴，应该还有更深层的内涵。

而接下来的事很有趣，像是安排好了似的。

我还清楚记得当铁生哥在抗议书上签完自己的名字后并没有马上把本子递给我，而是停笔微笑着环顾了一下已经由不耐烦向反感神情过渡的朋友们。我当然明白铁生哥的意思，马上站起身谦恭地向他们请求道：“几位老师也都在抗议书上签个名吧？”按当时那间小屋子里的语境，我觉得他们会附和着铁生哥的做法也签下自己的名字。但事与愿违（显然我把事情和眼前的人都想简单了）。随着我的话音落地，令我诧异，也令铁生哥略显尴尬的是，那几个人分别选择了或马上仰头做冥想状，或赶紧弹开精致的金属烟盒往外拿烟，或把自己的视角极速调向门外做看到一只猫潜过，抑或是被一片落叶扰到的惊奇状。那一刻在那间狭小的屋子里竟演绎了一幕堪比川剧“变脸”的情景剧，太鲜活，太生动了。仅是一瞬的冷寂和尴尬，铁生哥把本子合上递到我手里笑着说：“这几个老师还不太了解整个事情的情况，先别签了。你也回去吧，我们还得接茬儿谈事儿呢。”毕竟我的请求被我称作老师的几个人装作没听见啊，那一瞬我有点儿蒙了，自己都能感觉到从铁生哥手里接过本子时表情很复杂，肯定悻悻之色多一些。这些当然逃不过铁生哥的眼睛，这时他把右手特意抬高了伸向我，我愣了一下，但马上也伸出右手和哥的大手握在了一起。我能感觉到他握得很用力。长这么大这是我和铁生哥头一次握手，说心里话，那一刻挺激动的，是一种被抚慰的激动，甚至有点儿想掉泪的感觉。首先我明白他是用握手的形式让我能自信地走出这间狭小的屋子，同时我也强烈感觉到了哥对我的认可，他是把我当作一个男人，一个懂匹夫之责的男人来尊重的，尤其当着他那几位会“变脸”的朋友跟我握手更显得意味深长。

铁生哥握着我手的同时还嘱咐了几句征集签名以及递交抗议书时应该注意的事情，尤其强调别做过激的事儿。这时屋里那几个人脸上的疑问愈加清晰起来——你史铁生怎么就能停下我们的“正事”而对这小子“瞎胡闹”的事儿那么上心呢？万一他整出点儿国际影响来你就不怕受牵连？一瞥间我分明看到一双满是鄙视和反感的眼睛正瞪着我呢。其实从我进门到离开也不过就十来分钟，但我一直不明白，一个个都是顶着文化人头衔的半大老头儿，怎么就容不下我一个年轻后生呢？这可是史铁生的家呀（后来我明白了，他们当时不给铁生哥面子是觉得他们在帮史铁生出名呢）！当然这都是后话了。最初的意愿达成了我知道也该回去了，遂起身向铁生哥道别：“哥，我走了，你们赶紧忙吧。”同时我还谦恭地向铁生哥的几位朋友表达了歉意：“不好意思，打搅老师们工作了。”说完我拿起书包正要往外走，铁生哥一把又拉住了我，并顺手从桌子上拿起了他刚才签字用的那只老式钢笔：“咏阁，这支钢笔送你了，它笔尖儿特粗，适合签名用。”“那谢谢哥啦！”我接过钢笔的那一刻觉得铁生哥就是行侠仗义的绿林好汉，他递给我的不是一支钢笔，而是一柄正义之剑。面对我这个充满了一腔热血就要走上街头为捍卫民族尊严募集签名的小兄弟，他即便不能确定接下来的环节会不会有什么乱子出来，也要力所能及地帮助我迈出这第一步。

我的预想没有错，铁生哥果然是能量和智慧的化身。接下来“北京百姓签名抗议书”活动进展总体顺利，其中有些小的磕绊和阻碍完全就是上帝安排的花絮，可以忽略不计。二十多天后一本签满北京老百姓名字的抗议书通过外交渠道递进了日本大使馆。说实话，我一直为自己当时找到铁生哥这样的大智者给活动“开光”而庆幸。想一想谁能说这不是安排呢？

过了很长一段时间我们又聊起了“抗议书”的事，铁生哥说那天在场的几个朋友都是影视圈里的腕儿。是啊，如果不是腕儿，那一幕“变脸”就不会那么精彩。而那几张被我定格了的“脸谱”也的确对比度很强地衬托了铁生哥当时对我的支持显得“很草率”，对自己的声誉和政治生命显得“很不负责任”。

一晃过去快四十年了，这事儿已然成了故事。不过即便到今天我也无意要把它界定到什么高度去说，因为那绝不是铁生哥愿意听到的。但如果真从故事的角度讲，那天为给我打气，为我出头的铁生哥就是好汉林冲啊。

后来铁生哥终于搬离了雍和宫旁边那个破旧的院落，见他一次也不像原先那么容易了。偶尔逢年过节的还去看看他，依然会碰到一些看上去很有文化范儿的人簇拥在他家中。微笑虽然是铁生哥的符号，但他内心并不喜欢身边总是这么热闹，他曾跟姐夫甚至跟我都说过，安静的思考和写作是他成名以后一直都很难做到的事情。他甚至说："我的写作是在病痛和朋友来访的缝隙中进行的。"

## 五

据我所知，有的中生代画家也喜欢史铁生文字中隐喻的哲理和内涵，有的确实或托人或当面请他为自己的画册写评论或写序言，但铁生哥都婉拒了。按他的说法就是寸有所长，尺有所短，手伸得太长就该露怯了。但我很幸运，因为他平生只写过一篇关于美术作品的序，就是为我写的《刘咏阁画集序》。这也成了我一直骄傲的资本。

2002年年初，中国民族摄影艺术出版社策划出版我的个人作品集《墨庐墨迹——刘咏阁绘画作品集》。当时我的几位授业恩师李新民、龙瑞、梁树年、大康，以及评论家柯文辉，书法家李铎、沈鹏诸先生都为我写了寄语、评论，或是题写书名。但就要交付印刷的当口儿我突然想到了铁生哥。为什么不请铁生哥帮我写篇文章呢？多年前我在地坛画写生他就对我的画儿有感觉呀。他文字里的智慧和审视问题的思想深度绝不是一般美术评论家能比拟的，我深信在他的轮椅世界里一定贮藏着独特的对绘画艺术的认知。我把这想法跟姐夫说了，他蛮支持的，还说："一个多月前我跟他说过你要出画册的事，他还说祝贺你呢，还打听你去欧洲办巡回展的事儿落实的怎么样了。"

一个周日的晚上，姐夫陪我去到了铁生哥家，那天巧了，居然一个客人没有（事后我想这是上苍特意给我安排的时间），也因此我们聊得特嗨。记得当我把关于给画集写评论的想法跟铁生哥说了以后，他微笑着先给了我一颗定心丸："放心，我肯定得给你写点东西（他同时告诉我说曾婉拒过好几位画家写文章的请求）。"随后他问了画集的开本大小、多少幅作品、哪家出版社等。令我吃惊的是他竟然还问到有没有表现地坛公园古柏的画儿，那一瞬我相信他和我都记起了那几棵被他形容为"地坛之魂"的古柏。

接下来，铁生哥非常仔细地看了我带去的部分原作和图片，他并没有具体评价我作品的优劣，而说的第一句话是，“你笔下的题材和表现手段可真够丰富的”，他一边说着一边将后背靠实了轮椅认真地打量着我，像刚认识我似的：“你说这是勤奋呢？还是感觉上的（他这里强调了比如对色彩、对形态，或纯是观念层面的思考实验）天赋？或者说这是一种稳定的‘不确定’思维模式？”此时他把头转向姐夫：“我想象不出咏阁这些年是怎么研磨出这么多风格和手段，而且落差、跨度都很大，相互牵连和演进的痕迹几乎看不到。”其实姐夫也不是很了解我的创作状态，但他对我几位老师的绘画成就还是知道一些，他说：“或许还是受老师影响吧，咏阁从小到大接触的老师比较多，老师们的研究领域和表现风格也都很迥异。”这时我觉得有必要插几句话了，我看着他俩缓缓说：“我自己体会应该是两方面吧。一是和几个老师不同的影响确实有关，再就是跟我艺术上‘不安分’的性格有关。”铁生哥打断了我：“不安分？怎么个不安分？”我用微笑回应了一下铁生哥看着我的笑脸顺着自己的话茬儿继续说道：“应该说我在技法上属于悟性较高的吧，学东西比较快。当我掌握和了解了一些基本技术和相关的艺术理念以后，我马上就不太‘专一’了，不喜欢重复自己，尤其不愿意被所谓‘成功的形式’（这里我特意强调了自古以来画家们其实都热衷于建立自己固有的符号以此证明自己）束缚住自己。喜欢在‘举一反三’中获取更多理性或非理性的契机或语言，在突破和重构中寻求那个也许永远都触摸不到的所谓的艺术真谛。所有表现的对象甭管是人物、汗血马，还是山水、花鸟，我都愿意尝试多样的表现方法，要么具象，要么抽象，要么借鉴古风，要么中西结合，要么就是纯观念，总之我喜欢每次创作都能有一些‘生涩’感。”听到“生涩”二字铁生哥一直盯着我的眼神一下子睁大了，我感觉他似有疑问，便主动解释：“哥，我指的生涩主要是有意给自己制造一些‘形式上的麻烦’或‘内容上的矛盾’，为的就是追求和之前不一样的感受，而且为了达到预想效果会不择手段。其实我一直觉得艺术创造只有在动态模式下才会把真实的感情投入进去。我觉得这不是艺术创作的全部乐趣，但也是之一。”说到这儿我又赶紧补充了一句：“我再说两句风格吧，其实用一两个稳定的表现形式画几十年可以算风格。但这么多年我的创作从内容到手段一直追求常画常新的不稳定态势，按圈内老眼光看这是没风格，但我一直就是这么‘固执’，日子久了也就成了我的风格。有很多人都说看我的画儿绝不会‘打盹儿’，因为能感受到不同的情绪状态在画面中涌动。哥，我自己觉得我的风格理念和实践更有时代感，您觉得呢？”铁生哥没有作答，只是用微笑的眼神看着我。

也许是自己年龄也不老小了，突然觉得和两位我一直仰视的哥哥聊起艺术来已经不像过往那么“低调”。听了我的叙述，铁生哥像是若有所思，嘴里念叨着我刚说过的几个词：“理性或非理性，真情实感，不专一，不重复自己……”转瞬他又是一副胸有成竹的表情并对我说道："咏阁，别写评论了，我给你写一篇序吧。你作品的多面性和太多的不确定性如果写评论不但耗时费力，还容易出笑话，毕竟许多专业的东西我不了解，如果为写评论我再去补课也不现实。"他说到这儿又翻弄起手里的那一摞作品图片，接着又说道："虽然我不太懂画儿，但你的画里面确实有一些我感兴趣和引领我去思考的东西。表现语言的不确定性，思维或是理念的徘徊、踟蹰并不代表你的声音就是微弱的，包括你刚才说到的理性或非理性，创作的动态模式都可以是我聊绘画的入口。"他还说："我一直相信第一感觉的重要性。像你作品中有些被我第一眼捕捉到的无论是形态还是色彩，哪怕被你认为是败笔的形式，对我而言也许都很重要，都有可能为我的说法提供多样的可能性理由，这就相当于一种谜语有了多样的猜法。"

那晚上铁生哥明显受到了我作品的某种刺激或是启发（这样说不是为了标榜自己，而是想说：那晚我才意识到天才的灵感之源或许正是被我们常人忽略的某一个点），话头异常的密，而"不确定"则成了那一晚他每一句话的"主语"。有句话叫"听君一席话胜读十年书"。铁生哥那一晚没完没了的关于艺术、关于生命、关于未知等"不确定"的不确定感慨和"不着边际"的联想和辨析带给我巨大的反作用力。后来在我的创作或我的讲台上，"不确定性"也成为我诠释艺术的一种方法，或曰一个符号。

当时恰逢铁生哥正在结束自己的一个中篇小说，而我的文字要得又很急，想必对他的语境、心境和时间安排上都有扰乱，可铁生哥毕竟是哥，他没有丝毫推诿，痛快地应允下来并让我一周以后来家取。他接下来跟我和姐夫说的许多关于创作的话很有点儿"秘籍"的意思，一直在我的记忆中不曾丢失——"我从来都不会为写而写。评论也好，序言也好，如果泛泛地写可以很快写完，但那样我的文字和你的绘画有可能就是一种貌合神离的情形，就会给人很虚的印象（他在这儿特意强调：当然也不是绝对的，有的职业评论家才情很高，套话也能写得很美）。当然我也不会像美术评论家那样深入到你某些作品中去探究很专业或是很具体的东西，因为这不是我的专长。但文学和艺术毕竟有相通的地方，我想总会有路径让我触碰到你作品的神经。所以如何扬长避短，如何选择适合我的思辨角度或表达方式与你的绘画发生实质的牵扯才是最重要的。绘画强调画外功，而文字则需要一定的隐喻性，无论一幅画儿还是一段文字，若能带给人某种启迪或引发人的外延思考，我想这也是价值所在。为什么让你一周后来取？因为我是笨方法，我写东西习惯反复阅读，反复推敲，用字斟句酌形容我的写作最贴切。"

画集出版后各方面反响都不错。至于反映了我怎样的艺术水平那单说，但铁生哥写的序言无疑是这本画集最精彩的章节。连一向谦逊的铁生哥自己也说过"还算满意”的话。后来，这篇《刘咏阁画集》序还被收入到了他的《信与问》——史铁生书信序文集和《史铁生全集》里。

前面我叙述了铁生哥写这篇序之前我们的对话和他自己的兴奋点以及一些说法。接下来我从他的序言中摘出几个段落录在这里，或许有心的朋友能感觉到和之前我们聊天的内容有某些关联性和延展性。

这些年我也发表了不少文字，正是其中的玩味甚至挣扎过程让我越发觉得史铁生的睿智和机敏是随时随处的——其实那晚他和姐夫还有我两个多小时的聊天已经在他心中聚拢了这篇序的雏形，他并非刻意而是自然地让我们的聊天成了他写作过程的一部分。其实回望一下古代的孔子和苏格拉底们不也都是在谈话和聊天儿的过程中让自己的思想和智慧呈现了巨大的张力和脉络吗？

下面就是序言中我认为最具艺术审美价值和哲思意味的三段话——

……何以打破这牢笼？——在我想，艺术的本职就在于此。每一种流派的诞生，每一种技法的尝试，都是突围，是越狱，是逃离，是心魂的飘缭漫展不甘就范。我说过：文学在文学之外。咏阁说：艺术也是。

咏阁的作品证明着这一点。我看他像一匹困兽，时而在牢墙边逡巡试探，时而在牢窗前伫立眺望——那儿有他梦想的天空，天上有他梦中的奇景；所有的技法他差不多都试过了，却都似离他的梦景还远。我认识咏阁的时候他还是个孩子，现在他也还是像个孩子那样抱紧他的梦愿。多年不见，从他的画中，我看见的仍是一个寻梦者的心魂旅程——焦灼、躁动、挣扎，乃至忽而地沉静、寂寥，终至临风枯坐，面壁沉吟，继而笔下倒仿佛犹豫了，如丝如麻，如空如旷，我猜他必是看见了世界人间（或万物万法）的不确定性。不知别人作何感受，我则偏爱这样的不确定。形是确定的小，神是不确定的大。僧是确定的小，佛是不确定的大。知是确定的小，不知是不确定的大。这真是多么好呀，在种种确定的流派和技法之外，咏阁，你还有不确定的大的领域可以为！

我不敢说咏阁的画已经多么好（首先我没这个资格），但我敢说已经多么好的画仍然是不够，因为真正的艺术家都是寻梦者，而梦，哪有个尽呢？

画集出来以后，我让铁生哥选一幅喜欢的画儿留作纪念（其实早在他离开雍和宫旁那座院子的时候就答应过给他和西米嫂子画张画儿，没想到十几年后是以答谢哥哥的形式了却这事儿），他没加思索却很认真地说：“就送我那幅《小步舞》

吧，我喜欢你给它的意境。画中间那匹红色的汗血马在月光下漫步沉吟，有种把世界放大了的感觉，看上去孤独的它，说不定比谁都快活呢。”几天后我去给他送装裱好的《小步舞》，他见到原作后说了一句：“哦，感觉原作比图片更耐看。”

## 六

和铁生哥相识的人都会对他达观平静的生命态度、诚实善良的为人和勤于思考的秉性留下印象。当然，这也是他的作品能够打动人很深的重要原因。铁生哥常说，自己的职业是得病看病，业余是写作，而且一如既往快活地做着这些“职业”和“业余”的事情。五十九年的生命，有四十年与轮椅为伴和医院连接。他用看上去最辛苦地活着的方式诠释着人为什么活着和活着的意义，诠释了灵魂可以自由自在的理由，并图解般地展示着微笑与身边的人和每一个日子的关系。

我年少的时候，对铁生哥离不开轮椅的生活总抱有一种纯净的同情和怜悯。后来看他的文字看多了，认知也随之多了起来。渐渐觉得（抑或是渐渐相信）当初上帝让耶稣到人间是为了拯救人类，让人们知罪忏悔后争取走上去天堂的路。而铁生哥来到人间的使命显然是帮助人们知其然亦知其所以然地梳理灵魂通道，释解生与死的纠结，其过程不像耶稣那么夸张地又是洗礼又是礼拜，他是用文字演绎神通，有嬉戏甚而浪漫的意味。而他那辆赖以终生的轮椅不仅是上帝赐予他的一方大世界，更是让他轻便经久地帮人们将灵魂从肉体开释的法物。

无论是他文字中不经意的流露还是实际接触，我觉得铁生哥和常人无异地爱恋自己的身体。尽管他已不是在贪生（贪生是常人的人生态度，也无可指摘）的层面苟且，尽管他是在用一种不同以往的与世界、与生命关系的认知表现着对身体的积极态度。若你安好，便是晴天。是啊，醉人的四月天任人走过，多少事和多少日子被一句诗一样的话拢聚成花一样美好的意愿。铁生哥也从没遮掩过他内心一直有的这份对他爱的人和爱他的人以及对自己的情感和细腻。

铁生哥离去前的几年身体状况越发不稳定，除却隔天一次的透析，住院和抢救也是常有的事。听姐夫说，他每次化险为夷离开病房时都会跟亲人或朋友们调侃——这次又没死成，看来还能活一阵子。

2008年年初，他跟姐夫说，抽空让咏阁帮我写幅字，就写“诚实善思”。尺寸别太大，最好用隶书体，他说他准备挂在客厅侧面的墙上。说实话，以铁生哥当时的影响力和社会圈子北京最顶尖的书法大师都愿意送字给他，可他偏就点名让我这个非著名书法家给他写。我明白这正是铁生哥本真和诚实的一面，他清楚自在何处，清楚繁华与尘土之所属，不欺瞒他人也不欺瞒自己。而被他脱去语言甲胄的“诚实善思”几个字则是他最真实的人生境界（或是他一生都在努力靠近的境界）。这次给铁生哥写字的感受非常特别，我不能假意地非说融入了什么情感，了悟了什么纯粹，但写这几个字时有我对铁生哥形象的联想确实是真的，写字时有给他画肖像的“错觉”也是真的。几天以后我把装裱好的书法“诚实善思”拿给铁生哥时，他显着有些小激动，看了好一阵才开口说道：“没有比这四个字更让我在意更让我喜欢的了。”接着他又微笑着喃喃自语道：“四个字看起来近在咫尺，接近它需要一生的跋涉呀。”听着他如此言说我不知如何作答。但我内心何尝没感觉到这四个字的“深远”呢？忽然我记起了他有篇文章里的一句话——真诚在上帝那儿依然是残缺的，仿佛永远都坐在轮椅里。

是啊，只要诚实还在发生，思想还在继续，即便残缺也是最宝贵地张望明天的借口。

2010年最后一天，铁生哥带着微笑去赴他的节日之约了。对这一天他是有准备的，平时不怎么写诗的他用一首小诗提前为自己的节日渲染了别样的气氛——

呵，节日已经来临
请费心把我抬稳
躲开哀悼
挽联、黑纱和花篮
最后的路程
要随心所愿

呵，节日已经来临
请费心把这囚笼烧净
让我从火中飞入
烟缕、尘埃和无形
最后的归宿
是无果之行

呵，节日已经来临
听远处那热烈的寂静
我已跳出喧嚣
谣言、谜语和幻影

最后的祈祷
是爱的重逢

铁生哥说过，死是一件不必急于求成的事。苏格拉底却说，死可能比活着更有意义。第欧根尼则说，好好活着，因为我们会死很久的。

我说，史铁生死了，但他却是活在永恒里的人。

（选自《中国作家》2019 年第 3 期）

# 想念大山

尧山壁

1972年《河北文艺》试刊三期，张庆田老师主要精力抓李永鸿的《红菱传》，我看散文，发现正定县贾玖峰的两篇散文《金色种子》和《在窑上》不像一般作者拿捏姿态、故作多情。他善于捕捉情节细节，运用群众语言。一篇发表在试刊一期，一篇发表在1973年创刊号上。没多久贾玖峰来找我，却不是为散文，为他正写的农业学大寨的剧本。创刊号同期有我的叙事诗《渡“江”曲》，写吕玉兰的故事。他的家乡正定是中国北方第一个过“江”县，粮食亩产超过八百斤。这时说了真实姓名，贾大山，三十一岁，以工代干，一头沉。

面前这位兄弟，小平头，敦实个儿，紫红脸儿，疙里疙瘩，棱角分明，身板笔挺，像京剧里的武生，说话慢条斯理，十分稳重。

这年冬天，省里搞戏剧会演。“文革”后首次露面，各地都铆足劲儿，天津地区的《迎风飞雁》，承德的《烈马河畔》，张家口的《董存瑞》……石家庄的《向阳花开》，贾大山执笔。讨论《向阳花开》时，一些人习惯了样板戏式的豪言壮语，说它生活化的语言不够突出政治。我说了不同意见，因为是《河北文艺》剧本编辑，七年前写《轰鸡》的余热还在，得到一致认同。最终《向阳花开》拿了创作和演出两项大奖。

李满天是我的忘年交，亦师亦友，正在正定深入生活，任县委常委、革委会副主任。邀我去正定，到了大山的一亩三分地，他话多了，摘去少年老成的面具，露出嘎小子的一面。一见如故，还因为我俩都是戏迷。大山的道行比我深，我住过集镇，两个戏院。他生在县城，四个戏院。我是看野台子，高粱地的玩意儿，他进过街道业余剧团，训练正规，有板有眼。我只会青衣、小生，他生旦净丑全活儿，还会翻跟头、当导演。我只写过三个小戏、一个大戏，他已经写了《棉田风波》《比翼齐飞》《半篮苹果》等四出小戏、一个大戏，还有一个连台本，他的台词写得好：“没有春天风沙打，哪有夏天麦子黄。没有夏天日头晒，哪有秋后五谷香。天上下雪又下雨，就是不下商品粮。”

我俩到一起，还有个共同的话题，回忆苏金蝉，一位河北梆子名角。中华人民共和国成立前在我们那一带演出，长相一般，没有下巴，扮出相来很漂亮，所以她男人平日不让卸妆。天生一副好嗓子，顺风能传二里远。民谚说：“不吃油，不吃盐，也得去看苏金蝉。”中华人民共和国成立后，任正定县梆子团团长，“文革”时下放赵县，配给了一位老农民。

每次都是骑自行车，一小时到正定，李满天的劳动点。他把大山叫来，摽着膀子干活儿。对太阳光的反应，李满天是黑，脸上背上一层黑釉，自称非洲人。大山是红，红得发紫，戏称印第安人。幽默是他俩的黏合剂，碰到一起就笑话连篇。李满天说起来眉飞色舞，指手画脚。贾大山是冷幽默，不动声色，绷着脸，活像一对相声演员，你逗我捧，包袱不断。劳动休息时，找个树凉儿，唱两口《打渔杀家》，大山的肖恩，我的桂兰，李满天的丁郎。《沙家浜》，大山的刁德一，我的阿庆嫂，李满天的胡传魁，别看他官大，还得演小人物。

写剧本红火了几年，大山有些发蔫儿了，紫红脸更像霜打的茄子。诉苦说写剧本不是人干的事儿，“三结合”“三突出”，来了还得“三堂会审”。作者像跪在堂前的妓女，任人说三道四，横挑鼻子竖挑眼，动不动就给上纲上线。领导出思想，几个领导就有几个意见，不听谁的也不行。下次讨论会，专听自己的意见被采纳了没有。好好一个剧本，被改得面目全非，气得光想跳河。

李满天嘿嘿一笑，跳什么河，滹沱河，河水淹不了脚面，只能洗手。洗手不干，写小说吧，文责自负，没有婆婆小姑子。其实大山早就写小说，初中时有一篇发在《河北日报》，插队时有一篇发在《建设日报》上。李满天拿来看了，不如剧本写得好。说你有写剧本的功夫，结构、冲突、对话，小说的路走了大半。李满天是短篇小说的高手，《白毛女》小说的作者，1964 年大连小说会最被推崇的是赵树理，短篇圣手；第二个就是李满天，茅盾先生对他的短篇小说集《力原》评价甚高。李满天向贾大山讲赵树理，从《小二黑结婚》到《卖烟叶》，一篇篇掰开揉碎，条分缕析。大山聪明，一点就透，一通百通，在李满天帮助下，陆续写出《取经》《花市》《小果》《村戏》，摘到全国短篇小说大奖，成为一颗冉冉升起的明星，背后有一个老教练。

顺风顺水，如日中天，走着走着面前又一个十字路口。县委要改变正定文化工作面貌，希望大山出来担任县文化局局长，派李满天去动员。老李问我的看法，我觉得突然，说你老人家是省作协主席，让我当常务，是“捉大头”。他嘿嘿一笑，说非也，是“抓壮丁”。又说县委认为大山有担当、有智慧，是不二人选。老李做了充分准备，想了几套方案，要打攻坚战、持久战。想不到大山听了，吃惊之后，沉思片刻，便爽快答应了，只提了一个条件，“那得我说了算”。问题迎刃而解，皆大欢喜，听说大山还在家摆了一桌。我想关键问题是，县委领导和贾大山相互了解和信任，不仅仅是伯乐与马，更是高山流水遇知音，同志加朋友。

大山很快进入角色。这时县委建立顾问团，我也忝列门墙，与他交往更加名正言顺。正定有2400年历史，天垣如矗，九朝胜迹，浮屠林立，寺宇星布，“国保”“省保”不计其数。1933年古建学者梁思成，不顾兵荒马乱，自措行旅，两来正定，历时半月，究诸营造，嘉评精粹十八处，拍了照片，写了考察报告。可惜年久失修，满眼破败，令他这个正定人汗颜，从这个意义上讲，大山也是临危受命，哀兵必胜。

步行上阵，一切低调，让大家“看好门儿，管好人儿，别出事儿”。他自己则殚精竭虑，只争朝夕。桌上堆起三座书山，历史、佛学、古建，天天晚上挖山不止，白天马不停蹄，防水、防盗、保安全。除夕夜独步隆兴寺，为断壁残垣的庙宇守岁，百亩大院，八进之深，反复步量；大殿小楼，老槐古松，一一问候。直到满城烟花散尽，鞭炮绝响，才迈着沉重的脚步悄悄走出，回到家中，吃一碗等凉了的饺子。

开古建修缮战役，一年一个工程。古建是最吃钱的事情，“省吃俭用，不够填一个砖缝”。计划、申报、疏通、争取，月月跑部，日日化缘，紧急关口，有病发烧也要上阵，披一件军大衣，旧吉普车就是病床，四面透风，顶篷上挂着吊瓶。司机是老实人，没他的命令，一不得对家属传话，二不得向领导汇报，憋不住就朝野外喊两嗓子：一马离了西凉界，不由人一阵阵泪洒胸怀……

申报中国历史文化名城成功，正定县声名远播，四面八方游客蜂拥而至，文艺界人士看了隆兴寺、临济寺、西游记宫、荣国府，还要见识贾大山。以往有过交情的他都要出面，说不然失礼。作家们来了我都陪同，来人多了，害怕打搅，就自费买票进去。门卫认识我，电话打过去，他就急忙赶来，亲自解说。大山饱学多识，业务精通，加上作家的语言表达能力，堪称一绝。对不同的对象有不同的套路，文物古迹，佛学经典，地方名人，逸闻趣事，如数家珍。喜欢历史的加上南越王赵佗、常山赵子龙；喜欢文学的加上白朴、元好问、蕉林书屋；喜欢医学的加上金元四大名医、刘守真、李东垣；喜欢近代史的加上王士珍、正太铁路。大山的一根手指就像音乐家的指挥棒，掌声笑声此起彼落。中国台湾诗人文晓村说，走遍世界，大山是他见到的最好的讲解员。学者史树青说，他是讲解“国保”的“国宝”。作家汪曾祺说他，“神似东方朔，家傍西柏坡”。正定县无山，贾大山成了一个著名的人文景观。

大山身处闹市，公务繁忙，而淡泊名利，心态宁静，生活轨迹只是一点一线。一点是正定，一线是石家庄—北京—承德，心无旁骛。例外仅二，一次五台山，一次白洋淀，都是被朋友强拉去的文学活动。说得我怪心疼、内疚的。作家协会就是协作开会，凡会都会想到他，但是出头露面的事他一概不来。出省交流采风年年有，他一概拒绝。文化局长当了九年，到县政协任副主席，照样如此。1993年在北戴河开张立勤、郭淑敏散文讨论会，我硬是通过省里领导发命令，才搬动大驾。大山第一次见到大海，异常兴奋。别人在歌舞厅里热闹，他一个人坐在礁石上，为大海相面，一坐就是两个钟头，第二天说了一句，唯大海是真。中国台湾出版家马先生，给张立勤出过一本书，与他同居一室，听大山口吐莲花，妙语连珠，佩服得五体投地。

也是在这次会上，发现大山忌酒了，让我大为吃惊。想当年每到正定，欣然以酒相待，三个汉子一壶酒，李满天怯阵，说热酒伤肝冷酒伤胃，大山夺过酒杯，说无酒伤心，带头干杯，脸越发的红，成了赵云的二哥关公。有酒润嗓，他的唱腔越亮。现在酒不喝了，肉也不吃了，专挑肉边菜。不过米饭馒头不少吃，身体也还健壮。

1995年中秋节那天，大山动了食道癌手术。我去看望时还不大显病态，握手很有劲儿。几个月后已经能骑车满城转悠，以为这一关他闯过去了，想不到病情很快恶化，再去看他时，已经卧床不起，十分消瘦，面色苍白。因为烦闷，烟也复辟了，脾气也大起来，为此弟妹小梅常常暗自落泪。见我一来他像打了兴奋剂，坐起来，谈笑风生。说得最多的是三个汉子一壶酒、地头《打渔杀家》，可惜老兄李满天先走了，三缺一。说到这里他忍不住告诉我一个秘密，《河北文学》要调他去当主编，肖杰力荐，他以各种理由回绝了，其实真正的原因就一个，还不能说。李克灵写了《省委第一书记》，上边恼了，要处分，下放当工人。李满天仗义执言，接受以往教训，不要先整人，后来再平反。一场风波，小李没受处分，老李被停了职。这事无法面对，李满天有恩于我，人走了影子眼前晃，这一关我过不去。大山是硬汉子，没见他哭过，说到伤心处，眼泪扑簌簌往下掉。

我抹了一下脸，说话题就此打住，想听你再唱一段，再过一下瘾。大山挣扎着坐起来，唱了几段马派《空城计》，从西皮慢三唱“我本是卧龙岗散淡人”，到二六“我正在城楼观山景”。喘着气问我感觉如何，我说飘逸不如马前（期），苍劲倒似马后，更接近暮年诸葛的性格了。他说久病在床，常常一个人念戏，品味剧情、唱段，琢磨人物性格，还真有发现。你说司马知道是空城不？知道。列举了一些道白和对话，只不过心照不宣，两个高人知己知彼，也包括互相敬重，也和《华容道》一样，但是司马比曹更老到一些。听得我茅塞顿开，连连点头，到底是小说家，剖析人物都深入骨子里了，应该写成一篇论文。此时我嗓子直痒痒，真想像二十年前一样再陪他唱一回，可是看到他形容枯槁的样子，于心不忍，不能让他再激动了，只有心里默默祝愿他早日恢复健康，没想到成为绝唱。

1997年正月十四，我们的大山倒了，一盏理想之灯熄灭了，一颗文学之星陨落了，从手术到去世，应了那一句话，八月十五云遮月，正月十五雪打灯。终年五十四岁，与诸葛亮一个寿数，都是鞠躬尽瘁。造物忌才！

追悼会上，大山灵前没有摆上一部书，让我追悔莫及。像贾大山这样的小说名家，得了全国大奖，好评如潮，怎么生前就没有看到自己的著作出版呢？怨我也怨他自己。1980年上海文艺出版社来信，主动为他出一本小说集，他没答应，说："我是河北人，如果出书也只能先在河北出。"河北出版界刚刚由计划经济转到企业管理，自负盈亏，坐上没底轿，谁出书都要自己负担一部分经费。大山不干，说自己花钱出书，我的作品还谈何价值。那时我正办作家企业家联谊会，一个厂长愿意赞助，大山一听更火了，说那样更丢人。知道大山的脾气，不敢再往下进行了。如今大山走了，我和康志刚编了《贾大山小说集》，收入他全部短篇小说82篇，由省作协出资。未经请示，敬请老弟原谅。

大山一生在文学艺术的蜀道上艰苦攀登，走着一条独异的路。从戏曲和民间文学中汲取营养，广泛涉猎，多才多艺如赵树理。又喜欢读《聊斋》和《阅微草堂笔记》，学习孙犁，描绘风情，洗练文字，不山药蛋也不荷花淀，自成一家。作品与人品一样高尚，绝无媚俗，从不逐潮，在乡土和幽默中完成一个作家的社会责任和美学追求。三十年只写了几十个短篇、一个半截中篇，然而他的艺术分量大大超过了许多大红大紫、"著作等身"者。

大山不假，中国当代文学的一座大山。

（选自《作家》2019年第1期）

# 娘　说

王跃文

娘今年九十岁了，身子骨很健旺。她最爱讲的仍是那句老话："我十三岁到你王家门上！"我说："娘，都快八十年了，王家是您自己的！"娘是童养媳，比爹大五岁。娘十三岁那年，叫我爷爷领回漫水。娘的婆家在七八里外的南村。爹那年不到八岁，娘快进屋的时候，他正在屋门前打陀螺。有人突然喊我爹："快爬到楼上去！"爹忙丢掉手里的陀螺鞭子，从堂屋门口的板楼梯爬上去，跨开双腿站在屋门上方的楼梯口。娘低着头，从爹的胯下进了王家门。多年以后，爹把这故事当笑话讲出来，说："老人家教的规矩，说是从此女人就对男人服帖了。"

临解放，爹长到十四岁，娘已十九岁。乡下到处都听人在说，只等红旗舞过来，没结婚的男女，全捉到城里去，女的站在街上，男的封上眼睛，蹲到地上去摸，摸到穿襻襻鞋的，就是你老婆。老家旧时的布鞋，女鞋有襻襻，男鞋没襻襻。多年后，又是爹把这故事当笑话讲出来，说："我怕人家把你娘摸走，就同她结婚了。"

爹读过小学，在村里算是文化人。土改工作队进村没几天，爹就被相中作为干部培养。工作队长横过一杆步枪放在我爹手里说："小王，好好干！"爹后来同我说："真是怪，同样是铁，枪杆子上的铁，同锅子、斧头和菜刀上的铁，气味不一样！枪杆子的铁气往人肉里钻，叫你有力量！"不出半个月，爹就坐在昏暗的桐油灯下，抱着那杆步枪写下了入党申请书。

娘最想学识字。村上来了速成识字班的老师，一个穿旧军装的中年男人。村里人不论男女老幼，想学识字都可报名。老师手里拿着一张报纸，凡去报名的都让你认认字。娘已认得很多字，一个一个指着念给老师听。老师和颜悦色，说："小黄，你不是文盲，扫盲班不收！"我娘急了，急得一身冷汗。她原以为字认得越多，老师越会取录。娘讲尽好话，老师才让她进了扫盲班。速成识字班的学习，一个多月就结束了，我娘成了班上认字最多的人。老师问："小黄，你没上过学，哪里认得的字？”娘说：“我自己捡的。”

爹很快就随工作队出远门了。娘已生下我大姐，既要干农活，还要侍奉公婆。可是，她不肯放弃上学。等到我大姐两岁时，娘背着我大姐正式上了三年小学。娘的学堂在溆水河对岸的鹿鸣山上，我爹就是那所小学毕业的。每天，娘都要背着我大姐，先赶四五里路，再喊渡船过河去。有一天，渡船停在对岸喊不应，娘怕上学迟到，往上游走到河面宽浅处，背着我大姐蹚水过河。娘说：“刚到半江上，望到水起绿豆黄，晓得洪水要来了。我加劲往对岸行，哪晓得一声喊，洪水就齐胸膛了。我忙把你大姐从背上解下来，举起！离岸坎还有丈把远，洪水就到我肩上了。我呛了几口洪水，才泅到岸上。那回，差点把你大姐淹死了！”我平生唯独听娘把洪水将来时，河水最初淡淡的浑，比作“绿豆黄”，真是准确极了。娘后来每次讲起那回的惊险，都忍不住抚着胸口，说她差点儿要了大女儿的命。

爹在外头很忙，回家离家都匆匆的。有回，爹风风火火回到家里，低头吃饭的时候，说：“你要入党！”娘知道，爹这话是对她说的。娘也不吱声，只点了点头。爹吃饭是不抬头的，但他知道娘肯定点头了。娘早就写过入党申请了，只是没有告诉爹。那年，娘也入党了。这时候，爹已不再扛步枪，身上斜挎着快慢机，色如老银的枪把子露在皮枪套外面，暗红的缨子随风飘着。娘后来回忆那几年的事，总是说：“那时候的人，干净啊！从大财主家没收的金银财宝，整船整船沿河放下来，一个船工划船，一个干部押船。干部就是你爹，他硬是半点贪财的念想都没动过！”

我娘能说会道，做事干练。可她自己却说，年轻时嘴笨，人多就不敢开口。有一次，娘去县里开会，同去的南下干部说：“小黄，回去由你传达会议精神！”我娘听了两耳发炸，忙说：“我不行，我不行。”干部说：“你行的！”那位干部很严肃，娘对他既敬重，又害怕，只好答应，却又说：“那您不要在场，您在场我不敢说话。”干部答应了。开会时，娘怕手脚没地方放，抱着我大姐上台了。娘先是一边拍着我大姐，一边低头传达会议精神，台下坐满了村里的人。等她刚刚说完，忽听得身后响起了掌声。娘回头一看，吓得汗都出来了。原来，那位南下干部一直站在我娘身后不远处，这会儿正微笑着朝她竖起大拇指。过了六十多年，娘说起那回的经历，还会说：“那时候的南下干部，工作水平真高！”

我记事的时候，爹已是村里的养蜂人。蜂群是大队公家的。养蜂是技术活，不是聪明人做不来。油菜花开的时候，溆水河畔一片金黄不见边际。爹把蜂箱搬到花海深处，搭上简易草棚住着。花事繁盛时，一天要取一次蜂蜜。我放学后，背着书包就往花海里跑。快到蜂场了，我就猫着腰低着头，狂蜂乱舞中慢慢走到爹身边去。人在蜂阵里不能快走，快了蜜蜂会蜇人。爹忙着取蜂蜜，瞪我一眼，低声喝道："莫来疯！蜂要蜇死你，快回家去。"爹其实是怕人讲闲话，说我是来讨蜂蜜吃的。

花事是有季节的，漫水从春上到初夏，有油菜花、草籽花、柑橘花。过了这些花季，爹就得出远门赶花。山西的槐花，内蒙古的葵花，黑龙江的椴树花，四川和贵州大山里的各种野花。爹去得最多的地方是四川和贵州，那里的山花蜜格外清香。爹外出赶花的日子，只要高音喇叭播天气预报，娘就会停下手里的事，低头细细地听。我和弟弟正打打闹闹，也会马上安静下来。知道爹那边天气好，娘就放心了，说："明天又有好蜜取。"爹那边要是天气不好，娘的眉头就紧紧的。

娘接到爹寄回来的信，就直接交给大哥，说："你读一下。"全家人就坐在一起，听大哥读爹的信。爹无非是问家里是否安好，奶奶身子是否硬朗，自己在外事事皆妥，有时也说说那边有趣的事。听大哥念完信，娘长舒一口气，说："你写封回信吧。"哥就取了纸笔，听娘口述。娘原是识文断字的，也写得一手好字，可她每次都让大哥读信，让大哥执笔回信。落款处，大哥照例写道：田青字。田青是娘的名，字却是大哥的字。有一年，爹从贵州赶花回家，娘在灶屋忙着做饭，爹坐在灶前烧火。我进去舀水喝，听爹责怪娘，说："我出门两三个月，你半个字我都收不到！"娘红了脸，说："儿子这么大了，能读能写，还用我写信？"我看出爹不高兴，飞快地跑出灶屋。

家里有口旧皮箱，装的东西五花八门。有黄旧照片、空瓶空壶、螺丝钉、小钢珠、乱线团、旧笔记本、老证件，还有很多不认得的东西。小时候，我和弟弟常把皮箱的东西倒出来，一件件拿着猜，拿着玩，又一件件放回去。有一回，我翻到爹年轻时的工作证，红色布面封皮已经褪色。证件的黑白照片上，爹留着三七开的短发，眼睛清澈明亮，眉毛粗黑如炭笔画上。大哥见我拿着爹的旧证件玩，就说："那时候，爹的手枪只有这么长。"哥张开大拇指和食指，比画着手枪的样子。我好羡慕大哥，他见过爹的手枪。

爹恢复工作那年，他自己得空又清理了那口旧皮箱，值得留下的东西他都捡了出来。那本旧工作证如今锁在他的抽屉里。爹的旧工作证，让我想起娘讲过的一桩旧事。娘年轻时，穿的满襟衣，旧式抿裆裤。有回去区里开会，叫人不小心泼湿了裤子。两位女干部拉着娘去商店买了一条新式西裤，娘先是死也不肯穿；千劝万劝娘穿上，她却躲在角落不肯出来。两位女干部拉着我娘进了区公所，把她往我爹面前一推，笑道："看看你堂客，漂亮不漂亮？"我爹长得黑，笑起来一口白牙。爹当时的年纪，应该正是旧工作证上照片的样子。回想起这事，娘说："我从来没穿过西裤，怕丑，恨不得往土眼里钻！"当时年轻的娘，哪会想到自己七十年后竟是穿着极爱漂亮的老太太？

爹娘越来越老，我离家越来越远。爹娘七十岁前还愿意随我短暂住住，后来就不肯出远门了。劝他们出来走走，娘只说：“我没有遗憾了。北京也去过了，西湖也游过了，大海也见过了，飞机也坐过了。”

我有空就回老家去，陪老爹老娘说说话。爹不太喜欢说话，娘的嘴是不停的。有些话娘说过无数次了，我也会笑眯眯地听。有回，娘说着说着，突然大笑起来。我问：“娘，想起什么好玩的事了？”娘说起了村外的那条公路。解放初，公路刚修好的时候，只见汽车来来往往，从来不见汽车在村里停下来。娘说：“村里小孩子就猜，汽车跑得这么快，怎么停下来呢？你一句他一句，吵得像山麻雀。有个小孩最聪明，说汽车开到公路最顶头，那里竖起好大一块青石，嘭地撞上去，就停了。”我听了，笑得眼泪都出来了。娘说：“世界变得太快了，老辈人哪里想得到？当年那么稀罕的汽车，如今哪家没有？”

娘讲话颇有些蒙太奇，天上地上，东西南北。有回，娘突然说：“人字，两笔，难写！写得不稳，东倒西歪；写出头了，一把大叉。”我听明白了，老人家是嘱咐儿孙们好好做人，守规矩，不出格。

（选自《湖南文学》2019年第9期）

# 血 之 源

## ——《风过草原》续篇

熊育群

一

进入霄南，脑海里浮现加格达奇的那个早晨，街道上不见人影，半夜三点小城就被太阳照耀。大兴安岭，漫长一夜，火车从北往南没能走出这条巨大山脉。

霄南是广东鹤山市龙口镇的一个古村落，东南绕村的龙口河，从西江流入南海，随大海潮起潮落。村口古码头的大榕树遮天蔽日，四面池塘汪洋一片，潮湿的空气让榕树悬空的气根猛长。

鹤山与加格达奇，不同的两个世界，一条隐秘的血脉正在将它们连接，指向大兴安岭的一个山洞——嘎仙洞。

那是九年前的夏天，我从漠河一路南下，穿越中国北方的大版图，由黑龙江、内蒙古、河北，直到北京、小兴安岭、大兴安岭、呼伦贝尔草原、燕山山脉、华北平原……都是大地理，草原辽阔，山脉低缓，河流岑静，大湖白亮，人烟稀少，世界只在青与蓝中交替。嘎仙洞的出现使一次漫游变得目标明确——在现实与逝去的时空里，寻觅一个民族迁徙的足迹。

嘎仙洞是一个原始的山洞，藏匿于茫茫大兴安岭中。1980 年的一天，洞口岩壁上发现了一篇石刻祝文，它是一千五百多年前刻下的。那一次刻石行动，记录在《魏书》中：太平真君四年（公元 443 年），中书侍郎李敞被北魏皇帝委派，前来寻找山洞，并祭祀祖先。他们走了四个多月，行程达四千五百多里。祭祖是学习汉人的做法，用了马、牛、羊三牲供品，场面十分隆重。

石刻祝文的发现，确定了嘎仙洞就是拓跋鲜卑祖先居住生活的地方，也是他们大迁徙的出发地。一场长达三百年的迁徙，鲜卑人从原始森林的狩猎到草原的游牧，再到中原的农耕，伴随着生存方式的巨大改变，他们从一个没有文字、靠刻木纪契的原始部落，成为中原的统治民族，先后建立了燕、秦、凉、魏等十二个政权，特别是北魏统一了北方中国。汉族人三千年累积起来的文明，仿佛一夜间，他们就进入了。这是一个怎样的文明历程呢？这一历程肇始之地就在这个山洞。而这条迁徙之路正是我南行的路线。

山腰上的山洞，巨大的岩石拱起，洞口向着峡谷敞开，视野开阔。山坡上草木繁茂，遍地开着金莲花、马下芹、百日红、百日紫，颜色绚烂。

祖居之地、祭祀重地被发现了，嘎仙洞却没有鲜卑人的后嗣来祭祀。走进山洞，如此荒凉、冷清，不见一炷香火，像洞中深处的黑暗，我感受的是一种生命的空寂。一个曾经强大的民族早已消失在历史时空中。

走出洞口，眺望山脉与森林，想象带领拓跋鲜卑走出山洞的酋长拓跋毛，“聪明武略，远近所推，统国三十六，大姓九十九，威震北方，莫不率服……”一切遥远得像是传说。

## 二

十年了，一个来自岭南的人孤独地寻找自己的祖先。他坐了四天四夜的火车，跑到了加格达奇。无人为他记下这一笔。他曾经站在洞口眺望，心情远比今日的我复杂，那是一种血脉的回响与呐喊。

那年夏天，一场雷雨将一位年轻女子赶到了他的诊所。来者眼睛四处张望，看到墙上悬挂的执业医生的名字，她的脸上掠过一阵惊喜。在确认眼前的人就是医生后，她好奇地问：“你们怎么从大兴安岭来到这里了？”被问者一脸疑惑。这个叫李曼华的女子却很兴奋，她是广西民族大学的学生，正在研究民族历史。她说：“你的祖先是鲜卑人，来自内蒙古的呼伦贝尔，是从大兴安岭的林海雪原中走出来的。”

医生名叫源可就，他是霄南村人。这个村的人都姓源。他们常常会疑惑：为何世上只有我们姓源？

无独有偶，在香港中文大学读书的源月霞，上历史课时，老师对她说：“你的祖先是鲜卑人。”源月霞感到惊奇，老师怎么知道自己是哪里人？她以为鲜卑是地名，便去图书馆查找。源月霞在香港出生，她的父亲早年从霄南村移居香港。平日与人交往，她的源姓常被人写成袁，人家还质疑她是不是写错了，因为没有听说过姓源的。

旅居香港的源国振听到消息，回到了霄南村，找出压在柜底一百多年的《源氏大宗族谱》。他打开包裹的油纸，反复阅读，仍然读不太明白。于是，打电话给珠海的同学源荣枝，让他回来一起解读。也是巧合，《源氏大宗族谱》从台湾传回来了一部。源氏人决心搞清楚自己的身世，他们成立了一个源氏历史文化研究会。

古老的族谱是一条时光隧道，谱写着一个家族的血脉流程，它一直抵达源氏的始祖——鲜卑族南凉国王秃发傉檀的幼子——源贺。

源可就的生活自此失去了平静。他去找村里的老人询问，埋首族谱，在祠堂里察看古旧的字画、雕花、对联，在古巷和古城墙间寻寻觅觅……他寻找着自己身世的蛛丝马迹，得到确证之后，他走上了祖先的迁徙之路。

源氏迁居广东鹤山的始祖叫源潜夫。公元1273年，他带着三个儿子和一个同父异母的弟弟源学海，从西江大雁山上岸，最先定居于云蓼，后来迁到楼冲。楼冲是片沙滩地，常遭洪水，于是搬迁到了霄南，后来又迁至鹤城，最后还是迁回了霄南，一住就是七百四十多年。

鹤山之前源氏的祖居地在珠玑巷，源氏人在此生活了一百多年。再之前，则要追溯到南宋建炎年间，临漳与洛阳的源氏祖先会合，从洛阳分两路南下，鹤山源氏的祖先沿着运河往东南方向走，走到了应天府，又改乘船，经山阳到达高邮、泰州、扬州一带。金兵南侵，他们随皇室继续南迁，到达江西的上饶，再经抚州、吉安、赣州，从大庾走梅关古道翻越南岭，落脚广东南雄珠玑巷。

寻根就从珠玑巷开始。源可就组织源氏族人来到了南雄。

珠玑巷是珠三角广府人共同的祖居地。祖先们都从中原迁徙而来，到达的时间相差并不远。当地文化局局长把寻找源氏居地的他们带到了祠堂旧址，源姓人生活过的“大社头”。他们还帮源可就找到了相关的资料……

嘎仙洞进入源可就的视野是在三年后，源可就寻根的视线由此望向了鲜卑人遥远的源头。这段历史源氏族谱并无记载。源可就要找到祖先最初出发的地方，找到鲜卑民族的孕育地。他关了自己的诊所。香港亚洲电视台得知源可就去寻根的信息，派了记者同他一起上路。

出了加格达奇火车站，源可就找到一家寿衣花圈店买了香烛，到水果店买了家乡的水果香蕉，他要以自己家乡拜祭祖先的方式来祭奠他们，希望祖先的灵魂得到安息。

大兴安岭即便孟夏，树林里风一吹，哪怕穿了罩衣，身上也感到阵阵凉意。一年里，植物生长的时间只有三个月。冬天温度降到零下四五十度。对比四季如春的岭南，这里的生存环境无疑是严酷的。祖先在这样恶劣的环境里生活，源可就对他们生出了敬意。在寻找祖先南迁的缘由时，他首先想到了气候。有人研究了鲜卑南迁与当时的气候关系。《后汉书》记载，公元46年，北方发生严重干旱和蝗灾，“草木尽枯，人畜饥疫，死耗大半”。同时，北方频下大雪，大雪厚达丈余。在如此恶劣的气候下，鲜卑无法生存而被迫南迁是可信的。

鄂伦春民族博物馆馆长田刚听说拓跋鲜卑的后人前来嘎仙洞祭祖，感到十分惊讶。过去也有一些前来嘎仙洞的人，自称是拓跋鲜卑的后人，但都没有根据，多是附会。源可就是有证据的，他的到来令田刚无比兴奋。这是田刚任馆长以来第一次见到拓跋鲜卑后人。

田刚领着源可就登上洞口石级，打开围住洞壁上石刻祝文的铁栏门，指着一行行已经模糊的文字，一句一句给他讲解。因为石刻祝文的出现，可以断定过去的大鲜卑山就是现在的大兴安岭，而非从前认为的外兴安岭或贝加尔湖一带。

源可就在洞中点燃香烛，在一块大石上摆好供果，烧了一叠纸钱。他双膝跪地，合掌于胸，深深弯腰拜祭。这一刻，他觉得祖先的灵魂来到了自己身旁，离他很近。两千年的岁月只是意念中的阴阳之隔。

离开大兴安岭，源可就踏上了祖先南迁之路。他穿过呼伦贝尔大草原，来到海拉尔和满洲里。

千里草原，他一路陷入了沉思。一步步挨近了满洲里拓跋鲜卑人的墓地。

旷野无人，车上没有祭品，想到草原上也许能找到鲜花，他在路上拦车询问。一个面包车司机告诉他，前面就有。很近，三十公里路。草原上的花很小，源可就问他花是大的还是小的。对方答黄色的。再问有没有大一点的，司机说，有，单子梅。

不知道单子梅是什么颜色的花，源可就最希望采摘到白花或者黄花，找到单子梅时才知道它是紫红色的。

源可就在草原上疾走，四处寻觅，手中小小的黄花渐渐积成了一把。紫红的单子梅也采到了。单子梅有枝干，花朵大一些。

一千多年里，源可就是第一个来祭祀鲜卑人的后人，面对陌生又空荡的大草原，他胸中涌起一种忧伤与惶惑的情感，他相信自己的用心祖先是会看到的。寻觅花束走得出汗了，他脱了罩衣，一会儿下坡，一会儿上坡，草地在他的眼前起伏、抖动，一股荒野之气弥漫，他体会到了祖先走过茫茫草原的艰辛。

这处墓场建成了鲜卑古墓陈列室。挖开的棺木埋在地下两三米深处，上面罩了玻璃。一具完整的人骨，头向北，脚朝南，头骨下有一条条小辫子。尸骨头对着的地方是他祖先迁徙的出发地嘎仙洞。脚对着的地方，是他要迁往的方向。源可就献上一束花，向尸骨三鞠躬。望着森森白骨，他发起了呆……

时空相隔，缈远迷茫，源可就真切感受到没有这些先人，就不会有霄南村的后人。这里无疑是源氏人生命的一个源头。源氏族谱不能缺少这一段历史，他要把它补写进去。

## 三

鲜卑源于东胡，出现于秦末。他们在大兴安岭过着游猎生活，男人伐木、打猎，女人驯鹿、采野果、做家务，劳动成果按户平均分配。

进入草原，他们开始逐水草而居，鲜卑迅速分散为多个部落。拓跋毛五世孙拓跋推寅南迁到“大泽”落脚。大泽位于现今内蒙古翁牛特旗科尔沁。拓跋推寅的八代孙拓跋诘汾再度向西南迁徙，走到了匈奴莫顿发迹的阴山。

拓跋诘汾儿子众多，他死后，幼子力微继位，长子匹孤被冷落。不久，匹孤率领数千人马离开阴山，西迁到了河西走廊一带游牧。他们发展壮大后，以河湟流域的西平、乐都与河西走廊武威一带为活动中心。匹孤的八代孙秃发乌孤在公元 397 年建立南凉王国。而力微的后代拓跋珪于公元 386 年建立了北魏王朝。秃发与拓跋，同一血脉的两个分支，相同的读音不知为何变成了不同的文字。

公元 414 年 6 月，南凉被西秦所灭。凉王秃发傉檀投降，一年后被毒死。太子虎台被杀。外逃的子孙，保周、破羌兄弟俩逃到了河西走廊的北凉，后又投奔北魏，分别被太武帝拓跋焘封为张掖公和西平侯。延和三年秋天，破羌随拓跋焘征讨北部山胡，因功召见，赐姓源。迎讨北伐的南朝宋军时，破羌战功显著，拓跋焘再赐他名“贺”。从此，破羌以源贺名彰于世。

源贺转战东西，为北魏统一北方立下汗马功劳，他撰写的《十二阵图》成为重要军事著作；出牧地方颇有政声；太武帝被奸臣杀害，他统领禁军平叛；献文帝卒，他坚决站在冯太后一边，交帝玺于五岁的孝文帝拓跋宏。孝文帝改革，特别是施行鲜卑与汉民族融合的政策，使北魏不断发展壮大。

源氏家族从此繁盛显赫，在魏、齐、周、隋、唐成为望族。家族血脉从源贺开始，传至唐代，源氏有名的人物达八十余人，进入《魏书》《北齐书》《隋书》《北史》《旧唐书》的有二十多个，如源延、源怀、源绍、源子雍、源延伯、源子恭、源纂等北魏名将名臣，北齐大将军源彪，隋时源文宗、源师、源雄等，唐代源贺七世孙源乾曜为唐玄宗宰相，霄南源氏从他的血脉下传。《全唐诗》收录源乾曜诗四首。源乾曜曾孙源寂以诗与刘禹锡、白居易、张籍等唱和，留下佳话。源氏家风素有口碑，源贺的遗训成为源氏家训，传至今日……

## 四

失传的家族史一旦赓续，霄南村人明白自己的身世后，就再也按捺不住了。

他们寻根问祖的愿望强烈萌动起来，一场二十多年的漫漫寻根路从此拉开，一百多人次走上了祖先的迁徙之路，行程数万公里。

源氏历史文化研究会向江西、贵州、重庆、湖南、湖北各地发出了寻亲信，寻找可能存在的源氏族人。然而，没有得到期待的回复。会长源荣枝向几十个县的地方志、博物馆、文物局打电话，询问有没有源氏，得到的也全都是否定的回答。

2006年5月的一天，源荣枝又在网上浏览，发现了一个叫源书旭的人，家住河南方城县东厂坡村。他立即搜寻方城县的地理位置，马上找到方城县地方志办公室电话。接电话的是一位姓白的主任，他告诉源荣枝，方城确实居住有源姓人，他答应帮忙联系，并约好下午三点，要源荣枝在家等电话。

源荣枝等啊等，感觉四小时等待的时间好漫长。他一直处于亢奋状态，午休也不能入眠。三点整手机响了，源荣枝手颤抖着按下接听键，一个洪亮的声音传了过来，他们互相问候后，对方说："我是源贺的后代源家大院的源书旭，你也姓源吗？"

源荣枝屏住呼吸，一时说不出话来，声音颤动着，哑哑地低沉地回答："对！我也是源贺的后代，哎呀，可找到你们啦……"他激动得眼里溢出了泪花。两个从部队转业地方的人，喊操似的，说话声越来越大，几乎喊起来了。源书旭浓浓的河南口音让源荣枝感觉既陌生又亲切。一小时不知不觉就这样过去了。

十天后，源荣枝和源景林、源景新赴方城"探亲"。汽车到达方城县车站已是晚上七点多钟。源书旭兄弟俩早已等在车站。出口通道上，一个中等偏胖的魁梧男子，源荣枝与他目光一遇，彼此就认定了对方。源荣枝迎了上去，问："你是书旭兄弟吧？"对方忙说："是，是，我是源书旭。"他们一下紧紧抱在一起，激动得哭了起来。

源书旭喃喃地说："我们找你们找了几百年啊！今天终于找到了！"他突然想起什么，松开手，说："你姓源吗？水源的源呀。"源荣枝答："是。""请把你的身份证给我看一下。"源荣枝掏出身份证递给他。源书旭看着看着，说："没有错，没有错，是兄弟！源贺的后代。"于是，他们又拥抱在一起。

旁边的人看到两个大男人又是抱又是哭，不知道发生了什么事情。看热闹的人把出口堵塞了，后面的人大喊：前面让路，让路。他们让到了通道边上。源荣枝发现身份证不见了，四处寻找，不见踪影。最后，发现粘在自己的鞋底上。

第二天，他们来到了东厂坡村。全村过节一样，二十几个人夹道迎接，把霄南三位贵客迎到一座大院里。村里的长者一个个拥抱他们，每个人无不热泪盈眶。东厂坡人慨叹，寻找源氏家族几百年了，洛阳、郑州找过，山西的大槐树也去找过，一点音讯都没有。

院子里两张大桌，摆满了糖果花生。柴火灶里，正飘出饭菜的浓香。源荣枝看着青砖青瓦的老屋，房屋矮小，短的檐小的窗，沿院墙堆着玉米棒子，院子里种了花花草草，笼子里关着鸡鸭，河南乡音绕着耳边说个不停，本是完全陌生的地方，却有一种奇妙的熟悉感。

源荣枝一心想了解东厂坡族人生活得怎么样，有没有家族的痕迹，有没有祖先传承下来的东西。村里没有祠堂，有人找出了一个明代纯铜的马镫，有人找出家训。源荣枝捧在手上细看，家训跟霄南村一样，只是表述有些不同。他感慨祖先一路迁徙，什么都可以丢下，唯独家训不会忘记带上路途。

一位参加过解放战争的老革命讲起东厂坡村的历史。他们的祖先因为与父母顶嘴，负气离家出走。一对箩筐挑着两个孩子，从洛阳方向走出来，往南一直走到了方城。起初他们做药材生意，儿子孙子也跟着做，生意一直传承下来，成了家族生意。现在北京有源太恒开的源氏春源堂，还开办了一家国际中医研究院。

春源堂在嘉庆七年创办，清代时家族生意达到顶峰，开设了很多家中医药铺。鸦片进入国门后，家道因子弟吸食鸦片而败落。为了拯救家族，族人在离县城约二十里路的地方买下一块地，举族离开县城，脱离鸦片场所，迁到了乡下。这就是东厂坡村的来历。村里现有源氏后裔三百多人。

翌日，依依话别，又是泪眼婆娑。源荣枝一行三人要去洛阳。

洛阳是源氏必去之地。源氏先人生活过的地方有平城（大同）、洛阳、临漳、长安等地，洛阳始终被视作家族的中心。源氏家族自公元494年迁到洛阳，渐渐成为世居洛阳及周边郡城的大家族。他们在此生活了六百多年。一部分族人随北齐政权迁居现今河北临漳，但他们仍以洛阳人自居。隋唐特别是唐代，源氏有人在朝廷任要职迁居长安，但无论多长时间，他们仍视洛阳为家乡。族人认同洛阳为他们离开西平后的共同故乡，死后都要归葬洛阳北面的邙山祖茔。

在洛阳，源荣枝打电话联系上了洛阳姓氏研究会会长姬传东，告诉他去邙山祖茔祭祖的想法。姬传东说，邙山不是一座山，是一条大山脉，在洛阳的北面，沿黄河南岸绵延一百多里。不知道祖茔的位置，怎么去祭祖？

茫茫山岭何处是祖茔？走一趟邙山还有意义吗？

三个人上了路，来到一片山地前，不知道这里是不是邙山。问路人，对方好奇地看着他们，反问他们要去哪里。源荣枝说，邙山，有坟墓的地方。那人手一挥，到处都是。

踏着一片薄阳，走在低矮的丘陵间，果然到处是乱葬坟。田野上，不时出现一座孤峰一样耸立的皇家陵墓。祖先的墓地在哪里呢？黄土地，青青的小麦，高耸的杨树，零星的屋舍，远处隆起的山包在视野里延伸，被一种怅惘的情绪强烈笼罩。他们停下脚步，向着烟蓝色的远方遥遥祭拜。

姬传东知道他们一无所获，便推荐他们去洛阳古墓博物馆。

源荣枝在博物馆说明了来意，工作人员十分热情，不但不收门票，还主动带着他们去看北魏皇帝的陵墓。这是一座建在地下按原墓仿建的北魏皇帝陵墓。入口有两条石狗，狗脸拟人化，造型有些狰狞。源荣枝疑惑地问，为何陵墓没有用狮子？馆员解释，鲜卑人是不用狮子的，他们是游牧民族，草原上居无定所，只有狗能把死者灵魂带回到亲人身边去。

第二次再去洛阳，源荣枝听从古墓博物馆馆员的推荐，打算去新安县的洛阳千唐志斋博物馆。他事先做了很多功课，从网上买到了《隋唐墓志辑绳》，从书中发现了源氏祖先的墓志。这次寻根，霄南有十八人报名参加，身患绝症的源沃珠也报了名。组织者劝他不要去了，他发火："你们不应该阻止我行孝嘛，这可能是我最后一次机会了。"他坚持让弟弟陪着来。方城东厂坡村一对年轻夫妻也加入了他们的行列。

中巴车进入新安县时下起了小雨，通往博物馆的路正在维修，副馆长柳海峰闻讯特地开车前来带路。

千唐志斋博物馆收藏有一千多块墓志，一块块嵌在地下墙壁上。源氏先人墓志收藏了十二块，有男有女，男性的五块属唐代，一块属北宋，其中有唐朝刺史源光乘、北宋尚书兵部郎中源护。

源氏后人寻根寻到了博物馆，这样的事情在馆里还是第一次发生。博物馆以非常隆重的礼节接待他们。柳海峰亲自为寻根团讲解。他们一个个墓志查找。

源光乘的墓志出现了，墓碑特别大，标明了出自邙山墓园。寻根者一拥而上，头碰到了头，大家忘了痛，眼睛都盯着源光乘的名字，一双双手不停地抚摸，有人开始流泪、哭泣。参观的游客不知道发生了什么事情，也拥了过来。

源沃珠"嘭"地跪了下来，他百感交集，一边摸着墓志，一边流着泪。他把此行当作自己最后一次行孝。他的生命已经走到了最后时光。回霄南不久，源沃珠就去世了。

在博物馆后山，举行了一场祭祀仪式，上面是"鹤山源氏洛阳寻根团"的横幅，下面竖着一块五米宽二米高的红色绸布，绸布上用黄色字喷写了源光乘、源护等六位先人的名字。香烛、纸钱、纸扎莲花、苹果……长长的鞭炮在雨中炸响。祭祀者头发淋得滴水，谁也没有动。一个千年心愿今日得偿，所有人进入冥想，思绪绵绵，既欣慰又感伤，还有些许生命的迷惘、惆怅……

源沃珠说："一千多年来我们源家无人来拜祭过，我为祖先上几炷香圆了个心愿，这一辈子我满足了。”

馆长知道源氏祖茔所在地，在邙山北麓靠近黄河的一个地方。寻根团一路找去，那里已是一片工业开发区，到处是水泥马路和工厂。望着成片的厂房，寻根者个个都是失落的眼神……

又是一年春天，源氏族人的寻根在向着时光深处推进。他们获悉西宁市人民政府正在修复南凉虎台遗址公园。这个遗址是西宁城西区的一座土台，它极可能是南凉王国建都西平时期，第三代君王为太子虎台修建的阅兵台。源氏族人经多方联系，最后，西宁市政府同意他们参加虎台遗址公园开园仪式，并进行寻根祭祖活动。

霄南村近湖源公祠楹联写有：“发源由北魏，晋爵纪西平。”以前霄南人不知道“西平”是什么意思，现在明白西平就是现在青海的西宁，源贺就出生成长在那里。他八岁那一年，虎台太子被西秦王杀死，源贺跟着哥哥保周从西平逃到了北凉。源氏家族在长达二百年的时间里，视青海西平、乐都为故乡，对它产生了浓烈的乡愁。

4月，西宁市园林局向霄南村源氏寻根团发出邀请函。

4月底，源氏寻根团一行十九人抵达西宁。源氏族人举着绣有“源”字的族旗，拉起“南凉后裔源氏寻根团”的横幅，进入会场。源荣枝代表源氏家族发言。他们在三王像前献上香烛纸钱、挽联，鸣放鞭炮，全体成员肃立于族旗下，向塑像三鞠躬，环绕三王一周。最后，将族旗、《源氏大宗族谱》《源贺列传》影印版、《南凉后裔今何在》文章以及霄南村的一些照片，赠送给公园古代民族融合文物展览馆。八十一岁的源可森激动地说：“今天我把祖先找到了，百年之后，我也来这里陪伴他们。”源荣照说：“我们找到了根，真正找到了自己的故乡，把寻根的梦变成了现实！”

寻根团第一次来到了日月山，看到了青海湖和高原牦牛。

源荣枝想起五岁那一年，他跟爷爷放牛，下雨了，爷爷把他拉到蓑衣里，跟他说，听说我们的祖先是鲜卑人，在很远很远下雪的地方。他现在跑的地方都是冬天下雪的地方，离霄南已经很远很远了，有的地方甚至终年积雪。他耳边不时响起爷爷的声音，感觉自己正在走向祖先。

到祖先生活过的地方寻访——这个愿望一经萌动，就成了源荣枝余生的追求。

他去甘肃张掖寻访的那一年，得了急性肝坏死，医生说最多再活两个月。这时他想到了保周、源贺两兄弟。回到村里，得到族人同意，他在荷塘边种了两棵榕树，称他们为兄弟树，就是为了纪念保周和源贺。保周晋爵张掖王后，乘手中有兵之机，企图复国，于是公开叛乱，被拓跋焘派兵剿灭，得了个“穷迫自杀，传首京师”的下场。

源荣枝来到了张掖，他打上一辆的士，围着张掖转了一圈。车到东面一个山包下，他叫停车，让司机等他一下。他爬上了山头，放眼眺望眼底山河。太阳正在下山，一团残云裹着夕阳徐徐降落。天地一片玄黄、凄凉，很快变得昏暗……

第二天他去了博物馆。寻寻觅觅，保周的痕迹什么也没有找到。

又有一次，他从青海到了西安，直奔青龙寺去，为的是寻找源寂的蛛丝马迹。源寂当年就在青龙寺出家。他出使新罗时，刘禹锡以《送源中丞充新罗册立使·侍中之孙》相送：“相门才子称华簪，持节东行捧德音。身带霜威辞凤阙，口传天语到鸡林。烟开鳌背千寻碧，日浴鲸波万顷金。想见扶桑受恩处，一时西拜尽倾心。”源寂出家为僧后，郎士元、薛能等人仍与他唱和，薛能写了《赠源寂禅师》《夏日青龙寺寻僧二首》。

青龙寺是佛教八大宗派之一密宗祖庭。唐时为佛教真言宗祖庭。现时仿古建筑保留着唐代风格，重檐高阁，气势不凡。遗址博物馆更是气魄宏大。源荣枝找到住持，打听源寂的情况，住持不知道源寂，反找他寻求材料。

与源荣枝一样，旅居加拿大的源志藩经常回国寻根。他根据自己找到的材料，写了《鲜卑遗民　源氏源流》一书。2016年，他来到了大同。这里是源贺当年投奔北魏的地方，古称平城，是当年北魏的首都。源贺投奔北魏直到去世，都在平城度过。北魏迁都洛阳是源贺去世十五年后。源贺死后陪葬于金陵。金陵找寻不到，源志藩却找到了琅琊康王司马金龙的墓地。原来司马金龙是源贺的女婿，源贺女儿钦文姬辰跟他合葬在一起。

找到源贺女儿这是源氏家族的大喜讯，源志藩激动得打电话到霄南，全村人都很兴奋，大家奔走相告。他们又开始酝酿着组团去祭祀……

## 五

霄南是个水乡，池塘成片，水系相连。夏天莲花曜村，荷香十里。先人们从福建运来了花岗石，铺出一条条巷道，疏挖了一条护城河，建城墙、修祠堂，用水磨青砖精心砌出一栋栋饰有雕花栏杆的小楼。他们将村名取作坚城村。

坚城村四方城墙以东西南北四个大门与外通行，西北方为正门，面朝南凉故国方向，源家人称其为迎龙闸。大门形似洛阳白马寺门楼。村的布局仿南凉国都乐都城。他们挖一方一圆两口井，唤作日月井，为的是不忘青海的日月山。

鹤山有民谣唱：嫁女嫁霄乡，霄乡好地方，出门石板路，夏秋鱼米香。

我曾三次进入霄南村。两年前第一次进村时见到了源可就，他已是七十岁的老人了。看亚洲电视台拍他嘎仙洞之行的片子，那时他还是半百之年。抱了一份好奇，明知道鲜卑人北魏时期就开始汉化，北齐时源师曾被后主高纬的宠臣斥责为“汉儿”，所谓“泼墨汉家子，走马鲜卑儿”，霄南不可能还保留有鲜卑人的特征，但我心里还是期望有所发现。

村口出现了镬耳山墙、红灰色筒瓦的岭南建筑，期望被兜头浇了一盆凉水。珠玑巷南迁的北客早成了广府人——岭南文化的主体之一。散落于珠江三角洲的村落，尽管村落里的人来自中原不同的地方，但他们都有一个共同的祖居地——珠玑巷。几乎所有的族谱都指向了这个共同记忆。也许正是基于构筑祖先的共同记忆，一个民系得以形成。源氏后人也不能例外，他们首先是广府人。

走进霄南街巷，初一看，它与周边古村落没有太大差异。第一个出现的人是个中年妇女，我不能确定她是不是源氏后人，直到男人出现，我观察他们的脸，黝黑的皮肤，凸额凿齿，这与广府人的面部特征并无太大区别。

村中心的房屋与村口有些不一样，老房子檐短窗小，青砖的人字山墙，墙顶无檐，只有盖瓦，麻石门套，大门出檐也很短，隐约可见四合院的影子。石板巷麻石直铺。顿时感觉到一种北方干燥的尘土味。这样的建筑从黄河一带往北都是如此。窗小在北方是为了御寒，在岭南据说是为了守住家财。

只有祠堂是珠三角典型的宗祠建筑。最先进入视野的是乐隐源公祠，面阔三间，两进一天井，抬梁与穿斗式混合构架，石柱石梁的前廊，硬山式屋顶，碌灰筒瓦，屋脊、筒瓦笔直，屋脊上高高的灰塑雕花博古脊，堆砌了博古头、仙鹤、凤凰、鸳鸯、金鲤、麒麟、荷花，寓意鸳鸯戏水、丹凤朝阳、麒麟赐福、鱼跃龙门等吉语。宗祠楹联写道：“华胄开东粤，明禋祀北平。”全村这样的源氏宗祠有九座。村里曾发现源西平堂牌位、北魏太武帝题写的“与卿同源”的大匾。西平堂就是源贺，这个始祖神位是屋主“文革”破四旧时从垃圾堆偷偷捡回来的。

霄南村由霄乡和南安两个村合并而成，人口不足两千，有超过一半的人口从这里迁去了江门、广州、佛山、南海、顺德、乳源、新会等地；也有迁去香港、澳门、台湾的，人数很少，但彼此来往密切；有下南洋去海外谋生的，到了新加坡、越南；民国初年有人远迁到了日本、美国、加拿大、澳大利亚、英国等国。霄南源氏加上河南方城的总数大约四千人。从霄南走出去的源氏后人看到族人寻根的信息，纷纷回到霄南。他们大多出生在海外，有的娶了洋媳妇，有的嫁给了洋人，有的是混血儿，从没有回过家乡，但他们都有一个源姓的中文名字。他们走进源氏祠堂，以家族祭祖的方式，给祖先神位供果、上香、叩头，聆听长者解读祖训。

站在乐隐源公祠广场上，前面和侧面是宽阔的莲塘，岸边榕树以纵横交错的根系疯一样生长，四季常青。想到“厥土昏冥沮洳，谋更南徙”，鲜卑嘎仙洞的祖先做梦也想不到，自己的子孙会迁徙到南海之滨，更想不到从这里，又迁徙到了地球的各个角落。

在霄南村居住的人并不多，不少旧屋空置。我打电话给源荣枝，他在深圳刚做完一个大手术，谈起源氏家族的事情，他强撑着，直到我们说完了，他才告诉我病情。在珠海见面时，他又做过一次小手术，我见他身体虚弱，他才说出了实情。当时他正忙于写源贺传记的事情，收集了大量资料。我们在村里见面，是我第三次来霄南，他与人合作的源贺传已经出版，我与广东的散文作家们在村里找到了一栋可供写作的老屋。

中秋节他邀请我来霄南过节。村里大摆筵席，家家盛情邀请亲朋好友一起相聚。源氏族人有豪放之风，大碗喝酒，大块吃肉。他们特别喜欢吃牛肉，霄乡曾经是广东有名的牛市，他们把当天的新鲜牛肉放入火锅涮了吃。源氏后人还发明了一种甘和茶，这种凉茶在华南和东南亚风行了一百多年。

乐隐源公祠广场，晚上，村民们搬来了桌子，摆上了鸡、月饼、水果等贡品，男女老少穿着盛装来到广场。他们不是为了赏月，而是为拜天神烧番塔。八点，点燃了鞭炮。鞭炮声中，族长上香、敬酒，宣读祭文，祈求天神赐福，保佑源家五谷丰登，家族平安，兴旺发达。人群跟着族长向天神三鞠躬。

音乐响起，族长开始点番塔。番塔用砖砌成疏眼筒塔，高四米，塔底放了干柴。大火中有人把青毛竹、盐、鞭炮投入塔里，砰砰嘭嘭的爆炸声里，火星溅起、腾飞，飞向天穹。人群手拉手围着火焰又唱又跳。他们唱《敕勒歌》：“天苍苍，野茫茫，风吹草低见牛羊。山寂寂，水殇殇，纵横奔突显锋芒……”这习俗或许与鲜卑人祭天或烽火台有关，还与萨满教有关。

春节、端午、中秋三大节日霄南村都要祭祖，师公歌婆唱歌酬神。村里有土炕式的大床，族人睡觉喜欢裸身，喜欢喝茯茶式的饮料，语言有不少倒装句。以前“起学”有叫开笔礼的习俗。天未亮，父子打着灯笼提着装有纸笔墨和红糖的藤荚，踏着月光，来到源氏宗祠，举行拜孔圣人和启蒙老师的仪式。孩子爬梯上神台敬神，每爬一级吃一只角仔，寓意步步高升。返学也打着灯笼，家长将灯笼拿回家中大堂挂起来，要让它自己熄灭。

源荣枝请了郑州大学文学院的院长，给族人讲授源乾曜的诗歌创作。那天，乐隐源公祠广场坐满了人。人们鸦雀无声，听得全神贯注。讲授者激情奔放，洪亮的声音回旋在祠堂上空。这些以耕种养殖为业的人，平生第一次接触诗歌，听得似懂非懂，但肃穆又认真的神情，却是对祖先对文学的虔诚敬意。

我感到意外的是，今年元旦，霄南青年与孩子穿的衣服、跳的舞蹈大不一样了。他们在寻找祖先的服装。霄南把大兴安岭鄂伦春人戴的鹿角皮帽拿过来了，把鄂伦春的服装作为重要参考，他们研究设计鲜卑民族的服装。这些衣服模仿了鄂伦春，也有蒙古族风格，还看得到青海少数民族服装的影子。黑与白的长靴，靴上图案似曾相识。胸前、头顶长串的饰物，有珍珠、珊瑚珠、玳瑁珠，这些又是西南少数民族喜欢佩戴的饰物。帽子既有蒙古族的尖顶式，也有云南少数民族特别是哈尼族、撒尼人的平顶帽。服装让人想到这些民族之间隐秘的关系。孩子们梳起了小辫，戴上五彩串珠，系上金腰带。他们穿着这些五颜六色既熟悉又陌生的服装，围着广场起舞，像草原上的节日，一张张相迎的笑脸，似乎是霄南人又不似霄南人了。这一刻，霄南村变得有些异样……民族的记忆正在重构。这是政府旅游开发的目的，还是村民的愿望？或者，共同的需求正在改变着霄南。

二十年的寻根路改变了霄南。当地政府帮助改造了东湖公园。整治村容村貌，重修了乐隐源公祠。建起了源贺纪念公园，雕塑了一座源贺铜像。源氏祖训被中纪委选入“廉史镜鉴”。村里建起了鲜卑历史展览馆、村史民俗文化馆和冰心奖儿童图书馆。石器、木棺、桦皮器、骨器在霄南出现了；撮罗子式的方形帐幕，驯鹿的皮帽，桦树皮制作的弓袋、箭囊、壶形器、罐形器和“圆牌”，珠饰、骨镞、骨扣、骨饰、骨鸣镝、骨弓弭、骨刀把……或以仿制品，或以照片，在霄南出现，人们对此不再陌生。

这一刻，我在沉思。拓跋焘派李敞去嘎仙洞祭祖，那是公元 443 年。源贺公元 423 年来到平城，祭祖这一年他在平城已经生活了二十年。作为太武帝的重臣，祭祖队伍从平城出发，又是史书大事，古代国之大事在祀与戎，筹划与送行，不可能没有源贺的身影。鲜卑人第一次回到嘎仙洞，到嘎仙洞重现天日，源氏是鲜卑出现的唯一后人。

源可就孤身一人前来祭祀，与当年浩浩荡荡的祭祀队伍，落差之大，多少历史的兴衰藏匿其中！同样是首祭，意义虽有不同，但都重大，可供品味的东西实在太丰富了。前后两次都有源氏参与，首祭之时正是源氏之始。时间仿佛就在源氏的瓜瓞绵绵中展开。时光里的波澜壮阔，时光里的永恒瞬间，时光里的兴替交织、沧海桑田，时光里的迁徙，时光里民族的融合……一部活的历史剧就在天南地北、在一个家族的命运起伏中演绎！

堪可告慰的是，鲜卑人的香火仍然得到了延续。当年的那场大迁徙，在遥远的岭南找到了历史的回音。它回响的时空是这么壮阔、浩荡和悠远。

（选自《收获》2019 年第 3 期）

# 白杨树下

李修文

我怀疑，这一生里，我再也不会有机缘行走在那么多的白杨们身边了——看看它们，那连绵不绝的，一棵一棵的，月光下，全都好似得胜还朝的白袍小将，因为历经了苦楚和胜利，反倒归于了沉默和端正，静静地站立在一条清白的小路两旁，目送着我和姑妈一步一步朝前走；但是，那么多的白杨，它们身上的年轻和骄傲，甚至一丝丝的刀兵之气，仍然像是一杆红缨枪上散射出的寒光，映照着路边的水渠和芒草，也使我心生了暗暗的震慑，不由伸出手去抚摸它们，似乎唯有如此，这生硬的亲密才能使我免于恐惧，才能使我再次相信：白杨和小路并不是要将我们送往什么妖狐鬼怪的所在，千真万确，我们是行走在去看望远房表姐的路上。

然而，白袍小将并不是白杨们的全部。不知何时，月光消散，黎明到来，使广大的田野变得更加清晰，也让我看清，在年轻和骄傲身边，还有衰朽和凋残：看这一棵，一头栽倒在田野上，半身已经腐烂黑透，像是战场上的老卒，早已倒毙多日，剑疮刀疮却还都历历在目；再看那一棵，满身缟素，枝叶却已灭尽，仿佛哀莫大于心死，又好似戏台上的女鬼，长袖舞动了片刻，终究唱不出一句声音来——说不清楚为了什么，我在这女鬼般的白杨身前站住，不再往前走，径自盯着它看了好半天，由此及远，我环顾着四周隐隐约约的山岗、作物和村庄，感到某种人间的真相正如潮水般朝我涌动过来。

是的，这寒凉的冬日的清晨，一个十二岁的少年，站在满天时隐时现的朝霞之下，竟然觉察出了像田野一般无边的凄凉：那些遍布在春天和夏季里的绿意，全然被此刻满目的枯涩萧索驱赶到了目力所及之外；我的姑妈正在被一场急性肺炎所折磨，喘息和咳嗽剧烈地纠缠着她，使她每往前走一步都像是一场侥幸，而事实上她还那么年轻；山巅上，沟渠边，芒草丛中，残留的白霜凝结不化，看上去，全如恶棍般丢弃了羞耻之心；远处的树梢上，一只雏鸟从寒碜的窝里伸出头颅，扑扇了几下翅膀，未能等来母亲，重新瑟缩了回去——它是多么像我的远房表姐啊：表姐其实只比我大一岁，父母却都已不在人世，一个人活在眼前这条道路的尽头，一座长满了白杨的村庄里。

我经常想我的表姐。从前，在她的父母尚存于世的时候，只要她的父亲捕到了鱼，她就会徒步几十里路，送几条来给我吃。有一回给我送鱼的时候，天降暴雨，她在路上摔了一跤，所有的鱼都摔进了路边的池塘，她就坐在池塘边上哭了一下午。我的姑妈也经常想我的表姐，但是，她是一个穷人，穷人出一趟门总是难的，穷女人更是，更何况，多病的丈夫，饿疯了的儿女们，还有颗粒无收的稻田和一群被偷走了的、原本是要换作活命钱的鸭子，这些全都像一块块巨石，日复一日，挤压她，又抽干了躲在她身体里的汁液和想念。

尽管如此，等到姑妈攒够了一小篮子可以送给表姐的鸡蛋时，她还是立刻就动身了。这一回，她带上了寄居在她身边的我，我们一起去看表姐，因为必须早去早回，所以，天不亮我们就上了路。

总算到了。正是冬闲时节，人们还在沉睡，表姐的村庄里全无人影，唯有牲畜们在沉默地咀嚼着草料，发出窸窸窣窣的声响。这时候，之前的朝霞迅疾消失，天上突然刮起了一阵大风，我抬头看，满目的白杨被风吹动，树叶纷纷哗啦啦作响，即使年幼如我，稍微看一下天象也会知道，要么一场雨，要么一场雪，说话间就要从天而降了。于是，我拉扯着姑妈，手拎着那一小篮子鸡蛋，赶紧朝着表姐所在的地方狂奔，刚开始跑，天上就下起了冷硬的雪籽，一粒一粒，砸上了我和姑妈的脸。

三步两步，我踉跄着，和姑妈一起喘息着，终于推开了表姐的院门，这院门其实早已形同虚设：四围的院墙垮塌了五六处，在那些垮塌之处，刺丛与荆条都从黄泥砖土底下钻了出来，也是，早在表姐的父母尚存于世时，它们就都已经垮塌了；院子里，唯独残存着一间当年的厢房，现在，它的一半用来当作表姐的卧室，另外一半，是她的厨房。厢房的门竟然只是虚掩着，我径直闯进去，但是，无论外间的厨房，还是里间的卧室，都是空无一人，全然没有表姐的影子。再看厨房里：水缸里盛了半缸清水，灶台上还放着一只洗净了的空碗；卧室里，一床薄被叠得整整齐齐，窗沿上的玻璃杯里插着一株梅花。我心有不甘，大喊着表姐的名字，喊了几遍，仍未听见表姐的回声，倒是玻璃杯里的梅花，受了喊声的惊扰，掉落了几片花瓣。

我让姑妈坐下，告诉她，我要出去找表姐，一找到她，就带她回来跟姑妈相见。姑妈笑着答应，她说，她现在就来烧水洗锅，好让我和表姐一回来就能吃上刚煎好的鸡蛋，说话间，她不再喘息，也不再咳嗽了。可是，没想到，当我刚刚奔出院门，姑妈却又在身后喊我的名字，我回转身来，她提着那一小篮子鸡蛋，早已疾步上前，拽着我说，她不放心表姐，她自己也要去找。我还懵懂着，她又补了一句：灶台上的碗里已经沾了不少灰尘，表姐至少已经好几天没有用这只碗吃饭了，所以，她不放心，她一定要赶紧地、赶紧地看见她。

既然如此，我也就任由了姑妈跟我一起前去找表姐。这时候，好几户人家的房顶上已经升起了早餐的炊烟，这些炊烟加重了我对煎鸡蛋的想念，也似乎使姑妈变得更加忧虑：天色还这么早，表姐又是去哪里了呢？姑妈对着一户人家的炊烟张望了片刻，终于决定：为了早一点见到表姐，我们两个人得分头去找。我答应了她，而后一意向西，倒是姑妈，说好了向东，仓皇着环顾了好一阵子，最终却朝南而去了。

——怎么可能找不到表姐呢？我清楚地记得，表姐曾经告诉过我，在村子西头的田野上，几棵高高的白杨树下，有一座坟丘高矮的土地庙，土地庙的西边，就有她父母的墓。所以，土地庙成了她在父母去世之后最喜欢去的地方，如果我没猜错，此刻，她一定又去了那里。如此，跟姑妈一分开，我便沿着一条湿漉漉的小路向西飞奔，果然，还没跑多久，我就看见表姐远远地走过来了，我赶紧连声呼喊她的名字，终于，在一棵白杨树底下，我在她身前站定，气喘吁吁地告诉她，我来看她了，姑妈也来看她了，反倒是她，和从前一样，和姑妈一样，安安静静地站着，也不说话，只是对着我笑。

我问表姐，她怎么起得这么早，表姐说，一连好几天夜里，她都做噩梦，为了不再做噩梦，今天一大早，她就到土地庙里拜菩萨去了，这不，她才刚刚在庙里磕完了八十一个头；无论如何，我总算见到了表姐，满身的欢喜一心让我想对她说更多的话，于是没话找话，我刚学了一首诗，不是从课本上学来的，是被老师罚站的时候，从他桌子上的一本破破烂烂的杂志里学来的，对了，只用了不到两分钟，我就把整首诗记下来啦，现在，要不要背给你听？表姐笑着点头，我便开始背起来：欢乐欲与少年期，人生百年常苦迟，白头富贵何所用，气力但为忧勤衰，愿为五陵轻薄儿，生在贞观开元时，斗鸡走犬过一生，天地安危两不知。如此，诗背完了，表姐还来不及夸奖，我却突然想起一个问题，表姐，为何那只灶台上的空碗，已经落了好几天的灰尘，难道你已经好几天没吃饭了？

表姐不再笑，脸上竟然闪过一丝慌乱，而后告诉我，这一段时日，她在隔壁村子的一间酒坊里帮工，已经好几天没回自己村里去了。

事情竟然如此。可是，此时此刻，煎鸡蛋正在等待着我们，我吞咽了一口唾沫，赶紧告诉表姐，姑妈提着一篮子鸡蛋来看她啦，现在，咱们得赶紧回去，你知道，以姑妈的麻利劲儿，咱们很快就能吃上煎鸡蛋了。哪里知道，表姐却要我先回去，至于她自己，则要去一趟隔壁村里，找酒坊老板请好假，然后才能回去见姑妈。这一回，我没听她的，死活缠住她，要跟她一起去找酒坊老板请假，和从前一样，她拿我没办法，只好点头，于是，我便赶紧搀住她的胳膊，拉扯着她，往隔壁村子里跑。

和表姐在一起的时光是多么好啊！虽说之前坚硬的雪籽终于转换为了一场中雪从天而降，风也更大了，但是如此甚好：在我们身边，白杨们的树冠先是被雪粒覆盖，而后，风一吹，雪粒又穿过枝叶，洒落在我们的脖颈上，常常是在一激灵之后，我的身体就感受到了一阵清醒，恰似一只饥饿之兽，转瞬之后便要捕捉到苦苦以待的食物，喜悦，但却清醒——是的，远离父母住在姑妈身边的我，父母双亡的表姐，对于对方的生活，我们并没有知道得更多，但是，一旦我们站在了一起，眼前的天地竟然随之变得辽阔起来，我们终于不再都是各自形单影只了。表姐啊表姐，你看我们身边的白杨们，那一棵棵的，好像不再是白杨了，而是变作了我们的兄长：恶作剧般，但却又是轻悄地，它们洒下雪粒，落在我们的脖颈，使我们沉浸在巨大的温柔和酸楚里无法自拔，几乎要落下泪来，是吗？

我想是的，真的有那么好几次，眼泪就在我的眼眶里打着转，好不容易才忍了回去。

恰在此时，远远地，我看见了姑妈：她手提着那一小篮子鸡蛋，从表姐的村子里跑出来，一路向着我之所在的地方狂奔，地上太湿滑了，她几乎每跑一步都站立不稳，为了手中的鸡蛋不出什么闪失，她只好生硬地趔趄着，终于还是倒在了旁边的沟渠里，半天也未能起身。这可如何得了，我赶紧喊着她，让她不要怕，我马上就来搀她起身，却始终听不见她的回应，她似乎也在对我喊叫着什么，话未出口就被咳嗽声打断，只好再不发一言，安静地，听命一般，躺卧在一丛灌木的边上等着我的到来。

没花多大工夫，我就跑到了姑妈的身边，劈头看见她死死抱着那一小篮子鸡蛋，僵直地躺在沟渠中的泥泞里，脸上却流了一脸的眼泪，我还来不及张口，姑妈便径直对我说，表姐死了。我愣怔了片刻，下意识回头去看远处白杨树下的表姐，不知何故，竟然没有看见，但姑妈近在眼前，说完之前一句，她又剧烈地咳嗽，再使出全身气力，吞咽救命的苦药一般，将其后的咳嗽全都吞咽了下去，这才继续对我说，十几天前，表姐得了一场急病，前半夜急病发作，后半夜她就没了性命，现在，她就埋在父母的旁边，也就是那座土地庙的旁边。

满天的西风和雪粒，还有兄长般的白杨树，你们都可以为我做证，我和表姐，刚刚还在肩并肩，刚刚还差点一起落下泪来，所以，你们说，我怎么可能相信姑妈的话呢？又是下意识地，我一边大声喊着表姐的名字，一边站起身来，透过影影绰绰的雪幕，拼命眺望着远处的白杨树，可是，目力所及，竟然还是没有表姐的踪影，能够回应我的，唯有更加密集的雪粒和更加峻急的风声。我甚至还未来得及告诉姑妈，表姐没有死，她就在白杨树底下，身体却已从沟渠里跳跃了出去，是啊，彼时之我，满脑子只想着将表姐赶紧拽到姑妈的眼前来，哪里知道，姑妈竟死死抓住了我，像是如梦初醒，又像是知道了之前我所遭遇的一切，她颤着声问我，是不是真的见到表姐了？我不迭地点头，她却颓然闭上眼睛，死死地攥住一根枯萎的荆条，攥得手上都渗出了血，这才将咳嗽继续忍住，这才能够继续喘息，良久之后，她终于又再问了我一句，她有没有怪我？

——事情竟然千真万确：我的表姐确实已经在十几天前就死了。如姑妈所说，她死之后，就埋在父母的旁边，也就是那座土地庙的旁边。

直到许多年后，穿州过府，我也算是踏足了这世间的不少地方，和死去的表姐隔世相见这样的事，在家乡之外的地界还是鲜少能够听说，说来也是奇怪，和死去的亲人故交重新活在一处，除了在《聊斋志异》里，似乎就只在我的家乡屡屡发生，不过，所谓楚地多巫风，在我的家乡地界，那些活了一世都不曾和鬼魂相见一次的人，反倒是少之又少吧？从年幼至今，在我所熟识的乡亲里，岂止只有和亲人故交重新活在一处的人？那些死去的牛羊、消失的河流和腐烂的神像，在雨水里，在薄雾中，在露水打湿青草的时刻，抑或就在光天化日之下，它们都曾乘愿再来，还魂现身，重新在尘世人间里踏足、矗立和涌动。

所以，在我十二岁的那个寒凉的早晨，当我搀着姑妈，路过了那座土地庙，终于在表姐的新坟前站定时，我并不曾感受到丝毫的惊惧，一阵短暂的恍惚之后，我凝视着眼前四野里的茫茫雪幕，莫名地，竟然想起了之前从一本残破的《金刚经》上读来的话，如来者，无所从来，亦无所去，故名如来。这时候，姑妈问我，表姐最后是在哪棵白杨树底下不见了的，我便指给她看。哪里知道，刹那之间，她竟像变作了另外一个人，一把将我推开，朝着我指给她的那棵白杨便发足狂奔，三两步之后，她就仰面摔倒在了田埂上。但是，哪怕摔倒了，她也直直地高举着那一小篮子鸡蛋，始终都没有让任何一个鸡蛋滑出篮子。我还在朝着她的身前赶，她却已经起了身，径直向前，奔入更深的雪幕。最后，在表姐消失的那棵白杨树底下，她止住了步子。

到了这时候，姑妈终于忍耐不住，对着眼前的白杨痛哭了出来，一边哭，她一边痛骂自己。她先骂自己不是人，任由一个父母双亡的小姑娘独自一人忍饥挨饿；又骂自己没本事，一辈子都摆脱不了一个穷字，干脆没了皮脸，这下子，就算杀了她，她也赎不回自己的罪了。白杨树底下，我的姑妈，这个沉默的、平日里几乎从不说话的、见了任何人都会先矮三分的穷女人，竟然说尽了世上的狠话，也说尽了世上的脏话，这些话，她全都用来咒骂自己，这些话，就像一把把的刀子，她每说一句，就好似一把崭新的刀子捅进了自己的身体，唯有如此，她才能真正地相信自己罪该万死。可是，我也只有十二岁，站在姑妈身边，我也唯有手足无措，只能眼睁睁地看着她渐渐转为了疯魔：她喊了一遍表姐的名字，要她将自己也带走，她早就不愿意再在这世上多活一天了；而后，她又喊了一遍表姐的名字，要她不怕，她马上就会等到自己，到了那时，她要给表姐端茶，她要给表姐倒水，她还要给表姐煎鸡蛋——

鸡蛋，是鸡蛋终于唤回了姑妈的清醒：这二字刚一出口，骤然间，她就愣怔住了，战栗着，她再猛然去看已经被雪水打湿的那一小篮子鸡蛋，又去看周遭的白杨和远处的村庄，最后才看到我，就在她的环顾之间，此前的疯魔竟然一点点消退了，现世报一般，一刹那的工夫之后，她又变成了那个几乎从不说话的人。就这样，白杨树底下，雪幕里，我看着她，她看着我，我还是实话说了吧，此时此刻，我既深陷在某种深重的错乱里，又分明感到，更多人间的真相正在朝我奔涌过来。反倒是姑妈，一旦清醒，便蹲在了那一小篮子鸡蛋身边，掏出一颗来，对准白杨树轻轻地敲，鸡蛋应声破碎，蛋清和蛋黄都在树干上流淌，姑妈却又接着掏出一颗，继续对准白杨树轻轻地敲，我慌忙地叫了姑妈一声，去止住她，她却说，你也来。我不知所以，盯着她看，她就再对我说，你表姐还没走远，这些鸡蛋，让她全都吃了吧。

那么，表姐，这些鸡蛋，你就全都吃了吧——在姑妈身边，我也蹲下了，像她一样，我也掏出一颗鸡蛋，紧紧攥住，将它焐热了，再对准白杨树，轻轻地敲，蛋壳碎了，蛋清和蛋黄开始流淌了，从天而降的雪粒飞洒上去，就像是给它们抹了一层盐，看着它们，我又忍不住走神了，可是，表姐啊表姐，哪怕我走了神，我也分明看见，像此前的遭逢一样，此时的我们两个，仍然沉浸在巨大的温柔和酸楚里无法自拔，你说是吗？

必须承认，其后多年，咳嗽的姑妈，雪地里的蛋壳，还有满树流淌的蛋清和蛋黄，这一切，曾经无数次出现在我的梦中。是啊，即使是一场噩梦，要么坠落深谷，要么亡命奔跑，总是在前路断绝之时，一阵鸡蛋被敲破的声音便会轻悄地响起，随后，一场足以令恶徒震惊的大雪必将不请自到，在弥天的雪幕里，深谷消隐，奔跑休歇，无论什么样的追兵，都会回头是岸，跪倒在大雪中，就像跪倒在一尊菩萨前，最终，我会安然无恙，重新回到姑妈的身边，和她一起，走回到那条两旁都栽满了白杨的小路上。

只是人这一世，总有最是不堪的时候——有几年，我把日子过成了一座泥潭，就算东奔西走，也没有挣到糊口的活命钱，只好继续东奔西走，给人去做编剧，结果却是照旧一无所获，不光没有挣到钱，相反，因为一桩无妄之灾，我倒是债台高筑了起来，如此，我便开始了破罐子破摔：一年到头，看起来行色匆匆，满世界里打转，实际上，每到一处，我都关在小旅馆里喝酒、发呆和无所事事。甚至有许多时刻，借着醉意，我怒从心起，生出了与这世间万物的了断之心，可是，某种不甘愿又如影随形，每到如此境地，我就像要抓住救命稻草一般，想抓住那一阵鸡蛋被轻轻敲破的声音，好让自己变作忏罪的童子，接受它的垂怜，然而，它始终没有来，我也只好始终在怨怼、无所事事和心绞痛般发作的悔恨里上下颠簸，却终是不得其门而出。

那一回，是在家乡的县城里，受人蛊惑，我接受了匿名为一个从家乡出去的企业家撰写传记的活计，未料到，在我采访遍了企业家的亲朋故旧之后，企业家突然放弃了出版这本传记的念头，如此，我好不容易找到的活计就又没了，走投无路之下，等米下锅的我照旧不以为耻，反倒蜷缩在一家小旅馆里闭门不出，一个人又喝了三天酒。第三天的正午时分，我喝醉了，在街头跌跌撞撞，终于倒在地上，差一点被车撞死，可是，就在我迷乱地躺在地上之时，一个熟悉的人影从我眼前闪过，我如遭电击，起身就朝着那人影追了过去，走近了，才发现她根本就不是我的姑妈，也就是在此时，我突然下定了决心，现在就要去见姑妈。

在此之前，唯有小旅馆里满地的酒瓶知道，我曾无数次动了去见姑妈之念，但是终了，还是将它们一一掐灭了：和她多年前便一口咬定的不同，这么多年过去了，我不但未能成为一个让她脸上生光的人，相反，我知道，每一回听说我的近况，她都忧心得一连几天也吃不下饭。更何况，她的情形也没有比我好过多少：儿女们虽说长大了，却也无非是开始了新一轮的世间苦熬，她指望的奇迹从未发生，穷人的儿女，再一遍成了穷人——如此，姑妈，给我留一点颜面，你也少一些忧心，你我暂时就不要相见了吧？

可是，那一回，大概还是低劣的烈酒作祟，我一意出城，搭上了一辆小客车，不管不顾地就奔着姑妈的村子而去了。说起来，县城离姑妈的村子也只有三十公里，沿途所见，不过还是些旧时景物：西风呼啸，行人稀少，萧索的作物裹挟着道路两边的田野，一同进入了漫无边际的寡淡之中，就算零星建起的几幢新楼，也照样拯救不了那广大而苦楚的田野；唯一的生机，仍然是从我眼前依次闪过的白杨们，好久不见，它们还是当初的白袍小将，一棵棵的，沉默，端正，看着它们，我竟然又像十二岁时一般，心生了震慑，收敛了醉意，也就是在这时，我看见了姑妈。

实际上，在过去的年岁里，我的姑妈，已经成了一个远近闻名的笑话：远房表姐死后，她着了魔，先是在村子周边访贫问苦，而后越走越远，十里八乡，只要打听到一个鳏寡，又或无人过问的孤老或孩童，她都要连夜上门，送上一丝半点的心意，这些心意有的时候是一小袋米，有的时候可能仅仅就是几棵她自己种出来的菜。作为一个穷人，如此行径当然足以令她成为笑话，她却不管不顾，反正她在平日里也几乎从不说话，反倒是那些将她当作笑话的人渐渐地就见怪不怪了，要是看见她又在给人送米送菜，无非再道一声疯婆子而已。

此时，她显然又行走在给人送去心意的路上，这一回的心意，是一小壶菜油，看见我从小客车里跳出来，再狂奔到白杨树下，气喘吁吁地在她眼前站定，姑妈先是吓了一跳，而后，一把就攥住我的胳膊，整个身体都朝我扑了过来：她是多么的瘦啊！倒在我身上，我却全然感受不到她的重量。良久之后，姑妈再抬起头，直盯盯地看我，看了又看，终究未说出一句话：正是天寒地冻之时，不用说，折磨了她半生的肺炎再一次不请自到了，除了喘息之声，她似乎再也没有说出一句话的气力了。

这样，我便接过那只小小的油壶，拎在手里，再搀着姑妈，一同前往她要去的地方，尽管我并不知晓此行的目的地在哪里，但是如此甚好，和姑妈在一起往前走就是好的，一时之间，我甚至产生了错觉：我怀疑，我又回到了十二岁，在道路的尽头，我会见到表姐，还会和她一起吃上姑妈煎的鸡蛋。说来也是奇怪，恰在此时，姑妈止住了步子，不断指点着前方，像是要对我说什么，却还是说不出，我便顺着她指点的方向定睛去看，突然间，前尘往事就如闪电般照亮了我的记忆：在远处灰蒙蒙的地方，也站着一排依稀可见的白杨树，而那里，正是在当初的雪幕里，我和姑妈一起将一小篮子鸡蛋全都轻轻敲破的地方。

没来由地，我竟然一阵哽咽，但是，常年的自暴自弃，多少也正在练就我的铁石心肠，我佯装什么都没记起来，打算劝姑妈不要停留，继续前往她的目的地，哪里知道，姑妈竟然挣脱我的搀扶，走进了路边干涸的沟渠，再站在沟渠里看着我，显然，她要带我重回故地——她看着我，我看着她，最后，别无他法，我只好也进了沟渠，再搀着她爬上田埂，朝着当初的那一排白杨树们，一步步走了过去。

天知道是何缘由呢？我其实全然不想靠近当初的白杨们，如果非要说出是什么缘由，那大概就是我生怕破坏了自己的铁石心肠吧？莫名地，我感到了慌乱，像是一个被押入法庭的罪犯般的慌乱，不知道法官是谁，却又分明看见正襟危坐的法官正在等待着我，于是，一路上，我便不断地回首抑或低头，伏地的小麦，腾空的鸟雀，等等等等，什么都看尽了，就是不去看当初的那一排白杨。然而，在姑妈轻微的强迫之下，退无可退地，到了最后，我总归还是要靠近它们。

又是一道沟渠近在眼前。姑妈抢先一步，几乎是跳跃了下去，我的心就提到了嗓子眼里，赶紧跟着跳跃下去，可是，等我在沟渠里站定，却再也不见了姑妈，虽说天色已经算作黄昏，天光倒还残存着一丝明亮，那么，姑妈究竟去了哪里呢？像十二岁时一样，我大声呼喊着姑妈，却听不见一句她的回应，此前那种罪犯般的慌乱顿时变作了巨石，轰隆隆地，一击一击，砸中了我的胸腔，我意识到大事不好，奔出沟渠，在白杨下奔跑，猛然间，当我低头去看我的手——那只小小的油壶早已不在我的手中——我终于再也忍不住，背靠着一棵白杨，蹲下去，放声痛哭了起来。

是的，我的姑妈，早就死了；在她四处访贫问苦了大概两三年之后，离我，离她的儿女还远未长大成人的时候，她就已经死了。

十二岁时，我曾和死去的表姐隔世相见；二十多年后，我又见到了乘愿再来的姑妈。

也不知道过了多久，几粒雪籽砸在了我的脸上，我停止了哭泣，转过身，紧盯着刚刚背靠的那棵白杨，死命地去看，不用再花费任何的心思去猜测了：眼前这一棵，一定是在当年的雪幕里被我和姑妈熟识的那一棵。这么想着的时候，雪籽逐渐密集起来，不大一会儿工夫，雪籽变作雪幕，那久违了的、鸡蛋被轻轻敲破的声音终于响了起来，我继续蹲在原地，纹丝未动，是的，直到此时，我才见到了我的法官，那法官不是别人，就是这棵白杨树，它告诉我：当我的姑妈经历了审判，哪怕只有一小袋米，哪怕只有几棵她自己种出来的菜，她也开始了重新做人，而我，在债台高筑之处，在酒瓶堆积之所，竟然从来没有胆子像姑妈一样，心甘情愿活成一场笑话，自然，我更没有胆子像她一样，直到作别尘世之前，都在这场笑话里奔走，就像奔走在去看表姐的路上。

姑妈，现在你已经走远了吧？实不相瞒，我也准备起身了，对，我准备起身了，那条十二岁时的小路，似乎重新展现在了我的身前，此刻，尽管大雪纷飞，但和你一起敲破鸡蛋的日子已经化作了月光下的波浪，正在朝我缓慢地涌动过来，如无意外，到了最后，它一定会将我包裹，就像包裹了我所有的怨怼、无所事事和心绞痛般发作的悔恨；此刻，十二岁时的小路和我一起，正在被满天的雪幕洗刷，说不定，当雪幕停止，当洗刷停止，我也真正地将自己当作了一场笑话，此一去后，无论这场笑话多么广为人知，我也会将它当作小旅馆去驻扎，再将它当作烈酒一口喝掉，大不了，这一瓶烈酒，我来分好几口喝掉，不信你看，雪粒们先是覆盖了白杨树的树冠，而后又穿过枝叶，落在了我的脖颈上。我打了个激灵，喜悦、清醒，就像一头刚刚醒来的、饥饿的野兽。

（选自《长江文艺》2019年第1期）

# 孙犁的三封信

汪惠仁

在二十世纪七十年代末至九十年代初，当年一批活跃在中国文坛的作家曾得到孙犁先生指点与帮助。孙犁先生身体较弱，时有病痛，常居天津，所以孙先生与青年作家的师生情义多以书信来体现。在这些致青年作家的信中，常常触及一些“不过时”的话题。孙犁先生是有着学者风范的大作家，他之论文学，往往得力于他的史识与哲思。我以为，人越是有“通观”，就越是难以过时。

特选孙犁先生文学通信三封，并以此来怀念这位当代文坛的孙老师。

——汪惠仁

## 致铁凝信

铁凝同志：

上午收到你二十一日来信和刊物，吃罢午饭，读完你的童话，休息了一会儿，就起来给你回信。我近来不知犯了什么毛病，别人叫我做的事，我是非赶紧做完，心里是安定不下来的。

上一封信，我也收到了。

我很喜欢你写的童话，这并不一定因为你“刚从儿童脱胎出来”。我认为儿童文学也同其他文学一样，是越有人生经历越能写得好。当然也不一定，有的人头发白了，还是写不好童话。有的人年纪轻轻，却写得很好。像你就是的。

这篇文章，我简直挑不出什么毛病，虽然我读的时候，是想吹毛求疵，指出一些缺点的。它很完整，感情一直激荡，能与读者交融，结尾也很好。

如果一定要说一点缺欠，就是那一句：“要不她刚调来一说盖新粮囤，人们是那么积极。”“要不”二字，可以删掉。口语可以如此，但形成文字，这样就不合文法了。

但是，你的整篇语言，都是很好的，无懈可击的。

还回到前面：怎样才能把童话写好？去年夏天，我从《儿童文学》读了安徒生的《丑小鸭》，几天都受它感动，以为这才是艺术。它写的只是一只小鸭，但几乎包括了宇宙间的真理，充满人生的七情六欲，多弦外之音，能旁敲侧击。尽了艺术家的能事，成为不朽的杰作。何以至此呢？不外真诚善意，明识远见，良知良能，天籁之音！

这一切都是一个艺术家应该具备的。童话如此，一切艺术无不如此。这是艺术独一无二的灵魂，也是跻于艺术宫殿的不二法门。

你年纪很小。我每逢想到这些，我的眼睛都要潮湿。我并不愿同你们多谈此中的甘苦。

上次你抄来的信，我放了很久，前些日子寄给了《山东文艺》，他们很高兴，来信并称赞了你，现在附上，请你看完，就不必寄回来了。此信有些地方似触一些人之忌，如果引起什么麻烦，和你无关的。刊物你还要吗？望来信。

祝

好

孙　犁

一九七九年十二月二十三日

## 再谈通俗文学

——致贾平凹同志

平凹同志：

一月四日从北京发来的信，今天上午就收到了，出奇的快。寄一封平信到西安，要十天，挂号则更慢。可见交通之不便了。所以你不来天津，我是完全理解的，并以为措施得当。目前出门，最好不要离开团体，如果不是跑生意，一个人最好不要出门。

上次从西安来信，也收到，曾仔细读过。原以为你能看到我写的关于《腊月·正月》那篇文章，就没有复信。谁知道那篇文章写了已经半年，到现在还没有刊出。不过，我猜想，你在北京可能知道了它的内容，有些话就不在这里重复了。

你到北京去参加了那么隆重的会，是很好的事，这是见世面的机会，不可轻易放过。不过，会开多了也没意思。我只是参加过一次这样的会。

近来，我写了几篇关于通俗文学的文章，也读了一些文学史和古代的通俗小说。和李贯通的通信，不过捎带着提了一下。其实，这种文章，本可以不写，都是背时的。因为总是一个题目，借此还可以温习一些旧书，所以就不恤人言，匆匆发表了。

既然发表了文章，就注意这方面的论点。反对言论不外是：要为通俗文学争一席之地呀；水浒西游也是通俗文学呀；赵树理、老舍都是伟大的通俗文学作家呀。这些言论，与我所谈的，文不对题，所答非所问，无须反驳。

值得注意的是，凡是时髦文士，当他们要搞点什么名堂的时候，总说他们是代表群众的，他们的行为和主张，是代表民意的。这种话，我听了几十年了。五十年代，有人这样说。六十年代、七十年代，有人还是这样说。好像只有这些人，才是整天把眼睛盯着群众的。

盯着是可以的，问题是你盯着他们，想干什么。

当前的情况是，他们所写的"通俗文学"，既谈不上"文学"，也谈不上"通俗"。不只与水浒西游不沾边，即与过去的施公案、彭公案相比较，也相差很远。就以近代的张恨水而论，现在这些作者，要想写到他那个水平，恐怕还要有一段时间的读书与修辞的涵养。

什么叫通俗？鲁迅在谈到《京本通俗小说》时说："其取材多在近时，或采之他种说部，主在娱心，而杂以惩劝。"

社会上的，人心之不同，有如其面。文坛是社会的一部分，作家的心，也是多种多样的。娱心，是文学作品的一种作用，问题是娱什么样的心，和如何的娱法。作品要给什么人看，并要什么样的心，得到娱乐呢？

有的作家自命不凡，不分时间空间，总以为他是站在时代的前面，只有他先知先觉，能感触到群众的心声。这样的作家，虽有时自称为"大作家"，也不要相信他的吹嘘之词。而是要按照上面的原则，仔细看看他的作品。

看过以后，我常常感到失望。这些人在最初，先看了几篇外国小说，比猫画虎地写了几篇所谓"正统小说"，但因为生活底子有限，很快就在作品里掺杂上一些胡编乱造的东西，借一些庸俗的小噱头，去招揽读者。当他们正在处于囊中惭愧之时，忽然小报流行起来，以为柳暗花明之日已到，大有可为之机已临。乃去翻阅一些清末的断烂朝报，民初的小报副刊，把那些腐朽破败的材料，收集起来，用"作家"的笔墨编纂写出，成为新著，标以"通俗文学"之名。读者一时不明真相，为其奇异的标题所吸引，使之大发其财。

其实，读者花几分钱买份小报，也没想从这里欣赏文学，只是想看看他写的那件怪事而已。看过了觉得无聊，慢慢也就厌烦了。

你在信中提到语言问题，这倒是一个严肃的题目。你的语言很好，这是有目共睹的，不是我捧你。你的语言的特色是自然，出于真诚。但语言是一种艺术，除去自然的素质，它还要求修辞。修辞立诚，其目的是使出于自然的语言，更能鲜明准确地表现真诚的情感。你的语言，有时似乎还欠一点修饰。修辞确是一种学问，虽然被一些课本弄得机械死板了。这种学问，只能从古今中外的名著中去体会学习，这你比我更清楚，就不必多谈了。

我这里要谈的是，无论是“通俗文学”或是“正统文学”，语言都是第一要素。什么叫第一要素？这是说，文学由语言组织而成，语言不只是文学的第一义的形式；语言还是衡量、探索作家气质、品质的最敏感的部位，是表明作品的现实主义及其伦理道德内容的血脉之音！

而现在有些“文学作品”，姑不谈其内容的庸俗卑污，单看它的语言，已经远远不能进入文学的规范。有些“名家”的作品，其语言的修养，尚不及一个用功中学生的课卷。抄几句拳经，仿几句杂巴地流氓的腔口，甚至习用十年动乱中的粗野语言，这能称得起通俗文学？

通俗也好，不通俗也好，文学的生命是反映现实。远离现实，不论你有多大瞒天过海之功，哗众取宠之术，终于不得称为文学。

过去，通俗小说有所谓“话本”和“拟话本”。话本产自艺人，多有现实性，而拟话本产自文人，则多虚诞之作，随生随灭，不能永传。现在的一些武侠小说，充其量不过是“拟”而已矣，还不能独立成章。

雪中无事，写了以上这些，不知你平日对此是何看法，有何见解？冒昧言之，希望你和我讨论。

祝

安好！

孙　犁

一九八五年一月五日

## 散文的虚与实

秋实、建民同志：

我先后看了你们的几篇散文，又同时答应给你们写点意见。你们的散文，都写得很好，我没有多少话好说，拖下去又有违雅意，所以就想起了一个讨懒的办法，谈些题材外的话，一信两用。

这是不得已的。我的身体和精力，实在不行了。有些青年同志，似乎还不大了解这一点，把热情掷向我的怀抱，希望有所激发。干枯的枝干上，实在开不出什么像样的花朵了。

我和你们谈话时，希望你们多写，最好一个月能写三五篇散文。后来认真想了想，这个要求高了一些，实际上很难做到。

小说，可以多产，这在中外文学史上，是有很多例子的。小说家，可以成为职业作家，有人一生能写几十部，甚至几百部。

诗人，也可以多产。诗人就是富于感情的人。少年有憧憬，壮年有抱负，晚年有抒怀。闻鸡起舞，见月思乡。风雨阴晴，坐车乘船，都有诗作。无时无地，不可吟咏。

报告文学，也可以多产。报告文学家，大都是关心社会疾苦、为民请命的人。而社会上，奇人怪事，又所在多有。只要作家腿脚灵活，笔杆利索，是不愁没有材料的。一旦“缺货”，还可加进些小说虚构，也就可以了。

唯独散文这一体，不能多产。这在文学史上，也是有记载的。外国情况，所知甚少，中国历代散文名家，所作均属寥寥。即以韩柳欧苏而论，他们的文集中，按广义的散文算，还常常敌不过他们所写的诗词。在散文中，又掺杂很大一部分碑文、墓志之类的应酬文字。

所以历史上，很少有职业的散文作家。章太炎晚年写一道碑文，主家送给他一千元大洋。据说韩愈的桌子上，绢匹也不少，都是用碑文换来的。一个散文作家，能熬到有人求你写碑文、墓志，那可不是简单的事，必须你的官望、名望都到了那个程度才行。我们能指望有这种高昂的收入吗？这已经不是作家向钱看，而是钱向作家看了。

所以，我们的课本上，散文部分，翻来覆去，就是那么几篇。

散文不能多产，是这一文体的性质决定的。

第一，散文在内容上要实；第二，散文在文字上要简。

所有散文，都是作家的亲身遭遇，亲身感受，亲身见闻。这些内容，是不能凭空设想，随意捏造的。散文题材是主观或客观的实体。不是每天每月，都能得到遇到，可以进行创作的。一生一世，所遇也有限。更何况有所遇，无所感发，也写不成散文。

中国散文写作的主要点，是避虚就实，情理兼备。当然也常常是虚实结合的，由实及虚，或因虚及实，如《兰亭序》。这也可以解释为：因色悟空，或因空见色。这是《红楼梦》主要的创作思想。有人可以问，不是有一种空灵的散文吗？我认为，所谓空灵，就像山石有窍，有窍才是好的山石，但窍是在石头上产生的，是有所依附的。如果没有石，窍就不存在了。空灵的散文，也是因为它的内容实质，才得以存在。

前些日子，我读了一篇袁中道写的《李温陵传》，我觉得这是我近一年来，读到的最好的一篇文章。李温陵就是李贽。袁中道为他写的这篇传记，实事求是，材料精确，直抒己见，表示异同。不以众人非之而非之，不以有人爱之而爱之。他写出来的，是个地地道道的李贽，使我信服。

散文对文字的要求也高。一篇千把字的散文，千古传诵，文字不讲究漂亮行吗？

所谓文字漂亮，当然不仅仅是修辞的问题，是和内容相结合，表现出的艺术功力。

散文的题材难遇，写好更难，所以产量小。

近来，有人在提倡解放的散文，或称现代化的散文。其主要改革对象为中国传统的散文，特别是“五四”以来的散文。三十年代，曾经可曾提倡词的解放，并写了一首示范，被鲁迅引用以后，就没有下文，更没有系统的理论。现在散文的解放，是只有口号，还未见作品。散文解放和现代化以后，也可能改变产量小的现状，能够大量生产，散文作者，也可能成为职业作家了。

但也不一定。目前，就是多产的，红极一时，不可一世的小说作家，如果叫他专靠写书为活，恐怕他还不一定能下决心。有大锅里的粥作后盾，弄些稿费添些小菜，还是当前作家生活主要的也比较可靠的方式。

“五四”以来，在中国，能以稿费过活，称得起职业作家的，也不过几个人。

从当前的情况看，并不是受了传统散文的束缚，需要解脱，而是对中国散文传统，无知或少知，偏离或远离。其主要表现为避实而就虚，所表现的情和理，都很浅薄，且多重复雷同，常常给人以虚假、恍惚、装腔作态的感觉。而这些弱点，正是散文创作的大敌大忌。

近几年，因为能公费旅游，写游记的人确实很多。但因为风景区已经人山人海，如果写不出特色，也就吸引不了读者。

当代一些理论家，根据这种现状，想有所开拓，有所导引，原是无可厚非的。问题是他们把病源弄错（病源不在远而在近），想用西方现代化的方剂医治之，就会弄出不好的效果来。

一些理论家，热衷于西方的现代，否定“五四”以来的散文，甚至有的勇士，拿鲁迅作靶，妄图从根子上斩断。这种做法，已经不是一人一次了。其实他们对西方散文的发展、流派、现状、得失，就真的那么了解吗？也不见得。他们对中国的散文传统，虽然那样有反感，以斩草除根为快事，但他们对这方面的知识，常常是非常无知和浅薄的。人云亦云，摇旗呐喊，是其中一些人的看家本领。

我还是希望你们多写，总结一下经验教训，并多读一些书。中国的，外国的都要读。每个国家，都有它的丰富的散文宝库。例如，我们的近邻印度和日本，好的散文作家就很多。但是，每个国家的文学，也都有质的差异，有优有劣，并不是一切都是好的，也不会凡是有现代称号的，都是优秀的。

祝

春安

孙　犁

四月一日

（选自百花文艺微信公众号 2019 年 8 月 9 日）

# 塬　上

王剑冰

## 一

高铁列车出郑州一路往西，不一会儿就把大平原甩在身后。那不断起伏的莽莽黄土，一个接一个的长长隧道，简直不让人有半点喘息，好像你到陕地，就是来体验起伏与黑暗来了。

让人奇怪，造物主当时发了什么疯，把这么多土堆积在这里。这种堆积带有点随意性，无规无则，无深无浅又无边无际，使黄河南岸这一片地域或裂为一道道沟壑，或隆成一丘丘山塬。

列车又在过一个山洞，那么快的速度，竟然钻了好半天。出来后便是三门峡了。

这样，我就想到了那个“陕”字。你知道“陕”在哪里吗？你或许会说了，陕西，陕西的简称就是陕。哦，我要告诉你，错了，“陕”在河南的三门峡，古时称为陕州。再往西，就是陕西了，所以说，陕西的简称是借用的。

那么，这个陕就让人有了诸多兴趣。陕，狭窄逼仄，险崛奇特。陕之地块，在黄河南也只有两条狭路可通东西，而后相逢于函谷关再莽莽西去。

这样的地方，如何不为兵家所争？煌煌历史，不知有多少卷帙与这里有关。著名的秦晋崤之战，即发生于崤山天险，骄横的秦军，偷袭郑国不成，回来时遭到埋伏在此的晋军覆没性打击。

从洛阳伸出的丝绸古道，至今在这里留有一段斑驳痕迹，人称崤函古道，是上面提到的两条狭路之一。石道上马蹄踏踏，车辙深深，多少年都在诉说着艰难的交通史。我踏着夕阳和深深的枯草，在几次迷路之后，才找到这条古道。风在每一道车辙间拉着深秋的多琴弦，一步步踩上去，不小心会崴伤了脚脖子。现在看这条古道，都有些想不明白，它是怎么由天险深处走来又没入天险的深处。而就是这条古道，秦皇汉武东巡的车辇，骑着青牛的老子，诗人李白、杜甫们，无不在其上蹒跚过。

更为神奇的是，就在这一片险峻无比的陕地，在高高的山峡之上，由于崤山千仞巉岩的挤压，黄河万里怒涛的冲撞，竟然硬生生挤托出三道平平展展的土塬：张汴塬、西张塬和东凡塬。

那塬亦如崤山突兀高耸，同黄河一般浑黄色泽，却是不含任何杂石乱碴。虽然干旱少雨，可如何不是造物主送给人类的一块宝地？于是土塬上有了一种奇特的生活和居住方式：地坑院。

所谓地坑院，就是在平坦的土地上下挖一个六七米深的长方形或正方形土坑，然后在土坑的四壁再凿出八到十二孔窑洞。从地面上看，很像一个下沉的四合院。

在这个坑院的一角，有一个窑洞渐渐往上挖开，就是坑院通往外面的通道。通道口就是洞门，外连着一个长长的斜坡，斜坡有直进型的、曲尺型的或回转型的。斜坡上做成小小的阶梯，一是下雨下雪不滑，二是牲畜、车子容易进出。

地坑院都是独洞独院，一大家子十几口人也能轻松住下。只有个别人家，兄弟分家后又十分亲近或其他缘由，会将坑院的一孔窑挖通，连起另一个相邻的坑院。

这种向下挖坑、四壁凿洞、与大地融为一体的构建，可谓别具匠心，而且不费什么材料，只费力气就行。还防震、防风、防火、防盗，冬暖夏凉，四季宜居。它的窑洞顶上平于地面，远远望去，一马平川，除了各种各样的树和蓬蓬棵子，再看不到什么，但是地平线以下，却潜伏着成千上万座农家院落。

多少年里，先民们在山上过着封闭而满足的生活，才不管山下发生什么事情什么变化。

可以想见，在古道山峡间不断重复呐喊厮杀时，在黄河波涛一次次淹没城郭与田园时，三道塬上的地坑院一直四平八稳地独享于天地一隅。

“下院子，箍窑子，娶妻子，坐炕子。”是流传陕塬的民间小曲，也是无数庄稼汉的理想生活。三道塬上的人们有了地坑院就有了安定的家，男人在土地上耕作刨食，女人在坑院里生儿育女、绣花纺织，逐渐形成了地坑院的生活方式和民俗风情。

直至我来的今天，三道塬仍有近百个村落。坑院上方冒着的炊烟表明，这里始终延续着民族的文化因子，传递着独有的心灵密码。

这里真该是称为塬，它高险平阔，雄踞四野，站立其上，山风扑面，大河入怀，心胸顿开。站在这样的地方，应有诗吟诵。唐代李隆基旅次陕州，很快吟出:“境出三秦外，途分二陕中。山川入虞虢，风俗限西东……”他当时驻跸哪里呢？想他一定没有住地坑院，如若在地坑院留宿一晚，诗中情怀当更为不同。

多少年来，外界对地坑院这种居住方式知道得并不多，以致听人说起，都会露出惊奇的神情，要找时间来走一走，看一看。而长居于此的人们也不知道，他们的所在，成了祖上留下的自豪和骄傲。在后来的宣传中，已经有了这样的表述：作为中国六大传统建筑之首的生土建筑——地坑院，已是人类居住发展史的实物见证，是人类文明进步的活化石。

## 二

偌大一个坑院，九孔窑的坑院，人们都走了，只留下我一个生命，不，还有老鼠、野虫或其他的活物，只是我看不见。我只看见我自己，在这窑院里让孤单和恐惧发酵。

我本不是塬上人，如果我是从塬上走出去又走回来的，我就不怕了。我对塬不熟悉，正因为我对它不熟悉，彼此间就都显得陌生。于是恐惧产生。我必须加速让这些消失，让亲切来到我们中间。

我不停地走，用脚，用眼睛和呼吸说话。我开始发现了渐变的效果，我的嘴里开始哼出小曲，那实际上是发自心中。我的心已经温暖，温暖迅速向全身蔓延，就像抽血的右臂猛然松开橡皮筋。我的一部分血液，已经流向了这个山塬。

我的眼睛累了，看了一天，一天都不曾停息，我想去睡觉，在那宽大的硬实的炕头上躺一躺，该是多么的舒坦。

穹顶的窑洞，给人一种包裹的感觉。我明白，我已钻到了地下。我不能再犹豫，我得进入梦乡，不知道这里的梦会有什么色彩。

窑洞上边是厚实的大地，像一块厚被子，盖在地坑院的上方。在这个坑院的边缘，即是一道深深的沟壑。现在这道沟壑也一定填满黑暗。

无限的厚，无限的重挤压下来。声音还在从四处传来，听得十分清晰。其实也没有什么声音，无非是些虫儿，再就是树上筛下来的风。在这远离喧嚣的乡间土塬，还能有什么声音？我早已把门窗关严，那些声音爬了一窗棚，虫儿们或许正在恋爱。

我对这个晚上的记忆是如此深刻，那种巨大的安静，让夜溶解得贴切而真实。城里总是寻求静，真的遇到静时，却十分地不适应。你看，这个时候又来了一声鸟鸣，什么鸟呢？莫非是猫头鹰？我的眼睛再一次睁开，又再一次合上。

却仍然睡不着。

那种静将你的觉打碎了，像一堆碎玻璃，一直拾掇不起来，你甚至忘记是怎么下到这个地坑中来的。哦，是经过了一个入地的拐弯的斜坡，再进入一个窑洞，把门关上，就把一切关在了外面。

四合式的院子里只有一个方井向上，将一片天空收纳进来，同时收进来的，还有一束月光。月光游移，像谁挥着一把笤，扫着夜的尘。

如果月没入云层，整个坑院就完全黑透了，黑成整个的一团，如没有开挖之前的状态，瓷实、浑厚……

什么时候听到了群鸟的鸣唱，叫不出名字的鸟儿未必是将身子挤在一起，却是把声音挤在了一起。你叫我嚷，即使是问话也等不得别人回，一个个只管自说自唱，这就构成了塬上无与伦比的鸟儿大会。

而地坑院，还在塬下沉沉地入睡，一点都没有知觉，只有我这外乡人被搅醒。再睡不着，起身向上走去。

曦光是在早上四点二十分开始出现的，这个时候我已经站立在塬上。我记得我在周庄想成为第一个起早的人，但是站立小桥的时候，一条船正从水中划过，那时刚刚五点。随后我便在四点起床了。

在塬上，我有些恐慌，又有些激动，我真的成了第一个走出地坑院的人吗？我观察着每一个小风的角落，倾听着每一片叶片的声响。真的，我走出了好远，地坑院上方，还是我一个人。

## 三

“山有去脉，水有流向，土有层纹。”在塬上，只要你同上点岁数的人聊起来，他都会告诉你，地坑院也不是随便找块地方挖土就成的，相院、下院、打窑都要按照严格的要求来做，而它的方位、尺寸、窑屋的数量也都是十分有讲究的，要与山脉、水势、地气相融合，还要以五行八卦和主人命相来定方位。

看来，地坑院虽说不用一砖一瓦，却有自己的风骨，所建必有遵循，所设必有尊重，所用必有遵守，说到底，还是中原文化、民族文明的结晶。

历史上关于地坑院的文字记载较少。目前仅发现有南宋郑刚中写于绍兴九年的《西征道里记》。书中记载了他去河南、陕西一带安抚时的所见所闻。“自荥阳以西，皆土山，人多穴居。”他点到的河南西部一带的窑洞情况，多少年都是一个不变的存在。而书中专门有了陕地的描写：“初若掘井，深三丈，即旁穿之。”这种先挖井的掘土方法，以及三丈左右的深浅，以及从旁边打洞，似乎说的就是地坑院了。而在其间“系牛马，置碾磨，积粟凿井，无不可者”，便是说的坑院里的生活。可以想到，郑刚中完全深入了塬上的生活一线。他细致的笔触，让人知晓了九百年前塬上坑院以及窑洞的情形。

有人说，往前追溯至六千年前，三道塬上的人类就已经不再随便迁徙，因为他们已经有了相对稳定的定居生活。这一判断被考古发掘得到了验证。1921年，人们发现了新石器时期人类居所仰韶文化遗址，该遗址在渑池县，离陕州不远，同属于三门峡市，也就同属于豫西地区史前人类生活区域。之后对陕州庙底沟以及三道塬的小南塬、庙上村、人马寨、窑头等地遗址的挖掘，又发现了"庙底沟文化"。庙底沟文化分为仰韶文化晚期和龙山文化初期。从发掘出用于翻土和挖土的石锄，特别是磨制的大型舌形或心形的石铲，可以看出当时用于生产以及地穴式建造的工具，有了巨大的改进。

我看到了庙底沟文化二期遗址中出土的新的挖土工具——双齿木叉形木耒，遗址的灰坑壁上就留有这种工具的痕迹，和现今地坑院窑壁修饰的痕迹没有两样。这些遗址，大部分是贮存食物的窖穴和人类的居所，居所均为圆形或方形的地坑式窝棚，都有台阶上下，这些台阶有的是直坡，有的是沿坑壁螺旋上升，与现在地坑院门洞构造相近。可以说这种半穴居居所，已经具备了地坑院的基本形态。而从大片的遗址来看，塬上已初步形成了半地坑式村落。

又一次惊喜地发现，是2005年7月，考古人员在三门峡经济技术开发区，发掘出一座西汉晚期至东汉早期的民居墓坑。这座汉墓呈"U"形，U形的三面分布多个墓窑，墓顶为穹窿形。从地面向下看，墓葬结构就是一个完整的地坑式院落。也就是说，其反映出的这一带地坑院式的居住方式，距离现在至少已有两千年。

说起人们的居住理念，大概最初就是为了能够遮风挡雨。后来随着条件的变化、地位的变化，才会对居所有更高要求，有了由茅庐到瓦屋、由瓦屋再到大的宅院的变化。

但是相对塬上来说，这一点体现得并不明显。即使那些勤俭持家者，渐渐获得了更多的土地，增加了更多的人口和劳动力，也就是多挖几孔窑而已。再进一步，就是多造几个地坑院，在窑屋里多铺些好砖，在墙壁上多加些装饰，在门窗上多用些好木料，其他则显不出更为突出的建构。这种不废一砖一石的建筑得到了时间的检验，它几乎没有经受过火灾、水灾，也很少遭遇过盗贼。

以淳厚和朴素的心态坚守的坑院，十分值得倾慕。在这三道塬上，相互交织和传递的，也许就是这种简单的安逸感。多少年里，这种坑院式的相处方式，反倒和谐友好，没有太大的冲突。这是地坑院的功劳，它把人的等级观念降到了最低程度。

塬上流传着一个关于慈禧的传说。八国联军攻打京城，主宰大清朝命运的皇太后慈禧西逃至陕西。后来回京，慈禧一行不想再走来时的路线，她要和皇帝从西安出发，出潼关经河南、直隶回京。光绪二十七年九月，慈禧的銮舆过了函谷关，到陕州时天色已晚，便被热情的陕州知府安排进了地坑院。知府有他的想法，一是住在塬上的地坑院会更安全；二是想让主子体会一下自己所知地方的一种特色，以博主子欢心。高高在上的慈禧高高而下地住到了地坑院，从没有过的见识和体验，着实使她感到了意外和惊喜，多少天的不快和颠簸换来了舒适而安逸的一觉。

### 四

住在塬上的时候，慢慢会有一个发现，几乎每一个坑院里的人，都喜欢重复着一件事情，那就是每天早上都要在坑院转转，坑院里转了以后，再到上面转。

他们也就是转转，并无别的事情，转转才心里踏实。实际上坑院里哪里掉了一批老土，哪里出现个蜘蛛网，他们是清楚的，只是那并没有影响他们每天的转悠。

我也有了这样的感觉，每天早上不转转心里总是闷得慌，在下面转够了，赶紧到上面去转。转了心里才宽敞，才舒坦。哪怕什么也不做，什么也不说。

当然，在塬上住着的时候，无形中还有了一种渴望，就是渴望跟人聊天，遇到每一个人都有这种渴望，哪怕是很小的小孩子，或年岁很长的老人。

有些话我能听懂，但也有听不懂的，听不懂也要听，更加认真地听，因为好不容易找到说话的机会。我不住地点头，送上微笑，这种效果是使对方快感产生，因为他的话一定在家里讲完了，在村里也讲完了，没有人再喜欢听。一个外来人却不然，他就找到了话语的价值，那价值连带得手也挥舞起来。而我总是依靠想象来消化他的话语，用微笑来换取那个价值。

其实豫西的话语还是挺好听的，有一种土塬的瓷实，只是出过门的、见人多的和没有出过门的接触人少的，在表达上还是不一样。当然想象的空间一大，你从那个人的话语中便有了多向度的收获，就像小时候读一部古书，认识的字有限，却在读完最后一页有一种十分的满足感。在这里，我与对话者都会满足地招招手离去，有时候还会握握手，那更有一种乡里乡亲的感觉。

有人说，真正理想的生活，是避开车马的喧嚣。或许你避开了世上的喧嚣，内心却仍然未能安静下来，便也达不到二者的统一。因而，既要怀着一种排斥而来，还要心静神安，才能真正消受这地坑院的孤寥与寂寞。

有人住住就走了，待不住。不知道是因为太安静，还是因为有事情。嫌安静倒是可以理解，人在凡世惯了，猛一到这里，还真会引起神经衰弱。如果是后者，那就不可能放下了，因为人间的事情是忙不完的。你放下了这个，还有那个。我想，现在能够住在地坑院里的人，同庙里人的境界也差不多少。

一个坑院里渐渐上来一个老人，老人的后面还有一个老人，他的老伴。他和老伴的中间是一辆小型的架子车。老人在前面拉着，他的老伴在后面推，费劲地将那辆车子一点点地弄到了塬上。

两人的头发都白了。老人的孩子一定没有在家，或者没有在这个坑院，也就只有两位老人干着这个费力的事情。

由于离得远，起初并没有看出前面的老人在做什么，等看到另一花白头的时候，两人已经将那辆车子弄了上来。随后，后边的老伴就坐在了车子上面。

老人拉着车子，走在了平坦的坑院中间的场地上。而后上了村路，再穿过一个个有着拦马墙的坑院、一棵棵窜出坑院飘洒着芬芳的树冠，一直朝村子外面走去。他的老伴就那么将全部的安妥放在车上，一缕花白的头发柔顺着风。

我的目光像追光灯似的追着他们，追着很幸福的一幅画面。在这个早晨，我自己也有了一种幸福感。真的，那绝对不是晚景凄凉的感觉，那是朝霞四射的感觉。

虽然儿女们不在身边，在外边只要好好的，不给老人添麻烦，老人就是安心的、快乐的。你看他们多安逸呀，他们一大早地出门，一定是做什么大事情去了，要么这么早出去干什么？没有孩子照顾，也没有什么，两个人不是挺好的吗？开始不就是两个人吗？开始不就是这么简单吗？后来才有了孩子，才有了一大家子的事情，有了不厌其烦的劳作和操心。终于又回到了原点，尽管一头青丝变成了华发，但是回到两个人的世界，从繁忙的一大家子的琐事，变成了单调的时光，就该好好享受一下两人世界了，老来伴的意义也就在这时体现出来。

我想，他们的孩子回家看到这样的场景，也是会感动和欣慰的。他们也会站在远处，看着这一对幸福的老人一点点地从坑院里冒上来，一点点地消失在黎光初照的小路上。

太阳已经挂在塬的一头，一切都还是湿漉漉的，益母草、马兰菊、凤仙花水珠迸发。

我又看见一个人远远走来，是一个女人，她手里没有拿什么东西，也不说话，只是在路上走，一直走过我的身边，看了看我，走过去了。

但过一会儿她又出现了，又往来的路上走去，这回她说话了，她的话丢在了身后：天明了再说，天明了再说！

天已经明了呀，她要说什么呢？这让我觉得，她是个特别的人。我对这个早晨出现的第三个人关心起来，尽管后来她离开了我的视线。

这时又看到了一个人，还是位老人。他从我左边的地坑院里走上来，他的手里端着一摞摞在一起的塑料筐子。见了我，看着不认识，话语却出了口：

你上啊！

我没有听明白他的话，但赶紧回应：

你老早啊！这是干啥去？

把桃子摘摘，一会儿人家来收了。

这是我起来一个时辰后说出的第一句话，不，是我自昨天住进坑院后的第一句话。我为我的声音吃惊，那声音里，竟然有一种见到亲人般的亲切与感动。其实，刚才我也想对那个妹子样的女人说话的，只是她的眼神朝我这里瞟了瞟，又滑过去了。

这样我就知道，今天外面的人来收桃子，刚才那一对老人可能也是摘桃子去了。

摘桃子的时候，是一个秋天的童话。

后来见到了村主任，我忍不住问起那个女人，原想着村主任不知道我说的是谁，村主任却立时给我讲出了她的事情。她从这村子里嫁了出去，过得极不如意，受丈夫虐待，老挨打，就跑回来了，回来男方家也不来人，让家里的小孩牵着她，就看她回不回。她还不是为了那一口气？也就不回去，心里不顺，就激出病来了，这样人家越发不来了。这是个无助的女人，也是让村里无助的女人。

说话间，她又从哪里过来了，仍然是有一句无一句地说着。

天大亮了，仍然在村子里随便走。

又遇到一位老人，老人打招呼说，你上啊？我哦了一下，想起遇到的先一位老人也似乎是说的这句话，当时并没有明白老人的话语是什么意思，一般在我生活的农村，或是问你吃了？或是问去哪里？还真的没有这么简单的话语。后来再见到一个人，他也是说，上啊？我就此知道，他们没有简化什么，完全就是当地的问候语。

于是我见了人也是这么说一句，上啊？人家就会很高兴地同我说话，问我几时来的，是否再住一阵子。当然，他们一定是把我当成这村里谁家的亲戚。这句问候语我到后来才明白，上，是一行为或者结果，你上啊？那就是你正在上或是你上来了啊。

我知道后心里笑了半天，真的好亲切的话语。

这句话被我在村子里乱用一气，还真没有用错地方。

## 五

地坑院确实比地面上的屋子利于防范，这是豫陕之间或者更为广阔的地域少有的乡间景象。我们平常所司空见惯的窑洞，只是在土崖的一面挖洞，当地人把这种窑洞叫靠山窑。这种靠山窑，空间利用率较低，防护性能也不强。那么，有人便考虑，有没有一种可能，以靠山窑的形式，四面集中在一起，成为一个单独的家庭建制？他们最终找出了答案，那就是别无选择地选择一块平塬向下挖坑，然后四面凿洞。

必然有这样一个人，凭着大胆的设想开始了第一镐，向下掘出的第一镐是多么的有力而决绝。那种持续叩响大地的声音，比后来长安和洛阳宫殿的金石之声都要响亮。挖出的土方在一点点扩大，一个深坑开始显现。

这位先人的动举，一定不是为一己之私，他是为了整个家族以及整个山塬的传续。这种念想是让人兴奋的，于是有了众人的动手。那是一个为改善居住条件的跃进年代，也是长久的穴居方式的一次革命。

据说有国外的卫星把地坑院与福建的土楼都误作了导弹井之类。巧的是，它们都是出于中原人之手。在战乱频仍的时代，不得已的河洛人迁居他乡，南方多山，无法下挖，只有上垒。

福建的土楼和陕州的坑院运用的是同一种概念：围守、安全、舒适、照应。当然，同样耗时耗力，精打细琢，体现出愚公样的实诚，老子样的智慧。它们一北一南，一个地下一个地上，遥相呼应，构成中国民间建筑的奇观。

（选自《人民文学》2019年第5期，本文有删节）

# 好一场楚宴

龙　一

如果编纂一份《人生必看展览目录》，曾侯乙墓出土文物展应该是其中的重要一章。

夏末秋初，武汉的炎热依旧慷慨。此时藕带已经过季，但酸辣藕丁和热干面一定不能错过。饱食午后，我乘车前往湖北省博物馆，打算在那里消磨整个下午的时光。

## 两千年前的国宴

曾侯乙墓出土文物展览在一楼大厅左侧，布展水平极高，更要紧的是里边凉爽宜人。

我这次来主要想仔细看一看宴会用品，因为近期我的头脑中一直盘桓着一场两千多年前的宴会，挥之不去。这场宴会的地点在武汉市长江上游两百多公里的荆州，当时是楚国的郢都，时间是公元前 311 年。宴会主人是楚怀王熊槐，主宾是著名的纵横家秦国国相张仪。

曾侯乙墓中有几件不起眼的文物“漆豆”，木胎髹漆，类似于今天的高脚汤盘。我想，在这场宴会上，张仪面前的雕花漆案上应该摆放有四只这样的漆豆，里边盛放着腌腊和时鲜小菜，另外还应该有两只小铜鼎，里边是羹汤热菜。

楚国的食材比秦国丰富，当时中国北方已经广泛种植大麦和小麦，但产量极低，蒸麦饭常常杂以菽粟，不像楚国种植水稻一年两熟。农业发达、人口众多是楚国国力强盛的基础，这一点宾主双方都很清楚。

周天子当初将天下分封了一百多个诸侯国，经过七百多年，楚国兼并了四十多个诸侯国，其中就包括曾侯乙墓主人的曾国，于是，楚国成为战国七雄中唯一可以与秦国单独对抗的强国。

然而，不论是周天子的近支宗脉，还是历代史官，对楚国和身份来源可疑的楚君始终抱有一种刻薄的成见，就如同他们将秦国看作凶残的野蛮人一样。而常被拿来当作楚国愚昧例证的，便是楚怀王面对张仪时出现的两次重大外交失误。

这是张仪第二次访问楚国，他本想完成一次快速出访，不想却被楚怀王囚禁。人们实在无法怪罪楚怀王不顾外交礼仪，因为张仪两年前第一次访问楚国取得的成果，将楚国羞辱到极处。楚国为此对秦国发动丹阳和蓝田两次大战，却均遭败绩，损失十几万士兵，只能割地求和。

张仪最终被释放，但他却没有迅速离开楚国，软磨硬泡几个月，赢来了这场正式的国宴。

## 物产丰盈的楚地

张仪的食案上，漆豆中的时鲜应该会有新鲜莲子和莲藕。武汉周边出产极鲜甜的莲子和极细腻的莲藕，但只有夏末秋初才能尝到。

食案上的一只小铜鼎中盛满菜羹，稻米煮到开花，掺以水芹、藠头之类楚国独特的蔬菜，用鱼醢调味。张仪必定知道，稻米饭软糯易食，不似北方的麦饭是对牙齿和肠胃的考验。楚国将稻米出口到北方六国，乃极为昂贵的食品。

张仪还知道，楚王命官属直接参与对外贸易，官方贩运商品都持有青铜铸造的免税“金节”，这是楚国独有的免税的对外贸易政策，而秦、齐、魏等北方大国却不得不花重金购买楚国的青铜、丝绸和新近发明的铁制品，以及他们的稻米等生活必需品。

张仪担任相国的秦国，境内没有可供出口的值钱商品，却要维持强大的军队，必须大批进口制造军事装备所需的金属和生漆等楚国的昂贵物产，为此秦国的财政每天都处在破产的边缘。

侍者用长柄漆花木勺舀酒斟入张仪的耳杯，宾主祝酒如仪。这米酒非但醇甜，居然还是冰镇的，一杯入喉，身体内外的暑气便消了一半，胃口也开了。

另一只小铜鼎中是豚肉炖莲藕和芋头，类似于今天的湖北名菜“藕汤”。张仪必定感觉好吃，也深知其中最为重要的调味品是海盐。

楚国享有丰富的鱼盐之利，出产的海盐色泽如雪，味道鲜美，不似秦国盐池出产的土盐，灰黑苦涩，且产量不足。秦国如果进口齐鲁两国的海盐，非但陆路运输路途遥远，还必须得向沿途的赵魏诸国支付高昂的过境关税，而楚国的海盐可以通过水路运输直达秦国边境。

又上菜了。两位侍者提着铜炉盘两边的索链走来，放在张仪的食案边，第三位侍者将铜漏铲中燃烧的木炭放在铜炉盘的下盘内，为上盘加热。

一位庖人端了只大漆盘来，里边盘盘盏盏，有肉有料。铜炉盘的上盘已经热得发烫，庖人在上盘里抹油烤鱼腹肉，同时为张仪调制“蘸水”。庖人示意张仪将烤熟的鱼肉放入蘸水，然后再吃。这是怎样的美味啊！酸鲜辛香，肥腴满口。

## 走向统一的转折点

开宴的饮酒之礼过后，乐队开始演奏。壮观的铜编钟，秦国有；音调清越的石磬，秦国有；男操琴女鼓瑟，秦国也有。

但楚乐的曲调，不似齐鲁端庄，不似秦赵激越，不似韩魏轻佻。它似周乐又不是周乐，带着一股子洋洋的富足和自得的与众不同。哪怕只为了看一看这些乐器真品，听一听仿制编钟编磬演奏的音乐，就值得前往武汉一游。

张仪知道，这种级别的国宴，不会为他跳舞，但自古至今的宾主之乐中，若有人即席高歌一曲，总是受欢迎的。张仪出访，随行的下属必定有人擅长此道，从《大雅》《小雅》中找一段合适的诗歌，唱出来恭维主人，这是一位好客人的本分。

张仪是当时最出色，也最有名望的纵横家，他可能会被诗歌感动，也可能会同情楚怀王的不智，然而，他只对自己的君主负责，在秦国之利面前，任何软弱的情感都是危险的。

况且，天下七个大国，人口不均衡，军力不均衡，粮食生产不均衡，对外贸易不均衡，而这些诸侯国近年来能够想出的唯一相处之道，居然是“一国之私”。

所谓“合纵连横”就是极大地发挥这个“一国之私”，“合众弱以攻一强”即为“合纵”，“事一强以攻众弱”便是“连横”。

为什么七国不能平安相处下去呢？确是不能，因为有周天子天下一统的传统，因为同根同种同语言同文字，这样的天下必须是趋向统一的天下，长期分裂便是灾难。

因此，就在此时此刻，在这场宴会之上，不论是于公于私，不管他人和后人如何评说，张仪都必须达成与楚国的和谈。

对秦国来讲，关东六国以楚国为首，说服了楚国，其余五国瞬间可下。事实上也确是如此，张仪与楚国达成和议之后，直接北上出访五国，使他们全部屈从于秦国。这位内心冰冷如铁的纵横家，一举扫灭了合纵之势，成就秦国一国之强。

这场夏末秋初的“楚宴”，成了中国历史从战国走向统一的转折点。

（选自《人民日报·海外版》2019 年 8 月 29 日）

# 梦　见

周晓枫

## 孤　旅

人是一棵树，梦里的落叶铺满夜晚。梦境，是仅容一人通行的天堂或地狱，没有能够邀约的同盟者。即使亲密无间的爱侣，也必须接受同床异梦的命运；他们之间，可以分享财富、高潮和泪水，但不能分享梦境。

由于我不写日记，每每陷入混沌，那些真实的发生恍如梦境，几近无痕；而我记录梦境，它们像雕镂在黑夜上的光，更像是确凿的经历。如果说现实是肉体所经历的一切，那梦境就是灵魂所经历的——是你的灵魂在说话，在暗示。假设现实生活愉快，梦境容易明亮；现实沉重，也会在梦境里留下压痕。梦是现实的拓片。白昼的人物，能越过踏板，纵身跃入夜晚的梦境；但你无法从琳琅梦境里，成功盗取任何一样物品。

我所见过的最美的景致、最动人的面目和体魄，是在梦里。我梦见，皮肤闪耀金棕色光芒的年轻河神，站在黄昏河里，他两臂平伸，抱着我走向波光潋滟的落日深处。交混着羞怯的快感如此强烈，近似，愿意赴死的晕厥。此种美妙，是否只是因为入睡前喝了一杯葡萄酒的缘故——就像给梦境里的花园灌溉。

通常情况下，我在梦里也不放松，自律而缺少放纵，甚至也讲信用。比如梦见路过一个花园，我偷吃了架上的葡萄。我一直想着，第二天要还钱。整个晚上我不断提醒自己，直到醒来——自律和自责，贯穿了整个梦境。我在梦里也有纪律。有段时间吃药，医嘱禁服豆类，我在梦里吃了作坊里的豆子，意识到失误之后，我在梦里慌忙吐出虚幻的豆子。我的梦，没有摘掉拴在现实上的勾环。

如果我做了宴饮的梦，进食过多，早晨起床，我的体重通常真的会增加一些斤两。如果打了一夜的架，我在梦里挥舞太久的兵器，醒来会累。

我的梦不仅有颜色，还有味道。我梦到厨房里，汁水收到正好的蘑菇，在舌蕾上散开美味。我也梦到动物园的狮虎山，体味浓烈的杀戮者刚刚排出发情期腥臊的尿液。我的梦里有暖香，也有微盐的咸味；有情欲的享乐，也有身体的痛感。我曾梦见门闩坏了，正在检查，有人试图闯入。我翻转房门，把他挤出去。但两条胳膊从门边伸出来，是男人的手臂。他紧紧攥住，几乎掐断我的手腕……我被疼醒了。

我怕噩梦。我小时候做噩梦，大了也做——噩梦变得更可怕了，就像长大的男孩承担起了更沉的担子。噩梦就像无法驯服的恶龙，炫耀它蓄意的狰狞与夸张性的暴力。据说苗族有种结香树，又被称为做梦树。如果你做了一个噩梦，只要将红绳系在这棵树上，打个结，你就再也不会做这个噩梦了。这个说法有意思啊，梦成了一个危险的宠物，它变坏了，变得可以咬人，可以让人疯狂……可只要被魔咒和法力系住，再怎么吠叫，它也挣不脱绳扣。

朋友给我讲做梦树的故事时，我们正在参观苗族习俗展。一个巨人般的捉梦师从天而降，悬空，在展厅里。捉梦师的头颅和身体都是用绳扣编织的，我像怔住似的，目不转睛，盯着他空洞的眼眶和飘飘荡荡的身体……等我回头，迎面遇上参观者之中，一个流鼻血的小男孩。

法师所拥有的是梦的实现能力。写作者是文字的法师，他的能量，决定着梦游的里程……

那么，开始吧。

## 狂欢节

这是狂欢节的游行队伍。最引人注目的魔术师遍身金漆，就像那些在广场上收费照相的造型者。最为美妙的是他携带的一对金鸟，金鸟吃虫子，虫子也是金的，蠕动着，消失在鸟喙之中。

魔术师就像童年《蓝精灵》动画片里的格格巫，戴着中世纪僧侣末端略尖的兜帽，他的眼睛藏在兜帽的阴影里，看不见，只露出一小片弦月状的下巴。这个格格巫在我背后捂住了我的脸，当他移开手掌，我在咒语之下变成蛤蟆模样，肥硕丑陋，在周围嘲讽的目光和笑声里我羞惭低头，看到了自己宽阔的腰腹。

为了遮盖难堪，我要求看魔术师施法的手，他拒绝了。

恼怒，使我变成巨型的蛤蟆。当我放大自己的形象以及其中羞耻的时候，我发现魔术师变得身形矮小。作为巨人的我，一把抓过魔术师的手，看到滑稽的萎缩了的小手心，以及鸟类指骨般瘦而弯曲的六指。我看到魔术师的爪尖：小匕首的形状，更像从某种啮齿动物那里卸下来的牙齿。

## 科 技

背景，就像是在戏剧舞台，有着红丝绒般的质地和追光的灯。

这是一个最短的科技梦。

我梦见，一个公司的高管要去另一个公司的展位上偷窃展品——令人不解，他这么做的价值和意义。后来，我获得了梦里的解释：他们自己的公司并没有真正生产出那个号称已经大规模投入制造的产品，那只是噱头，用于做广告、拉投资。所以，为了通过即将到来的检验，他们不得不铤而走险，李代桃僵。

而那个所谓的展品，算我一个小小的科技猜想吧。我梦见，每个人的信息被纹在眉毛里，走到哪里，都不用带身份证、医疗资料和钱包。眉毛深处，隐藏着每个人独特的二维码。

## 银 鱼

我惊讶地看到自己的手臂是半透明的，像清洁工戴着及肘的橡胶手套那样。在这层胶质的皮肤之下，全是一两厘米的小银鱼，密集地挤聚着，游动在我的皮肤之下、肌肉之上……那中间有薄薄的水层，银鱼抽搐、扭动并尝试游开的时候，我感觉到表皮下清晰的可以忍受的刺痛，就这样形成一副自身的盔甲。

过了一会儿，我不断地撕下自己这层胶质的皮，像是裹了面糊的银鱼层放到油锅里，香气四溢。好吃，我边炸边吃，以此缓解手臂的不适。我就这么吃着自己，消化自己，以期恢复常态。

## 摩天轮

一个特别行动小组，可能与暗杀有关，正进入一个无法携带手表的巨型游乐场。这里，所有计时器都被取消了，游乐的孩子因为遗忘，将在此荒废一生的时间。

行动小组必须在不同地点，按时间次序展开连续行动，才能在多米诺骨牌的效用之下完成终极任务。追踪者尾随而至，谁也猜不出行动小组解决时间的办法。

他们有秘密的时钟，就是那个摩天轮。行动小组熟记了每个轮子的色泽和时序，以摩天轮的轿厢抵达12点方向作为行动的计时器。

行动小组成员分布在游乐园各个角落，无法辨别。他们不动声色，摩天轮的巨大时钟在转动。

## 绣　鱼

我梦见一条绣在鞋上的鱼。

从它的鱼眼观察，世界不同。

星期一它觉得自己的主人真秀气啊，鼻孔和针尖一样大；星期二它觉得自己的主人真难看，鼻孔就像西服扣子那么大。

星期天，鞋子破了，鱼的眼睛瞎了。

## 嫌疑人

我们是幼儿园的稚童，被关在教室进行智力测试，在数个嫌疑人中选择到底谁才是火灾的制造者。

老师没有说完全部备选答案，我就抢答，答案为A：牛。

因为我勘测牛行进的路线以及离火炉的距离，它摇动尾巴时正好可以扫过炉子，并且在尾巴尖的毛丛里，有不易察觉的轻微烧痕。

老师说我的答案是错的，标准回答是B：一个纯粹抽象的公式。

这个老师在梦里没有性别角色，只是个中性面貌、声音倾向于女性的老师，我轻易辨认出这位老师给予别人教训时不由自主上扬的语调。她教给我们这个纯数学的公式，说只要掌握它，无须参考名单，就可以推导出谁是纵火犯。

我对此存疑，并且提出理由。一是按照新的游戏规则，在老师没有给出全部备选答案的情况下抢答无效；二是即使公式成立，也不能彻底否定牛作为纵火犯的可能性。我雄辩，并得意于她不能辩驳，周围的听众似乎已被我说服。

老师回避了问题。她不动声色地递过来一盘凉拌黄瓜。我被她的技艺惊住了，噤口，因为摆盘是如此不同，她把腌渍后卷片的黄瓜，像杂技团叠椅子那样一片接着一片摞起来。黄瓜片摞成巍峨的塔，就是不倒，始终维持着命悬一线的高度。

她意味深长地说："总有人比你更有能力。"

## 巫毒娃娃

1900年的悲剧发生之后，巫毒娃娃的故事渐渐在世间消失了。

某夜，王室钥匙被秘密地从某个忠心耿耿却醉倒在地的男仆那里偷走。窃取的目的，不为金银财宝，只为巫毒娃娃。一百年来，始终并且唯有被这个即将荣升管家的男仆秘藏着。

传言巫毒娃娃是一套，有人说是四个，有人说有五个。据说，它可以令人发上一笔巨大的横财，但几乎没有人知道，怎么利用它发财。

我最好的朋友东震得到了一个，他出示给我。

巫毒娃娃本身只是一个拇指大的小木头桩，雕刻并不精致，甚至简单到简陋。身体和面目的轮廓都不清晰，只是经过打磨，比较光润。东震拿着的时候，我觉得他只是多了一截手指似的。

这个小木桩，人们竞相争夺，高额重金地争，不惜倾家荡产甚至相互伤害，乃至谋杀。真正的秘密是，巫毒娃娃本身，其实毫无价值——它的价值，全部体现在抢夺过程中逐渐上升的巨额成本。就是为了这么一个纯粹被传言包装的东西，百年前上演过惨重的悲剧。随后是历史证据被毁，民间禁谈，那么沉痛的灾难被遗忘了。而被遗忘之后，所有不幸将会重现。

那个男仆只是看守者，他并不知情；最后一个知道真相的胆小的老人，死了——似乎没有什么再能约束巫毒娃娃的力量。然而，我们突然得知秘密。知道了秘密，就等于破解，现在，沉寂了一个世纪的咒语被瓦解了。巫毒娃娃面目不详的五官，暴露出来。

做过这个有关巫毒娃娃的梦之后的半个月，我读了一本书：《你就这样失去了她》。在第 27 页的注解上，我看到确有巫毒之说，这是流行于西非和加勒比海地区的一种糅合祖先崇拜、万物有灵论和通灵术的原始宗教。

## 造型者

我酝酿的，是一个邪恶的梦。

像被巨幅放大的钥匙扣，那是两个男女的性别代表符号，远看像是汉字里的“古”和“早”。恐怖的是，它们是由人体组成的，都是肚子上的皮被直接缝到脸上，省却了胸腔的位置。而脸上，已经被磨平了五官，似乎平坦的腹部又和脸部融合在一起了。

据说他们的行为出于自愿。捐尸者生前早已签署捐献志愿书，并且决心如此之大，他们需要连续认定三年，申请才可能被接纳。“为了艺术。”他们如此说，这已成为简洁的遗言。

尸体的造型艺术家的确有着别样的处理，他拥有令人震撼的表现力，以及防腐技术的独家配方。这位艺术家在广告里这样说："你想成为艺术品吗？终生籍籍无名，但你可以在死后享有令人战栗的尊敬。"

## 姐　夫

我在东南亚雨林生活，我的男人常年作为游击队员在外奔波。现在，姐夫回来了。

习惯暴力的人，在家里也维持着他的暴力。姐夫把我的下巴粗糙地缝合成纠结的一团，皮肉都向左歪斜；在我的脖子部位，一根毛衣棒针那样粗细的铁签子斜斜穿过喉咙——这也是拜姐夫所赐。我不能动，一动就疼，而且必须少说话，否则漏风不说，穿喉的伤口也容易感染。

我乞求两个好心人帮我取出了签针，但那种持续的痛感，似乎还保留在气管里。我一直觉得姐夫对我很好，他对我偏宠，介绍新朋友给我。即使他让我别上一根作为刑具的针，我这种不讲理的盲目信任仍然持续着。

没想到，当姐夫发现签针不见了，大怒不已。他不断殴打我，直到我不能忍受，开始反抗和逃跑。

在最后一次的逃离中，我用事先布置好的武器杀死了暴君——姐夫被他自己掷出却反弹的投弹烧成火球。看着这团被火摧毁的躯体，我将笑对自己注定悲惨的余生。

## 光

这是个极短的梦，只有一个镜头：一支手电筒从远处照过来。我向它走去。我感觉光的深处还有光。

……那个梦如此之短，就像一根掉下来的睫毛。

## 宠　物

我在梦里养了一只小狗。

隔一段时间，就会梦到同一只狗。我的宠物每隔几个月就会来看我。它的样子一直没有变化，倾斜下降的椭圆眼圈。每隔一段时间，它就来看我，就像黄昏才溜回来的家猫。

## 门 闩

我习惯裸睡。正准备入睡，我发现门闩松动，前去检查：它坏了。

房间临街，我突然觉得这里如此陌生，我看到五斗橱上有自己的全家福照片，才确认这是自己的家。但方位和摆设都让我毫无记忆。我觉得不安全，就紧紧盯着门闩，并提醒自己：不能入睡，不能入睡。每十分钟，我就让自己格外警醒一下，以免被困意征服。

我就这样睁大眼睛，和自己整整僵持了一夜。

……直到早晨醒来，我明白，自己是在整个梦境里都坚持不睡。这是一个空心的夜晚。

## 水晶石

我来到旅游纪念品商店。看到一件无比精美的饰物：石头里镶嵌一块剔透水晶，水晶里有一条帆船。奇异之处在于，水晶石精确呈现这个石湾区的地貌，石头轮廓与这里的礁岩一致，水晶与清湛的海水一致，尤其是石头与水晶之间的衔接，就是湾区那完美的海岸线——严丝合缝，我没见过比这精湛的工艺，两种坚硬的矿物质之间，连一个水分子都无法渗透。

后来，我猜那所谓的水晶，可能是一种玻璃，当它液化的时候，被灌注进石头凹陷的模槽之中。即便如此，复杂的石质沿槽打磨得光洁而严谨，依然是不可思议的手艺。

是在最后醒来的瞬间，我突然明白，两种材质都是假的，既非真正的石头，也非真正的水晶，它们都曾是液体，可以轻易地完成的塑形和复制。

这暗示了我们认识的局限。我们判断事物时，总以一个潜在不动的坐标法则来参照和判断——这个法则，石头般坚硬结实，看似是最值得信赖的固体。可惜，它并非那么不可动摇。我们所目睹的奇迹，可能不过是凡物，是一种建立在不结实之上的自以为是。

## 贺 词

银光闪耀的海面。

我们在船上捕鱼，却无斩获。

后来我才被告知，撒网之前，应该先给鱼祝贺生日。

## 豹

因为灾难般的大火，一只通灵的豹子获得了更高的魔法。

如果豹子用尾巴连续画出两个“Z”，青草就会在这个字形上复生，仿若从未被烧毁。饥饿的鹿会来觅食。其实这片魔法的草场，莫如说是豹子为自己铺开的餐桌；当它的匕齿咬住一头鹿的咽喉，草丛就会随即消失。所以，鹿必须尽快在短暂的食草时间里找到好运气的位置——不要成为豹子一顿冒着血热的晚餐。

豹子既是鹿的恩人，也是鹿的仇人……它既是赐予者，又是掠夺者。

## 人　鱼

我注意到她的容貌，她脸上的不安大于美。她踩着一个个安装在地上的彩色灯泡向前。走过的路都黑了，奇怪，她的脚没有受伤，灭掉的灯泡却在黑暗里流出一道血痕。

## 闺　密

我和闺密从旅居地共同踏上返乡征程，分别坐在两个男孩的摩托车后面。刚一踏上征程，我们途中去了一趟厕所，就走散了。

我在当时并未意识到这可能是被蓄意安排的。别人的通信正常，只有我的手机信号被屏蔽。我隐约意识到危险，并尝试在小巷中逃脱。几次穿逡，我都无法突破对方的包围。一切，都是因为摩托车男孩起意抢劫，并做出了阴谋的布局。当与摩托车男孩狭路相逢，我假装已与家里联系，并通知若干亲友，他们都知道我是由摩托车男孩运载着；一旦出事，摩托车男孩必难逃干系。我明显感到，摩托车男孩放弃了原计划，准备把我送回家乡。

就在回程过程中，一个拉丁样貌的异域面孔盯上了我。即使我防范在先，把双肩背包放在身前，这个抢包贼用力拉扯——争夺中，包里的大量美元一下子撒了出来。摩托车男孩原来已经放弃了抢夺计划，但巨款在眼前飞扬，他改变了主意，重新动了邪念。从他眼中，我看到了不祥的杀机。回乡太远，无望，我反向逃往近在咫尺的旅居地。

回到旅居地的宿舍，我顺着窗帘向下看，观察是否安全。旁边站着返乡中走散的闺密，她质问我，为何当初会和摩托车男孩一起走？摩托车男孩三次弑父，并最终得逞。我忘记了闺密曾和我一起出发；当我坐在男孩的摩托车后时，闺密和我说说笑笑，从未提及危险；我也没有怀疑，为何她会重新出现在旅居地，按行程她应该已经回到家乡。闺密说，她必须打电话联系当地政要，才能铲除一系列恶行。

随后我看到了警察，对村里所谓的刁民进行棍压法，镇压了所谓的流氓村。我跑到村里的餐馆，追问当初情况。这才恍然大悟，原来闺密出卖了我，她才是幕后的操纵者。谜底揭开，我因此被囚，就在这个旅居之地。

漫长的幽禁中，我全身长出又长又白的覆丝，已成怪物。

终于我被放出去，遇到摩托车男孩和他的父亲，证明那个弑父的传言是假的。当年村里是因为我才遭到镇压，父子俩未忘此事，终于等到复仇的一天，前来捉我。然而，父子两人是畏惧的，他们害怕我用自己身体上有毒的丝网粘住他们。我知道，我能自救，不过是在自毁中的自救……网丝用尽，我也将耗尽自己的元气。

梦境最后，我的体积在缩小，像游魂，飞越那个原本只是路过却成为阻隔的曾经村庄，看到低矮丛生的灌丛，上面是蜻蜓，下面是蜻蜓尚处于童年期的稚虫，它们通透轻盈，之间只有半米的高度……我看到它们的前世和今生，看到那些我们宁死也无法抵达的自由。置身这个玻璃鱼缸大小的地方，我就像一只力气用尽的森林蜘蛛，从蜻蜓的高度摔到稚虫的高度，摔落到草梗之间，疲惫而释然。

这时传来妈妈奇怪的话外音：“我以你为骄傲。”

## 精　灵

我梦见，那些精灵有着透明的翅膀和彩虹色的牙齿。牙齿一碰食物就会雾化，所以，精灵们虽然能赐予他人美食，自己的肠胃却永远在饥饿中。

## 游　戏

我梦见，自己变成了电子游戏中的超级玛丽，必须不断克服迎面而来的各种障碍——尤其那些浮木，会带来的致命撞击。我一次次跳跃，一次次闪避……我逐渐摆脱恐惧，进入真正的游戏心态。

浮木不知道什么时候变成了横棍，最后变得像火柴棍那么小——我耐心地把它们摆成牡丹园里的一朵花。

## 巨　蟒

最初我看到是树，枝叶脱尽，已经像是旅游区那种装饰性的水泥假木。突然，我听到巨响，咔嗒咔嗒的，像是履带在最大的枝丫前磨砺。我感觉周围的人们都惊慌起来，我这才看清，那条像是金属履带的东西，原来是条卷挂在上面的巨蟒。

说话间，它已经滑下树干。我正犹豫往哪里跑，巨蟒已向人群扑来，比远观时大多了，大得像条龙，从铜褐色变成了惨白色，瞬间就到眼前。我不在靶心，但偏离得非常有限，眼见它要吞噬右侧的几人……我几乎没有分辨出它的斜倾角度，瞬间，我腰部以下的腿已被衔到半空，我的上半身，在它的嘴里。

什么也看不见，我的头脸和上半身埋在它的厚舌与上腭之间，太阳穴的压痛来自它的腮颊或其他……并没有什么异臭，我只是感到暖热中逐渐的窒息。思维清醒，原来这就是我的倒计时，我的最后一分钟，我此生最强烈的好奇心得到了清晰的答案。我一点也没有挣扎，似乎挣扎就要面对改变，而无论何种改变，我都将看到巨蟒的脸，这是无论如何我都没有勇气面对的。这时来临的死，如同安慰和拯救。

我就那么守株待兔一般等待着死亡，等待着自己成为那只兔子……直至，在读秒的放弃挣扎的平静与恐怖中，醒来。

## 电　影

我在梦中看了一个大约十分钟的电影开场。它完全以电影的画面和节奏来呈现，讲述一个能力出众的流亡女性如何在英国家庭中当保姆的故事。也许与我刚刚读过《温柔之歌》有关。

一开始是远距离广角拉开的大场景。奴隶般备选的劳动力们挤挤挨挨，数量惊人。有人在叫喊着征丁——突然，一个女性站起来，大声以牛津腔的英语回应。语音之完美，使她从卑微者中脱颖而出。

然后的镜头，是谋得职位的她，在乡村别墅门外抽烟。树影斑驳，映在她那张饱含着丰富内容的沉默的脸上。她吹散嘴里和指尖的烟味，转身消失在门里。

门外铃响，有人前来应聘工作。大门没有打开，里面传来声音：“不，我们已经有了一个完美工作者。”

镜头转入家里的情景。的确，一个能干的说牛津腔的女仆，娴熟地打理所有事情。

喜欢橄榄球的男主人，沉浸于电视比赛。他和女主人一样，并不关心襁褓里的新生儿。

过了一会儿，女仆观察到男女主人意欲亲密，他们之间久已没有这样的时刻了。男主人表面是要亲密，其实是以亲密作掩护，去翻找女人钱包。男女主人之间的对话里，夹杂着温存与调侃。窗外的女仆似乎想倾听，犹豫之后，她又把窗帘拉上了。

亲近中，男女主人没有注意，新生儿摔落地上。

他们以为孩子死了，沉浸在错愕和悲痛里。过了很长时间，才发现孩子一息尚存。于是，夫妻抱起新生儿前往医院急救。女主人刷卡刷不出来，反问男人；男人开始还否认，但后来承认，他没钱了。

关键时刻，女仆挺身而出。她拿出关乎身家性命的全部积蓄。只是由于她不具备公民资格，刷卡无效，但可以去银行现场办理。

两个女人在工商银行，女仆要把卡里的钱转刷给女主人，但排队漫长，令人急迫而无望。两人转到中国银行，女主人说，没关系，这样折换的现金还会多一些。

现金拿出来了，但刚才在银行桌上的职业经理却不见了，不知去了哪里。

女仆在医院的说话声音很大，她明显变得自信了——后面跟着被她捉拿归案、想偷走款额的银行职员。而男女主人表情木然，听着女仆的讲演他们脸上一点没有笑意，不知是因为尊严受挫，还是因为孩子已经病危……

梦境具有的特殊质感和叙述节奏，情节不断翻转，衔接既意外又流畅——我在梦境里觉得电影出色，受到艺术感染的同时，心里赞美电影品质。

其实，就是这么一个十分钟的片子，记录出来平淡无奇，可我作为梦中观众，看得津津有味。等醒了，我才发现是个梦。我所疯狂夸奖的那个电影，原来自己才是编导……我在醒着的时候，从未这么自恋。

## 礼　物

那个男孩有女童般的刘海齐帘，样貌清秀。他穿有隐隐缎光的绿色夹克——比草绿色要深，比墨绿色要浅，一种介于橄榄与荷叶之间的绿色。正值暑假，男童的眼睛亮晶晶的。

我送他礼物，看起来像一团棉花做成的云朵——这是最新生产的云奶棉花糖，口感醇厚。因为限量供应，很难购买。我也是花费了很多关系和气力，才得到这样珍贵的一朵。男孩安静，但他的确因为这份礼物感到快乐。

“你要听话啊。知道我为什么送给你吗？”我蹲下来跟小男孩交流，“因为你的快乐，被你爸爸视为世间最珍贵的礼物。”我停顿了一下，说，“今天，是你爸爸生日。”

梦中的我，完全不清楚自己和孩子父亲的关系。等我醒来，依旧恍惚。那么，我是用一团云奶棉花糖，送出了我心目中最大的生日礼物吗？

## 情　人

我们两家是世交，燃燃是我从小一起玩大的女伴。后来，我们上了同一所工读学校。

某夜，我得到消息：有个坏人要来害死燃燃。燃燃的妈妈抱着女儿哭。我说：“不用怕，我来保护燃燃，我有办法。”

我从透露情报的叔叔那里拿到一把弹簧刀，把它藏在一个工具箱上面。然后，我回家去取证件，准备回来帮助燃燃连夜逃走。

等我回来，燃燃已经遇害。此前没有来得及与我见面，燃燃不知道，有一把放在附近的刀具可以用来保护自己。

杀害燃燃的男人，极其英俊，他伪造了一个似乎毫无破绽的现场，说是无意间导致燃燃死亡——他竟然由此逍遥，逃脱了法律制裁。

多年之后，我和这个男人有床笫之欢。他依然拥有美貌，岁月无痕，他没有遭受任何惩罚；而且，他极富性爱技巧，连亲吻都令人心醉神迷。肉体交缠之后，这个曾经的凶手出门去打篮球，挥手向依然赖在床上的我告别。

他在上篮动作之后，一个在篮筐里旋转的球突然砸向他，有着奇怪的超乎寻常的重量。男人迟疑而迷惑地发现，自己被砸中了颈后的要害部位，即将死去。他这才发现，场地外，站着身穿运动夹克冷笑的我，根本不像他以为的正穿着吊带躺在床上。

我告诉这个男人，当年正是他，害死我的朋友——假借的是物理之力而非人力。那么，这是我精心策划的多年之后的复仇——他同样将被意外物件砸中，是物理意义的死，没有人需要对此事负责任。以其人之道还治其人之身，我以同样的办法，报复了他。

男人到现在才意识到，刚才陪他打球的人，都是行尸走肉，看似有恍惚笑容其实都是有表情障碍的僵尸。是的，他将死去，无人承担后果。

这是双重的雪耻。

无人知晓，当年我之所以没有及时返回实施营救，是因为，我与某人沉迷欢情——这种不合时宜的亲密，延误我去救助自己最好的朋友。我追悔的方式并非从此清心寡欲，而是相反。害了彼此的撩人床技，并未阻止我的计划和进程。我恰恰利用特殊的肉体纠缠，从而步骤准确地完成索命。我洗刷了冤屈：从朋友的命，到我的性。

## 假 期

天堂里的游泳池，里面灌满橙汁，过度丰盛的赐予令人不适。

我震惊地看到一个玩旋转木马的魔鬼，他说他来这里度个周末假期。

他的睫毛特别长，能在上面烫出一个大卷花儿。

## 魔 鬼

我梦见自己是魔鬼。

我的身体以腰部为基线，完全对称。往好里说，是个临水照花人；往坏里说，就像扑克牌上的鬼或者老K那样有着两个方向的生长。并且，我戴着扑克鬼的尖帽——尽管我力图掩饰身份，想说自己仅仅是个巫师，但越来越难以控制的外形还是出卖了我。

由于自厌，我决意放弃，我长成了唯一想去自杀的魔鬼。我看到自己的胳膊黑且虬结，逐渐变成参天巨树，枝条幽暗，雾气昭彰。

正在这时，有什么飞行物啪地一下打在我的左颊。凭那短暂一击，魔鬼的直觉足以让我判断出那是一只飞鼠。

果然，这个小家伙被我攥在手里，并不咬我，它开始是乖巧的，后来才急于逃脱。飞鼠用两只前爪撑住我的虎口，眼睛晶亮而绝望。我不忍看它慌张，就把小飞鼠放到大树的高枝上，它马上躲进一个凹陷之中。

我欣慰，但退后一看，我发现在这个凹陷的上端，有只吃虫的鸟，羽色艳异。我担心飞鼠被吃掉，用手推挤，让飞鼠从隐身处里出来，从正在进食的鸟喙旁边飞走。不知道为什么，我既高兴又伤感地叹气。

此时我突然惊觉，自己不正是那棵小鼠隐身其中的树吗？我放飞鼠的位置，是在那么高的树冠——原来，我不是飞得那么高，我只是从我自己身上放飞了那只小兽。我当时并未注意，现在再看自己：树叶婆娑，全是绿意。

（选自《雨花》2019年第4期）

# 惊　蛰

陆春祥

## 一

2016年11月底，北京饭店，我们参加第九次全国作代会。

海飞总是拎着一只布袋子进出，我仔细看了看那袋子上面的字——《惊蛰》，一问，原来是他的新电视剧要开拍了。

海飞给我讲了《惊蛰》的大概。

故事发生在1940年的上海和重庆两地。多面间谍陈山，经历了与亲人相煎，和同胞对决，与日谍殊死搏杀，终于以一己之力，孤军奋起，力挽狂澜，一步步成长为坚强勇敢的爱国战士，用热血和青春，在烽烟中砥砺前行。

那为什么取名“惊蛰”呢？

海飞笑道：以惊蛰开始，以惊蛰结束，惊蛰过去了，惊蛰还会再来。在延安，在惊蛰这个节气，陈山与余小晚重逢，百感交集。惊蛰，大自然新生的节气，最终还是希望。

我若有所思，噢，惊蛰，万物生。

## 二

严格意义上说，“立春”只是春来了的一个表象名词，仲春真正开始，要“雨水”过后的惊蛰，轰隆轰隆声中，天要裂开的样子，春雷来了，中国大部分地区春耕正式开始。

《夏小正》曰：万物出乎震，震为雷，故曰惊蛰。是蛰虫惊而出走矣。

动物入冬天，伏藏土中，不吃不喝，那就是“蛰”。

什么东西才能启蛰呢？雷。

雷是什么东西，能惊醒万物？

《山海经·海内东经第十三》中，有一只怪物叫“雷神”：雷泽中有雷神，龙身而人头，鼓其腹。在吴西。

龙一样的身体，人一样的脑袋，只要敲击自己的肚皮，便会发出雷声。这是人们对“雷”的初次描写。

从环境看，这只雷，生活在吴地西边的雷泽中，那么，雷应该是水神。雷的确就是水神，不是水神的话，怎么会带来大雨呢？只是，大雨前，它会弄出不小的动静来，这是在告诫人们，是我给你们带来丰沛的雨水，你们要感谢我，你们要敬我，不要惹我。

但，雷在黄帝面前，却是只小动物。黄帝将它捉来后，用夔的皮蒙鼓，用雷的骨头做槌子。鼓做成了，黄帝一擂，发出的声音可传到五百里外，天下都被震慑。

黄帝和雷是有缘分的。他娶的正妻就叫雷祖，这个我就不岔开去了。

人类进入文明社会后，对“雷”仍然充满想象。

唐朝李肇的《唐国史补》（卷下）有如此记载：“或曰：雷州春夏多雷，无日无之。雷公秋冬则伏地中，人取而食之，其状类彘。又云，与黄鱼同食者，人皆震死。”

这个想象相当有趣。雷州，春夏季节，每天都要打雷的，所以叫雷州。这雷呢，秋冬没有，去哪里了？哈哈，躲在地里面呢。人们还从地里面，挖到了雷，形状有点像猪，味道相当不错。但是，特别告诫人们，鱼肉和猪肉不能同食，要遭雷劈。至于为什么不能同食，没有人说得清。

说雷像猪，不仅仅是李肇一个人这样写。宋朝李昉等的《太平广记》就引用两位唐朝作家写的雷：状类熊猪，毛角，肉翼青色（《传奇》）；身二丈余，黑色，面如猪首，角五六尺，肉翅丈余，豹尾。又有半服绛裩，豹皮缠腰，手足两爪皆金色。执赤蛇，足踏之，瞪目欲食。其声如雷（《录异记》）。

不过，在《录异记》里出现的雷，样子还是挺帅气的：有角，有翅膀，有强有力的尾巴，穿着深红色的裤子，腰里系着豹皮带，手脚都是金色，样子有点像孙猴子呢，只不过雷手上挥舞着的红色蛇有点吓人，不如金箍棒亲切。

这样的雷，除了声音响亮以外，战斗力也是很强的。

《太平广记》引《广异记》中就记载了一场雷和鲸的战斗。

唐朝开元末年（约公元741年），雷州外的水面上空，有一只雷，在天空中翻上翻下，它对着巨大的鲸鱼，或向海面发射火力，或用力发声震击，战斗一直持续了七天，海边上观看的人群，每天都人山人海，也不知道谁获得了最后的胜利，只见远处海水红红的一片。

从战斗场面分析，雷和鲸鱼，是一场势均力敌的恶斗，谁也战胜不了谁，雷的优势在天上，虽然它也是水神，但面对海上霸王的鲸鱼，它无能为力，有劲使不上，而鲸鱼却自在得很，你射火，我潜入，你声震，我潜入，你奈何不得我，气死你！

我这么不厌其烦地说雷，是因为，对惊蛰这个节气来说，雷是关键引爆点，雷就是寒冬过后起床的军号，没有雷，万物们似乎都还懒睡着，暖洋洋、懒洋洋，如果不打卡，谁愿意早起上班呀！

## 三

万物苏醒，大地一片繁忙。

诗人们也忙碌起来了。

二月的一天，雨后，唐朝诗人韦应物，走在家乡的田园间，看到许多农人在忙，牛在忙，春草萌长，细花吐蕊，心有所触，写下了《观田家》，开头四句是：

微雨众卉新，一雷惊蛰始。

田家几日闲，耕种从此起。

这种景象，在我的少年记忆里，也仿佛如昨日一般。

我知道，惊蛰以后，布谷鸟，就要开始表演了。

前段时间，我在临安神龙川夜宿，清早进山，听到布谷鸟绕山飞鸣，“清明酒醉”，我小时候一直这样理解。但读到清朝作家陆以湉的笔记《冷庐杂识》，却大开眼界，他这样说布谷鸟的表达：江南一带多听成“家家看火”，又像“割麦插禾”，江北则曰“淮上好过”，山左人名之曰“短募把锄”，常山道中又称之曰“沙糖麦裹”。陆作家研究了一番，再引《本草·释名》，那里面叫“阿公阿婆”“脱却布袴”，又引陈造《布谷吟》序，谓“人以布谷催耕，其声曰‘脱了泼袴’，淮农传其言云‘郭嫂打婆’，浙人解云‘一百八个’者，以意测之”云云。然后，陆作家就说了他家乡（桐乡）这样听布谷鸟：吾乡蚕事方兴，闻此鸟之声，以为“扎山看火”，等到蚕事完毕，则以为“家家好过”。

相较许多能干的农村孩子，我其实并不擅长干田间活，能干的也就是砍柴割草之类的粗活。

但惊蛰留给我的，是浸入骨髓的蛇咬记忆。

一日放学后，我去砍柴。一般来说，每天放学后，回家砍一捆五六十斤重的柴，是我少年时的强项。

我们白水小村，有两个山坞，大坞和小坞。这一天，我去小坞里的刀鞘湾砍柴。在半山腰，发现了一丛青柴，面积好几平方，很密集茂盛的那种，这一丛砍下来，我想，一捆肯定有了，心里暗暗高兴，今天不用爬来爬去东找西找了。

砍着砍着，突然，我的左手中指被什么东西刺了一下，细一看，是一条小竹叶青蛇，啊呀，我一定被它咬了，它很喜欢盘卧在这种青柴丛中的，是我粗心大意。这蛇我知道，毒得很，我叔叔是赤脚医生，农村的孩子，一天到晚在山里混，也知道一点急救知识。

我必须自救，否则，毒浸血液就危险了。

急中生智，我往受伤的手指上撒了泡尿，不管有用没有，尿液也有消毒功能吧。

然后，迅速跑下山来，在溪里洗手。溪水流动而清澈，我小心地用柴刀刮手指皮，刀刃并不锋利，轻轻地刮，皮有点破了，忍痛，还要刮，我以为这样也等同于手术，能将蛇毒去掉。一个少年，其实没有坚强的革命意志，不痛是假，但似乎忘记了痛。那时，我刚看过残破本的《三国演义》，只是我没有关羽条件好，华佗用刀为他刮骨去毒，他很英武，谈笑风生，照样喝酒吃肉，还有人和他下棋，而我只能忍痛对着左手中指刮蛇毒。

中指皮肤都刮白了，露出了骨头。

还是有点慌张，跑回家，外公找来细棕丝，将我左臂扎住，这样，蛇毒不会往心脏方向走。

外公告诫，不能跑呀，你一跑，就会加剧血液的循环。我一听，后怕得很，我是一路跑呀。

真是胆大，竟然没有想到去卫生院。百江卫生院在我们家河对面，两里地，我不知道，那时的公社卫生院有没有治蛇毒的血清，我猜十之八九没有，但就是没想到去医院，我爸在几十里外的东溪公社工作，我叔叔在分水里邵做赤脚医生，一时都无法联系上。

到了晚上，我的左手臂，开始肿起来，肿得好粗，但最终没去看医生。也许，那只是一条小竹叶青，也许，是我先期应急处理得好，或者，就是我命大。

现在，我左手中指根部，还有一道白色的一厘米左右的蛇疤痕，我常常伸手给人看，我是被竹叶青咬过的人。

## 四

惊蛰起，万物生，十二生肖的老鼠们，此时，正忙着嫁女呢。

南宋迁都杭州后，杭州、金华等地，就成为中国木版年画的中心了。

我去浙江金华木版年画博物馆，这个博物馆里，我特地关注了数十幅和动物有关的年画，其中，“老鼠嫁女”就有好几个版本。

看其中的一幅：一只戴着官帽的老鼠，骑着老虎，在前面引路，四老鼠，是仪仗队伍，各举旗帜，有状元旗，有及第旗，大花轿，则由另外四老鼠合力抬着，轿中的新娘鼠，头戴艳花，身披红袄，边上呢，还有更多的老鼠，它们在卖力地吹打，也有抬着礼物的箱子，还有恭贺的猫们鱼们。活泼的老鼠们，抬着花轿，一路兴高采烈，向它们的家奔去。

人与动物，其实生活在同一现场，完全可以和谐相处，老鼠只是象征物，借喻体，它借代一切生命。

子丑寅卯，鼠为大。

## 五

我去了趟广州榄核镇湴湄村，那里是著名音乐家冼星海的故乡。

回杭州后，我采访了冼星海的独女冼妮娜女士。

1939 年 8 月出生的冼妮娜，从浙江图书馆退休，普通话纯正，依然健谈。虽然她八个月大时，父亲就去了苏联，她也不从事音乐专业，但她几乎就在父亲的音乐和影子里长大，她这一辈子，除了正常工作外，业余时间都花在了父亲的音乐上。我们聊《黄河大合唱》，聊《生产大运动》，也自然聊到了著名的《二月里来》。

冼妮娜说，那时的延安，生产供给极度困难，中央组织全民生产大自救。当词作家塞克递上《生产大自救》的歌词时，冼星海激动不已，和《黄河大合唱》谱曲一样，他差不多也只用了一周的时间，就谱好了曲。《二月里来》，就是其中的经典，它以极快的速度传播了出去，此后，常以单曲形式表现。

二月里来好春光，家家户户种田忙。指望着收成好，多捐些五谷充军粮。二月里来好春光，家家户户种田忙。种瓜的得瓜，种豆的收豆，谁种下的仇恨他自己遭殃！

二月的确好春光，家家户户种田忙。旋律柔和流畅，节奏张弛又舒缓，犁动田园，无限风光。

冼妮娜说，他父亲除了在鲁艺担任音乐系主任及教学以外，还积极参加大生产运动。如其他曲子一样，《二月里来》也是扎根火热现实谱出的精品。

然后，找出《二月里来》，我们一起欣赏。

女声那甜美的声音，将我们带入了二月的现场。

惊蛰来，万物生。

虫惊起，更多的却是植物的苏醒，禾苗们以轻盈的姿势扎根田间，当春风掠过，春雨飘过，农人们勤劳的双手抚过，它们蓄势待长，不久就会以饱满而谦虚的身姿回报大地和农人。

## 六

清代褚人获的笔记《坚瓠集》，辛集卷之一有《晨昏钟鼓》，我认为讲的也是节气，自然和惊蛰有关。

天下晨昏钟声之数，基本上都是敲一百〇八声。这是暗喻一年的意思。一年有十二月，有二十四节气，又有七十二物候，这些数相加就是一百〇八。

但声之缓急节奏，各处还是不同。苏州一带这样敲：紧十八，慢十八，中间十八徐徐发。两度辏成一百八。杭州一带这样敲：前发三十六，后发三十六，中发三十六声急，通共一百八声息。绍兴：紧十八，缓十八，六遍凑成一百八。台州：前击七，后击八，中间十八徐徐发，更兼临后击三声，三通凑成一百八。

七十二候的起源很早，五天为一候，三候为一节气。每一候，均以一种物候现象相对应，所以叫"候应"，如"桃始华"，桃树要开花，讲的就是惊蛰。惊蛰来了，不仅桃树要开，杏花也急急忙忙要吐蕊，蔷薇光秃的枝干也开始绽绿。

要平安，就要遵从物候，动物该繁衍的时候，你猎杀，久而久之，那些动物就会绝尘而去，世上再无。桃树开花的时候，你打花甚至砍树，那就别想摘桃子。

不时敲一敲钟声，是不是也是提醒呢？提醒人们注意和周边自然世界的关系，它好，你才能好。

如果，隔个五天，就有悦耳的钟声敲起，不管紧十八，慢十八，那应该都是一种提醒，权当其是小惊蛰，温和的惊蛰，天天惊蛰。

## 七

中国的节气，不仅中国人在体验，那些踏上中国土地的外国人也在观察。

一个叫迈克尔·麦尔的美国人，娶了个东北夫人，就生活在东北，浑身散发出东北味，他的《东北游记》一书里，《惊蛰》一节中有这样的文字：

三月初，我们迎来一个颇有预言味的节气：惊蛰。这说明冬眠的动物就要醒来，严寒就要结束了。积雪还没有融化，荒地的空中唯一"惊"起的，是猛龙战斗机。空军飞行员在训练，驾着飞机轰隆隆飞过村子上空。

惊蛰，真的很好理解，外国人一下子也弄明白了，而且，他还概括得很准确：预言味，就是说，惊蛰的雷声，就是叫醒动植物的号令。只是，此时的东北大地，还白茫茫一片，万物似乎还在沉睡，而歼10战斗机，它们却惊起了，它们飞向了蓝天。

哈，中国东北，惊蛰，有猛龙飞升，麦尔真逗。

（选自《北京文学》2019年第2期）

# 带瓶老酒给父亲

舒晋瑜

一位身高八尺的壮士，身披铠甲，手搬巨石，要砌出一段城墙，防御外来敌寇。还未完工，忽而想起未留城门，挡了百姓去路，复又一重重挪移，不料脚下趔趄，石头坠落脚面。

这位搬起石头砸自己脚的壮士并非演绎，而是喝醉酒的父亲。一石惊醒梦中人，父亲这下看清，“城墙”只是他堆砌的一段“酒事”。

父亲的故事很多，但他记得最多的是儿女的趣事。比如在我刚够得着餐桌的时候，已经可以豪迈地说：“干了这一杯！”

是小杯，装的却是53度白酒。

十八岁之前不能饮酒？父亲的字典里没有这条家规。何况《礼记·射义》早有“酒者，所以养老也，所以养病也”；何况，父亲喝的竹叶青，确曾医治他的病痛。

所以，床头贴满的公式背不过要挨打，做错事情必受惩罚，家教虽严，但父亲准许我们喝一点白酒，舒筋活络，解忧解乏。喝了酒的父亲温和慈祥，幽默风趣，“含饴弄孙”在父亲这里可以置换为“含酒”。在我的印象中，有了酒，家是另一番氛围。老家的八叔辗转到山西探望父亲时，就着并不丰盛的小菜，两人从中午一直喝到晚上，喝不完的酒，叙不尽的情。

进馆子喝了尽善的酒，到戏场看看黄芽韭。家里的（妻子）丢在大门口，不能误了《破洪州》。

以前的民谚中，“黄芽韭”指的是晋中一带有名的晋剧演员郝斗明，“尽善”取自李闯王路过杏花村时喝了汾酒，誉为“尽善尽美”，尽善后成村名。此民谚放之四海皆准，万变不离其宗，其宗，自指汾酒，《噶礼毒母案》有载“晋之人长于商，车辙马迹遍天下，齐鲁秦晋燕赵诸大市，执商市牛耳者咸晋人”，汾酒是白酒之庭祖毋庸置疑，只是《破洪州》在父亲就要换作京剧《回荆州》。

总之，喝汾酒，听京戏，在很长一段时间，是父亲最大的人生享受。父亲好酒，只喝高度酒，最好一口干掉才过瘾。这也是他的性格，做事干脆豁达，为人豪爽仗义。

在我们的心目中，高大威猛的父亲是一座伟岸的山，只是我从来没想过，这山石不会永远坚牢，甚至在某一天有可能颓然倒下。

我永远不会忘记，听到父亲罹患癌症晚期时的悲痛。

得知父亲患糖尿病时，忍不住伤心落泪。癌症来了，糖尿病都不算病了。我竟忍住了眼泪。手术、治疗、复发、再手术……三年四次手术，坚强的父亲挺过来了。

用药，并改善一切不良生活习惯。我陪父母赴宴，朋友特别善解人意地说，如果不会喝酒就罢了，喝了一辈子酒，这会儿闻着酒香，看着别人开怀畅饮，对老人真是一场巨大的考验。

父亲淡然一笑，他戒了酒。戒酒不只为自己，更是为了儿女，他担心一次次住院，会牵扯儿女的精力，会拖垮我们的身体。

我不知道还有没有机会，再陪父亲小酌，共享清醯之美。

这年7月，有机会走访汾酒集团。重回山西，在熟悉的景色中穿行，在弥漫着酒香的空气中贪婪地深呼吸。和汾酒结缘那么久，从小时候的品尝到深入汾酒腹地，中间竟隔了三十年。

阳光像流水一样迸出。绿色泼洒在大地上，野草在酷热中昏睡。一切都那么熟悉，那么亲切，那么令人愉悦。

未及走进汾酒老作坊，已全然陶醉了；更不用说，还有65度的老汾酒沁人心脾，发出令人无法抵抗的召唤。

门脸上的“宝泉”裹在午后的阳光里，古色古香，却迸发出蓬勃的生气。这里，可以触摸到汾酒六千年的脉搏，这脉搏充满活力，有节奏地跃动，令人觉得血脉贲张，又幸福安宁。

《北齐书》十一卷记载：“帝在晋阳（今太原），手敕之曰：吾饮汾清二杯，劝汝于邺酌两杯。”证明早在公元564年以前汾酒的名气。汾酒有属于它的故事。这故事隐藏在村子里矗立的牌坊上，也可能隐藏在某个不起眼的瓦罐里。

我想，要是父亲一起来就好了，他会对汾酒博物馆的宝藏兴致盎然，也会对汾酒“曲必得其时，器必得其洁”的制作秘诀如数家珍，更会唤醒“日落不知晚，醒后马驮回”的美妙体验。

明知道父亲不能喝酒了，仍习惯性地，在琳琅满目的各色品种中，找了两瓶老字号的汾酒和竹叶青，包装似曾相识，只是被赋予了更多的现代气息。

我知道父亲一定会爱不释手。

（选自《新民晚报》2019年10月7日）

# 洪湖若干

马步升

多少次与洪湖擦肩而过，这次终于成行了。此生，如果不去看看洪湖，似乎是一桩遗憾。这种缘由，大约与少年时期的电影《洪湖赤卫队》有关。而切近的招引，则是诗人哨兵的两本诗集《清水堡》和《蓑羽鹤》。我通读了，还写过两篇评论。诗歌将渐趋淡薄的电影记忆召唤回来，又有几十年的人生阅历夹缠其间，洪湖似乎越来越清晰完整，分明地，又越来越陷入零碎与虚幻中。

时值深冬，午后四时，武汉的事务结束了，洪湖老七驾车，两人像逃犯那样，一路穿过森林般的楼群屋宇，当广阔的江汉平原在眼前渐次展开时，夕阳也到了光芒散乱时分。夕阳依依西下，原野的阴影像一片片铺开的夜幕，不算多的小山包，仿佛深冬里的人们，穿上了肥囊囊的棉衣，在大地上投下比自己身躯高大得多的暗影；草木的阴影并不横向扩展，而是各自尽力抻出长度。雾岚迷蒙，夕阳余晖，一堆堆农舍，一块块农田，一汪汪湖水，还有那一条伸展到夕阳深处的道路。光明与暗影共生，真实与虚幻重叠，追着落日疾驰，夕阳照耀着道路，也让赶路人目迷五色，好似在追赶着一场梦境。

天色完全暗了下来，洪湖到了。洪湖的夜晚与任何城市的夜晚一样，灯火通明处，明白如昼；灯火不及处，讳莫如深。一个匆匆来去的外乡人，只需看你能看见的，该你看见的。即便是长久混迹同一个地方的人，很难说，又能看见什么呢？你看得已经烦透的事物，其实所看到的仍然是一层浮光掠影。

于是，一夜无话。

清早，洪湖老七驾车，我们先是去乌林寨膜拜曹操庙。传说乌林是赤壁大战时曹操的大本营。廓然一座小山包，面前平畴，直抵江边。三五百户人家，大树掩映，街巷错杂，村边台地上，一栋破败屋宇，门楣有字：曹公庙。内有小小庭院，厢房门窗朽烂，正厅两根廊柱撑起，曹操居中，两边分列若干帐下谋臣猛士。一株柑橘缩头屈身于屋檐下，数枚果实悬挂于枝叶下，金黄炫目，却无人采摘。

门外空地，枯枝败叶堆积，一群乌黑鸟儿跳跃其间，我说这是什么鸟儿，感觉有一种阴郁气息。洪湖老七说，这就是乌鹊。哦，月明星稀，乌鹊南飞，绕树三匝，何枝可依。原来这就是乌鹊。不是喜鹊，不是乌鸦，是让千古英雄“忧从中来”的乌鹊。曹操乃古今为数不多集军政文采于一身的大才，据说，曹操庙全国仅此一处，直让人惋叹再三。古人的事情古人都不曾说得清楚，今人评说古人，只是多了一种说法，也多了一重迷雾。

暂且揖别古人吧。

朝阳铺满长江大堤的当儿，车子迎着朝阳而去。这里的长江正好是西南东北走向，昨晚跌落西天的夕阳，带着几分梦醒后的惺忪，还有昨晚不辞而别的羞涩，又卓然悬立在东边天际。江堤越出江面三层楼高低，堤面可以两车并行，一道人工长城横身于长江与人烟之间。江堤的内外侧一律草坪覆盖，深冬了，草是青的、活的，青草无须蹿高，互相竞夺空间，只需周身蔓延，将根须深扎于泥土中。外侧是江滩，距离江面百米千米不等，杂木茂盛，时有或大或小的积水坑杂处其间。朝阳普照江面，一天一地都是光华，余光照拂积水坑，亦是光华斑斑。长江是否已经沉静许久了，要不是属于江水蔓延之地的江滩，草木怎么会如此茂盛呢。江堤的内侧是洪湖城，楼房民居近在眼前，中间隔着窄窄的杂木林，有的楼房高出江堤几许，有的则矮于江堤许多。生活在旱地的人无法想象，当汛期来临时，堤外惊涛骇浪，大地都在摇荡中，堤内生灵将是何等心绪？这里正是整个江汉平原，乃至中南半壁江山的命门，回望并不遥远的那场大水，局外人何曾体会到那份鬼神心惊。洪湖老七说，那段时间他一直在抗洪最前线，他目睹且体会到了世界末日来临时的那种群体性的崩溃绝望，更就近证实了在生死交关之际优秀军人的义无反顾，还有顶天立地。江堤上，一座座纪念碑告诉远来者，对于万物万灵，水是多么的情深深意绵绵。忽而，另一番心绪又拂之不去：呼啦啦似大厦倾，昏惨惨似灯将尽。呀！一场欢喜忽悲辛。叹人世，终难定。

水与生灵的关系，简单时，明白如话；复杂时，九曲回肠。把水和生灵之间关系真正说清楚，并且能够成为万世规约的人，才堪称圣人。

现在是枯水期。江水如波澜不惊的潟湖，漠然、默然、淡然，任鸟雀嬉闹，任苇草招摇。滚滚长江，浩浩荡荡，那是青春的喧嚣张扬啊，那是高歌猛进的奔放不羁啊。青春从来都是奢侈的象征，其全部的奢侈就在于，它允许你犯错误，乃至鼓励你犯错误，然后，又有大把的时间大把的机会修正错误，并且让所有的错误都以财富的形式成为人生的库存，而所有的青春从来都是提振暮年回望的嘉年华。正如歌者之言：最美不过少年时，不是少年美，而是回忆美。难道长江进入暮年了吗？无法想象，一条万古奔流、携天地之澎湃精神的大江，从此成为一个正襟危坐的乖孩子。一条江的激情，从来都是一方水土的生命律动，为你而苦、为你而乐，因你而生、为你而死，大悲苦、大欢喜、大沉潜，大踊跃。失去卷起千堆雪气概的长江，似乎少了点什么，也必然少了点什么。

大江流经之地，必有大色彩。什么是大色彩？不是大红大绿，不是红杏枝头春意闹，而是水天一色。凡是经描摹而出的色彩，必是妙手绣花的巧功夫，而凡可称为大色彩者，即便出自丹青圣手，亦是俗家路数。水天一色是天赐的大色彩，天地间唯一的大色彩。无色，而色相齐备；无有，而万有一体。大色彩在目光所及处，亦在目光无尽处，在心房幽深处，更在洪荒八极外。此时的长江便是大色彩，水天一色，极目茫茫。洪湖老七遥指不可见处，说那里便是赤壁大战的主战场，是为武赤壁。而东坡赤壁尚在二百公里之外，是为文赤壁。我曾专程膜拜过东坡赤壁两回，回身再看乌林，大有俯视长江，碾压江南气象。遥想当年，数十万北兵云集江北，剑指江南，曹操横扫北国山河，决心会猎东吴，无奈隔江打猎，究竟谁为猎物，谁又为猎人？真可是，何以解忧，唯有杜康。

天下形胜，本为英雄而设，又为英雄天造之墓碑。武赤壁，曹操于此大败亏输，而文赤壁，却让东坡不死永年。世间道路万条，无非文武之道。武道，厘定秩序格局；文道，化育精神气质。曹操文才足以与东坡相颉颃，又多了一份可与历史上任何一个经世人物一较高下的军政才能，但曹操的每个杰出贡献，于他的声名却并非相互叠加关系，事实上起到了彼此抵消的作用。人们在说及他的诗歌文章时，往往很自然地拉扯到他在军政方面的若干失算，以及某些道德上的亏欠，而在说他的经世之才时，又会在他的言辞中，找出若干不和谐音来。比如，那句让千古良善之人胆寒的混账话：宁我负天下人，休叫天下人负我。这句话是否出自曹操之口，已无直接证据。即便真是他说的，看看他终其一生对天下付出的心力，也应当是一时一地撂狠话而已。苏东坡在政治上跌宕起伏，文人气过于浓烈，决定了他只能成为一个一肚皮不合时宜的人，他在现实政治上，只能是失意、失败，再失意、再失败，而一方面的凹陷，恰好成为民众垫高他另一方面的情感土石方。他的文学才能本来就是高山大河，也因此，非但不能让高山减损一粒土、让大河流泻一滴水，相反，岁月的刀斧会砍削许多现实的枝蔓，让高山更显伟岸，让大河愈加浩荡。赤壁之战是一场大规模的战争，牵动的是全中国，长江横亘东西，天堑南北，对于双方而言，都得摆出一字长蛇阵来，处处设防，又得首尾互动，更要严守七寸，其战线是何等漫长。有主战场，必有辅助战场，双方一定是在文赤壁交过手的，而主战场一定是在武赤壁。没有别的理由，文赤壁惊涛拍岸，于双方都不利，而武赤壁，江面开阔，攻防双方都放得开，收得拢。更要紧者，这里是南北两大势力集团与西川集团的接合部，一个时代的真正七寸所在。

但是，人们宁愿相信文赤壁是大战之地，除了东坡文采惊天之外，在文辞中，他的情感是倾向弱者一方的，而弱者战胜了强者，对天下失意之人将是多么惊天的鼓舞。何况，人生，无论谁，正如东坡夫子自道：人生不如意事常八九。

在现实中倒下去，在文章中站起来，古今士大夫的人生无不如此。而曹操在赤壁只是摔了一个大跟头，他是最终的强者，是多方面的强者，让过于强大的人出点洋相，给他的脸上抹一些脏兮兮的东西，在过于强大的人身上找出若干渺小来，搬山填湖，几乎是人同此心，心同此理。要不，凡人可真是无脸苟活于人世的了。

热干面是武汉人的底牌，鳝鱼面是洪湖人的底色。我这个从小吃面长大的西北人，对面食的挑剔达到了让自己都不可容忍的地步。这种挑剔，也可当成修为看待。这么说吧，一碗面条离老远摆在那儿，根本用不着品尝，我一眼扫过，就知道成色如何。洪湖老七说，早餐我建议咱们吃鳝鱼面。我心想，过了长江，宁愿饿肚子，宁愿吃不喜欢吃的大米饭，我是不轻易吃面条的。今天情况特殊，要把所有的时间挤出来给洪湖的。我说好吧，哄过肚子就行。进了饭馆，在别人碗里瞄一眼，心下暗惊：难道因为洪湖尚在长江以北？很快地，一碗面端上来，试尝一口，不觉失口赞道：好吃！洪湖老七一脸得意，在我吃完一碗后，乜斜了目光，挑衅地说：再来一碗？我说，好面不吃第二碗。

据说，洪湖共有七十七个渔村，洪湖老七说，每个渔村他都去过，每个渔村都有朋友，在有的渔村还曾住过很长时间。我从他的众多描写洪湖的文字中，愿意相信这是真的，但洪湖何其广阔，湖滩水网何其繁复，每个渔村都去过，似乎涉嫌夸张。何况他是城里娃，自小上学，虽混迹洪湖多年，干的却并非与洪湖有关联的事情，后来又移居外埠多年。若非对洪湖知根知底，绝不会晓得水网纵横中，竟有一条百曲百折的旱路。一车宽窄，两侧或水域，或湿地，或藕塘，草木掩映，三五米远近，即是目光死角。在这样的路上，他居然可以高速行驶，不由得让人感叹他的车技，更有对道路的熟稔。一会儿来到一个名叫张大口的渔港，清水堡岛主早已驾船等候了。经打问，不是休渔期，船只却三三五五停靠在码头上，百米长的渔港，两边是居民区，一律二层楼房，有新有旧，商店、饭馆、杂货、工匠铺，居民三三两两，神情散淡，行为散漫。近处有开发小区，六七层楼房，底楼嵌入湖滩积水中，水草弥漫，我不知道会不会潮湿。莫管闲事，岛主的船是游艇，白色，八座，我们三个人，小船显得宽敞。出港后，便是水天茫茫，没有任何地面参照物。岛主说，以前他这个老洪湖也经常迷路，他打开手机导航，有些赧颜地说，这玩意儿在水中也好使。

深冬的洪湖之冷，是那种并不触目，却也惊心之冷。多么雄厚的怀抱都会被冷风撕开，冷气蚀肉浸骨，而头顶却日色明丽。一种叫水葫芦的绿植在湖面漂荡，大者如斗笠，小者如团扇，看见船只在乘风破浪，它们也乘风破浪，一朵朵冲杀过来。空中有鸟，大大小小，高高低低，随心随意；水中有鸟，或大或小，或沉或浮，一派安然、恬然。没有看见头顶有鸟飞过，手臂上却落下一颗鸟粪。以鸟粪的体积判断，应是大鸟。小时候，有鸟粪落在身上，大人是要给孩子叫魂的，还要在沾上鸟粪的衣服那里，缀上一绺红布条，说是辟邪。我不信这个，我只相信，这是洪湖的鸟儿在以它们的方式照会我这个外乡的不速之客：洪湖是鸟儿的领地。

洪湖与擦洪湖身边而过的长江一样，举目无鲜艳色彩，却是水天一色的大色彩。晴日方好，天空却并非蓝色。是的，是那种天青色。水清而泛白，清而不澈，非青非白。是的，也是那种天青色。水是天，天是水，水在天上，天在水中。远处的浮标却是有颜色的，红者如绣球，黄者如曹操庙中的柑橘，数点红黄色，将水天隔开，天是天，水是水。一眼不见边际的湖面，此时仅这一只小船。岛主是天生的舟子，一手掌舵，浪遏飞舟，飞舟催浪，小舟经行处，水中数条深刻划痕，久久不见平复。仿佛在天外行走，或是在虚幻的梦境中，正不知所在。倏然，眼前遥远处水面上扯起一条黑线，线的两头好像有人在拽扯着，在风中水中，松松紧紧地抖动。那条线越来越粗，一会儿，黑线固定了，却是水陆边界。

冷风四起，水波动荡，一座小小码头紧贴着一道矮矮堤岸。堤岸的凹陷处，有两只废船拼接在一起，构成一处居所，门楣上隐隐有三个红漆刷字：清水堡。莫非诗人哨兵之《清水堡》乎，询之果然。

都知道清水堡从不长水草，只埋着一座
殷商年代的城。天气好的时候
在湖底，我能望见那些断垣
残廓，挂满游云。几个考古学家
告诉我，清水堡清澈
透明，不生杂草。因为古代的砖瓦
城基，吸纳了洪湖的淤泥。但在清水堡
我从来不相信考古学。只相信历史，
相信清水堡住着古人，在替我除草
剔杂，重修那座塌了的城

好吧，好吧，你要是把清水堡写尽了，我什么话都不说了。

在岛主的船屋里小坐片刻，有关清水堡的过往和当下，在我的心绪里洪湖水呀浪呀嘛浪打浪。我提议出去走走。深冬的太阳距离地面好像很低，洪湖的水汽将太阳撩湿了，惺忪的、迷蒙的、软软的。一条人工筑起的堤岸向前伸展，一边是藕塘，另一边也是藕塘。莲叶不是青色，不是黄色，也不是红色。是那种深冬的颜色。堤岸上衰草靡靡，冷风袭来，或随风而舞，或俯首低眉。远望都是芦苇，苇叶枯萎，芦花吐着长长的白舌，互相在絮絮叨叨。下了堤岸，人低了，堤岸便高了。周围堤岸如旧时城郭，环堵巍然，包裹着中间一片巨大的平地。这是湖滩，螺壳大者如手掌，小者似指甲盖儿。还有陶片，灰陶红陶都有，未见彩陶。还有瓷片，哥窑、龙泉窑、元白、青花瓷、土瓷，看不出质地的，都有。

洪湖所有的水都不能算作清澈，唯有清水堡的水是那种概念意义上的清水。岛主说，因为什么什么，所以什么什么，总之，就是科学考察得出的结论吧。在清水堡，先不要讨论科学问题，古人的科学知识并不普及，可是，做出的事情往往是深得科学精髓的。感觉和经验有时候比科学更靠谱。当然，无数科学发现本来就是感觉的迸发和经验的积累。比如清水堡，古人在广阔的洪湖地区，偏偏发现了这一块地方的水是清澈的，而在这里设置一个据点，正好可以辐射整个湖区。

可是，洪湖老七说，他查阅过几乎所有关于洪湖的文献资料，没有发现历代王朝在洪湖湖泛区有过行政设置的记录。我说，文献有记录，不一定真有；文献没记录，不一定真没有。我看清水堡的形胜，还有若干现场遗留，这里很有可能曾经是一个大地方。岛主说，他听原住民说，以前人们在天晴水浅时，经常可以看见水底的城郭屋宇。在一个地域，关于狭小局部的历史掌故，往往口口相传的历史比文献载录的历史更可靠。正如对于一个村庄的历史，村庄的老居民肯定比村庄史研究专家更清楚。对于一个家庭的零零碎碎，当事人往往比“不世出”的清官更有发言权。在清水堡，我宁愿相信诗人的直觉：清水堡住着古人。

不远处，有一片小高地。说是高地，海拔仅有十多米。人们日常所说的高度，其实更多的是指相对高度。那块高地约有一亩地大小，却是整个洪湖湖泛区的制高点，远望，竟有巍巍赫赫遗世独立之感。小高地上有一座小小的观音庙，即便是小小的，也显得高大庄严。这是湖泛区的保护神，即便大水淹没整个湖泛区，这里也会以屹立的姿势，表示陆地的存在。确实，庙下墙壁上的最高水位线，证明了观音庙在以往的历史中，永远高居水平面之上。两位老年妇女，大概是庙主吧，她们与岛主、与洪湖老七是熟识的，此时，仅我一个陌生人。而在任何时候，都不会有多少人涉足此地，无论熟人生人。这是在漫漫水乡，象征陆地的一个存在，可供身在水天茫茫中的打鱼人，时刻有一种脚踏实地的安全感。小高地的斜坡是菜地，生长着一种本地的土菜。天都这么冷了，所有的植物已经枯萎凋谢，土菜却生机勃勃。

水乡的事情，我这个旱地来的匆匆过客只能从眼里过一遍，然后，离开。

真的要离开了，喝了几杯洪湖老酒的岛主，小船在他的手中，便有了哨兵诗句的韵致：

无论风从哪个方向吹
浪总会朝我扑来

回到港口，告别岛主，弃舟登车，洪湖老七要带我去看看洪湖的另一面。

那是一个叫阳柴湖的渔村，洪湖七十七个渔村中的一个。这个渔村要搬迁了，因为这一块已经是洪湖国家自然保护区的腹地了。在距今不远的先前，大批从外省迁来的人，响应国家的号召，在此处围湖造田。如今，又要响应国家的号召退田还湖了。国家在任何时候都是神圣的，代表着真理，而真理是需要以个人的投身去验证的。洪湖是湖北这个千湖之省的“肾”，一个泱泱大省，数千万人，怎可让肾受损呢。千万只鸟也需要家园，在人还不能完全主导世界时，人定胜天是让人们活下去的最为励志的号召，只要人活着，活得好，至于鸟啊什么的，怎么活，在哪里活，是否活得下去，与人何干呢？鸟儿成为人的盘中餐，倒是人的某种荣耀。当人成为世界的绝对主导力量以后，还这样对待鸟类，那便是文明与野蛮的重要分水岭了。

阳柴湖渔港正好也体现着落日余晖的光景。时当午后，正是人们日常劳作的时候，而这里的人们好像世外高人，男男女女身穿厚厚的棉睡衣，趿拉着棉拖，男人们醉醺醺，女人们懒洋洋，有的在围着圈打麻将，有的在并排晒太阳。渔港码头完全被垃圾覆盖，人们就在垃圾堆旁闲散，鸡们、狗们、猫们，还有若干不怎么出息的野鸟，也在垃圾堆里觅食，跳跃活活的，兴致勃勃的，大有吾心安处是故乡的放达。水葫芦肆意生长，填塞了水道，几十只小船随意摆放在码头，油漆斑驳，船舱里杂物充塞。整个港口只有鹅在高声嘶喊着，它们被它们各自的主人，在垃圾堆与水域的接合部，用渔网一圈圈围起来。我这个旱地人，这才知道，鹅要是吵闹起来，其声势是盖过狗的。绵密的不加标点的鹅叫声，碾压了所有的声响，人和人嘴对嘴说话，互相也听不清晰。从洪湖城赶来接应我们的老张，显然对此处的境况早已心领神会了，他从垃圾堆上，一步步挪过去，将他的船移到稍微干净的地方，便与我和洪湖老七登船。这是一艘十四座、红漆斑驳的动力船。所有座位都布满了泥垢，我和洪湖老七只好站着。

我们要去保护区看看。这是一艘唯一可以自由进出保护区的交通工具，老张是保护区唯一常驻的工作人员。漫长的水道被水葫芦遮蔽，只露出一车宽窄的水域供小船通过。这大约是一条人工水道，笔直，两边堤岸上时有零落屋宇，间或也有人影。依旧只有鹅叫声震天嘹亮。渐渐地没了人烟，约莫半小时后，拐过一个弯，水道完全被水葫芦填塞，像藕塘。如果光线暗淡，陌生人一定会当成坚实的土地，误入水沼深处了。弃船登岸，哦，颇有登高望远之风致。拐角地带，两只旧船结为连理，这便是候鸟保护站了。外表看不出来，老张这个人可算是洪湖奇人。早先，我从哨兵诗行中已略有所知：

要知道张圣元早年是一把捕鸟好手
懂269种鸟语，才在湿地保护局谋上
这份美差。不用去偷朱鹮
盗东方白鹳……更不用去蹲班房
苦度余生。可吃了那么多好东西
张圣元也没能尝到洪湖
最美好的。比如婆娘，比如爱
二十年了吧，这个老光棍
只好把水鸟，当作女人

年届花甲了，矮矮的个头，倒也敦实。我是俗人眼，若非有备而来，实在看不出这是奇人。相反，处处显出其不奇而木讷来。上船时，忘了解缆绳，中途，几次差点把船头棹入水草中去。离开保护区时，船已发动，又忘了解缆绳。他的朋友洪湖老七，为此可没有少嘲弄他。老张不解释，也不在意，只是无声笑笑。懂得二百多种鸟语的老张，却不会说普通话，洪湖的蹩脚普通话都不会说。他说的是洪湖一带很土的湖南土话。各地方言我倒是可以听懂一些的，老张的土话也难不倒我。让我颇费耳朵的是他的口齿拉杂不清，叽叽、喳喳、嘎嘎、呜呜。各种与语义无关的多余发音，夹杂在没有高低起伏的絮叨中，频繁地干扰着他实际要表达的意思。我心想，是不是鸟语懂得多了说得多了，时不时会把某种鸟语拉进来，就像会说几句外来语的人，总不忘了时不时地秀一秀？

简陋的鸟类保护站挂了很多牌子，有联合国相应组织的，有好几家名头辉煌的研究机构和大学的，好在最后的归结地，都是洪湖的阳柴湖村。还没有到倦鸟归巢的时候，老张搬出看起来很高档的带有落地架的望远镜，我说不用这个，我要用自己的眼睛看鸟。朝湖水开阔处望去，一大片水域里众鸟翔集，羽翅扰扰，回环四顾，无一船一人，唯见草木隐隐，水天漠漠。

回到阳柴湖港口，我和洪湖老七与老张挥手告别，他无声笑笑。这次，他终于动作连贯了，用手扯起缆绳泊船登岸。此时，那颗在空中悬挂了一个白天的太阳，已经被西边天际的水汽浸湿了，猩红的光晕洒在水陆错杂的洪湖滩涂上，刚刚见闻的一切，霎时化为一场巨大而繁复的梦幻，恍惚间，又向另一场梦幻中走去。

明天，该从哪个角度再看看洪湖呢？

（选自《北京文学》2019 年第 9 期）

# 汨罗江畔，屈原与杜甫的相会

徐 可

## 一

戊戌年端午节过后不久，我专程去湖南汨罗，叩拜中华民族的诗祖屈原，却意外与杜甫相遇。

提起汨罗，我们首先想到的肯定是屈原，他已经成为汨罗的文化标签；即使我们对汨罗一无所知，但我们肯定知道屈原。汨罗江因屈原而名动天下。每年端午节，我们吃着粽子的时候，都会想到屈原，想起他在汨罗江畔沉江自尽的壮举。有一年端午节，不知是谁发起的，我们几个大学同学分别以“端午”为题写了一首诗。我在诗中写道：“自古忠良多冤死，至今犹惧汨水寒。”

说来惭愧，在此之前，我其实并未去过汨罗江。所谓的“汨水寒”，不过是想象而已。屈原是我非常崇敬的伟大爱国诗人，自从中学时代开始读楚辞，屈原就成为我的精神偶像。虽然他的作品生僻字太多，读来似懂非懂，但是贯穿其中的忧国忧民的思想，高洁无瑕的品质，不屈不挠的意志，却令我长久感动。“路漫漫其修远兮，吾将上下而求索。”“长太息以掩涕兮，哀民生之多艰。”“朝饮木兰之坠露兮，夕餐秋菊之落英。”“身既死兮神似灵，子魂魄兮为鬼雄！”“登昆仑兮食玉英，与天地兮比寿，与日月兮齐光。”读着这些或深沉、或慷慨、或忧伤、或优美、或悲壮的诗句，我的眼前就会浮现出三闾大夫的形象：峨冠博带，衣袂飘飘，头颅高昂，目视远方。

二十世纪九十年代初，在三峡大坝尚未兴建之前，我曾经乘船从湖北宜昌出发，游览过大小三峡。穿越雄伟险峻的长江西陵峡，到达屈原故里秭归，我弃舟登岸，拜祭屈原祠墓。说实话，那时我对屈原还了解不多，内心的感受也没有那么强烈，仿佛只是履行一个仪式而已。后来读《史记》，读《屈原贾生列传》，当我读道：“余读《离骚》《天问》《招魂》《哀郢》，悲其志。适长沙，观屈原所自沉渊，未尝不垂涕，想见其为人。”我的内心受到极大的震动。当司马迁来到汨罗江畔，凭吊屈原投江自沉处，想起他的高洁品格，不禁感极而泣，涕泪长流。在《史记》中，司马迁极少像这样任由自己的感情泛滥，可以想见他受到了多大的感动。司马迁的眼泪也感染了我。再读屈原，我对他的理解似乎加深了不少。从那时起，我一直渴望有机会去汨罗，朝拜我心中的这座丰碑。

没想到，这一等就是二十多年。

更没想到的是，唐代大诗人杜甫，竟然也长眠在汨罗江畔。

杜甫同样是我非常崇敬的伟大爱国诗人。读杜诗，那就更早更多了。从小到大，我读过多少杜诗？有多少杜甫诗句萦绕在我脑海？记不清了。印象最深刻的，是那句“会当凌绝顶，一览众山小”。应该是上初中时，从最高领导人的讲话中听到的，当时听了血脉贲张，激情澎湃。然后我们知道了全诗，知道了诗名，知道了诗歌的作者。中国的读书人，恐怕谁都能脱口而出几句杜诗，“好雨知时节，当春乃发生”的欣喜，“白日放歌须纵酒，青春做伴好还乡”的豪迈，“两个黄鹂鸣翠柳，一行白鹭上青天”的闲适，“花径不曾缘客扫，蓬门今始为君开”的真诚，到“人生不相见，动如参与商”的无奈，“国破山河在，城春草木深”的忧愤，“朱门酒肉臭，路有冻死骨”的悲悯，“出师未捷身先死，长使英雄泪满襟”的浩叹，他的诗句如斧凿刀刻般深深铭刻在我们心中，想忘都忘不掉。与此形成鲜明对比的是，我对他的经历却关注不多。尽管知道诗人一生坎坷，晚年过着颠沛流离的生活，但我确实不知道诗人最终归宿何处。所以这番相遇，实在是我意想不到的收获。

汨罗江，多么幸运。屈原与杜甫，中国历史上最伟大的两位诗人，虽然相隔千年，却先后把自己高洁的灵魂托付给她。一条江，安置了两颗伟大的诗魂，这是怎样的缘分和荣幸，又是多么罕见的奇迹。这样的河流，恐怕全世界再难找出第二条了吧？

汨罗江，是湖南省北部的一条江，分为南北两支，南支称汨水，北支称罗水，两支至大丘湾汇合而成汨罗江。这里正是屈原怀石自沉的地方，所以又称“屈潭”。汨罗江慷慨地收容了两位诗人，而两位诗人则把最高的荣誉给了汨罗江。这是诗人的不幸，却是汨罗江的幸运，是天下诗人的骄傲。

## 二

公元前 279 年的某一天清晨，湖南长沙汨罗江畔，一位中年男子在江边长时间徘徊。他身材修长、长发飘飘、颜色憔悴、形容枯槁，一会儿高声吟诵着什么，一会儿停下脚步久久地凝望远方，花白的头发在风中飘动。江面白雾茫茫，江堤绿草茵茵，只见这位男子踏着露珠，不知不觉来到了渡船亭内。

不远处一位打鱼的老翁，注意这位男子好久了。此时他收起渔网走过来，上下打量了一番，忽然眼睛一亮，神情变得恭敬起来。他对男子深深一拜，拱手问道："您不是三闾大夫吗？怎么会到这儿来呢？"

男子的思绪被打断，回头一看，来者渔夫打扮，六十多岁，须发灰白，自己并不认识，遂拱手回礼道："在下正是屈平。您是何人？"老渔夫说："您不认识我了？我和您是同乡，您当左徒的时候，我见过您，一晃又几十年了！"屈原忙问："你怎么也到了这里？"老渔夫说："我一叶小舟，一张破网，天当被，船当床，四海为家。倒是屈大夫您，不是在朝廷为官吗，怎么也到这里来了啊！"屈原长叹一口气道："唉！举世皆浊我独清，众人皆醉我独醒。没有地方可以容得下我，所以我就被流放到了这里。"

渔夫劝道："圣人不拘泥于外物而能随同世俗一起进退变化。既然世上一片混浊，您何不随波逐流呢？既然世人都醉眼蒙眬，浑浑噩噩，您为什么不去痛痛快快地喝他个一醉方休呢？为什么要独自忧思国事，保持志行高洁，而遭受放逐的厄运呢？"

屈原正色道："我绝不能跟着别人胡说八道，把黑的说成白的，把坏的说成好的。乌鸦就是乌鸦，凤凰就是凤凰，我是楚朝廷宗臣，对社稷危亡，生灵涂炭，怎能袖手旁观？我宁可跳进汨罗江葬身鱼腹，也决不能让皓皓之身，蒙上半点污垢尘埃！"

屈原越说越激动，好像又在朝廷上跟奸佞之徒唇枪舌剑一样。渔夫知道说服不了屈原，无奈一笑，用木桨敲着船舷，哼着小调慢慢划走了。老百姓听说后，都称赞屈原的品德高尚。屈原殉国后，人们把这座渡船亭改名为"独醒亭"，以激励后人学习屈原"众人皆醉我独醒"的高尚品格。

这是流传于汨罗的一则传说，在《史记·屈原贾生列传》中有类似的记载："屈原至于江滨，被发行吟泽畔。颜色憔悴，形容枯槁。渔父见而问之曰：'子非三闾大夫欤？何故而至此？'屈原曰：'举世皆浊而我独清，众人皆醉而我独醒，是以见放。'渔父曰：'夫圣人者，不凝滞于物而能与世推移。举世浑浊，何不随其流而扬其波？众人皆醉，何不哺其糟而啜其醨？何故怀瑾握瑜，而自令见放为？'屈原曰：'吾闻之，新沐者必弹冠，新浴者必振衣。人又谁能以身之察察，受物之汶汶者乎！宁赴常流，而葬乎江鱼腹中耳，又安能以皓皓之白，而蒙世之温蠖乎！'乃作怀沙之赋……于是怀石，遂自（沉）汨罗以死。"

两千多年前的那个五月初五，汤汤流淌的汨罗江水，有幸收纳了诗人洁净的躯体和灵魂。从此，汨罗江成了中国人景仰的河流。从那以后，每年的端午节，人们都会来到这条江边，吃粽子，赛龙舟，吟诵着他美丽的诗句，缅怀这位伟大的诗人。“纷吾既有此内美兮，又重之以修能。扈江离与辟芷兮，纫秋兰以为佩。汩余若将不及兮，恐年岁之不吾与。朝搴阰之木兰兮，夕揽洲之宿莽。”

一千年以后，另一位伟大的爱国诗人杜甫，追随着他所景仰的前辈诗人屈原的脚步，也来到汨罗江边。

据史书记载，杜甫晚年，漂泊西南，先是辗转于天水、成都、奉节、江陵、公安等地；唐大历三年年底漂泊到湖南，流落于岳阳、长沙、衡阳等地。这一段时间，杜甫一直住在船上，生活非常困苦。唐大历五年（公元 770 年），臧玠在长沙作乱，杜甫欲由长沙去郴州投靠舅父，但行到耒阳却遇江水暴涨，只好掉头北行，乘船由湘江转汨罗江，途中贫病交加，在昌江（今平江县）病死在船上，时年五十九岁。他在这里度过了人生的最后两年，并最终长眠于此地。据民间传说，在他离世前，已半旬不得食物，县令闻讯送来酒和肉，诗人饱餐一顿之后，当晚或次日即在凄风苦雨中病逝于一叶扁舟中，正应了他自己的诗句：“乱离难自救，终是老湘潭。”（《楼上》）关于杜甫的死因，史学界向来有五种说法，分别是病死、赐死、自沉于水而死、食物中毒而死、消化不良而死，各执一词，莫衷一是。甚至有人提出：“三贤（指屈原、李白、杜甫）同归一水。”传说虽不可考，但可以肯定的是，杜甫与他景仰的先贤屈原一样，也将自己的名字写在汨罗江上。

一代诗圣，就此凄然谢幕，令人扼腕！

## 三

这似乎是一个偶然的巧合。然而，考察两位诗人生活的时代背景，他们的人生轨迹、政治理想、人格品德等，是那样惊人的相似，甚至是高度的一致。也许，我们不能把他们的选择完全归之于偶然。

两位诗人的家庭出身、时代背景和人生轨迹非常相似。他们都是名门之后，都生活在由盛转衰的历史转变时期，都因言获祸遭到流放，最后都安息在汨罗江畔。

屈原，芈姓，屈氏，名平，字原，出身贵族。他一生经历了楚威王、楚怀王、楚顷襄王三个王朝，这正是我国历史上的一个大转变时期——战国末期，楚国由盛转衰。他提倡“美政”，主张对内举贤任能修明法度，对外联齐抗秦，遭到上官大夫靳尚、楚怀王的儿子令尹子兰等奸佞党人的谗害，被先后流放至汉北和沅湘流域。公元前 278 年，秦将白起攻破楚都郢城，听到这个消息，屈原悲愤交加，他留下了流传千古的《怀沙》，怀石自沉于汨罗江，以身殉国。

杜甫，字子美，自号少陵野老，出身士族。杜甫的一生也经历了三个王朝：唐玄宗李隆基、唐肃宗李亨、唐代宗李豫。这个时期是大唐帝国从开元盛世转向衰落的时期，他的诗歌记录和反映了这段历史。杜甫为人正直，忧国忧民，敢于仗义执言。唐至德二年（公元757年）五月十六日被授为左拾遗，很快就因疏救房琯，触怒肃宗而被贬职出京，随后过着颠沛流离的生活，最终病逝于湖南，与屈原同眠于此。

当然也有不同。屈原当过大官——左徒、三闾大夫；做过大事——早年受楚怀王信任，兼管内政外交大事，“入则与王图议国事，以出号令；出则接遇宾客，应对诸侯”。而杜甫仕途不顺，除了短暂担任过左拾遗——一个七八品的谏官外，在政治上几无作为。

如果说，人生轨迹的相似是一种巧合的话，那么，杜甫与屈原在政治伦理思想、爱国精神、性格品德等方面的高度一致，则是一种心灵契合的结果。

屈原是中国文学史上第一位伟大的爱国诗人，他创立了“楚辞体”，开辟了“香草美人”的传统，创造了我国诗歌史上的一个全新时代——诗歌从集体歌唱到个人独立创作的时代，被后人称为“诗神”“诗祖”“诗魂”。

杜甫是中国历史上一位重要的爱国诗人。其诗多涉笔社会动荡、政治黑暗、人民疾苦，表达了崇高的儒家仁爱精神和强烈的忧患意识，被誉为“诗史”。杜甫人格高尚，诗艺精湛，被称为“诗圣”。

屈原和杜甫都以爱国爱民、忧国忧民而著称。他们都有自己的政治理想，希望有所作为，造福国家与百姓。

屈原的主要政治和伦理思想可归于儒家的范畴。他始终不渝地忠君爱国，把国家利益看得高于一切。他能力超群，“博闻强志，明于治乱，娴于辞令”，大力改革，致力于国家强盛。他讲仁义道德，“重仁袭义兮，谨厚以为丰”（《怀沙》）。提出美政主张，主张贤臣辅政，学习先王商汤、夏禹、周文王、武王，对尧舜的高尚行为和目光远大更是极力颂扬。“尧舜之抗行兮，瞭杳杳而薄天。”（《九章·哀郢》）他关心民生疾苦，“民离散而相失兮，方仲春而东迁”（《九章·哀郢》）。即使被楚王放逐，过着颠沛流离的生活，但他仍以国事为重，眷念楚国的安危和人民的祸福。

杜甫出生于一个“奉儒守官”的家庭，有儒家思想的家学传统，他的思想核心是儒家的仁政。杜甫习惯以儒自称，如“乾坤一腐儒”（《江汉》），“有儒愁饿死”（《奉赠鲜于京兆二十韵》），“儒冠多误身”（《奉赠韦左丞丈二十二韵》），“儒术岂谋身”（《独酌成诗》）。杜甫秉持儒家的社会理想，一心为国着想，念念不忘国家的命运。入仕前，他“穷年忧黎元，叹息肠内热”（《自京赴奉先县咏怀五百字》），对人民的苦难十分同情。入仕后，他以稷契自比，希望“致君尧舜上，再使风俗淳”（《奉赠韦左丞丈二十二韵》）。任左拾遗时，他勤勤恳恳，宵衣旰食，常常“不寝听金钥，因风想玉珂。明朝有封事，数问夜如何”（《春宿左省》）。挂冠之后，他挂念国事，“中夜起坐万感集”（《乾元中寓居同谷县作歌七首》）。他在《塞芦子》《春望》等诗篇中倾吐了对祖国山河破碎、人民困难深重的沉痛哀愁。直至晚年潦倒时，还念念不忘国家命运，“欲倾东海洗乾坤”（《追酬故高蜀州人日见寄》）。与屈原一样，杜甫有浓厚的民本思想，他衷心希望“安得广厦千万间，大庇天下寒士俱欢颜……吾庐独破受冻死亦足”（《茅屋为秋风所破歌》），展示了一种豁达博大的胸怀。

在人格品质方面，屈原和杜甫都是正直刚强、品格高尚之人。他们注重个人品行修养，不愿与奸臣同流合污，更不愿为一己私利而趋炎附势。

屈原品行高洁，正道直行，虽遭谗害也不改初衷：“余固知謇謇之为患兮，忍而不能舍也。”（《离骚》）他为了实现崇高理想，早把生死置之度外：“亦余心之所善兮，虽九死其犹未悔。”“世溷浊莫吾知，人心不可谓兮。知死不可让，愿勿爱兮。明告君子，吾将以为类兮！”（《怀沙》）面对渔夫“举世浑浊，何不随其流而扬其波？众人皆醉，何不哺其糟而啜其醨”的劝告，屈原慷慨回答：“宁赴常流，而葬乎江鱼腹中耳，又安能以皓皓之白，而蒙世之温蠖乎？”屈原沉江自尽，与其说是以身殉国，毋宁说是以身殉道、以身殉志、以身殉节。他是为了保持灵魂的洁净而自尽。在无力改变现实的绝望感下，他选择了放弃现实，用自杀寻求解脱。他通过毁灭自己，升华精神，最终达到了对污浊世俗的超越。

杜甫是一位正直、善良、有着阔大胸襟和宏毅精神的优秀诗人，中国传统文化所追求的人格美在杜甫身上几乎都有体现。他一生抱着“修身、齐家、治国、平天下”的理想，为了国家和正义，明知不可为而为之。为了实现政治理想，他不怕献出生命，“济时敢爱死”（《岁暮》）。疏救房琯事件便是他正直人格的完美体现。为拯救并无深交的宰相房琯，他冒死直谏，逆鳞抗争，以致差点掉了脑袋。直到生命里程即将走完之时，还关心着国家命运和人民的痛苦，托付友朋，完成自己未竟之事业：“致君尧舜付公等，早据要路思捐躯。”（《暮秋枉裴道州手札，率尔遣兴，寄近呈苏涣侍御》）

## 四

屈原高洁无瑕的人品、文品，受到后世文人的推崇。司马迁在《史记》中对他评价极高："其文约，其辞微，其志洁，其行廉，其称文小，而其指极大，举类迩而见义远。其志洁，故其称物芳；其行廉，故死而不容。……推此志也，虽与日月争光可也。"这里说的是屈原的文章，同时也是说屈原的人格。在司马迁看来，屈原的人格，即使与日月争辉也毫不逊色。而司马光则用"白玉""幽兰""日光"来比喻屈原的高尚人格："白玉徒为洁，幽兰未谓芳。""空余楚辞在，犹与日争光。"（《屈平》）与屈原的高洁品格相比，"白玉""幽兰"也要黯然失色。苏轼更直言："楚辞前无古，后无今。""吾文终其身企慕而不能及万一者，惟屈子一人耳。"（明蒋之翘《七十二家评楚辞》）

屈原怀石自沉汨罗江的噩耗传出后，文人骚客纷至沓来，或在坟前，或在江潭，洒酒奠祀，凭吊故人，留下了很多感人的诗文。人们同情他不幸的遭遇，仰慕他高尚的品格。

传说，屈原投江后，他的弟子宋玉、景差最早前来祭祀，为先生招魂，后人在宋景祭奠处建"招屈亭"。宋玉还第一个为屈原写下悼词："夫君子之心也，修乎己不病乎人，晦其用不曜于众，时来则应，物来则济。应时而不谋己，济物而不务功，是以惠无所归，怨无所集。"表达了对屈原的理解和惋惜。宋玉在辞赋上学习屈原，并且在屈原的基础上对楚辞进行了发展，被视为继屈原之后最伟大的辞赋家。汉初贾谊被谪迁长沙，当他经过汨罗江时，有感于自己和屈原相似的遭遇，遂作《吊屈原赋》，引屈原为知己。伟大的史学家、文学家司马迁，敬佩屈原的人格，同情他的遭遇，曾经泪洒汨罗江畔。在历史上，司马迁第一个为屈原作传，他用饱蘸深情的笔墨，将这颗高洁的灵魂从汨罗江中打捞出来。韩愈被贬为广东阳山县令停舟汨罗，由屈原遭谗被逐，联想到自己的处境，感慨万千，作《湘中》以抒怀："猿愁鱼踊水翻波，自古流传是汨罗。蘋藻满盘无处奠，空闻渔父扣舷歌。"柳宗元由监察御史被贬为永州司马，途经汨罗，拜谒汨罗庙，作《汨罗遇风》："南来不作楚臣悲，重入修门自有期。为报春风汨罗道，莫将波浪枉明时。"

杜甫对屈原非常景仰，这一点在他的诗作中多有体现。无论是为人还是作诗，他都自觉以屈原为楷模。杜甫同情屈原的遭遇："迟迟恋屈宋，渺渺卧荆衡。"（《送覃二判官》）"梦魂归未得，不用楚辞招。"（《归梦》）"丧乱秦公子，悲凉楚大夫。"（《地隅》）"中间屈贾辈，谗毁竟自取。郁没二悲魂，萧条犹在否。"（《上水遣怀》）推许屈骚的成就："不薄今人爱古人，清词丽句必为邻。窃攀屈宋宜方驾，恐与齐梁作后尘。"（《戏为六绝句》）"陶谢不枝梧，风骚共推激。"（《夜听许十一诵诗爱而有作》）"纵使卢王操翰墨，劣于汉魏近风骚。"（《戏为六绝句》）赞赏屈原的才华："若道土无英俊才，何得山有屈原宅。"（《最能行》）"不必伊周地，皆登屈宋才。"（《秋日荆南述怀三十韵》）当杜甫夸奖一个人的品格和才华时，多以屈原及屈骚为比拟对象：“先生有道出羲皇，先生有才过屈宋。”（《醉时歌》）他在称赞唐代诗人陈子昂时，甚至还像司马迁称颂屈原一样用了“日月”作比：“有才继骚雅，哲匠不比肩。公生扬马后，名与日月悬。”（《陈拾遗故宅》）

共同的理想，相同的遭际，令杜甫与屈原产生了强烈的共鸣。他在《天末怀李白》一诗中写道：“文章憎命达，魑魅喜人过。应共冤魂语，投诗赠汨罗。”李白蒙冤放逐、流寓江湘，屈原被谗放逐、自沉汨罗，他们的遭遇有某些相同之处，所以诗人飞驰想象，遥想李白会向屈原的冤魂倾诉内心的愤懑。在《建都十二韵》中更是直抒胸臆：“牵裾恨不死，漏网辱殊恩。永负汉庭哭，遥怜湘水魂。”“恨”“辱”“哭”“怜”，每一个字都触目惊心，从心底喷发出诗人强烈的愤怒。屈原、杜甫同样因刚正不阿而被贬谪，流落湖湘，其沉郁、愤懑的心情是相通的，他怜“湘水魂”（谓屈原）实质也是怜自己。

杜甫流落湖湘，是否追寻屈原足迹而来？不得而知。不过，从杜甫的诗中我们知道，他在流落湖湘期间曾经专门凭吊过屈原。他在《祠南夕望》中写道：“山鬼迷春竹，湘娥倚暮花。湖南清绝地，万古一长嗟。”明末清初学者黄生说得很中肯：“此近体中《吊屈原赋》也。结亦自喻。……而俯仰兴怀，万古共一长嗟，此借酒杯以浇块垒。山鬼、湘娥，即屈原也；屈原，即少陵也。”（《杜诗说》）在这里，杜甫的确是借屈原的酒杯浇自己心中的块垒。屈子放逐江南，行吟泽畔，自沉汨罗；而自己亦飘落至此，遭遇相同，岂不长嗟！

两位伟大诗人的高尚品格和精神传承，受到后人的热情赞颂。近代学者王国维把屈原、陶渊明、杜甫、苏轼并称为中国历史上四位“旷世而不遇”的天才文学家，并指出：“此四子者，苟无文学之天才，其人格亦自足千古。故无高尚伟大之人格，而有高尚伟大之文学者，殆未之有也。”“天才者，或数十年而一出，或数百年而一出，而又须济之以学问，帅之以德性，始能产真正之大家。此屈子、渊明、子美、子瞻等所以旷世而不遇也。”（《文学小言》）有意思的是，屈原与杜甫都被世界和平理事会授予“世界文化名人”称号。

## 五

考察屈原与杜甫的政治伦理思想、人格品质、文学创作，可以看出一种明显的传承关系。

杜甫忧国忧民的思想、高洁无尘的品质，是对屈原精神的真正传承。他的诗风“沉郁顿挫”，与《离骚》更是一脉相承。元稹最早看到了这种传承关系，他评价杜诗“上薄风骚”。杜甫对屈原的诗赋十分熟悉和喜爱，从中汲取营养以丰富自己的创作。有人做过统计，在杜诗中直接提到屈原或引用屈赋者有十余处，间接提到或隐晦表达者更是不计其数。屈原的一生和遭遇是不幸的，他憧憬建立一个理想社会，然而他的理想受到毁灭性打击，心情自然沉闷郁结，这种心情发之于诗歌，形成一种独特的“沉郁”风格。屈原在《九章·思美人》中写道：“申旦以舒中情兮，志沉菀（通郁）而莫达。”第一次在中国文学史上用“沉郁”这个词。杜甫与屈原有相同的命运遭际，他的诗歌“沉郁顿挫”，是对屈原诗歌“沉郁”风格的继承和发展。这在他的《三吏》、《三别》、《同谷七歌》（即《乾元中寓居同谷县作歌七首》）、《北征》、《岁晏行》、《登岳阳楼》等作品中表现得尤为突出。杜甫的《同谷七歌》与《离骚》的沉郁风格与哀痛之情如出一辙。“呜呼一歌兮歌已哀，悲风为我从天来。”“我生何为在穷谷，中夜起坐万感集。”“呜呼五歌兮歌正长，魂招不来归故乡。”“呜呼七歌兮悄终曲，仰视皇天白日速。”一唱三叹，使人不忍卒读。因此明末清初学者王嗣奭在《杜臆》中说：“读《骚》未必堕泪而读此不能终篇。”

屈原对后世的影响是多方面的。但最重要的，是他作为一名伟大的爱国诗人、作为一名品行高洁信仰坚定的理想主义者为后世所敬仰。他那深厚执着的爱国热情，坚持理想、追求真理、宁死不屈的斗争精神，他用整个生命写成的激动人心的诗篇，滋育了一代又一代进步作家。历代诗人、作家，写出很多慷慨激昂的爱国篇章，为我国文学史增添了光彩。司马迁蒙冤受宫刑以后，以“屈原放逐，乃赋《离骚》”等先贤事迹鞭策自己，隐忍苟活，以顽强的意志完成了不朽巨著《史记》。《史记》直面现实、秉笔直书的精神和爱憎分明的风格，正是屈原精神的继承。唐代大诗人李白敬慕屈原的为人。他直接借用司马迁对屈原的评价，以“日月”比喻屈原的高洁品格。在《江上吟》一诗中，李白写道：“屈平诗赋悬日月，楚王台榭空山丘。”他用鲜明的对比肯定了屈原的不朽。李白蔑视权贵、反抗现实的精神，特别是他诗歌中的浪漫主义精神，是对屈原精神的继承和发展。屈原的爱国思想和不懈追求真理的精神，对鲁迅也有影响。鲁迅认为，屈原的作品“逸响伟筑，卓绝一世”，“其影响后来之文章，乃甚或在三百篇（《诗经》）以上”。他赞赏《史记》，喻之为“无韵之《离骚》”，可见《离骚》在他心目中是一个很高的标杆。在1926年出版的《彷徨》中，他引录《离骚》中的诗句作为书前的题词：“朝发轫于苍梧兮，夕余至乎县圃。欲少留此灵琐兮，日忽忽其将暮。吾令羲和弭节兮，望崦嵫而勿迫。路漫漫其修远兮，吾将上下而求索。”在遭到外敌入侵、强权压迫的时代，在反抗强暴、维护正义、维护祖国利益和尊严的斗争中，人们总是想起屈原，并从他那里获得鼓舞和力量，坚持理想，崇尚节操，勇于牺牲。1942年，在抵抗异族侵略的抗日烽烟中，郭沫若创作的五幕历史剧《屈原》在重庆上演，引起巨大轰动，极大地激发了全国军民的爱国热情，鼓舞了中国人民必胜的信心和斗志。如此梳理下来，我们可以清晰地看到：由屈原开创的爱国主义文学传统，一代代传承下来，如一根红线一样贯穿于中华文明史。正如刘勰所说："其衣被词人，非一代也。"（《文心雕龙·辨骚》）

中华文明的一个重要特点就是注重文化传承。几千年来，中华民族尽管经历过社会经济形态、社会阶级阶层、民族关系的剧烈变动，有过外来文化与本土文化的激烈碰撞与交融，遭到过长时期、大规模的战争与灾难，但中华文化不仅没有中断、消亡，而且在不断地光大、创新，一脉相承、绵延不绝，有着极强的生命力，靠的就是一代代仁人志士的坚守与传承。

## 六

两位天才的文学家，长眠于同一条江边，这是少有的奇迹。据考证，屈原和杜甫都安息在仅 253 公里长的汨罗江畔，而且都有墓、有祠，分别在汨罗江两岸，一个在江头，一个在江尾。这样两位伟大的诗人，相隔千年，他们在汨罗江畔相会，在汨罗江畔握手，在汨罗江畔对话。从此，"那浅浅的一湾汨罗江水，灌溉着天下诗人的骄傲"（余光中《淡水河边吊屈原》）。

两位诗人受到了汨罗人民的衷心爱戴。

在汨罗，处处可见屈原的身影。

屈子祠，坐落在汨罗江下游北岸玉笥山上，又称三闾祠、汨罗庙等。据说，玉笥山是屈原晚年生活、写作和投江殉国的地方。屈原投江后不久，人们将南阳里屈原故宅改作祠庙，用以祭祀这位伟大的诗人。我们现在所见的祠宇，是清乾隆十九年（公元 1754 年）迁建玉笥山上。每年的端午节，这里都会举行隆重的祭屈大典。汨罗江两岸，还有多处与屈原相关的遗迹，如独醒亭、骚坛、濯缨桥、饮马塘、招屈亭、桃花洞、屈原碑林等，还有屈原墓十二疑冢。这些遗迹，无不寄托着汨罗人民对屈原的爱戴和思念。

登上玉笥山，来到祠堂门外，只见一株合抱的古樟树遮天蔽日，密密的枝叶间透出红墙、白墙和金色琉璃瓦。正面是八字形牌楼式山门，中门上方嵌五龙捧圣汉白玉门额，"屈子祠"三个大字苍劲有力，浑厚稳重。山门上有十七幅石灰塑画，演绎的是屈原的生平和《九歌》部分章节，栩栩如生，呼之欲出。入中门，有木隔门照壁，上悬"光争日月"巨匾，中挂司马迁《史记·屈原列传》全文雕屏，两侧厅柱上是清朝郭嵩焘、李元度撰联。照壁后是丹墀，两株近三百年的古桂荫蔽了整个丹墀，光影之下，香炉中一炷香烟袅袅升起。"德范千秋"的匾额后面，供着“故楚三闾大夫屈原之神位”，游龙和凤鸟的雕刻都是来自《离骚》的诗句。后进中厅耸立着屈原镀金塑像，高达三米，手抚佩剑，脚踏波涛，银髯飘逸，目光坚定，凝视远方。站在这尊塑像前，我突然想起在苏州吴中看到的四株两千多年的古柏，旁边石碑上刻着画家吴冠中的留言：

几次朝拜汉柏，
如见屈原，
民族之魂，
民族之形。
愿子子孙孙，
传统骨气。

画家由古柏而想起屈原，如同我现在由屈原而想起古柏一样，都是一种下意识的思想活动。屈原精神已经融化在我们每一个中国人的血脉里，成为民族之魂。

虽然端午已过，但是汨罗人民理解我们的心情，专门为来自全国各地的诗人作家们举办了一场祭屈大典。

祭屈大典初始于公元前278年屈原殉国后。当时，汨罗江两岸人民在屈原居住过的江边——南阳里立祠纪念屈原，举行龙舟竞渡，同时举行隆重的祭祀典礼，当地人称之为“朝庙”，那是最早的民间祭祀活动。后来，汉代设立三闾大夫祠庙，官府祭屈活动逐渐成为历朝沿袭的祀典。祭屈大典传承至今，礼仪程序基本沿袭清制。如起大乐、祭酒、献贡品时分初献、亚献、终献等，都是当时的宫廷祭祀礼仪。整个祭祀大典中，三段赞歌音韵高亢激越，曲调悲壮深沉，与礼仪程序融为一体，具有鲜明的湘楚文化色彩。“佳节正端午，肃棒蒲觞，汨罗江畔吊忠良，夫子有灵长不昧，来格来尝。”“亚献亚虔诚，告慰忠魂，跪棒角黍饯先灵，一曲董风江上谱，永继遗贞。”“四海弼肱康，国祚贞祥，龙舟竞渡遍群邦，夫子仪型同日月，万古流芳。”

2018年7月5日上午9时，祭屈大典开始。头戴礼帽、身着长袍马褂的礼生宣布内外肃静，全场肃立，身披黄色绶带的百名作家诗人向三闾大夫神位三鞠躬。在钟鼓声中，敬献牲果，净手上香，恭读祭文，表达对屈子的敬意。仪式简朴而庄重，充满对三闾大夫的尊敬和缅怀之情。

相形之下，杜甫墓祠就显得比较简陋了。从屈子祠到杜甫墓祠，不到一小时的车程。平江县城东南十六公里处的小田村天井湖，阡陌纵横，炊烟袅袅，一派田园风光，杜甫墓祠就在这里。

杜甫墓祠坐北朝南，占地十亩。始建于唐代，历经风雨，饱受战乱，曾多次修缮、重建。现存杜甫墓祠为清光绪年间重修，祠门正上方有青石匾，上刻“诗圣遗阡”四字。

进得门来，庭、井、阁、房，浑然一体。官厅中有杜甫生平和墓祠简介，有清朝著名学者张瓒昭书写的“学海流长”匾额和李元度撰写的《杜墓考》木刻，分别对杜甫的功绩和杜甫墓祠的考证作了公正的评价和介绍。公祠廊柱上，悬挂着一副对联，上联“千秋痛感茅屋叹”，下联“百代犹闻酷吏呼”，既形象地反映出杜甫的悲怆命运与坎坷一生，又精辟地概括了他对朝政腐败、民不聊生的悲伤与愤懑。公祠中央，“诗中圣哲”牌匾下，是一尊杜甫端坐的铜像。他右手握书，左手抚膝，神态凝重，目视远方。似在掩卷沉思，似在忧国忧民。

从杜公祠后门出来，便是杜甫墓。墓为半圆形，建在一个小山包上。墓顶覆以坚固的厚石块，大块红石垒砌的墓壁呈扇形围护着墓穴；碑为青石，上刻“唐左拾遗工部员外郎杜文贞公墓”。原墓癸山丁向，花砖结顶，一室二耳，楔形砖砌成，红石墓碑，典型唐墓风格，现存墓为清光绪五年（公元 1879 年）重修，扇形麻石结顶。周围树木葱茏，风景清幽。我们在墓前深深鞠躬，默默地向这位伟大的诗人致敬。

唐大历五年（公元 770 年）冬，杜甫带着一家八口，从长沙乘船前往郴州，经过洞庭湖时，风疾愈加严重，半身偏枯、卧床不起。他自知将不久于人世，遂强支病体，写下五言长篇排律《风疾舟中伏枕书怀三十六韵奉呈湖南亲友》。唐代以五言排律取士，“五排”是当时官方批准使用的正规诗体，杜甫在孤苦无依的情况下，用五言排律来寄赠亲友，含有郑重其事和尊重对方的意思，目的在于以诗代讣托孤托葬。在这首诗中，杜甫对自己一生颠沛流离生活进行了总结，从不同角度抒发了自己的忧思愁苦。直到此时此刻，诗人一心系念的仍是国计民生，一身莫保、家人难安的无奈和痛苦仍然与国家的不幸、人民的灾难紧紧地联系在一起。“战血流依旧，军声动至今。”写完此诗之后不久，杜甫即溘然长逝。杜甫长子宗文早逝，次子宗武年仅十七岁，尚未婚配成家。因家境贫穷，又处于战乱时期，在昌江县令和当地亲友帮助下，才将诗人遗体安葬于离县城不远的小田村天井湖。其子宗武、孙嗣业留下守墓，杜氏一脉自此代代相传，世代繁衍，至今杜家洞一带，裔孙犹有谱牒，可资参考。

无疑，杜甫墓是简陋的，甚至是寒酸的、冷清的，寒酸、冷清得令人叹息，但是我相信，伟大的诗人如若地下有知，决不会在乎这些。诗人生前，已经受到过多少冷遇、多少冷眼，死后再受些冷遇又如何呢？只要能和他敬爱的先贤相伴，诗人此愿足矣。宋朝王得臣祭拜杜甫墓后，写了一首《过杜工部坟》：“水与汨罗接，天心深有存。远移工部死，来伴大夫魂。流落同千古，风骚共一源。江山不受吊，寒日下西原。”诗人看到了杜甫与屈原的师承关系，更强调了他们心灵的相通。杜甫始终把屈原作为自己学习的楷模，生前，他“窃攀屈宋宜方驾”，甚至希望“气劘屈贾垒”（《壮游》），与屈原、宋玉、贾谊等先贤并驾齐驱；死后，他愿意“来伴大夫魂”，永远陪伴着他敬爱的先生。所以，杜甫墓祠的解说词中写道：“杜甫慕名屈平，魂依汨水。”

两颗伟大的诗魂在汨罗江畔相会相伴，当然不会寂寞了。何况，还有一代又一代诗人们的虔心朝拜。

（选自《北京文学》2019 年第 10 期）

# 扶风堂随笔

吴克敬

## 诗　意

人最理想的追求，莫过于诗意了。

诗意的栖居——海德格尔欣赏德国诗人荷尔德林的这句话，所以他在写一篇文章时，开篇即引用了这句话。我理解海德格尔，他引用诗人的一句诗开篇，并不是说，只有诗人才可以诗意的栖居，而是生活在这个地球上的人，都可以诗意的栖居。我由此而想到，诗意包含着怎样丰富的内容，既有人的快乐与苦恼，还有人的幸福与不幸；既有人的富裕与贫穷，还有人的智慧与愚顽……诗意因为栖居，囊括了人的一切，是人的一种生活态度，是人的一种生命向度。

早上离家下午回，声音未改皮肤黑。
夫妻相见不相识，笑问黑鬼你找谁。

我的微信群里，有一个“西府乡党”的小群，人不多，区世亨该是活跃的一个。今早起来，我翻看微信，看了有近百条，突然看到他的这首小诗，我乐了起来。我知道他借用的是唐朝诗人贺知章《回乡偶书》的旧韵，但他借用得好，把他被烈日暴晒后的情态，写得委婉有趣，诙谐幽默，实在是太好玩了。

我月初的时候，跟随西安报业集团组织的丝绸之路采风团，从西安出发，穿越甘肃的河西走廊，在新疆转了一大圈，用了十六天时间，经历了气温达到摄氏六十七度的火焰山，也高攀了气温为摄氏零度的巴音布鲁克草原，一路风尘地回到家里。妻子面对我，就真的如区世亨诗句描写的那一种景象。妻子接过我的行李，放在一边后，把我拨过来转过去看了一阵，她说，咋黑得不像了你。

我看到区世亨的诗句之所以乐，根源就在这里。我以为区世亨的家庭生活是诗意的，而我的家庭生活该也是诗意的。

我依然翻看着微信，蓦然翻出一篇描写清华大学附小校长窦桂梅的文章。其中有段窦校长写给他们家庭生活的文字，就特别有诗意。

身为教育部中小学教师国家级培训计划特聘专家的窦校长，有她的一句名言，告诉我们教育界，要注重孩子的语文教育，如果语文你都不行，别的是学不通的。我赞同窦校长的主张，这并不是因为我爱好文学，对语文有自己独特的感受，而是我见识了我女儿的读书过程，因为她语文基础好，数理化和英语就都不差。我女儿现在在英国帝国理工读博，每周都有一次视频聊天，她讲她去英国的留学生活，也询问我在家里的情况。就在昨天，我与女儿又视频上了，也许是我说得太古板，女儿就批评我，说我没有诗意。我回击女儿说你去英国了，我的诗意漂洋过海，也去了英国；哪一天你回来，我的诗意乘坐在飞机上，腾云驾雾地也会回来。我的回击把女儿逗乐了，所以又来表扬我，说我这不就又诗意了？

诗意在我和女儿之间，就是如此好玩。

那么在我举例的清华附小校长窦桂梅的家里呢，似乎更好玩。窦校长非常喜欢一首描写蝴蝶的小诗。她在家里给爱人说一件事，怎么说都说不明白，于是她想起这首诗，就给她爱人没头没脑地来了一句，“花是不会飞的蝴蝶”，她爱人一头雾水地回了她一句：“你说什么呢？”她自觉好玩，就把第二句诗又说给了她爱人，“蝴蝶是会飞的花”，她爱人依然糊里糊涂，让她把她说的诗再说一遍，窦校长这时就更乐了，也不答复他听得懂听不懂，便把诗歌的第二段，给她爱人重复地说了：“蝴蝶是会飞的花，花是会飞的蝴蝶。”到这时，她爱人愈加不解，神情甚是茫然地看着她，问她：“你到底在说什么？”窦校长摁着她已经冲到唇边的笑，把诗歌的最后两句，又说了出来，“花是蝴蝶，蝴蝶是花”。对于这件事，窦校长后来给别人说，她爱人是理工思维，而这就是生活，有时候是没法说清楚的，但有这样一种意象，可以感受到也是很有趣的。

窦校长的有趣，大概也就是她的诗意了。

所以说诗意无处不在，就看我们在生活里如何酝酿，在生活里如何应用罢了。这进一步说明，诗意是一个人对待生活的态度和心性。你对待生活，不是那么太古板，不是那么太无趣，克服了这两条人生缺陷后，你如果还有点幽默，还有点谐趣，你的生活，差不多就算是诗意的了。

我们生活中的人们，错误地认为，只有诗人才是诗意的，我不能说这个认知就不对，往往是，许多自诩为诗人的人，其生活性状，却少有他们自以为的诗意。我不知道这么来说顾城和海子对不对，我读他俩的诗，也认同他俩的诗写得好，一个诗说“黑夜给了我黑色的眼睛”，一个诗说“面对大海，春暖花开”，我为他俩的诗句着迷，恨不能自己认识他俩，做他俩诗门的走狗。但他俩的死，断绝了我的念头，甚至庆幸自己未能认识他俩，成为他俩诗门的走狗。如果真是那样，我该是多么痛苦呀！

到我写这篇短文时，我才蓦然意识到，顾城和海子，确是我们这个时代的杰出诗人。但他俩少了诗意，所以才把自己的生活，弄得那么不堪，那么凄惨。

对照他们二位，去看我们的古典诗人，发现他们是那么旷达，是那么通灵，是那么透彻，譬如王维，譬如高适，还譬如陆游。王维的山水情绪，高适的边塞情怀，每每品读，都有一股温温的诗意，暖暖的诗意，包围我，融化我，让我感受到一种极端诗意的润泽。特别是陆游，活了八十五岁的他，在他生活的那个时代，绝对算个长寿之人。他一生的经历，是缠绵的，也是壮烈的，青梅竹马的意中人唐婉，就因为母亲的唆使，就让他“错错错”，又使唐婉“莫莫莫”，追悔悲叹，饮恨终身。但陆游不会沉陷在儿女情长的苦悲里，他天生一副救民报国的心肠，“上马击胡狂，下马草军书”，直到生命最后时刻，留下一首生命的绝唱，虽然悲观地看到“不见九州同”，却依然相信会有“北定中原日”。

诗意在陆游身上，是种坚忍不拔的精神，是种乐观不屈的态度。唯如此，也许才称得上诗意，大诗意。

## 人为鸟巢

人的好心鸟不知。

眼见挂得到处都是的人为鸟巢，而不见鸟儿居住的那一份良苦用心，我不禁要为人的可爱而慨叹了。

不知从什么时候开始，也不知是哪一个人突发善心，来为自由自在的鸟儿人为地在树梢上，或者崖壁上悬置鸟巢？我不知道，想来别人也不知道，但我们只要从自己蜗居的房舍里走出来，随便到哪里去，可能都会看到人为鸟巢。这些日子，我出门晨练，看见小区门口的大路西侧，总是有人攀着高梯，往高大的行道树梢上，绑扎人为鸟巢。我问他们，人为鸟巢是你们的个人举动，还是组织的安排？绑扎人为鸟巢的人，无不神秘地让我猜，好像他们是在学雷锋，做了好事不愿意留名似的。所以我就懒得问了。

但我看着他们绑扎在行道树上的人为鸟巢，感觉太没创意，太难看。

回想我看见过的人为鸟巢，在欧洲的奥地利，还有德国、芬兰，爱鸟人士在树梢上、崖壁上人为地悬置鸟巢，制作就讲究一些，五花八门，全是形态各异的板式小房，让人看了，以为他们把自己居住的楼宇，按比例缩小到鸟巢一般大，照葫芦画瓢地板裁出来，用钉子钉好，涂上油漆，小心地挂在鸟儿出没的地方。再就是台湾，还有四川、贵州、云南等地，我因为去过，也见到了大量悬置在树梢和崖壁上的人为鸟巢。说实话，我在这些地方看到的人为鸟巢，大都不怎么样，不如我在欧洲大陆看到的，极具艺术范儿。这里的人为鸟巢，真是太平庸了。不过也有好的，我在贵州的大山深处，具体地说，就是在贞丰和司南那两块地方，我看到的人为鸟巢，不仅具有艺术范儿，还有很强的地方文化味儿。

这里的人为鸟巢，充分地应用民间工艺，充分地采用当地材料，或毛竹，或茅草，手工编织，形象十分原始古朴，真的如鸟巢了呢！可是我认真看了，如此人为的鸟巢，依然不见鸟儿光顾。

我们大陆的人为鸟巢，不见鸟儿光顾，台湾地区、欧洲的人为鸟巢呢？我也注意观察过，同样不见鸟儿光顾。这让我一次一次地，要为这些空悬在树梢和崖壁上的人为鸟巢而悲哀了，我悲哀干了这些活的人咸吃萝卜淡操心，做事不是缺心眼儿，就是根本没长心眼儿。

鸟儿不傻，鸟儿有自己的生活趣味，它们才不会栖居于人为的鸟巢哩！因为鸟儿，可说都是了不起的建筑大师，它们从祖宗那儿继承基因，都不缺少筑巢的本领。倒是我们人，在自己的建筑才华有所局限时，打开自己的眼界，虚心向鸟儿学习，照搬鸟儿筑巢的样式，来为人类设计建筑。在这方面，我们国人眼光独特，把在2008年北京举办的奥运会的主场馆，建设成了一个鸟巢的样子。

既是鸟巢的样子，命名也就简单，不像我们许多城市居民区，狗吃青草学洋（羊），起一个异国他乡的名讳，这不比我们宏伟盛大的奥运会主场馆，自然地叫了鸟巢。

鸟巢的落成，在北京已逾十载，是北京市享有盛誉的标志性建筑。外国人来中国旅游，到了北京，参观了故宫博物院，下一站，选择的也许就是鸟巢了。国人也一样，到了北京，哪能不去鸟巢看看呢？我就多次去鸟巢，自己不是鸟儿却胜似鸟儿似的，要飞进鸟巢里去，走一走，转一转……我有一帧自己喜欢的照片，就是以鸟巢为背景而拍摄的。

我还有几帧喜欢的照片，也是以鸟巢为背景拍摄的。只是此鸟巢非彼鸟巢，而是真正的鸟儿在树杈上，在灌木丛里垒筑的。

几年前，我受邀到秦岭抱龙峪，参观国人研发的大功率火箭发动机测试。我们被安排在与火箭发动机测试台相对的半坡上。就在我们站立的地方，我看到一个小小的鸟巢，拳头般大小，精妙地架在一丛带着针刺的灌木丛里。看得见小小的鸟巢中，有四只更是小小的鸟蛋，整齐地排列在里面……当时我就想，是我们的到来，惊扰了鸟儿，让鸟儿逃离了它的鸟巢。到我们离开后，鸟儿还是会回来的。果不其然，在我们看罢火箭发动机测试后，离开那里没几步，一只花彩的小鸟，就急不可待地飞回了它的鸟巢。

我把我看到的这一现象，命题为一篇《袖珍鸟巢》的小文章，在《西安晚报》刊发出来。让火箭发动机研制单位的专家看到了，给我打电话，说他们试验场周围的山后面有许多这样的小小鸟巢。

我为此颇为欣慰，把自己与那小小鸟巢的合影，洗出来送给了专家。

朋友在白鹿原上依山赋形，建设一处名叫四季健康小镇的住宅区，邀我上原给他们以文化指导。在那里，我看见了许多高大的树，树梢上或多或少，都有鸟儿垒筑的窝巢，最典型的一棵树上，层层叠叠，仿佛我们人类居住的多层建筑一样，竟有五层之多！我发现垒筑在树梢上的鸟巢，不断有鸟儿飞来飞去，所以十分开心。我目视那树梢上的鸟巢，让朋友给我照了相。我为此给朋友说，你们四季健康小镇，能与鸟儿和谐共处，大概就是你们最为让人着迷的文化底蕴哩。

从白鹿原上下来，再看我们住宅小区外行道树上的人为鸟巢，我就有话要说了。那白色塑料板做成的人为鸟巢，悬置在树梢上，吸引不了鸟儿栖居事小，污染了天空事就大了。

可不是吗？行道树上挂扯着不少飞升上去的塑料袋子，我们称之为空中垃圾。人为鸟巢也一样，只是人为徒添了更多的空中垃圾而已。

## 慈　爱

怎样做父亲？今天竟也是个问题了。

之所以成为一个问题，还不能说是家庭生活的一种制度性退步，甚至可以说是一种进步呢。早年前的家庭，习惯的是严父慈母，渐渐地演变着，就演变成了现在的慈父严母。问题因此而来，让我们的一些父亲不知道怎么做父亲了。

同在一个小区住着的一位同乡，嫁的可是不错，先生是位高知分子，工作上也极有成就，他们育有一女。女儿生得娇娇的，我们长期往来，相互都非常熟，一起吃个饭，或是出门旅游。我看到的情况是，他们一家特别和睦，从来都是其乐融融的样子。小区认识他们家的人，都说他们家是小区里的模范家庭。娇娇的女儿在父母身边一直娇娇的，娇娇地生，娇娇地养，六岁了是那个样子，十岁了是那个样子，十六岁了是那个样子，二十岁了还是那个样子。女儿现在二十八岁了，听她母亲说依然是那个样子。

是个什么样子呢？

在女儿十六岁前的时候，她母亲说女儿就不像她生的，而像他爸身上掉下来的一疙瘩肉，什么时候都如一块胶似的，黏在他爸身上。便是晚上睡觉，两条细嫩的胳膊，都要吊在他爸的脖子上才能睡，而你还不敢把她的胳膊从他爸的脖子上卸下来，捉住了刚要卸，她会立即睁开眼，把你狠狠地瞪一下。她母亲这么说女儿的时候，我们开了她的玩笑，说她把女儿的胳膊从她爸的脖子上卸下来，是给她腾地方哩，腾出地方来，让她吊……我们这么玩笑她，她是不恼的，而且还会一脸的幸福，说她的胳膊有地方放，她抱着自己的热身子睡。

女儿长到十六岁，她再说女儿，语气就不一样了。我们听着她说，也不敢与她玩笑，怕她会翻了脸呢。

不像话！太不像话了！

母亲说女儿不像了女儿，父亲不像了父亲。洗个澡，自己不擦自己，还像小时候一样，赖在浴室里，非要他爸给她擦不成！她爸也是，女儿在浴室里叫他，他也进得去，给他女儿擦干身子，套上件薄薄的短短的浴衣，还像小时候一样抱着出浴室……这时候女儿的学习作业多，女儿在书房里做，她爸不能离开，要陪在女儿身边。陪上一会儿，她去看，女儿就坐进了她爸的怀里，在她爸怀里做作业。

唠里唠叨的母亲，因为此，和女儿动过手，和丈夫也动过手。她打女儿，丈夫不答应；她打丈夫，女儿不答应，最后无奈地叹息，她女儿怕真的是她爸前世的情人哩！

通俗地说，女儿是父亲前世的情人。但是这位父亲和女儿，亲成这个样子，恐怕还是少见的吧。她母亲还给我们唠叨，说她也有老爸的，女儿家都是有老爸的，哪有她女儿和她爸这样的？在母亲年复一年的唠叨里，女儿都大学毕业了，钻在家里不谈恋爱不工作，就还像原来一样，黏在她老爸的身上。你们说，这到什么时候是个头呀！

可怜的母亲不知道，我们邻居谁又能知道。不过，大家的议论随之而起，都是事不关己的谴责，你说一句有这么当爸的吗？他说一句这哪里像个当爸的？所有的谴责都背着他们家，所以都是不起作用的背后风。我没有背后说他们什么，碰着一次酒宴，我和这位父亲坐在了一起，趁着嘴里的酒气，说这位父亲了。可我带着酒气的话，还只说出半句，就被人家父亲呛了回来。他让我少操闲心，还让我睁大眼睛，看看今天的家庭，谁家不是慈父严母？

我不能再说什么了。因为他说的确是今天的一种家庭生活新气象。

但却突然地看到一个微信里的文章，很有些控诉味道地写了一个父亲，完全没有现在慈父的模样，所作所为，也不是传统的严父，简直可以说是个眼里只有钱，自私自利却又暴力的家伙，压根不知道一个父亲对女儿应有的爱、对妻子应有的责任。女儿长在他的跟前，看到的是他的吝啬和他的暴力，为一句话会大吵起来，为几个钱会大打起来……微信里有句话，说她从小几乎就是听着父母的吵闹和父亲捶打母亲的场面而长大的。她常常用两疙瘩棉花塞着耳朵，埋在书本和作业本里，看她的书，做她的作业，她怕在与人的交往中，听人说父亲，那样她眼里不流泪，心里是要流泪的。

她知道用功，上了大学，毕业后不久就结了婚，并很快地有了自己的孩子。她挣钱不多，但一定从牙缝里抠，衣着上省，积攒出几个钱来，回家去交给爱钱的父亲。她也给父亲买礼物，在她把不多的钱和礼物交给父亲时，父亲终年黑着的脸，才会露出一点笑……西安今年夏天热，她住的房小，想要使自己的小孩有个舒爽的地方去，她想到她的娘家，就抱着自己的小孩往靠着一座山的娘家去了。小孙子到家来，外婆是开心的，外公也开心着，因为开心，做了外公的人，把她女儿省吃俭用买给他的礼物，都拿出来，标上价，要他的女儿用钱买回去，说他用不了那些礼物，他就爱钱。

小外孙这时被抱在外婆怀里，做女儿的虽然吃惊父亲的举动，正惊愕着，抱着小外孙的母亲扑上去，就和有此举动的父亲打在一起，只一个回合，父亲、母亲和她抱回家的孩子，同时摔在了地上。她心疼自己的孩子，撵上厮打着的父母，把她的孩子从他们厮打着的地方抱起来，欲哭无泪地夺门而去……她跑出很远了，还听到父母的厮打声，便是她一路舟车劳顿，回到了暑热难挡的西安，耳边轰鸣着的还是父母的厮打。

她是没有办法了，在微信里呼吁，都是父亲，我怎么摊上这么一个？

因为她的呼吁，我想起我们小区邻家的父亲，两相比较，觉得他们都太极端了。因此我想说，一个成为父亲的人，怎么做父亲，真的是要好好想一想了。

## 露　馅

不露馅，怕露馅，是我们社会生活中普遍遵守的一条规律。

我不能说中西文明冲突就在于此，但我敢说，其所表现的方式，确实如此。我们中国人做什么事，是反对露馅的；而西方社会，则千方百计地想着要露馅，特别是在饮食方面，表现得最为突出，也最为明了。我们蒸的包子，肉的、素的；我们蒸的饺子，肉的、素的，还有我们的点心，可都是要将馅儿裹得严严实实的。尤其是我们吃的粽子，不仅要把馅儿包在米里边，还要在米的外面，再一层一层包上粽叶，绳绑索捆，吃的时候，不解下绳索，不剔除粽叶，就甭想吃到粽子里或肉或素、或咸或甜的馅儿。

不露馅，成了我们生活和为人的一个习惯。

年轻的时候谈恋爱谈出了眉目，要去见岳丈了，心里忐忑着。去了他们家，站不敢站，坐不敢坐，屁股有一股浊气要放，也紧紧地压着，丝丝缕缕往出走……挨到要吃饭了，端在盘子里的，是一张圆圆的韭菜盒子。这是他们那里的一种风俗，有圆圆的韭菜盒子端上来，不切不分，就说明同意了我们的婚事。

我的心剧烈地跳起来。

就在这时，一把刀不知是谁给了我，要下刀子来切韭菜盒子。我不知道是什么意思，提着锋利的一把刀子，却在韭菜盒子上怎么也切不下去。幸亏有知我疼我的他们的女儿，伸手过来，把她的手握在了刀把子上，她这一握，解放了我，我把手松开了。就在我松开且要挪开的时候，知我疼我的人，把我的手却死死握在她捉住刀把子的手上，拉着我和她一起把刀架在圆圆的韭菜盒子上，横着一刀切下去，把圆圆的韭菜盒子切成了两瓣……后来我才知道，这也是他们那里的风俗，表示一个圆圆满满的家，原是切开的两半儿，就看我们怎样建立了。

后来知道的道理，掩不住现场的伤情，原来包在韭菜盒子里的馅儿露出来了。

就在馅儿露出来的时候，岳母背过了身子，抻着袖子在眼睛上沾；岳父也背过了身，举拳在额头上砸了一下。

馋嘴的我，把岳父岳母的举动都看在眼里，但我心如铁硬，因为我知道，韭菜盒子这一露馅，他们伤他们的心，我可是要开心了呢。我开心可以筹办婚礼，要他们的女儿做我的新娘了。低头看着切开来露出馅儿的韭菜盒子竟有七层之多，黄灿灿的鸡蛋搅和在绿茵茵的韭菜叶里，汩汩地渗着香喷喷的热油……几十年的时间过去了，我常在妻子面前说，那一顿韭菜盒子吃得最过瘾了。

我把这件事，还说给我们正在谈婚论嫁的女儿。女儿现在在英国帝国理工读博士，她调皮地说她母亲，到时候，她把人带进我们家，也要她母亲烙一个圆圆的韭菜盒子让他们切的。她母亲是智慧的，说女儿在英国吃什么？不像咱们都是吃不露馅儿的，而你吃比萨，吃麦当劳、肯德基，可都是不怕露馅儿的，肉呀菜呀，果粒什么的，都要明明白白露着馅儿的。到时候，我给你们炒一盘子鸡蛋韭菜，你们就着馒头吃去。

几次出国，总有友人送我们礼物。

他们把礼物送给我们时，都要当着我们的面，打开包裹，把礼物清清楚楚地暴露出来，一再给我们讲礼物有什么特性，有什么优点，有什么来历，生怕接受礼物的我们，不知道他们的礼物重要似的。我随西安市的一个文化访问团，到欧洲的奥地利、德国、法国走了一趟。在奥地利参加他们的一个农产品文化节，主办者送给我们的礼物是每个人一个西红柿；到德国参加他们的一个啤酒节，送给我们的礼物是每人一个啤酒杯……这样的礼物，说心里话，我们并不觉得多么珍贵，可被他们说得意义非凡。那个西红柿在活动结束后，回到我们乘着的车上，就被我们消灭了；倒是那个啤酒杯没法吃，勉强拿回国，至今还放在我的书柜里。行文到此，我偏头一眼看见，粗粗拉拉的一个直口陶瓷杯，比起我们送给他们的礼物，不论材质，不论品相，都要差得多。我记得非常清楚，我们送给他们的礼物都是我们带去的皮影，一件一件，不尽相同，但都一样的精美。我们在送给他们时，都是里三层外三层地包得既严密又紧实。他们接到手后要撕开包装打开看，也被我们客气地抬手挡住了，并谦敬地告诉他们，拿回去看。

有什么不可告人的吗？接受礼物的他们，当时都是这么一种高深莫测的表情。

国情使然，我们看在眼里，也不说什么，都只是笑笑，握手告别而去……转过身，我就想到在国内看到的一出小品，是我们西安话剧团的几位演员创作演出的，既不能说是讽刺什么，也不能说是弘扬什么，小品的内容，讲的是一个上海人和陕西朋友见面互致礼物的故事。陕西朋友的礼物包装很不讲究，而上海人的礼物在包装上却特别精致。在两人互致礼物后，上海人把粗糙的包装撕了撕，撕出了一个口子，从口子里看了一眼，就喜上了眉梢；陕西的朋友把他接过来的礼物，先打开一层包装，里边还有一层，再打开这一层，里面却还有一层……一层一层又一层，到小品演出的灯火都暗下去了，他还没有把礼物的包装全打开。

这很好玩吧？

然而露馅或者不露馅的饮食，以及礼尚往来，都是无可厚非的。不过我们国人常说的一句话是：纸里包不住火。我们的一些人总认为他们会包，弄什么事都不会露馅。可是遗憾得很，似乎没有人能包得住一切，包着包着不自觉地要露出馅儿来，到那时候，麻烦可就大了，哭爸没用，喊娘没用，自己的罪就只能自己受了。

为此我想，咱们西安的肉夹馍，倒是来得极有道理，半露馅半不露馅的，很值得作为一个现象，让人思考。

## 相　貌

相由心生。这么说来，一个人的相貌如何，可能也会是一种福报。

想想也是，“人不可貌相”的主题词，再加上一句“海水不可斗量”的话，被人经常说着，几乎成为一条颠扑不破的真理。然而事实证明，这个真理也是依然真理着，却也有不尽然的地方。有人研究说，人的性格就写在脸上。还有人说，情绪起伏表露于声，态势看手势，生活方式展现身材，人品映现于眼睛，审美看衣着，层次看鞋子，家教看站姿，会不会打扮看头发，爱不爱干净看指甲，投不投缘吃顿饭就知道……凡此种种，不论别人怎么说，我是要举双手赞同的。就如我坐上餐桌，端不端酒，端起来美美地喝，还是只在嘴唇上沾一沾便放在桌面上不再动，都在于我对餐桌上人的认识了。人都是对劲的人，我喝酒肯定喝得快活，喝多了也不至于失态；而其中有一个人不大对付，我就喝不了酒，哪怕是我最爱喝的老茅台，也是酒沾嘴唇就醉，顺嘴找个借口，立即离开酒桌。

那个让我看着不大对付的人，可能只是与我头一次谋面，他并没有什么对不起我的事与话，而且还很可能见了我面，表现得特别亲近，甚至巴结，但我就是改不了对人的第一印象，不愿意与其交往、交流……如果有人不识相，在酒桌上大放厥词、臧否人物，或者是言语间，露出点儿对父母、兄弟、姐妹的不恭不敬、不爱不惜的只言半语，我就更不能与其坐在一张桌子上吃酒了。西安民生原董事长马永庆先生是我老友，他就几次见了我在酒桌上，对那样一些人的不客气。他为此在作文时，把我的那些行状，还以赞赏的笔法，忠实地记录了下来。

我为此吃过亏的，但我改不了，也没想改，所以还经常地以貌取人。看着是我的朋友，就老老实实地交……我的朋友像马永庆一样的，有很多，交得既长久，又上心的，在物质生活里是如此，在精神生活里也一样。

昨天中午，一位关中东府的高姓朋友相约吃酒，因为脾气性格相投，把酒吃得特别欢畅。要知道，我们成为朋友是非常偶然的。2015年的时候，在他人组织的酒宴上，见了头一面，吃了头一顿酒，此后两年了，就再没见面，自然也就没再吃酒，这一次是第二回。因为头一次相见吃酒的投机和投缘，没有因为两年间隙未见未吃酒而生疏，反而如久别重逢的老朋友，坐上桌子，任凭掏钱请酒的他长篇大论地怀旧，然后咣一口，亮起酒杯的底儿，把酒一滴不剩吃进肚子。

他的长篇大论，归结起来一句话，人与人能不能成为朋友，就是一眼的工夫。

菜没吃一口，我们两次见面的朋友，因为那一眼之缘，立马连干了三杯酒。他媳妇看不过眼，劝他也是劝我：吃菜吃菜，哪有不吃菜连吃三杯酒的？我看他，从脸上看他性格使然，可能听不进去别人的劝，可他媳妇的劝，一劝一个准，他乖乖地坐下吃菜了。在这个时候，我不挑事那就不是我，就也听劝坐下吃菜了，先是一筷头的苦荞饸饹，再是一筷头的红油米皮，然后又是一筷头的猪头肉，投进嘴里咀嚼着想，我怎么挑事呢？

其实没怎么多想，就有一句话冲到舌尖上，我说高老兄娶媳妇，可也是一眼的工夫？

我的话把高老兄的话匣子打开了。他扔下筷子，提起酒杯和我碰了一下倾进嘴里，就说开了。他说我说得对，他年轻的时候要学历有学历，要能力有能力，做着当地一家大型农场的负责人，他身边的女孩子盯着他。他听说了，只要给谁一个眼神，远远近近的女孩子，接住他的眼神，都会兴高采烈地跑进他的怀里，由着他抱了。可是他没有，百里挑一地看上一个人，这个人就是他最初的情人，接着的爱人，后来的媳妇，最后的老伴。

情人眼里出西施吗？我插空说了一句。

我的插话把事儿挑大了，高老兄两手掰着我的脑袋，让我看他最初的情人，接着的爱人，后来的媳妇，最后的老伴，很是人老不知羞地说，你看嘛，就是西施。

他的举动把酒桌上的人都逗乐了。

他最初的情人，接着的爱人，后来的媳妇，最后的老伴，笑着说他是人来疯，而他承认他是人来疯。他说他最是疯狂的时候，只把从不认识，也从没见过的她在他们那里的医院照了一面，就疯狂地要认识她，追求她，暗暗追到她家在县城的居民院门口。发现她家兄弟姐妹多，吃粮是个问题，他就动用他的特权，把他积攒下来的全部资本，装在一辆双轮架子车上，五六十里的乡村道路，他一个人拉着，拉到县城她家门口，把八麻袋小麦堆在她家门口。他要走，走了两步，因为流汗太多脱了水，因为用力太过虚脱了，竟一头栽倒在人家门口，让他如意地娶回了他的一眼所见便倾心一生的老婆。

我相信他的故事，更感动于他的故事，就停止了我挑事的语调，真诚地与他和他的她站起来碰了一回酒。

眼里有缘，心才会动啊！相貌可是太有力量了。

吃罢中午的酒，我回到家里来，翻看我的微信，看着可有要回的。这就看到“魅西安”公众号上的一则微信，讲的是夜读胡适的感受。我顺着读下来，发现这位夜读胡适的人，感受是太雷同了，他说原来宣传胡适是“反动文人”，看了他的照片，也觉得他真是够反动的。可现在不这么说胡适了，再读他的文字，又看他的相片，发现原来是那么的相貌堂堂，从年轻到年老，都透着一股逼人的儒雅周正之气。他的相貌，比起原来敬重的鲁迅，似乎还要略胜一筹，清秀风流，潇洒脱俗。

相貌对于一个人，还是能说明一些问题的。

（选自《朔方》2019年第8期）

# 下邳怀张良

赵荔红

刘邦平民出身，其父应有薄田，他却不事生产，游手好闲，到处蹭吃蹭喝，好容易混成个泗水亭亭长（相当于派出所所长吧）。但他为人大度，如宋江般出手阔绰，江湖上，善施小恩小惠很易得好名声。张良却是韩国世家公子，原应姓韩或姬，五世相韩。父亲死后二十年，秦灭韩，为了替韩国报仇，张良顾不上家中三百奴仆，也不埋葬死去弟弟，倾其万金家财，到处寻访刺客，想要刺杀秦始皇。他的决心，与燕太子丹，有得一拼。

那刘邦，却在咸阳观看秦始皇行仪，羡慕叹息道："大丈夫理当如此。"平民出身的他，要做皇帝，得有传说：母梦与神交，行动有云气，赤帝斩白帝（白蛇），等等。纷至沓来，也不知是应了传说，做成皇帝，还是做了皇帝，传说即变成历史。总之，连秦始皇都听说东南一带有天子气，乃东游寻访，想要去镇一镇。

秦始皇的东游，决定了张良的命运。

先是，张良找到一个大力士，能使一百二十斤大铁锤。张良自己应该不会武艺，司马迁说他"状貌如妇人好女"，文弱得很，且多病。书生张良与大力士一起埋伏在博浪沙，伺机攻击秦始皇，据考，此地两边高，中间低，官道在低洼处。天子出行，跟随的副车有三十六乘，不知是大力士抡起铁锤、跳了过去，误将副车当作秦皇驾乘击打，还是铁锤从高处飞将过去，偏离了目标……总之，"误中副车"，失败！荆轲刺秦，好读书击剑的荆轲，沉着冷静，勇士秦舞阳，却吓得发抖、变了脸色，令机敏的秦始皇察觉有异吧？图穷匕见，同样失败！

铁锤大力士后来怎样？史书没有交代。只讲秦始皇怒极，大索天下，主谋张良，自然得赶紧逃！他更名换姓（大概此时改姓张），藏匿到了下邳。而此时，自疑有"天子气"的刘邦，怕被秦始皇察觉，也像逃避希律之杀的耶稣般，隐藏在大山草泽间。

张良刺秦时，应该只有二三十岁，英勇、意气，有点冒失。幸亏没被抓，没受酷刑而死，否则历史上就少了一个“运筹帷幄，决胜千里”的大军师。张良的改变，发生在他藏匿的下邳。

张良在下邳的大多数日子，司马迁一笔带过：“居下邳，为任侠。项伯常（应作尝）杀人，从良匿。”也就是说，张良在下邳，依旧如前，凭着韩国公子身份钱财，秘密交游、蓄养侠士，伺机而动。好似《水浒传》中的王孙柴进，多少侠士豪客亡命之徒，受其庇护。项伯就是其中之一。看官仔细，司马迁为什么独独提项伯？这个人，与项梁、项羽关系密切，在后来，刘邦封汉王、得汉中、逃出鸿门宴，皆得项伯在项羽跟前游说之力，归根结底，项伯为报张良活命之恩，受其引导，迷惑项羽、听凭刘邦做大。此乃千里伏线。

“圯上进履”的故事，是张良在下邳的关键遭际。司马迁作为史家，惜墨如金，在此，却泼墨般生动描绘细节，极具画面感：

> 良尝闲从容步游下邳圯上，有一老父，衣褐，至良所，直堕其履圯下，顾谓良曰：孺子，下取履！良鄂然，欲殴之。为其老，强忍，下取履。父曰：履我！良业为取履，因长跪履之。父以足受，笑而去。良殊大惊，随目之。父去里所，复还。曰：孺子可教矣。后五日平明，与我会此。良因怪之，跪曰：诺。五日平明，良往。父已先在，怒曰：与老人期，后，何也？去，曰：后五日早会。五日鸡鸣，良往。父又先在，复怒曰：后，何也？去，曰：后五日复早来。五日，良夜未半往。有顷，父亦来，喜曰：当如是。出一编书，曰：读此则为王者师矣。后十年兴。十三年孺子见我济北，穀城山下黄石即我矣。遂去，无他言，不复见。旦日视其书，乃《太公兵法》也。良因异之，常习诵之。

圯，桥之意；圯上，指古沂水上的一座桥，旧址在如今徐州市睢宁县古邳镇圯桥村便民河河底，因康熙年间大地震而沉没。如今在距旧址东南二百米马邦大沟（即古沂水）与古邳引河交接处再建了一座新圯桥，桥下立碑纪念。

张良遭遇黄石公于桥上，桥，或象征引渡者。黄石公是一个智慧隐士，抑或是个得道仙人，无可考；司马迁虽以此事为怪，也不去考证。孔子说：不语怪力乱神。故事的关键是：试探。国破家亡，张良究竟是韩国公子，面对一个粗衣老者突兀之侮慢言行，设若他一时愤怒、动手殴打，抑或扬长而去，均无后事了，黄石公折其少年刚锐之气，子房能隐忍小怒，方可成就大业，此其一；张良在淮阳学礼，礼之根本，乃是仁爱，他能“念其老”，对老者知敬爱、有怜悯；老人飘然离去，态度潇洒，张良能识其迥异常人之处，有慧眼；如约而至，此乃有信；一而再、再而三赴约受挫，依旧坚持，此乃有恒。故而，仁爱，隐忍，持敬，守信，有恒，这样的张良，才是“孺子可教”，是可以成就功业的大人物。至于黄石公授予的到底是《素书》《黄石公三略》，抑或是《太公兵法》，并不重要，重要的是传授给怎样的人。张良在下邳蛰伏期间，磨砺了心性，应该还饱读了各类典籍；黄石公授书传说，不过是赋予其往后的智慧超绝、运筹帷幄、决断千里予以神秘性。成就帝王，需要传说；成就军师，同样需要。天授王权，与神授智慧，都具有神秘的权威性。

陈胜吴广起义，天下闻风响应。张良在下邳，也聚集了百来号人，他想去留城投奔景驹，半路却遇见了刘邦。此时刘邦已杀沛令，自命沛公，萧何、曹参也已追随，聚集数千人，在下邳西圈地。两人交谈投机，刘邦能用其谋略，张良心觉此乃天授，便不去投奔景驹，从此追随刘邦。往后，刘邦占秦宫、封汉王、以汉中为根据地、使用彭越黥布韩信、逃离鸿门宴、迷惑项羽，每一步成功、壮大，最后垓下之战汉胜楚败，都离不开张良谋略。故而，建汉之初，论功行赏，刘邦提了三个人，张良排第一：“运筹策帷帐之中，决胜于千里之外，吾不如子房；镇国家，抚百姓，给馈响，不绝粮道，吾不如萧何；连百万之君，战必胜，攻必取，吾不如韩信。此三者，皆人杰也。”

三个“人杰”，往后之命运，却各自不同。

先说韩信。他不是如萧何、曹参、樊哙这样最早追随刘邦的故人，而是弃项羽而来的。因张良建议被重用后，攻城略地，汗马功劳。韩信一路打到齐国，手握重兵，楚汉正在拉锯战中，此时，韩信倒向汉，刘邦胜，倒向楚，项羽胜；谋士蒯通劝其自立，与楚、汉形成三国鼎立之势。韩信若听蒯通言，汉朝是否立国、或反被楚灭，难说！但韩信说：“汉王遇我甚厚，载我以其车，衣我以其衣，食我以其食。”说他不能背信弃义。他既这样想，就应更“贴心”，偏去向刘邦索要一个“假齐王”，刘邦正在前线作战，一听，当即破口大骂，张良赶紧去踩他的脚，老刘随机应变道：“要做就做真王，何必假王呢？”其时已心存芥蒂。韩信这个齐王，未做几天，项羽一破，刘邦来不及称帝，就赶紧将齐王军权收了，转将韩信封为楚王，都城即在下邳。齐国广大，靠海，不好管控；而下邳离刘邦出生地沛县不远，是刘邦早年根据地，韩信的一举一动，尽在刘邦眼皮底下。但韩信分封的楚国，究竟管辖有五郡三十六县，好大地盘、好大块肥肉啊！真叫人既不放心也不忍割舍啊！偏偏韩信居功，不知收敛，在都城下邳，出门陈列兵杖，威仪赫赫。就有人觑着皇帝心思，告韩信谋反。刘邦不敢上楚国去抓捕，就将他骗到陈地，方才逮住。虽赦免，降为淮阴侯，此时的韩信，应该夹着尾巴做人，居然还敢“日夜怨望”，称病不朝，这不是换一种方式“居功自伟”、不肯服气吗？好！

再次被骗入朝，抓起来，这次，夷三族。正应了：“狡兔死，良狗烹；高鸟尽，良弓藏；敌国破，谋臣亡。”韩信先是重情，不肯自立，殊不知对当权者而言，只有利益，没有情分；后来他又自居功大，根本不相信刘邦会杀他，故而两次被骗，殊不知只要韩信这种“连百万之军，战必胜，功必取”的人一日活着，当权者即一日寝食难安。当初韩信说项羽缺点有三：一是逞匹夫之勇而不能用人，二是有妇人之仁，三是所到处尽行残灭。他要刘邦反其道行之。刘邦做到了，包括没有妇人之仁。所以，从大汉立国，至吕后弄权，因功分封的异姓王，铲除殆尽。

萧何状况比韩信略好。萧何是刘邦故人，又是文臣，没有兵权，但他有“人望”，这也犯忌；刘邦分封时，萧何居然敢与曹参争功，这就更犯忌了。好在萧何懂得委曲求全。刘邦与项羽拉锯战时，萧何镇守汉中，安抚百姓、供应军粮；汉中是后院，可不能失火，故刘邦时时派人问候丞相辛劳，有人就对萧何说，汉王起了疑心了，萧何赶紧将亲戚子弟全都派到刘邦那参军、做人质，“汉王大悦”。立国后，封侯外，赐萧何佩剑穿鞋上殿，父子十余人，皆有封邑，可谓恩宠已极。至韩信被杀，又加封萧何五千户，有人就对萧何说：你的灾祸来了。于是萧何不敢受封，反将家私钱财捐献出来，以作军资，“高帝乃大喜”。黥布谋反，萧何又拿家私出来佐军，有人对他说：你离灭族不远了。你在封邑经营了十来年，深得民心，这叫皇帝如何心安呢？不如自己败坏名声为好。萧何一听，赶紧贱价强买民田房屋数千万，弄得百姓怨怒，上告到刘邦那儿，“上乃大悦”。但萧何还是小心谨慎得不够，按捺不住，居然为民请用皇家园林，皇帝大怒，就将老相国下了狱。放出来，素来恭谨的老萧何，赤着脚、蓬头垢脸跑到刘邦那儿谢罪，刘邦说：“你是贤相，我是桀纣，我将你下狱，是要让天下人知道我的过错啊。”一副流氓无赖嘴脸。经刘邦敲打后，老萧何好歹得了个善终。萧何是一辈子等待着被抓捕，被处死，灾祸如达摩克利斯之剑，时时悬挂头顶。

只有张良深知刘邦的帝王心，自始至终，有远虑、懂谋略。汉六年，分封功臣，刘邦欲封张良三万户采邑，他赶忙推拒，说，我在下邳起事，与皇帝遭遇留城，此乃天命所授，我有点计策，万幸见效，也是幸亏皇帝能够采纳……云云，将个人功业尽可能降低。他请求受封的留城，大概只有一万户，故址在今天沛县东南五十余里魏庙镇一带，古城早已陷入微山湖中，据说留城原来是山，地震、黄河倒灌古泗水，这才变成湖泊。张良为啥独独愿意受封于留城呢？除了下邳，对张良一生影响最大的就是留城。有纪念意义啊！“留城”者，留情也，他是要刘邦念及留侯时，会回想起当初他们一起闯荡南北、建功立业的困苦艰难、大汉立国的来之不易；他是要刘邦，对他“手下留情”。他的儿子，取名“张不疑”，亦是要刘邦不要对他心怀疑虑吧？！可是，这样一个虽无军队，且又体弱多病，却有满腹韬略的人，若是“放”回到封地，皇帝又怎么可能“不疑”呢？所以，张良没有回他的封地，没有如韩信在楚国都城下邳威仪赫赫地巡回，也没有如萧何好好经营治理自己的封地，司马迁说，他跟着刘邦迁都前往关中，又自称多病，辟谷修道，闭门养病一年多，不问朝事。之后，又宣称“愿弃人间事，欲从赤松子游耳”。赤松子乃上古仙人，神农氏雨师，秦汉时多传其事，或如黄石公在下邳显身，与张良相见，未可知，无可考。是不是修道游仙，也不得而知，至少张良是要告诉皇帝：我隐退修道去了，朝廷的事，你们别来找我。这样，陛下您，总该留点旧情，总不会生疑了吧？

完全退隐，其实不可能。皇家要你出山，不出也得出。张良终究要卷进朝政中：皇帝要废太子，改立戚夫人之子赵王如意，吕后急了，找人劫持了张良，要他出谋划策。这是要张良站队。张良就指了一条道路：找隐士商山四皓辅佐太子。刘邦果真被吓住：连四个请也请不来的八十老人都来帮忙，看来太子羽翼已成，动不得了。戚夫人只能哭。但皇帝日后一查，定然获知，这是张良的主意，心中会恨吧：这个老头，身在道山，心在朝廷。还是个威胁！就算张良正确站队了，那吕后也会想:他既有智计立这个太子，也会有智计立另一个吧？所谓“匹夫无罪，怀璧其罪”，张良这样的智者，岂能为他人所用？吕后定是要张良活在她的眼皮子底下的。故而刘邦一死，吕后以感恩之名，强行将张良抬出来，强迫他进食，不许他辟谷，说：“人生一世间，如白驹过隙，何至自苦如此。”张良不得已，只能强行进食。一个人，自己无法选择吃不吃饭，还有什么比这更苦的吗？

刘邦死后八年，张良去世。传说吕后听到消息，即指示：一定要找到张良墓。那是生要活人、死得见尸的架势，太后是怀疑张良会诈死、从她眼皮子底下消失不见吗？一个老人，空有侯位，无兵无卒，统治者尚如此担心。张良，似乎能推断自己的身后事，吕后一声令下，据说全国一下子冒出八百多座张良墓。是张良预先布下众多疑冢吗？他是担心自己死后被挖坟掘墓吗？总之，他似乎为自己的死，也提前做了安排。也有传说，他真的得道成仙，摆脱了世俗权力了。

但张良可以决定自己的生死，却决定不了后代。孝文帝（他扶植的太子）五年，张良儿子张不疑，即坐“不敬”罪，国除。纵观三个“人杰”，无论韩信居功至伟也罢，萧何谨慎小心也罢，张良修道退隐也罢，对于统治者讲，都一样，只要你存在，就是威胁，异姓王侯，总是要剪除的。待到汉景帝时，连同姓王也要歼灭，加强中央集权，就是帝王的梦想。

今年四月，因了机缘，去往睢宁古邳镇的下邳国遗址。进村庄，杨树环绕一湾静寂池塘，几幢白色村舍，绿黄相间的大蒜田中，一个红衣戴笠农妇俯身拔草，黄土坝上爬满了盛开的油菜花。友人指指以网围住的池塘，说，康熙年间地震及黄河水泛滥，下邳古城就沉埋于此了。两截黄土坝，在池塘中半没半露，据考可能是东汉、魏晋、宋金、明清的城墙叠加，城墙从池塘一直延伸到便民河（古沂水分支）；张良遇黄石公的圯桥，就埋在便民河之下。碧沉池塘与便民河之间，隔着一大片杨树青绿萧疏，树下油菜花繁盛未谢，一阵风过，杨树枝叶婆娑，似在絮絮低语，诉说数千年来的沧海变迁。唐代在下邳城西门建有留侯庙，庙联为："报韩仇椎博浪知难而进穷一时，兴汉业筹帷幄功成身退垂千古。"一进一退，道尽留侯一生。李白、苏东坡、李商隐等也曾到下邳，寻访张良踪迹，李白诗《经下邳圯桥怀张子房》，甚合我心：

子房未虎啸，破产不为家。
沧海得壮士，椎秦博浪沙。
报韩虽不成，天地皆振动。
潜匿游下邳，岂曰非智勇？
我来圯桥上，怀古钦英风。
唯见碧水流，曾无黄石公。
叹息此人去，萧条徐泗空。

想那张良，一介书生，体弱多病，状貌如妇人好女，却英勇多智，或进或退，皆大丈夫所为，两千年来，英风烈烈，照拂至今。春四月，伫立古沂水之畔，遥想刘邦韩信纵马驰骋于此，张子房书剑布衣从容往返于此，英雄俱往，不可复见，心向往之，低回流连不肯离去，其时，石楠泛红，杨树萧疏，泡桐花大张，满枝尽是繁华紫色矣。

（选自散文集《宛如幻觉》，安徽文艺出版社 2019 年版）

# 元　灯

傅　菲

打开篱笆门的人，我不认识。我坐在青石板上，看着她，阳光晃得眼发花。她微笑地看着我，额上的皱褶卷起来，树皮一样。“你不认识我吗？叫我小嫲（郑坊一带方言：嫲即奶奶）。”她穿斜襟的蓝布衣，头发绾一个圆形发髻，罩在髻网里。她面目白净，一双小脚藏在宽裤脚里，露出白鞋底。我赤脚跑到樟树底下，站在矮石墙上，手拢在唇边，对着南边的田畴喊：妈，来客人了。

路从溪边抬出来，抬出一个挎圆篮的身影。秧田呈扇形，一梯一梯，往盆地中间矮下去，像一个风暴后的海面漩涡。毛艮花粉黄粉黄，开遍了每一条田埂。北边的山峦，慢慢往南低缓而下，渐没于田野。秧苗还在分蘖，油绿。风自饶北河而来，吹出绿浪。穿卡其布的身影，正一点一点地放大，清晰，如从显影液中浮出来：中长的头发，瘦长且略显焦黄的脸，疲乏的步态……

这个自称小嫲的人，来我家很多次，一年至少一次，一次住两天。但我几乎不记得别的，只记得在我七岁那年，她一身米浆水洗出来的衣服，圆阔慈祥的面容，站在院子里，怯生生，一对银手镯银亮银亮的。我妈叫她婇婇（郑坊一带方言：婇即婶婶）。我妈八十多岁了，还跟我叨念这个婇婇，说：你小嫲一辈子都没忘记过这个傅家，她嫁了四嫁，还要来枫林，住上两天。我妈又说：脚上千只草鞋，头只好。

在后厢房，留有一张床。床是木雕花床，床厅雕了张生和崔莺莺，雕了并蒂莲，雕了仙鹤。木雕是镂空雕，刀工细腻，刀锋遒劲，形象栩栩如生。床是我二公（郑坊一带方言：公即爷爷）遗留下来的婚床。小嫲每次来，都睡这张床。十八岁的二公和十六岁的小嫲结婚。我不知道，小嫲睡在床上，会想些什么。二公叫元均，魁梧高大如马，相貌堂堂，一身好武功。可结婚当晚，在拜堂时，二公瘫倒在地，再也没起来。我公说，是被煞气打倒了，煞气侵身，如阎王附体。煞气所伤的人浑身瘫软，气息不畅，呕吐不止，口齿浑浊。让郎中看了，郎中束手无策。我公去太平圣寺请来大和尚，做佛法。

大和尚带了八个僧人来，在大屋厅堂，摆了一天一夜佛坛。二公靠在床上，被他穿着红棉袄的媳妇搀扶着。我的太嫲（太嫲即曾祖母）跪在佛坛前，一直哭。

第二天，二公走了，一句话没留——张开的嘴巴像个畚斗，却说不出话。他眼睛瞪得铜铃一般大，嘴角流着白沫，攥着他媳妇的小手，紧紧的，指甲陷进她肉里。白沫干涸了，呼吸也没了。小嫲一只手抱着他的肩膀，一只手抚着他的额头，泪水浇在他脸上。小嫲是石人乡汪宅人，坐着八抬花轿来到了傅家，和自己老公一句话也说不上，变成了留着姑娘身的寡妇。

第三天，郑坊是上饶北部重镇，处于群山盆地之中。乡谚这样说：南有上泸畈，北有郑坊畈，吃粮挑断担，烧柴屋后山。产粮之地，必多兵灾。每年收粮之时，白军（郑坊一带称国民党军为白军）便进村抢粮。村人把粮食藏在煤洞，藏在假坟里，藏在山中地窖里，拎起包袱，箩筐挑着小孩，躲进驮岭山。驮岭山是灵山山脉的一部分，山高岩峭，峰峦叠嶂。原始森林常有虎狼出没。躲兵灾的人，窝在林中山坳，茅棚搭在大树上，躲个十天半个月。太嫲担心埋在床底下的银圆，对她的儿子说：灯尼，半担银圆万一被人挖走了，我怎么对得起你弟弟。太嫲说不了几句，又哭了起来，说：傅家怎么留不了两个人呢？

第四天，半担银圆是小嫲的嫁妆。二公走了，太嫲把儿媳当女儿养。我公再也没了兄弟姊妹，成了唯一的单丁。他把这个弟媳妇，当自己妹妹看待。我公走了一个时辰的夜路，回枫林，连夜挖出银圆，挑到台湖，藏在表哥的戏台底下。第三年小嫲出嫁，我公去台湖取银圆，他表哥拍拍光溜溜的双手，说：银圆被盗了，一块铜板也没留下。小嫲临上花轿，太嫲脱下一对银手镯，说：你戴上吧，这是我出嫁时戴的，给你留个念想。小嫲嫁给燕坞一周姓人家，男方家境一般，人却憨厚勤劳。每年正月，男人带着小媳妇上枫林来，给我傅家拜年。小嫲餐餐给我太嫲盛饭，天天给我太嫲洗脚，有说不完的话。过了十来年，燕坞的男人得了黄脸病（黄脸病即血吸虫病）也过世了，孩子也没留下一个。小嫲每次来枫林，叫我公叫得格外甜：伯佬，伯佬。她带上她自己做的小吃麻骨糖，带上她给我公我嫲做的对襟衣，一起放在一个藤条编的提篮里，来枫林。

对于弟弟的暴毙，我公伤心了几十年。我公三十来岁，太公（即曾祖父）文标，便过世了，终年五十四岁。我还是十几岁时，公常常对我说：什么都可以丢，人不可以丢，什么都留不下，人要一代代留下去。公年轻时，是个纨绔子弟。他喜欢去人扎堆的地方。他个子不高，好不平，但爱打架。他打架有规矩，只和外村人打架，腰上插根圆木短棍，专打腰板，三棍打不倒对方，他便跑。他灵活，腿脚快。他好赌。他结婚，新娘下了花轿，进了门，唢呐吹起来了，锣鼓敲起来了，炮仗炸起来了，临拜堂了，他还在全家庙堂打铜钱（民国时期，打铜钱是郑坊一带盛行的一种赌博方式）。

短短几年，我公送走了他三位至亲。结婚第四年，他的妻子郑奀菊在瘟疫中（痢疾大流行）死去。我大姑才一岁。过了两年，他的弟弟走了。没过几年，他的父亲故去。他感到自己活在人世，是多么孤单，多么无援。逃兵灾，公一只手牵着小脚的娘，一只手抱着哭哭啼啼的女儿，挑一担箩筐，翻八里路的野岭，去驮岭山。大姑三岁那年逃兵灾，天下着噼噼啪啪的冷雨，我公穿一件大蓑衣，泡透了雨水，又重又沉，实在抱不动手上的孩子，走到石拱桥，把孩子放了下来。白军已经进了村，零星的枪声从巷子里，砰砰响起。孩子一个人站在雨中，戴着斗笠，哇哇大哭。我公都不敢回头看自己的孩子。在山里躲了七天，我公回村了。他以为这个孩子，要么饿死冻死要么被狼吃了。当他推开门时，见我大姑正在厅堂的板凳上熟睡。我公号啕大哭。他仰天大号。原来，我大姑在拱桥下的芦苇里，躲到夜里，见村里没了枪声，她从狗洞爬进家，生吃了七天的老南瓜活了下来。我公抱起孩子，说：兵灾下的人，活得多么可怜，不如一条落荒的狗，我再也不舍弃你了，死也要死在一起。

灵山横亘百里，自东而西，如一条在大海畅游的苍龙。苍茫的海上，翻卷着乌云。灵山千峰高耸，延绵起伏，如美人酣睡。天梯峰北脚之下，有古老的村庄，开村于唐代，村后山峦如狮子猛扑下山，始祖姓祝，故名祝狮坞。山上毛竹和乔木郁郁苍苍，四季溪涧潺潺，如桃花源。村中有一妇人，名荷荣，娘家为姜村姜氏。姜氏乃宋代婉约派词人姜夔（1154—1221）后人。

姜夔，字尧章，号白石道人，饶州鄱阳（今鄱阳县）人，系南宋文学家、音律家。姜夔年少孤贫，一生转徙江湖，靠卖字和朋友接济为生，晚居西湖，卒葬西马塍，有《白石道人诗集》《白石道人歌曲》《续书谱》《绛帖平》等书传世。世孙长居鄱阳湖畔，以打鱼种田为生，开枝散叶。元末，陈友谅与朱元璋在鄱阳湖大战，鄱阳湖边八县居民外逃兵灾，有的人逃去云贵，有的人逃往湖湘，大多数人躲进了灵山山脉的深山老林。姜氏其中的一支，从乐平，沿乐安江而下，翻过大茅山山脉，见有开阔盆地，人烟稀少，双溪如玉带环腰，山梁如官帽，依山临溪择地，开荒拓土，如豆种落于南山，繁衍生息，遂取村名姜村。姜氏尚耕崇读重商，子嗣繁衍如姜蒜，短短百年，姜氏成了盆地中的望族。

1907年，即光绪三十三年，乙未年，羊年。这一年元月，西北部出现了日全食；2月，康有为改保皇会为国民宪政会；3月，中英订立广九铁路借款合同，款额150万镑；4月，日本在中国设立第一个大规模特务组织——南满铁道株式会社；5月，孙中山谋划黄花岗起义，以失败告终；6月，美国照会中国驻美公使馆，拟将庚子赔款中的 1078 万美元还给中国，用于发展文教事业；7 月，秋瑾被清廷杀害；8 月，张继、刘师培成立“社会主义讲习会”；9 月，同盟会发动防城起义，起义惨烈失败；10 月，上海德文医学堂（同济大学前身）开学；11 月，台湾北埔发生抗日之事；12 月，革命党袭取镇南关。

翌年，2 月 26 日，即正月十四，双鱼座。宜忌。忌婚嫁，忌出行，忌上梁，忌丧葬。姜村的姜桂生是一没落的大户之家，其妻月娥于晌午时分产下女婴。这是桂生的头胎孩子。女婴肥嘟嘟，面容肥阔皎白，啼声洪亮。女婴满月之时，喜客盈门。此时，池塘枯荷已冒出尖尖绿角。客人中有一相面师，见女婴额宽鼻大，手粗背厚，对月娥说：孩子前半生多艰，后半生多福，愿孩子如荷花荣盛。月娥赏酒两坛，以表谢意。刚做了父亲的桂生，自是眉开眼笑。相面师合了孩子的生辰八字，一句话也不说，骑上毛驴，回了陈坑坞。桂生不明其意，一路跟着追问。相面师闭口不言。

姜氏家族有祠堂，有私塾。荷荣八岁读私塾，读了三年。十六岁，荷荣已出落得如荷花盛放，说亲的人络绎不绝。祝狮坞和姜村隔了一座山，相隔二十余里。祝家富庶，人丁繁盛。姜桂生订下了这门亲事，把荷荣许给了祝家后生祝洪江。

祝家虽然富庶，但偏僻，往来不便。不便也有好处，活得安宁恬淡，无兵灾土匪。结婚翌年，荷荣生下了女儿。女儿如母，圆润如珍珠，遂名来珍。第二夏天，祝洪江去另一个村庄喝喜酒，星光之夜回家，被豺狗分食，肌骨不剩。祝洪江是个药师的儿子，采药收药，常年来往于灵山山脉各村，手面功夫了得。他魁梧，满脸络腮胡，酒量惊人。豺狗是群居动物，三五成群，尾随人后，悄无声息。南方豺狗也叫土野狗，棕黄黑斑毛，黑嘴巴，长尾长耳，中等身长，善跟踪善奔跑，鼻子可以嗅出三华里外的动物气息。喝了喜酒的祝洪江，星夜下，一个人唱着山歌，走路脚有点浮。下了林密的山梁，他总感觉后面有人跟着他，他回头看看，也没人。他掰了一根树条，捏在手上，一边唱山歌一边回头看。月光爽朗，四野明净。酒呛喉，他感到口渴，伏在路边石壁上，喝石缝滴下来的山泉水。仰着头，张开嘴巴，手撑在石壁，山泉水啪嗒啪嗒滴进他冒烟的喉咙。一双手（豺狗的前肢）抱住了他的脖子，把他撂在地，十几只发绿的眼睛，和一排排匕首般的前臼齿，逼近了他……

又翌年，来珍得天花，三天后夭折。

枫林余家是村中最大的家族，也是落户枫林的第一个族姓，明代自革畈的余家庙迁来。余家两兄弟，逃粮灾，饿得剩下半条命，两人各挑一担箩筐，带着家谱，逃出深山。一人沿饶北河而下，到了信江，逆上泸河而上，定居上泸畈；一人翻过景岭岗，在枫叶燃烧的山梁下，临饶北河而居。余家有仁义之人，叫铜锤，仪表堂堂，可徒手伏牛，家有美妻姜氏。姜氏正是荷荣房上的堂姐。正月，房上姐妹一同回姜村拜年，堂姐见荷荣二十出头，便已孤寡凄怨，遂做媒傅家，一对姐妹也有个伴。

1932年，姜荷荣自己挑着箩筐，颠着小脚，来到傅家。1935年秋天，土干气燥，荷荣诞下一子，命中带土，兵荒马乱之年，人贱烂生，取名土生。连失妻室和弟弟的灯尼，喜不自胜，开了三天的宴席，答谢乡邻，杀了三牲，抬到土地庙，叩谢土地神。

灵山是上饶的祖山，与信江平行，东西横亘。灵山有三大主要水系，即发源灵山之北饶北河、之南港边河、之西葛溪河。饶北河的源头是望仙乡，港边河的源头是茗洋乡，葛溪的源头是葛源镇。望仙有一座山峰，如五只羊卧在山坡，叫五羊山。五羊山往西下十里长坡，便是千年古镇葛源。葛源是横峰县的大粮仓，古有“小小横峰县，大大葛源镇”之说。1931年2月，方志敏率赣东北特区领导机关从弋阳迁驻葛源，成立了赣东北特区苏维埃政府。

从郑坊走路到葛源，只要半天的脚程。自1928年4月，方志敏任中共弋阳县委书记始，饶北河上游的村镇，便有了频繁的革命活动，众多有识青年投身到革命洪流之中，反抗国民党政府的压榨。一日，姜桂生半夜听到柴火间有人呻吟，他打开柴门，见草堆上躺着一个面部血肉模糊的人。此时，正值隆冬，清清冷雨稀稀绵长。挂在屋檐下的马灯，晃来晃去。枇杷树沙沙沙，匀细地响。受伤的人，右手抱住自己的左肩，缩着身子，浑身发抖。姜桂生把他搀扶进伙房，烧了一盆热水，煮了一盆面汤，照料他。可能是饿坏了，他扑在灶台上，低着头，一会儿把一盆面汤吃得干干净净。他靠在门上，烤着火盆——姜桂生看清了他洗净的脸：八字胡，国字脸，高隆鼻，剑眉，颧骨略高。那松针一样竖起来的短发，显得他这个人过于威严。他说，他是樟涧人，在江西省立甲种工业学校学过两年应用机械，去上海的报馆干了一年的校对，又到南昌，参加了江西省农民协会，年关回樟涧，想在姜村筹集革命银饷。樟涧村毗邻姜村，人员也大多相熟。

这个受伤的人叫周三堂，他父亲开布庄。那个晚上，不知道他对姜桂生说了些什么，姜桂生对他的话深信不疑，并由衷膜拜他。姜桂生家成了樟涧人的落脚点，秘密组织农民开会。姜桂生在巷子口放风。落脚了两个多月，樟涧人带了十几个农民，去了葛源。他们秘密聚会，有暗号：姜桂生在屋檐下，挂两个斗笠。每次聚会，姜桂生把他的女婿灯尼，也一起叫去。

年冬，饶北河羸弱，河床露了一半出来。有一天，河滩突然站满了乡民。乡民挤在大樟树下，风卷着茅草，呼啦啦地吹。风声有些呜咽，呜呜呜，叫得人心慌。五个国民党兵在沙滩上挖沙坑，水从沙子里渗出来。沙坑有两米长，一米深，渗了膝盖深的积水。一个五花大绑的后生，穿着蓝灰色的棉袍，被一根棕绳一圈圈地绑在柳树底下。后生始终仰起脸，看着天。天散布出微弱的阳光，发白发晕。围观的人，把手抄在袖筒，脸上冰冻着说不出的酸楚，又不敢和后生说话，只是盯着他的脸。风磨着他的脸，像磨着一张绷紧的羊皮鼓。灯尼从岸边的田畴，望过去，看见后生头上戴的黑圆帽插着三朵野菊花，黄得灿然。灯尼拎着藤条提篮，走向后生。

这时，砰砰砰，朝天枪，放了三响。叽叽喳喳的人群，安静了下来，满脸惊慌。一个矮个子的军官，站在一块巨大的河石上讲话了。军官说：这是个死硬分子，煽动农民反抗政府，拒不招供同党，也不写投降书，今天，我们要把这死硬分子活埋在河滩，这是赤色分子的下场。

柳树底下，灯尼从提篮里，端出红烧肉，一块一块地夹进后生的嘴巴里。夹一块肉，添一小杯子酒。灯尼说：三堂，你把世道看得太透，懂的道理太多，你死得不冤，糊糊涂涂活着的人才冤，你有什么话要交代的，你痛痛快快说吧，你还没讨老婆，还没生个胖儿子，放不下的，留个言语吧。

又扬起头看看太阳。太阳像一朵野菊花。三堂看了看村子，又看看面前的人群，说：你生了儿子，你要让你儿子读书，你的儿子会生活在一个安定的国度里，没有欺压，没有收租，没有贫穷，男人不会被抽壮丁，女人不会被从家中掳走，读了书不会愚昧，会有信仰，会改变养育我们的土地。灯尼抱着三堂的肩膀，号啕大哭。

过了一年，镇上的警察找上姜桂生，把他带走。警察在抓人的头一夜，抓了一个盗贼。审讯时，盗贼招供：在姜桂生家开过四次会，被三堂诱骗，去了葛源，但在葛源受不了苦，偷跑了出来，在社会上打流。姜桂生被关了半个月，月娥卖了三块田，花了一百块大洋把他保了出来。人出来，但受了内伤，医治了半年，病身也没太大起色。四十岁多岁的人，身子开始干瘪，眼睛凹进了眼眶，眉毛半黑半白，过了四月，还穿着薄袄，袍裙下，还焐小火熜。咳咳痞痞一年多，卧床三个月，熬不住天冷，走了。临走前，他把陈坑坞的相面师请来，说：老表弟，当年荷荣出生时，你有一句话不肯说，等你这句话，等了二十多年，你该说了。相面师抽着旱烟，看着姜桂生。姜桂生白色的泪水，不停地溢出来，流到脸颊上，变成了黄浊水。相面师哗啦一下，掩面而泣，说：这句话，我吞了，吞进肠里，肠烂了，话就烂，我的肠还没烂，我不能说。

“老表弟，你不说，我这口气咽不下去，带着气走的人，会变成一个孤魂野鬼，四处游荡。”

天下着大雪，一团一团被风揉碎了，落下来。风“噗噗”地扑打门窗。姜桂生哀怜地说：有什么话，不可以对一个将死之人说呢？

炉膛里，炭火一会儿旺一会儿阴。相面师坐上床墩，拉着姜桂生的手，说：老表哥，你儿子老来孤苦，无后。姜桂生抽出手，一巴掌扇过去，又翻身，抱着相面师恸哭不止。他又对他女婿说：灯尼，荷荣去了傅家，你要看好她一生，把三堂的话刻在心上，让孩子去读书，耕读传家，没有读书人，传不了家。

第二天，腊月初八。腊八粥还在锅里熬，姜桂生落了最后一口气。灯尼一直守在身边。他看着自己的岳父落气，那么艰难，胸口急促地起伏，声音慢慢微弱下去，眼角的白液迟迟滚落不下来。

落气的时候，他的儿子财在姜家祠堂，看青田戏班演《西厢记》。青田戏班来半个月了，他一场不落。他喜欢上了演青衣的宝儿。他从他母亲木箱里，偷出碎银子，塞进宝儿戏袍里。财是桂生的单丁，年方十二，生得眉目清秀，如竹迎风，爱听戏文，爱拉二胡，爱打猎。

带着儿子，走了七里路，到了姜村，姜荷荣见了她父亲最后一面：白布盖在身上，白布下的脸，已枯瘦如干柴，颧骨高突，脸肌交错狰狞。她一生都没忘记这张脸。在傅家，她和她的婆婆，相处并不愉快。她性格强悍，她婆婆性格温和。她婆婆是枫林官莽山吴家人，家道贫寒，人丁凋敝，只有一个在饶北河放鸭为生的弟弟。

在清雍正期间，饶北河流域兴盛帮会。帮会众多，有盐帮，有布帮，有木头帮，有青帮。帮会如潮水，时涨时落。又如野草，灭了又长，长了又灭。但青帮一直生根下来，没有遭到围剿。青帮是一个十分隐秘、分工明确、组织严密的帮会，以漕运为业，故称粮船帮，入帮者众。帮内有帮规仪式，按辈分收徒。抗战期间，日本特务机关利用青帮组织进行汉奸活动。日本投降后，国民党特务机关吸收、改造青帮余孽，威逼迫害欺压当地百姓。村人朝富在十七八岁时入了青帮，是个游手好闲的人，心狠手辣。我太公留下的山产田产比较多。据我父亲说，有官田（即有自己产权但要上交租金的农田）二十来亩，自耕田（即有自己产权又不要上交租金的农田）四亩，最多的是山产，可收六百余斤黄豆、上千斤山茶油。稻谷收了，晒干入仓库了，朝富吸着水烟，来到傅家，坐上八仙桌。朝富喝酒，我公站在他身后，给他添酒夹菜。朝富喝得醉醺醺，用水烟管敲敲八仙桌，说：规矩还记得吗？

"规矩哪会忘了呢？忘了我自己的祖公坟，也不会忘了你的规矩。"我公一边送朝富出门，一边说。朝富比我公小十来岁，牛高马大，黑脸，眉毛如倒刺。

山茶油榨出来了，朝富又来傅家，吃一餐。

每一年，我公要交三担谷子三担山茶油，给朝富。朝富穿丝绸的大褂，戴一顶圆帽，跷起二郎腿，喝着热茶，坐在自己厅堂，等着我公挑去。因一个女人，入了傅家，这一切彻底改变。荷荣，即我嫲，嫁给我公的第二年，朝富来收油。我嫲说：朝富老板啊，我们是世世代代的邻居，一年到头，我忙着糊口，也难请你来吃一餐饭，茶油出了，炸一箱豆腐吃，香着嘴吃呢。

男人烧锅，女人炸豆腐。炸豆腐要半锅的油，油萦绕一圈圈的油烟，沸腾着油泡，豆腐在锅里翻滚，慢慢变黄，浮在锅边。把半黄的豆腐浸在酱汤里，白口吃，香气四溢。朝富坐在八仙桌上，喝着茶，等酱汤浸豆腐吃。一箱豆腐炸完了，朝富也没等到吃。他用水烟管敲敲桌子，说：加一担。

油在锅里翻腾，水珠子在噼噼啪啪炸裂，油珠子飞溅。我嫲用一个大勺子，舀起满勺的沸油，哗啦一下，倒在八仙桌上，说：你是人，我凭什么怕你，你入个青帮，真把自己当阎王，我自家的粮油都守不住，我枉为傅家掌家人。油在桌上四溢，热滚滚。油淌下桌子，烫到了朝富的双脚。朝富从凳子上往后倒下去，从怀里摸出一把尖刀，说：谁敢抗我，谁就是抗阎王。

第二勺子油倒下去，朝富蹦跳了起来，往门外跑。门外站了一个人，高大强壮，像个门神，手里端着大勺热油，怒目圆瞪。朝富一看，是铜锤。余家的铜锤，可以手抱三百斤大钟，这是谁都知道的。朝富一下子腿软了。

怕朝富报复，我公每天出门，怀里揣一把刀。刀是杀猪刀，夹在一个羊皮瓢袋里。1986年，朝富因病去世，我父亲还去当将军（即抬棺材的人）。我父亲不愿意，对我公说，讹诈了我们家那么多年粮油，想砸他棺材板。我公说，他大儿子读了六个高三，连个中专也没考上，三十六岁了还没讨上一个老婆，二儿子是个拧不清（方言，拧不请即思维混乱）的人，是个打单身的命，人一辈子做了什么，上天会看在眼里，你怨什么？朝富是烂脚而死的。脚烂得像腐木，蛆虫叮满。

土生长到七岁，我公把这个心性胆怯的儿子，送进了私塾。我太嫲不同意，说，孩子文弱，拜个武师练武，可以强壮身体，又可以防身，好好守着自家的田产。我公说：傅家三代无人读书，目不识丁，现在革命闹起来了，以后世道怎么变，我们都不知道，孩子读了书，明了大道理，一个练武的人，可以为自己做很多事，一个读书人，可以为很多人做很多事，读书人比练武人厉害。

对这个儿子，我公格外疼爱，也格外威严。唯一的男丁是他的命根。1995年秋，我公八十八岁无疾而终。临终之时，他还告诫他五个孙子：傅家单传十三代，随时会灭了族姓，人丁单薄，受尽欺凌，现在是新社会，好好团结，千万不能作恶，恶人没一个有好下场。傅氏先祖来自浙江义乌傅家村，因杀人，和结义兄弟梅氏一路北逃，在饶北河一带打铜修锁，在枫林繁衍生息。先祖挑担来的箩筐，在我家阁楼，一直存放着。我在孩童时，还见过。箩筐的竹篾已经炭化，黑黑的，手轻轻磕碰，竹篾即断。箩筐是傅家的图腾。

1949年除夕，我公决定拆除祖屋，建新房。过完元宵，他请来汪宅的地仙，看风水。汪宅的地仙在饶北河一带很出名。祖屋坐北朝南，依山面水，前有大院，后有良田。地仙说，朝南的灵山太高，视野狭窄，东边的古城山不高，有河床形的山垄，新建的房子坐西朝东，偏北，大门朝山垄，开阔，人丁繁盛。二月花朝日，又请来地仙，打了罗盘，算了时辰，请了土地神，下了地基，并于当日在屋基前北侧，手植三株香樟，以作纪年。

那年，我小姑两岁，二姑七岁，我父亲刚刚入茶山祠读高中。我大姑刚过门不久。大姑父是个石匠，一脸弥勒佛的模样。大姑父是建房的大师傅，每天天蒙蒙亮，他握个泥刀，挑担竹箕（即挑土的簸箕），从上枫林余家来下枫林傅家干活。房子建了六年才建好——不是房子建得有多阔大，而是建半年又停工三两个月，钱不够，买不了木料，得自己上山伐木。女婿岳父两人上山，走二十多里山路，扛木头回来。我父亲放暑假了，也上山伐木。父亲有低血糖症，饿了会昏厥。有一次伐木，他扛木头扛到姜村了，饿得实在受不了，去他舅舅家找饭吃。舅舅财和舅妈正在吃饭，看外甥满脸棕黄树皮灰，晃着脚进屋，继续扒饭，也不叫外甥坐上桌。我父亲扭头就走了。

大学最后一年，我父亲没去上学了，到了姜村小学教书。也许是他挨不了离家之后的饥饿。也或许是他急于和我母亲成婚。他们已经订婚七年，不想再分别。在姜村教了一年半书，我父亲回到了村里工作，并再也没有离开过村里。他写一手漂亮的行楷字，打得一手好算盘，他是村里为数不多的知识分子之一。上饶在饶北河的下游，去读书时，我父亲凌晨出发，沿着饶北河，翻山越岭，穿一双布鞋，背一个大包裹，走一天。山是深山，岭是野岭，常有豺狼出没，伤人事件常有发生。我父亲每次往返，拿一根粗木棍防身。村里只有他一个人在外读书。出门一次，我嫲哭一次。

饶北河丰饶，也多难。初夏，雨水汤汤。雨乌黑黑，从灵山筛下来。雨线弹出沙沙沙的声响。茂密的山林里，像藏着大海。大海崩泻，洪水在山垄里，如万千奔马，扬蹄狂奔。饶北河一夜之间上涨，洪流淹没了田野。村前的稻田，沦为水泽。洪水每年都会摧毁岸边的稻田，黄黄的泥浆淤积，长满了牛繁缕、崖豆藤、红蓼、苇蒲、合荫、野大豆、铁马鞭、蚕豆草、扛板归、酸模。稻田实际上成了草泽地。洪水过了，村人开垦草地，割草，翻耕，下种，种一季的粮食。

草泽地有积水，泥浆糊烂，人踩下去，把整个膝盖陷下去。每年，都有人死在稻田里。耕田的，牛只露出一个牛头，嘛呜嘛呜地叫唤，让人听的悲伤。而耕田的人，不知道陷在哪里，被泥浆完全盖住了。插秧的人，也是这样。中午了，妇人等插秧的男人吃饭，菜凉了热，热了凉。妇人去田里叫吃饭，人不见，只见一顶斗笠落在田中央。插秧大多数时候，叫孩童去插，田泥上，铺一张苇席，孩子赤裸着身子，趴在草席上插。鸭子在稻田里觅食，吃吃泥鳅吃吃田螺，吃着吃着，不见了——蟒蛇突然翻滚出来，把鸭子吞入灶膛一样的口腔。蟒蛇还吃过人。荣胜老伯说起蟒蛇，仍然满脸痛苦惊惧。他的脸肌会错乱起来，拉斜着眼睛，说：1956 年夏天，我二叔在前面耘田，我在后面拔稗，一条水桶粗的蟒蛇，从田里突然翻出来，绞住了二叔，我哪敢近身救人，拼命叫喊，喊来了三个人，可二叔断气了，全身发紫。

1966 年，我父亲刚过而立之年。冬至这天，我公杀了羊，打了麻子粿，请老符来吃饭。老符在大队主事，和我父亲共事多年，是个退役军人，曾参加过抗美援朝，很有声望。老符伯伯年长我父亲六岁。我大姑父二姑父陪客。酒是土烧。我公喝了两碗酒下去，说话了。他说：村里三天两头组织年轻人在全家祠堂跳舞，生产跟不上形势，老符，土生，你们两个都是三十出头的人，可以干一番大事，把精力放在演《红灯记》上不划算。老符看着我公，嘴巴张得合不拢，说:灯尼叔，演戏是革命工作，不演戏，跟不上形势。

“生产也是革命，没有生产，戏演不了。”我公说。“生产队今年分的粮，家家都不够吃，得吃上四个月的红薯，才可以填饱肚子，以后，村里人丁多了，吃什么？”

一伙人合计了几个月，在1967年4月，枫林大队决定改造饶北河边的草泽地。改造草泽地之前，得修两华里长的河堤。在晒谷场，老符伯伯召集全村六百八十余号劳力，开了动员会。他说：枫林世世代代吃不饱肚子，饱受河水泛滥侵袭之苦，洪水是猛虎，我们要驯服猛虎，修河堤，改造出一片良田，让我们的子子孙孙有饭吃，是我们枫林人的千秋伟业。

河堤建五米宽六米高，用片石堆砌。大队成立了六个组，一个组烧石灰，一个组开凿片石，一个组运输，一个组砌河堤，一个组拉砂石，一个组生产铁器。运输工具只有平板车，开凿片石的工具只有铁锤和钢钎。每一个组，干的都是重体力活，挑选了三百余精干劳力。余下的劳力和女人负责种田，老人负责烧饭。忆起五十年前修河堤的场面，酸叔仍然难以抑制心里的激动，说：天天几百号劳力在河边干活，抓劳动比赛，空气里都是铁锤声，当当当当。我是打片石的，打了五年，你看看我的手，粗吧，像牛蹄，都是那个时候锻炼出来的。

河堤修了五年，没要国家一分钱，修好了。枫林大队又组织妇女割草，把草压在烂泥田里，挖水渠，修排水沟。一块草泽地，花了七年的时间，成了饶北河边最好的良田。1974 年冬，枫林大队在村后的山坳里，又修建水库。

我公当时是六十来岁，他依然健壮如牛。夏秋两季，他从来不穿上衣，也不穿鞋子。他浑身黝黑，雨打在身上，啪嗒啪嗒，光溜溜滑落。即使是炎热的夏天，他也不午睡。他喝半碗的土烧，吃半碗煎辣椒，再炽热的太阳，他也不怕。他戴一顶尖帽斗笠，把牛赶到河里游泳。他是个农民，但他不会拔秧不会插秧不会打稻子，他会耕田耖田。他是出色的犁耙耕耖手。他耖的田，平整得水汪汪，没有泥块，没有石头，角线对齐，看起来就舒服。在我六七岁时，我背一个鱼篓，拿一个火钳，跟他去耕田。犁铧把泥翻开，一瓤瓤的泥块有泥鳅露出来，用火钳把泥鳅夹起来，放进鱼篓里。泥鳅在鱼篓里，吱吱吱叫，吐出白沫。麻黑麻黄的泥鳅贴在一起，裹着白白的黏液。他吃早饭之前，用盐水搓饭胚，搓揉成拳头大，搓十几个饭团，喂给牛吃。他走到牛圈前，牛哞——哞——叫几声，用牛角顶闩杆，伸出毛糙糙的白黄色舌头，一圈圈舔嘴巴。牛耕了田，去吃草，他用棕毛刷给牛刷身子。他八十岁了，还下田，赶着牛，撬着犁铧。他说，听见泥块被犁铧掀开的声音，他就兴奋。泥一块块翻上来，一块块倒下去，形成一条泥垄。

在物资匮乏的年代，我父亲一直忙着村里的事，家中的田地都由我公耕种。菜蔬和粮食，我们很少短缺。他没日没夜地劳作。我父亲是个农民，但我公一直把儿子看作读书人。读书人要干种田人干不了的事，那才是读书人。这是我公的想法。

在我的记事中，有两个人会在粮荒时，来我家做客。一个是祝狮坞的，是我嫲当年的小叔子。他挑箩筐来，吃一餐饭。临走挑一担谷子出门。祝狮坞在大山区，短缺粮食。我嫲也不叫他归还。“山里人难，一张嘴巴都难顾上。”我嫲说。挑箩筐来的人，叫我嫲“嫂子嫂子”甚是亲热。“他是没处去借了，才会挑着箩筐来。我虽做过他几年嫂子，但两个家庭已经几十年没什么关系。他嫂子嫂子地叫我，我不会舍不得一担谷子。”我嫲说。我公也热情地招待他。整个家，说了算的人，不是别人，是我嫲。即使是傅家娶孙媳妇都得她看了，点了头，才作算。即使她再无理，我公也让着她。她是个小脚女人，缠长长的裹脚布。每天晚上，她换裹脚布，脚搁在矮板凳上，把布慢慢解下来。布是棉白布，散发一种酸菜的气味。她的脚板弓起来，只有两个并拢的手指宽，脚趾完全萎缩。

另一个来我家做客的，便是小嫲。小嫲的包袱里，有红枣、桂圆、冰糖，还有两瓶土烧。来了傅家，还要去给我二公、我太嫲上坟。我公看到小嫲，又谈起他弟弟的事，说着说着，把半碗酒一口喝干。

1993年秋，我嫲故去。我嫲一生强悍，但心地柔软。临走，她还放不下她的弟弟。舅公舅婆一生无生育，舅婆走了之后，舅公过得非常凄苦孤独，靠扫街清理垃圾为生。冬天，穿一件厚厚的靛蓝赤膊袄（郑坊一带，没有外罩衣的棉花袄称赤膊袄），戴一顶圆帽，一边扫街一边唱《西厢记》。我嫲故去时，我公已病卧在床。他脚得了风气，下不了地。他眼睁睁看着他床上的女人，被抬出房间，裹着白布。他叫着“荷荣、荷荣”。他一辈子走了太多的路，泡了太多的水，脚成了最先老化的器官。两年后，他也在秋天走了。走的时候，八十八岁。他像一块干硬的木柴。他走得非常安详。我嫲和我公同年同月出生，我嫲比我公早一天出生。

2007年，我公和我嫲诞辰百年，家族有了大聚会。我公门下的血脉，百余人。我三姑父说：傅家第一功勋人物，是我岳丈。我二姑父在坟前祭酒的时候，呜呜呜，流了很多的泪水。他一边流泪一边笑，说：我二十岁，穷得只有一双草鞋，岳丈把春花许给我，我就是累死在田里，也要把一家人维护好。

公嫲的墓地，在夏家墓的一个矮山冈上。公落棺之后，我再也没去过。但每年清明，我都要回枫林。我站在门口，远远地看那个荒草茂密的山冈。椭圆形的盆地，山冈贴着人烟，黑黛色的古城山像一堵高墙。太阳从山顶跳出来。我不忍去上坟。在我公故去的那十几年，我一直无法接受他离开的事实。尤其是我二哥为了建新房子，把我公手植的三棵香樟砍了，我更是心疼不已。香樟都有水桶粗了，三棵依势而长，冠盖如屋。

如今，我父亲已八十四岁。他种了很多菜，大部分青菜烂在地里。我母亲烧饭，他烧灶膛。他从八十岁开始，口不离曲。我们也不知道他唱什么，哩哩唧唧。我问：你唱什么呢？看你高兴的。他张开眉，笑：天天高兴天天唱。他的记忆力开始衰退，很多事都记不清了，但1986年之前的事，比谁都记得清楚，像记在账本里一样。吃了饭，在河堤走一个来回，他看看河，看看岸边的田畈。河堤长满了香樟、槐树、柳树、芦苇。饶北河顺流下来，河风拂起芦苇和芭茅，沙沙沙。他和我公一样，都是一生无憾的人，虽然他们历尽世间沧桑，历尽艰难，也历尽巨变。

我公出生于正月元宵，出生时，街上正接花灯，锣鼓喧天，好不热闹。当年目不识丁的文标叔，给他的儿子取名“元灯”。

元灯：渊源；希望之灯；初始之灯。我到了五十岁，才理解了这个名词。把它作为一个人的名字，是世间最好的名字了。我活在这盏灯下，如鱼活在饶北河里。

（选自《长江文艺》2019年第7期）

# 重逢，那似是而非的故乡

任林举

呈现于眼前的大平原依然如旧，广阔、苍茫，似涣漫无垠的大海，似没有边际又全无方位的时光。三十年阔别之后，重回故乡，自知是只有热切而没有目的的一路奔跑，所以亢奋之余，难免要质疑自己那双张得圆圆的臂膀——接下来，你到底要拥抱什么，终究能拥抱到什么？

这时，天空飘起了细细碎碎的清雪，把本来就已经很模糊的记忆和大地上的标记，又做了进一步的涂抹。这是一个暗示，也是一个隐喻。其实，宇宙、天地之间的事情，有时非常简单，简单得让所有的猜测和想象都变得徒然。譬如这天上的雪花，不管它后来的形态如何，终究还是大地上的事物。诸般因果，兜兜转转还是离不开大地。只因为土地中的水分太充盈了，就溢出来，到空中凝结成了云；云飘得久了、累了，云凝得多了、重了，又会变成雪，落到地上。如果非要继续追问它们落到地上的目的和意义，我的回答也十分简单——它们终于还是要变成地上的水，至少是要重温一下做水的感觉和滋味的。

## 一、东南山、西南山

从松原市高速公路出口下来，沿301省道前行四十公里后，进入“井方乡”的腹地。

1992年前，这里还是蒙古王爷齐默特色木丕勒的牧场。数千平方公里的草原上，除王爷府为数不多的放牧点、收租点和偷垦者零星分布的窝棚，基本上荒无人烟。很多来蒙荒落户的流民，差不多都有着共同的回忆：一架勒勒车，吃力地在一人多高的荒草中爬行，车轴间不时发出秋雁般凄婉的哀鸣，就算是风吹草低，也还是难以看清远处的景色和方位。直到1926年，蒙古王爷和时任吉林省省长的张作相这对儿女亲家私下计议，“勘放郭尔罗斯西部蒙荒，设官治理”，以便缓解当时地方经济上的拮据，这片土地才算进入农耕时代。

为了便于操作，“官家”依照中国古代井田制格局，把全境荒地按统一规制分割成大小相等、均匀、规则排列的一个个方格子，每一个方格称作一个“井方”。全境共划出成方的“整井”274个，每井36方，每方45垧；因边界曲折的原因，划出不成方的“破井”35口。“井方”划完后，张作相心生一念，为了给自己罩上一层文治的光环，规定用《千字文》为每一个“井方”定名，按照从北到南，从上到下，从左至右的书写习惯给每一个方格安上一个字，这个字就成了这一方土地的名字，如果建村，就是村庄的名字。天地玄（元）黄，宇宙洪荒，日月盈昃，辰宿列张，寒来暑往，秋收冬藏……吉林省乾安县最初的行政版图初步形成。

我出生的“列字井”，在千字文中排第十五个字。实际上，在列字井之前，并没有与千字文一一对应的14个村庄。比如，荒、昃、寒、冬等被人们认为不吉、不雅的字，已经直接被弃之不用了。

小时候，列字井和北边的宙字井在行政上归一个生产大队管理，两个村子合在一起称为“列宙”。在两个平原村庄周围，均匀排列着四座巨大的沙丘，因为从远处看，宛若四座低矮的小山，所以我们分别称那四个沙丘为东南山、西南山、西北山、东北山。曾经，我们的村庄、我们的田地、我们的庄稼和我们的乡亲，在遥相呼应的四山之间构筑起我如梦的家园。早晨，太阳从东南山上升起，傍晚，太阳从西北山上落下；春天，风从西南山上刮来，又从东北山上远去；其间有风霜雨雪，有月圆月缺，一场接一场的风沙刮过，一年又一年的流光逝去，一幕连一幕的爱恨情愁交叠，一代又一代的生老病死轮回，我们始终在四山之间，我们的心、我们的情感，也始终在四山之间。

301省道延伸至鳞字井，下道向北，有一条平展笔直的村道，过称字井、霜字井、前张字井、后张子井，恍惚间，已经直抵列字井。算来，二十公里的路程，只花去十几分钟的时间。在三十年前，坐县里的环县公交需要折腾两三个小时；如果骑自行车，因为道路崎岖，夏季泥泞，需要走一段，推一段，至少也得折腾四个多小时。那时，每去一趟县城，都是出一次隆重而又艰难的“远门”。看来，时光真是一种奇妙的东西，它不仅能够解决很多和时间本身一样抽象的问题，还能解决一些和空间一样具体、明确的问题。

回到村子的第一件事儿就是叫上我的表姐夫王广柱，让他带路去看我最惦记的东南山和西南山。王广柱一向老实、持重，对很多事情都不会大惊小怪，对我的“有理”和“无理”要求，从不提出质疑。他告诉我，西南山已经不复存在，因为前一年横贯前郭和乾安两县的“哈达山”引水工程要从村前通过，需要大量取土，不仅整个“山”上的土都被取走，还继续向下挖进两米多深，昔日的山遂变成了今日的坑。他问我，还去不去看看，我摇头，想起了沧海桑田这个词。如果坑里将来注上水，用于养鱼，那不真就变成了“海子”？

曾经的四山，已经有两山归属别村，有一山归于乌有，可看的也就只有东南山啦！

车在王广柱的指挥下一路前行时，我一边询问清晰印在记忆中的那些“地标”都去了哪里，一边用眼睛四处搜寻着那座我曾在梦里多次梦到过的东南山。可是，平坦得如巨大篮球场的田野上，哪里都没有发现那个童年的“山”。不会是我的记忆出了问题吧？如果是我的记忆出了问题，难道王广柱的记忆也出了问题？或许，我是在一个醒着的梦里？一般梦里的事情都十分荒诞。我忍着，不把我内心的疑惑说给王广柱，单要看看最后的结果。

车拐下乡路后，一直沿着水泥浇筑的引水渠边缘行走，那是一条平展的土路。可以想象，未来的岁月里，这条水渠里的水，将年年替代“天老爷”，把这个以干旱闻名的地域滋养得土润年丰。然而，车子已经被王广柱叫停时，我仍然没有在视野中确认出东南山的位置。

“这里就是东南山。”王广柱站在车旁用手指着不远处的一个蓝色简易房：“那个机井房，就是东南山的最顶点。”

但大地在此处，并没有一点儿隆起之意。如果这个地方就是东南山的话，那个蓝色的机井房下边就是三十年前狼獾的家。在过去的许多年里，那个直通地下的黑洞在不停地往外冒出冰凉凉、白亮亮的水，而那些虽然有些讨厌但却生动有趣的狼獾们从哪一天起，去了哪里呢？我在王广柱的引导之下，站在田垄之间前后左右看了很久，才勉强看出一点儿大地的不平。就算东南山曾经真实存在过吧！可从前那个形貌昭彰的山，因何变得如此颓然不堪了呢？是因为多年之后我终于长高长大，相对的山就矮了下去，还是因为我自身变得衰老和麻木，不再像童年一样对很多事情有一种天然的灵动和敏感？

返回的路上，我突然意识到，脚下的土地和道路都已经不再属于我从前的记忆。时光，如陌上的流沙，掩埋一切，暴露一切，也雕刻一切，它像手段高明的魔术师一样，施展出乾坤挪移大法，不断地把一个人的故乡换成了另一个人或另一些人的故乡，而一切过程竟无人察觉。

## 二、好人王广柱

我把王广柱的家作为我在列宙活动的主要“据点”，至少有三种理由。第一，因为他人好，本分、老实、善解人意。虽然村子里的亲戚不少，我还是觉得和王广柱待一起更轻松随意一些。第二，因为王广柱极其具有代表性和典型性，他的生存状态和家庭状况几乎就是当代中国农民的一个缩影、一个范本。第三，因为王广柱的家和我原来的旧家正好毗邻，山墙与山墙之间只有几米之隔。

想当初，父亲在世时，因为十分喜欢这个侄女婿，凡事都愿意喊他一声，请他来帮忙。我家从村东搬到村西的时候，已经是村子的最边缘，往西再无人家。房子能最终落成，王广柱立下了汗马功劳。其间他不仅充当主力领人打墙，同时还兼任着工程的质量监督。可以说，没有他就没有我家那历几十年风雨而不坍塌的房山墙。我家房子盖起后，正好王广柱也想盖新房，毫无悬念，父亲就像张罗自己家的事情一样，帮助王广柱把家安到了我家旁边，做了近邻。

时隔多年，王广柱已由一个生龙活虎的小伙子变成半老男人。令人慰藉的是，这个已经不用整天在农田里劳作的老实农民除了有些“谢顶”之外，面相上基本保持了当年的轮廓和光滑。一看到他那张没有变形的脸，我那些有关往事的记忆就渐渐复活了，想起了父亲在世时种种情景和细节。

从前年开始，一向以勤奋著称的王广柱已经不再亲自动手种田了。原因说来却很值得玩味。两年前，我家卖给别人的旧房子，因年深月久房体破败，被新房主拆掉了。拆就彻底拆掉算了，却偏偏在王广柱家这一侧留下一堵孤零零的山墙。随着时间的推移，山墙在一点点向王广柱这一侧倾斜。王广柱早看出了危险，多次催促那家赶紧把墙拆掉，可是邻居却置若罔闻，一任那残墙继续倾斜。终于有一天，王广柱一不留意在走过那堵墙的时候，它突然倒塌，把王广柱压在下边。最后，命是捡了回来，但却造成了右腿粉碎性骨折，卧床一年不能下地劳动。从此，他也就顺势放下干了大半辈子的农活。想来，总不知命运如此安排是何用意。

一大早还没吃饭，王广柱就穿戴整齐急急地破门而出，直到差不多10点钟才从外边回来。原以为他要出去赶什么急事，结果却是赶早去村里排队办理“新农合”医疗保险。这几年，国家的医保政策覆盖了广大农村，只要加入新农合，上了医疗保险，就不用再担心大病致贫。但也有些农民舍不得交那270元钱，而“吃大亏”的。前年村里的徐彦斌媳妇得了直肠癌，手术、住院花去8万多元钱，结果因为没上医疗保险就没有享受到医保政策，过后，一家人“肠子都悔青了”。从此后，村民们深刻吸取她失误的教训，不管钱有多紧，也要咬着牙把保险上了。

王广柱边往下脱厚重的外衣，边讲他从村民那里听来的消息。听说邻村的张字井的村民每年只需出30元新农合费用，其余的都由村里“报销”，一样的村子，张字井还没有列字井的经济状况好，为什么张字井能做到的，列字井做不到？说着说着，这个老实人不由得动起气来，又数落了一番村子“两委”的贪婪、自私和种种劣行，林补作假、以机动地和稻田发包谋私，等等。说归说，气归气，相信这个老实人无论如何也不会像三子一样出去告状的。后来到底还是表姐出面叫停，王广柱才收住了抱怨。表姐虽然是妇道人家，但却活得比王广柱通达、透彻："这么多年，大伙一直吵吵来吵吵去的，究竟起过什么作用呢，到头来还不是白白地憋了一肚子气？你这是上了新农合就不怕气出大病来吧！"

其实，亲戚中顶数王广柱家的日子过得好，他们真的大可不必去惹那份闲气。尤其最近两年，日子过得越发轻省和滋润起来。时间就是这么奇妙，一晃，好日子过去了；一晃，坏日子也跟着过去了。前些年老两口，还要为离异的儿子抚养孙子，转眼，孙子已经长到了十七八岁，到县城里去读高中，住在他姑姑家，也免去了爷爷奶奶每日的照料和操劳。儿子建镇在大连一家公司工作很出色，业绩渐入佳境，职务连连晋升，一年拿着二十来万元的薪水，车还是公司给配的。年前，建镇把一个大学本科毕业不久的姑娘领回老家，让父母相看。这也算正式确立了关系，接下来就要筹备明年春天结婚的事情。

说起女儿娟娟，王广柱更是喜上眉梢。虽然女儿没有儿子在公司的地位那么高，但却从他身上继承了吃苦耐劳的优秀品质，心灵手巧，啥都能干，干啥啥精。说种地，没有农机时，一个人一把犁，在田垄间穿梭如飞；有了农机更是如虎添翼，每年都是一个人独当一面，最先把自己家的地种完；出去打工一样毫不示弱，巾帼不让须眉，工地缺少电焊工，她很快就掌握电焊技术，上手就干得十分出色；需要打电锤，她就像一个大男人一样一天刨掉一面水泥墙；公司需要安装光伏板的技工，她也毫不犹豫地冲上去，一个人顶一个半男人飞快地完成任务。她是一个劳动的天才，劳动起来有如神助。她打工所在的公司多是私营企业，谁干的活儿多，谁的贡献大，谁就挣得多。就这样，她一年下来总能拿到十四五万元的薪酬。很多男人见自己还不如一个女人，心生忌恨，刚刚有一些意见和微词，老板就出来替王娟娟说了话："如果你能赶上王娟娟干得多，我就给你提高一倍的工资，敢不敢和她比一比？"一听说比，那些人立即哑口无言。

如今，女儿、女婿也在县城安了家，虽然每逢年节和假日还会经常来看看父母，但让他们再回到这片土地上来已经是不可能的事情。表姐和王广柱也知道，一家人在列字井的根已经拔得差不多了，早晚会彻底拔除而没有一丝牵连，但他们决心已定，不到老得迈不动步，不会离开这片乡土的。这样算来，再有十年或十五年的光景，我们用以相聚和说话的房子，必定是人去屋空了。

## 三、比铅更重的爱与仇恨

如果把过去的列字村比作一个土里土气的农村丫头，那么现在至少已经出落成一个丰腴、水灵的大姑娘。不但体量上长大很多，村容村貌也发生了很大的变化。一条崭新的水泥乡路从村子中间穿过，路两侧的土平房尽皆消失，土墙围起来的小园子也不复存在，取而代之的是房前屋后整齐排列的大棚，大棚里不再是传统的蔬菜和玉米，而是能拿到市场上卖很多钱的葡萄。记忆中那些没棱没角的“干打垒”，变成了整齐漂亮的砖瓦房。条件好一些的人家，还在实用性基础上兼顾了建筑美学，不惜成本做出了具有古典意味的高脊和飞檐。但从房屋的数量推测，村庄的人口数量至少是从前的两倍以上。

实际上，很多房屋是空着和半空着的，偌大的房子仅有一两个人居住，甚至有的是常年闲置。时代变了，一切都在发生着变化；过去村里人建房子只是为了居住，一间房子里常常挤着四五口甚至十来口人；现在人们钱多了，房子的意义似乎已经离居住越来越远了。过去种庄稼是为了吃饭，为了填饱肚子；而现在每一样东西都要考虑有没有市场竞争力，能卖多少钱。人们娶妻、嫁人也不仅仅是为了过日子和生儿育女，而是为了享受爱情或体验人生的乐趣。

然而，一茬茬的人，就像土地上生长的植物一样，站起来一茬，倒下一茬。一茬腐烂成泥土，一茬却在继续着扬花授粉的爱情和繁衍事业。其中有些修成正果，开花结籽；有些则颗粒无收，虚妄一场；还有些是中途夭折，只落下令人痛心的咔嚓一响。

见到本家四叔以后，我的心不由变得沉重起来，沉重如铅。盛年时挺拔英武的形象，在岁月的摧残之下已经破败、朽坏得目不忍睹。佝偻的腰身、沧桑的面容和呆滞的目光昭示的不仅是岁月的残酷，更多的还是来自生命内部的愁苦。在这之前，我并不确切地知道四叔的膝下还有一个行三的堂弟。四叔说，他小名叫三子，大号叫任林利。如今知道了，却是他不幸离世的消息和令人痛心的故事。提起那段往事，四叔先已老泪纵横。

在四叔的三儿一女中，老三是一个异数，虽然自小不爱学习，没成大用，但天生聪明伶俐，精明中又暗藏着一股豪气。从小到大，仗义通达，不但在长辈中备受欣赏，同辈中的男男女女也无不敬佩其出色的智勇。三十岁年龄，一手在村子里开起了两摊子买卖，一个是乡村超市，一个是乡村饭庄，生意虽不算多么兴盛，但小日子却着实过得红火。因为经常呼朋唤友，胸中又有几分正义，遂与当地的村干部结下“梁子”，竟然代表众村民告起了村书记。三子仗着自己的好脑瓜和好文笔，把村民知道的各种腐败事实整理成十几条逻辑严谨丝丝入扣的“状子”递到“上边”，把个村支书吓得魂飞魄散，赶紧告饶，私下里托人传过话来，只要他不再继续牵头上告，要什么条件满足什么条件。众村民的目的是从根本上解决本村的腐败问题，三子哪里肯为一个口头许诺就这么私了？

也该着三子命遇“克星”，自作自受。这时恰巧他的一段桃色事件突然暴露。本村一女子长期与三子有染，其男人明知此事，却并不声张，只是一次次向三子“借钱”，后来又唆使十三岁的孩子出面要钱、要物。三子不堪其累，便与那女子分道扬镳。他以为事情就此了断，没想到这件事恰巧被村干部利用。唆使那女人的男人继续敲诈三子，如果敲诈不成就动手砸碎三子超市和家里的玻璃。其间，难免就有各种言语和肢体上的冲突，但每次那男人闹事，派出所的人都找各种借口不予理睬；而三子只要一动手，派出所的人马上到村里维持秩序。如此来来往往，三子吃尽了苦头憋够了气。终于，他在不断重复的规律和逻辑中悟出了其中的奥秘，但他对藏在暗处的人毫无办法，只能是“咬碎了牙齿和血吞”。

生活是一部拙劣或精致的小说，本无大事，通篇不过是一些鸡零狗碎的细节。最后把故事和人推到意外之境的差不多就是这些足以糊住眼睛和心的东西。在一年来的时间里，三子深陷于这种无休止的细节和情绪的纠缠而不能自拔，心气越来越烦躁，状态越来越糟糕。终于有一天彻底崩溃，失去理智，一边叨念着“这样窝窝囊囊活着真没意思”，一边拎起刀，去杀了那一家三口。然后，自己自首伏法。一段因情而仇而杀的故事就此烟消云散。一切欲望、恩怨、仇恨、希望、忍耐与不甘俱如一只当空炸裂的爆竹，随着一声脆响、一阵青烟化为乌有。短暂的回响和尘埃落定之后，天空与大地复归平静，如同什么都不曾发生过。

我记得，我离开列宙、离开四叔时还没有三子，我再见到四叔时，仍然还是没有三子。三子对我来说，只是多一个少一个都没关系的故事。但对四叔来说，三子却不仅是一段往事或幻影，而是嵌在心口的一枚钉子，今后每一次心脏的跳动，都将成为他余生的刺痛。

## 四、两个“五保户”

大表哥徐彦斌身高一米九，却空有一副威猛的身架，实际上胆子比谁都小，他不但怕人、怕事，还怕鬼。

关于大表哥怕鬼的原因，我曾在某一篇文章里说过。那一年，大表哥去前屯张字井回来的路上，遇到了两个长相一模一样、年龄十五六岁的小姑娘。低头走路的大表哥并没有留意那两个小姑娘是什么时候出现的，他抬头时两个小姑娘齐声问好，并甜甜脆脆地叫了声大哥。大表哥心里在犯嘀咕，怎么想不起来这两个小姑娘是谁家的呢，本屯哪看过这么好看的小姑娘？大表哥虽然心里疑惑，但还是同她们一同向北走，可是走着走着，那两个小姑娘就突然不见了，悠然之间，是眼看着消失的……

这是事情的经过，也是事情的结果——从那年那天起，大表哥不但相信有鬼，还怕鬼。最突出的表现是不敢走夜路，不敢在空旷的地方与看起来挺奇怪的人说话。而且最糟糕的是，他看到有一些人言行怪异或不可理喻他就认定自己遇到了鬼，或遇到了被鬼附身的人。所以，当他正在和某人说话或争吵时，突然脸色变得难看，慌忙怯场而去时，准是他的内心受到了意想不到的干扰。

经常出现误判的结果，使大表哥在正常的人事交往中屡屡显得有些懦弱，也失去了很多维护自己正确立场和正当权益的机会。事情过后，他自己往往会后悔不迭，但无疑，悔之晚矣！

八年前，徐彦斌看上了村南草原上一段废弃水沟，那是多年前“引松工程”失败留下的一道深沟。他突发奇想，在那里投下万元的鱼苗，冒冒失失地养起了鱼。尽管他年年锲而不舍地往里投一些青草和土粮，可一直不知道里边的鱼最后存活了多少，鱼长到几斤几两，因为他没有办法从那道深沟里把自己的鱼捞上来。去年夏天，突然来了一个绝好的机会，吉林省新一轮“引松工程”重新启动，正好工程要征用他的“鱼塘”。“征迁征迁，一步登天”嘛！按理，他完全可以借这个机会得到应有的补偿，但由于他的胆小怕事，在施工方的“吓唬”下，瞬间丢了谈判的先机。施工方说，这么重要的大工程，不能因为你一个人就停滞下来，占了你的鱼塘不假，但你得让我们先抽水、施工，否则这个责任你承担不起。水抽出来也就知道里边有多少鱼了，然后再谈补偿的事情不迟。这么一吓，徐彦斌的心果然就开始暗自发抖，他怕违反了法律被抓去“蹲小号儿”，所以就乖乖地让施工队抽水施工了。结果，水抽了，鱼死了，补偿的事情却找不到人谈。乡里说，你去找施工的人；施工方说补不补、补多少我们说了不算，你得去找总指挥部；指挥部说，我们哪能什么事情都管，谁占了你的鱼塘你去找谁，卖酒，得管提瓶子的人要钱。

结果，徐彦斌就蒙了，不知道找谁好。不知道找谁好的时候，他忽然想起了一个人——村里唯一一个能掐会算的业余“巫师”，现已八十五岁的刘荣。由于年轻时出身地主、成分不好，且善于神神道道，一直没有机会娶妻生子。老来无着，自然成为村里仅有的两个五保户之一。刘荣掐指一算，说大概还有机会，徐彦斌这才重拾信心，打起精神继续乱撞，去要他的补偿，至于最后的结果如何，大约只有天知道。

这次，我之所以要去见一下刘荣，一来是要看看，在我记忆中印象那么深刻的一个人，他现在到底变成什么样子了；二来是要看看现在的“五保户”们到底过得怎么样，毕竟这是一个党和国家一直没有忘记、一直没有放弃过的困难人群。

见到刘荣时，正是黄昏时刻，昏暗的光线和模糊的视野，刚好契合了刘荣的身份。刘荣坐在他的火炕上，炕上堆满了破旧的被褥和杂物，冷不丁看过去，仿佛他就坐在一堆破棉絮中。尽管如此，他的目光仍然和从前一样闪着光亮，爬满了皱纹的脸上也依稀残存着昔日的风采。八十五岁的人了，耳不聋，眼不花，思维敏捷，口齿清晰利落，讲起话来，神情生动一如当年。即便当年，刘荣混迹在农民之中，每天到农田里劳动，他也不是一个地道的农民。甚至，都不像一个人间的人。佛教里曾有“三界”的说法，是指天上、人间和地府，而刘荣这样的人，你把他放在哪一个“界”里似乎都不太合适，如果要准确归类的话，他就只能被划在“三界”之外的另册。

听刘荣说话，你从来都分不清他是故弄玄虚还是真发现了什么秘密。我们刚刚确认了彼此的身份，他就突然来了一句：“今年年份不好，罡星照地，村里已经一连死了八个人……”因为这并不是我想要听的，就赶紧把话题岔开。我见他像多年前一样仍然用一条绑带紧紧地扎着裤腿，就问他，你感觉冷吗？怎么在火炕上还扎紧裤脚。听我问这话，他把两眼一瞪：“冷，我这屋子还冷？你到那公家花四万元给我盖的房子里去看看，那才叫冷，屋子都是露天的。我扎紧裤脚是为了防止漏财……”

现在国家精准扶贫的政策惠及全国几乎每一个在册的困难户，在资金上、行动上也已经层层落实。当然，不管上边的决心和扶持力度多大，最终还是要靠基层的工作人员具体操作、执行。于是，村里的五保户就有四万元专项资金“戴帽”下来。这在农村来说，应该是一笔大资金，如果实打实地建，盖两间结结实实、严丝合缝的大瓦房不成问题。但经过层层“运作”，最后落在地上的房子，却离想象中的样子和品质差了一些，至于到底差了多少，也没人去详细调查和追究。是好是孬，参照什么标准，由谁来评说？一个行将就木的孤寡老人见过什么又懂得什么？别说建的是房子，就是盖了一个鸡窝，也是捡着的，有什么理由不乖乖签收？

临走时，我特意拐到他的“公房”去看一看，实际情况果然如刘荣所说，我开门在黑暗、寒冷的房子向外一望，房顶和山墙之间整齐地露出一条指头宽的缝隙，似乎特意留出来为了通风之用。看来，老迈的刘荣还真是思维不老。只可惜这个整日坐在阴阳两界的门口预测和干预别人命运的人，终究，对自己的命运无能为力。

从刘荣家出来，我突然想起了村子里另一个奇怪而有趣的人——王文学。

王文学的最大特点是勤劳和节俭。

已经活到近八十岁的王文学没有一天停止过劳动。据村里人讲，几乎没有人能回想出王文学不干活时是什么样子。王文学就是平平常常地走在村路上，也没有“闲着”的时候，看到柴火捡柴火，看到猪粪捡猪粪，看到什么捡什么。他自己一个几百平方米的小园子向下挖半米大概都是有机肥。因为舍不得买农机，他的一切劳作都是纯粹的手工作业。每年从地里收回的玉米，他都是自己一粒粒用手搓下来的。为了把这些磨人的慢工活儿干完，他经常一个人一搓一个通宵。

王文学和刘荣一样，也是因为成分不好，才娶不到老婆，但王文学却并不是一个没有收入和财富的穷人。王文学的“穷”，完全是因为他自己过分节俭造成的。他这种性格的人，就算是腰缠万贯，也会过着乞丐一样的生活。如果单从吃穿和用度上衡量，王文学的生活连乞丐都不如。村子里的人没有谁不知道，他每天的饭食糟糕得跟猪食一样，不管从哪里来的剩饭剩菜，腐败到什么程度，只要到了他面前，都要照吃不误，其所有行为背后的动力都只有一个——为了省钱。

谁能相信一个整天劳动几乎不花钱的人会没有钱？是的，在村子里，他从来都是一个有钱人，甚至钱多得无处藏匿。无处藏匿也要藏，否则又要被那些侄子、侄女们弄去花光。于是，他的钱总会隐藏得让人意想不到。有时藏在树洞里，有时藏在厕所的某块砖下边，有时也会藏在屋子里的某块土坯下。钱藏好后，王文学仍不放心，总要时不时地去看看，那钱还在不在。人们抓住这个规律，在后边远远地跟踪他，不出一天就能侦破他藏钱的地点。如果是一个近身的人，在王文学睡觉时还能待在他身边，则完全不用费什么心思，轻而易举就能获得他藏钱的全部秘密。王文学睡觉时有一个毛病，会不断说梦话。在梦中，他会把自己最关心的事情全部清晰地说上一遍，比如钱具体藏到了哪里。有时，他还能在梦里和醒着的人对话，并且有问必答，绝不隐瞒。随后，你按照他在梦里说的地点一找，百分之百应验不虚，并且钱的数额会精确到分。越来越深的生存恐惧，却越来越直接地出卖了自己。大约，这也是许多年来王文学拼命攒钱而仍一贫如洗的主要原因。

王文学也是一个拥有两座房子的人。除了“公家”给“五保户”盖的房子外，还有一座自己以前盖的房子。当然，自己盖的房子外观上要更加丑陋和破败。我到王文学家是先到那座漂亮的房子里看了一下。这时，天色就更暗了。在黑暗的房子里向外看，房顶和山墙连接处的缝隙更加明亮刺眼。如果是一个近视的人，定然会认为那是铺设了一圈而电路不良的灯带。在寒冷的北方，这样的屋子是绝对不能住人的。也可能当初盖这座房子的时候，施工方重点考虑的是“五保户”夏季居住的通风和凉爽。

看来，我只能去王文学的另一座房子里和他说话。但另一座房子的状况也不是很好，灶间杂乱地堆满了柴草，炕上横陈着黑乎乎的被褥，屋子里的温度也一样低得让人感觉到这个冬天的寒冷。王文学的健康状况明显不如刘荣，他的耳朵基本快聋了，我们费了很大的劲儿，喊了半天，他才听清我们说的话。好在，他的思维和记忆并没有模糊，他还记得曾经和我父亲一起在林场的事情，还记得我的小名儿。

出了王文学的家门，我的心情开始变得难过起来。有一些愤怒，却找不到愤怒的具体方向和对象。整整一个晚上，在我眼前萦绕的，都是王文学那佝偻的身影、满脸纵横的皱纹以及那怯怯的目光和神情。

## 五、羊倌儿的心怀

如果把戴永贵单纯看作一个羊倌儿，显然是不对的。从表象上说，他不仅养羊，而且还养牛，目前他手里不仅有近一百只羊还有六头牛，而且都正值繁育高峰，牛羊效益旗鼓相当；从骨子里说，他又是一个纯正的农民，老实，厚道，以极大的忍耐力适应着自己的生存环境。这些年，他一直都没有离开过土地，没有放弃过自家一垧多土地的耕种，他不屑于放弃主人的身份，客居城市去打工。

养殖，虽然是他家庭收入的主要来源，在定位上却一直是他断断续续的"副业"。土地，培育了他韧忍的品质；养殖，则教会了他商业意识和变通的智慧；两者互动，相互弥补、相互效力，使他成为一个有为又有道的新型农民。

戴永贵第一次大规模养羊是在1984年。之前，他已经将新婚时岳父送他的两只羊养成了二十多只。俗话说，一只羊也是赶，两只羊也是放，既然要天天出去放羊，莫不如就来一个规模化养殖。于是，他花了九百八十元钱从邻村一个养羊户手里又买了四十八只羊。那时，因为农村已经分田到户，种自己家那一垧多地，还有很多剩余精力和体力。老戴不怕累，放羊时他就在心里暗暗盘算，满甸子都是草，赶一帮羊走来走去的，当散心了，一旦孩子们长起来，仅靠那点儿地，拿什么供他们上学呀？有了这帮羊，就算有了一个流动并不断膨胀的钱袋子和肉库。

果然，这帮羊在之后的年月里，让他的三个女儿、一个儿子个个都把书读到了个人智力和意愿的终点，该升学的升学，该务工的务工，没有一个因为学费困难而辍学。老戴本人并没有明确的信仰，但每到内心的感激之情和恐惧之情达到高点时，他都要跪下来对着空空的苍天叩头致谢或祈祷。"感谢苍天"，到儿子结婚那年，这帮羊终于完成了它们的使命，老戴把羊全部卖掉，给儿子办了婚礼。

这回他可以好好歇一歇了，这些年的放羊经验告诉他，这个活儿可不是好干的，不但费力，而且费心。不但要管它们的吃，管它们的喝，还要管它们的交配、生育和疾病，只要有一个环节想不到、做不到，它们就会死给你看。他整天战战兢兢、如履薄冰，要和伺候祖宗一样尽心尽力，多年来，为了这帮羊老戴竟然没睡过一天囫囵觉。

平心而论，老戴是幸运的。他的幸运至少体现在两个方面：一方面，他的几个儿女均逃离农村，生活得很富足，最重要的是都很孝顺，没有一个不顾及父母只管自己享受的，每个人都争先恐后为家里做贡献，不停地把钱塞到父母手中；另一方面，他是生活在离列字井仅有两千米之隔的张字井，摊上一个还把村民的利益放在心上的村干部，本村的经济虽然一般，但老年人的待遇特别好，就算躺在炕上什么也不干，靠土地出租、直补、医保，再加上年节村里所发的福利，也能过得不错。

这些年农村种地基本实现了机械化作业，效率是提高了，但机械毕竟没有人的精细和灵活，特别在收割环节，粮食的糟损特别大。秋天时，老戴到农田里走一遭，看到地里到处是遗落的粮食，他灵机一动，又动了放牧养殖的心。虽然自己已经不需要再拼命劳动去赚钱，但如果力所能及做些事情，为子孙后代挣点钱，那不也是人生价值的体现吗？说老戴这个人天生闲不住也可，说他天生就是这受累的命也可，反正他眼里都是活儿，并且看到了就会行动，就会干。没多久，他一鼓劲儿，又开始旧业重操，买了九十多只羊和六头牛。接下来的形势，居然如老戴估计的一模一样——一派大好。当年，他就收回了全部投资，现在他用鞭子赶着的，全是不怕死的利润。

我和老戴并肩坐在他家的炕沿上，听他口若悬河地讲他的放牧经，一时间，竟感到我听的并不是农牧琐事，而是一种哲学，关于人生，关于经济，关于治理。

老戴说，一个放羊的人，首先要知道你和羊是什么关系。人养羊，最终的目的肯定不只是为了羊快乐幸福，但你一定要让羊时时刻刻感到快乐幸福。你要把心思、情感、精力真的用在羊的身上，甚至，宁可自己不吃，也要让羊吃好吃饱；宁可自己不睡，也不能让羊冻着或淋着。否则，羊就会瘦、弱、病、死，让你什么也得不到，毛没有，肉没有，羔子没有，甚至连一点儿成就感都没有。

老戴说，他以前认为羊没有什么智商，只知道埋头吃草和任人宰割，但通过大量观察，他才知道羊极其聪明。每天早晨出去放牧，他让羊走在前边，让牛走在后边，他赶着牛，牛赶着羊，等牛停下来吃草的时候，羊立即拐入另一块地，与牛分开，但羊并不急于下口吃草，而是要走出一段距离把草上的晨露或霜雪踩掉，然后回过头来再吃，这样就免得吃进那些带着寒气的草落下病根儿。羊也有贪吃、任性和散漫的毛病，如果什么都听羊的自然不成体统，比如，大雨、大雪和露重的天气，羊再怎么饥饿和咩咩叫，也不能把它们放出去乱吃，由着它们的性子会害死它们。羊都死了，哪里还有什么羊倌啦？但如果无视羊的需要，后果也很严重。好的羊倌儿就是要在自己和羊之间把握好各种“度”，一天之中，什么时间放羊，什么时间收羊归圈，一年之中，什么时候把公羊和母羊分开，什么时间让它们并群、交配，什么时候剪羊毛，什么时候淘汰老弱病残……样样都要用心，样样都要妥帖。只有这样，羊才越来越肥，羊群才越来越大，养羊的效益才会越来越显著……

老戴接人待物也很得体，很有分寸，送我们出来时，走到了他家的院门口，他立即停下来和我们握手，这就意味着送到此为止。然后，挥手告别。已经走了很远，我回头，老戴还微笑着站在那里，很有点儿政治家的范儿。当时，我就在心里暗暗地想，老戴真是一个有头脑、有思想、冷静、清醒的人，如果让他当一个村主任和村书记肯定能把村子搞得红红火火。

（选自《广西文学》2019 年第 6 期）

# 仰望一棵草

沈俊峰

## 一

去年底，天寒地冻的时节，我从北京辗转回到位于大别山的霍山县，去单龙寺镇双龙村采访精准扶贫。回，因为那是我的第二故乡，我成长的地方。驻村扶贫工作队队长张远来是我的师范同学，他说王先虎、何祥宏、郑光弼就在镇中学执教。于是，兴奋相约，三位同学请我在镇上一家最好的酒馆喝了一顿酒。

这三位兄弟，一直坚守三尺讲台，从没有离开过。

看过这样一句话：他们是最早被“掐”的那一批嫩芽儿，他们用稚嫩的肩，过早地扛起了国家赋予的沉重使命。记得当时，像有一记重拳捣在心窝，震撼、酸楚、委屈，却又是疼痛的欣慰。

当尘埃即将落定、云飘烟散之时，才意外地发现，有这样一批人，在自我救赎的同时，也益了他人、兴了社会，如一滴水的永生融入了江河湖海。

我、我们，是“他们”中的一分子，也是“这样一批人”，自然是息息相通。

二十世纪八九十年代，中国历史上最后的，与国家发展同脉相承、密不可分的中师生，是一道抹不去的风景，注定会成为永远的国家记忆。一代中师生们，骄傲过、自豪过、喜悦过、欢乐过、拼搏过，也彷徨过、失落过、迷茫过，更有过撕心裂肺的疼痛和欲罢难已的泪。改革开放四十年来，他们像一棵棵平凡的草，散落于偏僻落后的乡村，教书育人，默默耕耘。在职业即将谢幕之际，听到了掌声，听到了将他们超拔至高尚的掌声。虽然掌声寥落，却足以温暖余生。毕竟，许许多多的人受过他们的教育和恩泽。

这是一代中师生的命运，平凡，却铸就了别样的辉煌。可有谁知晓，这迟来的似乎是民间记忆的赞誉，有着他们心中怎样无法抹去的隐痛？

从大别山归来，仍沉浸于过往的记忆，久难释怀。南方开始了连续多日的漫天飞雪，北京却没有见到一片雪花儿，这让人遗憾和失望。

坐在古老的通惠河边，看森林一般的高楼，看飞机大鸟或蝗虫似的降落或拔升，看混浊的河水，看浊水中的夕阳，看夕阳在浊水中的跳跃、扭曲、变形、流淌，然后洒满了一河波光粼粼的碎金花儿。

命运，真的说不清楚是否就像眼前的此景，飞翔、匍匐或者随波逐流……

## 二

大别山腹地的安徽省霍山县，崇山峻岭中，新中国第一坝——佛子岭水库大坝坐落于此。该坝是新中国创立之初“156项”重点建设项目之一，是中国第一、亚洲第一、世界第三座钢筋混凝土连拱坝。2018年初，佛子岭水库大坝被中国科协列入第一批中国工业遗产保护名录。

水库大坝下游七八公里处，辽阔的淠河岸边，黑石渡桥头，“文化大革命”期间创建的一所“五七大学”摇身一变成了县师范学校。

站在黑石渡桥头，可以最佳角度观赏到著名景点“睡美人”。蓝天白云下，一个黑发如瀑的古典美人静静地仰卧于苍茫天穹，妙容如生，动人心魄。

1979年秋，霍山师范招了四个班，高中班、普师班各两个。普师班学生多为十五六岁，来自于周围几个县，是初中毕业生中成绩最好、灵魂干净的一批，早早被“掐”的那一批。两个普师班111人，其中女生5人。我在的那个班56个皆为男生，大家自嘲“和尚班”。

时间仓促，条件简陋。学生宿舍是用毛竹、麦草、黄泥盖成的草棚，远远望去，像历史教科书上原始人后期搭建的草屋。一个大草屋能住二三十个人，上下木板床，夏热冬寒。

每周上课六天，四顿早饭每人发一个二两的馒头，两顿早饭每人发两根油条。馒头或油条无法让人吃饱，于是拿饭票去食堂打稀饭。稀饭熬得黏稠，堪称一绝。喝稀饭成了亮丽而难忘的记忆，以至于同学们至今还以“喝稀饭的”自嘲“霍师范的”。

唯大门口那块白底黑字的招牌，那六个遒劲有力的大字，让这座破旧的校园弥漫出了文化味儿，显示出它的与众不同。

老师、学生都呈精神焕发状态。老师更显迫切，行走如风，一副时不我待的样子。十年浩劫，教育现状令人悲哀，大量缺正规教师。学校恨不得拔苗助长、撒豆成兵，立马把我们撒到各个偏僻的学校去。比我们早一届的中文班、数学班，初中、高中生混招，学校真的让高中入校的学生提前一年毕业，剩下的便合成了一个班。

在那个激情燃烧的年月，我们那批幼苗灵魂如洁净的天空，看不到邪恶的皱纹，也少有一星半点的心霾。有人说，“60后”多是复杂的混合物，理想主义、英雄主义、浪漫主义、现实主义、批判现实主义，交错纠缠，繁杂撞击。于我，却是理想主义影响了人生。

如今已年逾九旬的李道生老师根本不会想到，在离漫长的为党教书四十年还有很远的时候，现实的变化就已经远远地超越了大家的想象，师范学校改名为教师进修学校，只培训不招生，后来，改名为高级职业中学，再然后，搬到新开发区，建成了职业技术学院，与师范更是风马牛不相及了。

母校，只能活在记忆里，连同我的大半辈子光阴。

这或许就是沧海桑田吧！

## 三

第三学年开学，许多人心里已然难以平静。当初，成绩远不如自己的初中同学，两年高中之后，有人接到了大学录取通知书，有的还是重点。十七八岁，正是做梦的花季，怎能不受刺激？但是，又不得不承认，我们的梦提前终结了，像花的提前凋零，而人生的果，却过早地吐浆结实、过早地成熟了。

遗憾的是，这个世上没有如果，只有结果和后果。

无法飞翔，那就漂流吧，如果顺风顺水，或许也能抵达一个如花的彼岸。许多时候，我这样安慰自己。梦想和抱负就像一个人的跳高，在达到某个巅峰之后，唯有一再地降低翻越的标杆。生活，终会让你心甘臣服，也会让你心悦诚服。

临近毕业，突然很想分配到大山深处的某座学校，一个僻静之地，教书育人，不想陷身尘世的繁杂。家人希望分回到厂里，我以沉默相拒，心绪绝望。回去，就是为了展示自己在一番热火朝天之后，最后落魄于子弟学校当一个孩子王吗？

最要好的一个发小让我悬崖勒马，认为我的想法天真幼稚，极不现实。军工厂虽说在山里，但说不定哪天就会搬进城。城市，是人人向往的地方。况且，高山之上，如何抵挡得了没有朋友的孤寒？进山容易，出山难。暖情之语，彻底让我的不实之念轰然坍塌。但是，我还是没有满足父母的愿望，而是去了另外一家企业子弟学校。

那个发小同学，一年之后因为一场小病死在了医院。永远十九岁的他，就埋葬于工厂附近的山坡上。

考完最后一门课的那天晚上，许多人聚在礼堂看电视，不时传来阵阵欢呼。那里有学校唯一的彩色电视机。我独自坐在空旷的教室，听镇流器发出嗞嗞的声响。留恋、欣喜、茫然？说不清楚，只想在空空的教室，静一静灵魂，默默地告别，向梦想、向浪漫、向天空、向大地，也向自己，从此脚踏实地，心缩成团，让飞扬的粉笔灰染白人生。那个寂静的夜晚，我向自己的十九岁招手，笑，苦笑。

如果不是半路受到重创，我一定还在坚守三尺讲台。

刚进校，当了四年级班主任，比学生大不了几岁。班上年龄大的女生，情窦初开，见到我便有点不好意思，总是低头一闪而过，从来没有打过招呼。为人师表，像一根弦绷在脑海里。人类灵魂的工程师，这说起来有点大，其实挺让人虔诚、自豪和敬畏。

一直记着父亲的话，工作两年后报考教育学院。我和一位同事分别递交了申请，学校、组织部、厂党委层层研究，一路绿灯，同意报考。这让我感到脚下的路阳光灿烂，天空流金溢彩。人生能有几回搏？

暑假，我接到了录取通知。此后是满心的憧憬，悄悄准备，等待着一个激动人心的时刻。

然而，有惊喜就会有意外。厂里突然就不同意我们走了，理由是缺老师。实在是、真的是不敢相信，一个几千人的大厂，那个大红的印章，说变就变了，说扼杀就扼杀了，而且是轻描淡写地扼杀，扼杀得不见一丝血色。

为什么会这样呢？那时候，想不通，现在，仍然想不通，唯有一声叹息，风轻云淡。

有谁能告诉我，昨天还能再来吗？

和同事做了各种各样的努力和争取，也无法撼动那个大红印章盖出的最终决定。从此，那成了一个无法触摸的隐痛，一个无法打开的死结。

这么多年来，蛰居京城，或行南走北，遇到许多朋友，谈到各自经历，竟有许多中师生，这些当年的“漏网之鱼”，经商、从政、搞科研、大学教书，或者成为作家、诗人，各行各业都有。说起那段共同的经历，才知道当年天南地北有着五花八门的规定，中师生不许改行、不许当兵、不许进修、不许考研……只能教书。

什么叫奉献，什么叫牺牲，这便是吧？痛苦中挣扎，泪水中匍匐，欣慰中前行，构成了一个平凡而完整的人生，却垫起了国家基础教育的大厦，培养出了一茬茬的学生，放飞了一代代人的梦想。

个中滋味，唯亲历而自知。

脑海中，时常会浮现出一位温文尔雅的长衫先生。寂寞乡道，阳光灿烂，山河静美，长衫先生从历史深处的云烟中静静地走来，无声地走来。那不变的乡道，长衫先生已行走了几千年。

我为这个意象莫名地感动。它浸润着许多我熟悉的影子，孔子、老子、孟子、庄子……一代代的乡间知识分子，有名的无名的，高的矮的胖的瘦的，有胡须的无胡须的，走成了一条望不到尽头的寂寞也热闹的长龙，清晰坚定，接续延伸，撑起了华夏文明的精神核心。

自学考试政策甫出，便有了一个非常壮观的情景，一届届累积起来的中师生，从全县各个角落、各条乡道上走来，成为浩荡的自考大军。唯独没有了长衫。若给学生一碗水，自己得有一桶水。面对这个虔诚的信念，大家想尽办法提高自己。自考，或许是最好的办法。曾经的好苗子，此时只能边工作边学习，才不至于被时代的浪潮拍到沙滩上。

那天在县自考办报名，碰到一位从教院毕业的同学，他说我的名字挂在教院的黑板上足足一个学期，催促前去报到。听罢，终于无法抑制，一怒扔了五六门合格证，从此不再考。没有那一纸毕业证，难道就不吃饭了吗？一颗年轻的心，不知道是在与谁怄气，与自己，还是与那看不见的对手？然而，意气用事，受伤的终是自己，因为自身太微弱伤不起。

后来，厂里调我去写厂志，再也没有返回讲台。而我的同学或者学友，绝大多数仍然坚守在教育一线。

像一茬茬的庄稼，学生们飞出乡村和城镇，成了各行各业的人才，而教他们的中小学老师，还是中小学老师，还在给孩子们上课。唯一的改变，是老师越来越老，粉笔灰让青春飞扬无影。垫脚石、燃烧的红烛、瘦削的人梯，这是社会和大众的评说。其实，他们更像一棵棵小草，默默无闻，扎根土地，有的开花，有的无花，却都是阳光的追求者。它们自身的苍翠，昭示了生命的坚韧和顽强，岁岁枯荣，百折不挠，染绿了一个又一个春天。

有那么些年，有些地方教师的工资被拖欠，有时候竟以食用油、肥皂、洗衣粉等充当，甚至，工资被强行扣下订了报刊……有委屈、不平、怨愤，却无悔。站上讲台，便绽放出一张慈祥笑脸，绝不把不良情绪带给孩子。

那是一代人的品质，一代人的时代印记，像那个年代的大地、水和空气，有着洁净和清纯。

## 四

说不清从哪天起，教育变得不再纯粹。这让人心痛，心痛便会痛苦。世态人心都在变，有的变得温暖，有的变得寒凉而苍远。亲，非富难走动；朋，非贵难交往；医，非利难疗治；商，非奸难满足。那么师呢？

不敢想，想来难安，甚至是不寒而栗。颤抖中，幻想着重拾一些丢失的晶莹剔透的东西，幻想着重整灵魂的山河，幻想着焕发一个精彩的世界，让世界安宁如春，遍布生机、活力和希望。

有一天，沉睡的梦突然被唤醒了。有人从微信转给我一则新闻《一个教师一个娃，大山深处的坚守》，读罢，大吃一惊。

霍山县大化坪镇王家河小学，五十四岁、有着三十余年教龄的俞宗江正在为四岁的杨鑫钰上幼儿游戏课。这个村级教学点，唯这一师一生。

看到这里，我愣住了。

这个教学点，除了一间学前班教室、一间教师办公室外，其他房屋均处于闲置状态。“七年前学校专门翻修，教育部门还给我们配了班班通、在线课堂等设备，但就是没有学生，没有学生也就没有老师愿意来。2013 年，曾经分来一名特岗教师，因为交通不便、生活孤独，一周后就走了。”

每年，村里一年级适龄学生有十人左右，为了挽留生源，俞宗江会上门做工作，尽可能给予家长方便，比如，可以代接代送，雨雪天气免费给家远的学生提供住宿，即使这样，依然挽留不住。“农村家长很重视教育，有时难免有攀比，家庭条件好些的，都去县城上学了，条件稍微差些的，也要想办法让孩子去中心校或县城上学，家长担心孩子成长发展受到限制。”

俞宗江？不是低我一届的学弟吗？当年意气风发、决心为教育奉献四十年的青年教师，现在竟然无生可教了？

上网搜，发现竟然有那么多关于教师坚守的报道，几乎每个省都有。打电话去问，俞宗江倒是豁然，现在的城镇化、现代化，说明我们国家在进步、在发展，该高兴才是，毕竟城里的条件比乡村要优越，对于个人来说，只能自我消除阵痛，对吧？

但是我相信，俞宗江的心里一定不会好受。

乡村教育就此会萎缩与沉寂吗？乡村需要人，需要活力，需要建设，需要有识之士。这个发展中的阵痛，啥时能治愈呢？

心中突然惆怅起来，一代中师生，从辉煌开始，却以黯淡与光明并存而结尾，所幸的是，这个结尾被一个辉煌的新时代所衬托。如今，一代中师生的职业生涯即将走向终点，即将完成历史使命，心中无憾，却是否落寞呢？

当风云散去，万物归于平淡，一切也就成了云烟。换一个角度来看，个人的姿态已不那么重要，重要的是，世界是否明白，是飞翔和匍匐共同构成了这个完整的世界。那些不得不为的匍匐，其实是别样的飞翔，别样的升华，应该受到时代的礼遇和尊重。

所幸的是，即使卑微如草芥，也仍然会被时光塑成金身，有了一层薄薄的光泽，留待历史去慢慢倾听和解读。

痛和爱，都将落入历史的花间深处，再也无法触摸。然而，一棵飞翔的草，却值得历史的仰望，对吗？

（选自《天津文学》2019 年第 2 期）

# 沧海一声笑

刘江滨

哈哈哈哈，哈哈哈哈……邻居老太太一连串的大笑声，从窗户缝里挤进来不时鼓荡我的耳膜，一连数日，天天如此。那边厢放声大笑，这边厢心生疑惑，这老太太不是神经出了问题吧？我上网一查，方知这叫“大笑疗法”，原来这是老太太在治病呢。“笑一笑，十年少”，这句民谚为大家所熟知，敢情大笑还能治病？据说，这种疗法为二十世纪中叶美国医生所创。英国哲学家罗素也说：“笑是最便宜的灵丹妙药，是一种万能的药。”

笑和哭是相对应的。我在网上搜索了带“笑”字的古诗词，有908页，带“哭”字的只有83页，二者相较，竟有百倍之差。这应了那句俗语：笑比哭好。笑，大多与欢乐、愉悦、幸福、满足等紧密相连，而哭，往往与悲伤、忧愁、不幸、沉痛有关。“巧笑倩兮，美目盼兮”“回眸一笑百媚生”，这笑是美；“谈笑间，樯橹灰飞烟灭”，这笑是潇洒；“仰天大笑出门去，我辈岂是蓬蒿人”，这笑是狂傲；“我自横刀向天笑，去留肝胆两昆仑”，这笑是慷慨……

奥林匹斯山诸神的笑，吸引了凡间的向往；《蒙娜丽莎》那神秘的微笑让世人永久沉醉；世尊拈花，迦叶微笑，更是心有灵犀的禅意释放；生活中，也是一个笑脸可令坚冰消融，暖意顿生。

关于笑，在词语的世界里数量之多恐怕罕有其匹。法国人让·诺安在他的《笑的历史》一书中做了一个“笑的量度表”，像温度计一样，自下而上注明笑的刻度：冷笑、有礼貌的微笑、微笑、不出声的笑、笑、大笑、狂笑、笑得要死。通常来讲，笑是欢愉的表现，如欢笑、开怀大笑、捧腹大笑、笑嘻嘻、笑眯眯等，但笑的里边还衍生出人类复杂的情感，如苦笑（无奈）、狞笑（凶狠）、奸笑（阴鸷）、媚笑（巴结）、冷笑（蔑视）、嘲笑（讽刺）、讪笑（尴尬）、皮笑肉不笑（虚伪）等，这些笑显然与欢愉无关了，脱离了原有的轨道。

亚里士多德说人是唯一能笑的动物。笑的复杂性令西方为数不少的科学家、哲学家、艺术家穷究不已，从笑的起因、生理机制、心理精神到艺术审美予以一本正经的探讨。达尔文曾仔细观察新生儿的笑，曾用一片树叶搔出生只有四十五天的婴儿的脚心，发现婴儿会缩回脚掌，嘴里发出某种声音，脸部会出现类似微笑的表情。一名叫罗克尔的医生把笑称作“呼吸现象”：“笑既是呼气也是减压。它产生的心理状态是痉挛式的，断断续续和富有爆炸性的。总之是一种呼吸现象。”他又说：“希腊人使用一个绝妙的词儿称谓笑：gelao，这个词的本义是‘照耀’。笑照亮了面容，使人目光炯炯，使眼角皱起，使红润的双唇舒展在雪白的牙齿上。笑声带来了光明和色彩：它神采奕奕，红光满面。它还会扩展到全身。当人们捧腹大笑、前仰后合的时候，浑身上下各个部位都充分动员起来，于是人便雀跃、舞蹈、嬉戏……”由此可知，笑是一种生理本能，它的本源就是愉悦。

但是，也不能一味地笑。英国人詹姆斯·萨利在他的《笑的研究》一书中说：“有一点无须争论：笑的冲动应当受到一定的控制，既包括社会压力的外来控制，也包括自我约束的内心控制。笑的冲动一旦不受限制，便可能表现为种种丑恶的毁灭性形式。”帕斯卡、爱迪生都斥责过那种粗鄙、浅薄的笑。在我们日常的社会活动中，许多的时候、场合，是不能笑的，应该敛起笑容，呈现出庄重、严肃的表情。比如纪念仪式、庄严大会等，这时候，任何形式的笑都是丑陋的，粗野的，甚至是毁灭性的，因为这破颜一笑，是对神圣事物的损害和践踏。一味地笑，就是傻笑，毫无意义，与那种来自于思想和心灵深处的快乐毫不相干。“嬉皮笑脸”与吊儿郎当一个意思，这个笑是轻佻的。另外，“笑料”“可笑”“玩笑”也都说明有些笑是伴随鄙视的。如果评价某人某事是一个“笑料”，让人觉得“可笑”，那肯定是非常负面的评判，跟毫无价值之意庶几不差；而笑与玩绑在一起，就有些荒腔走板的意思了，“你开什么玩笑”是斥责，“真是历史的玩笑”则罪莫大焉。钱锺书先生曾在《说笑》一文中批评了某些无聊、浅薄的笑，他说：“假如一大批人，嘻开了嘴，放宽了嗓子，约齐了时刻，成群结党大笑，那只能算是下等游艺场里的滑稽大会串。”至于那些“卖笑”的行径更是等而下之，为人不齿。

笑是喜剧之母，由笑派生出诸多艺术品种，喜剧、小品、相声、马戏团小丑、笑话、滑稽戏等，都旨在逗人发笑，博人一粲。滑稽和幽默是笑的艺术中最主要的两种表达方式。“滑稽”一词源自中国，原指酒器，后指油滑圆融，如《楚辞·卜居》：“将突梯滑稽，如脂如韦。”《史记》中有《滑稽列传》，这里的“滑稽”是指能言善辩之人，但都跟“笑”沾边，淳于髡“仰天大笑”，优孟“常以谈笑讽谏”，优旃“善为笑言，然合于大道”，故后世将滑稽定义为言辞、行为惹人发笑。巧了，中国戏剧中的丑角，西方马戏中的小丑，一个是白鼻子，一个是红鼻子，扮相奇怪，行为夸张，都是滑稽的最好注脚。“幽默”一词来自于英语 humor 的音译，虽然中国古代屈原《九章》里有“孔静幽默”一语，但这个“幽默”是幽静无声之意，与后来的意思毫不搭界了。林语堂先生将“幽默”引入现代中国，使之成为与传统的“滑稽”有别的语言表达方式。他说：“在狭义上，幽默是与郁剔、讥讽、揶揄区别的，这三四种风调，都含有笑的成分。不过笑本有苦笑、狂笑、淡笑、傻笑各种的不同，又笑之立意态度，也各有不同。有的是酸辣，有的是和缓，有的是鄙薄，有的是同情，有的是片语解颐，有的是基于整个人生观，有思想的寄托。最上乘的幽默，自然是表示‘心灵的光辉与智慧的丰富’。”（《论读书，论幽默》）英国女作家乔治·艾略特把谐趣、幻想和哲理视作构成现代幽默的三种成分。幽默与滑稽一样都是逗人发笑，但幽默显然更高级，更风趣，更有气质，更多智慧因素。如果说搔痒也可以让人发笑，那么幽默则是对心灵的搔痒，在笑声中含有深长的意味，耐人思索。

《红楼梦》是一出“悲金悼玉”的大悲剧，“千红一窟（哭），万艳同杯（悲）”，最后的结局是“白茫茫大地真干净”。但这悲剧中却也有欢声笑语相伴，这笑成了哭的背板。书中有一段脍炙人口的写笑的场面：“贾母这边说声‘请’，刘姥姥便站起身来，高声说道，‘老刘，老刘，食量大如牛，吃个老母猪，不抬头！’说完，却鼓着腮帮子，两眼直视，一声不语。众人先还发怔，后来一想，上上下下都一齐哈哈大笑起来。湘云撑不住，一口茶都喷出来。黛玉笑岔了气，伏着桌子只叫：‘哎哟！’宝玉滚到贾母怀里，贾母笑得搂着叫‘心肝’，王夫人笑得用手指着凤姐儿，却说不出话来。薛姨妈也撑不住，口里的茶喷了探春一裙子。探春的茶碗都合在迎春身上。惜春离了座位，拉着她奶母，叫‘揉揉肠子’。地下无一个不弯腰曲背，也有躲出去蹲着笑的，也有忍着笑上来替他姐妹换衣裳的。独有凤姐鸳鸯二人撑着，还只管让刘姥姥。”（第四十回）越是美的东西的毁灭才越是叫人痛惜，繁华过后成一梦，笑语喧哗皆成空，含笑的悲剧比一味流泪的悲剧更叫人痛到骨子里去。按照鲁迅的说法，“悲剧将人生的有价值的东西毁灭给人看，喜剧将那无价值的撕破给人看。”悲剧是沉重的，喜剧是轻松的。唯沉重而见分量，一如巨石；轻松亦常失之轻薄，一如鸿毛。从世俗角度来讲，人们更喜欢喜剧，解颐消愁，哈哈一笑，过后不思量。但从审美角度来讲，悲剧更加崇高，对人的情感、思想、心灵有更强烈的冲击和震撼。泪水是灵魂的洗涤剂。

尘世人生，莫不祈愿生活中笑口常开，幸福快乐，但哭却是人来到世界上发出的第一声嘹亮的宣告，这决定了笑与哭是一对冤家终身相依相随。这就是现实的人生本相。所以，笑的时候别缺氧，哭的时候也别绝望。彻悟人生的弘一法师写有一首《清凉歌》，里边有这样的句子："清凉月，月到天心光明殊皎洁。今唱清凉歌，心地光明一笑呵。"一轮明月朗照清凉世界，心底一片辉光，尘虑烦恼，一笑置之，不悲不喜，淡然处之，这样内心才会有恒久的满足。

（选自《文汇报》2019年6月22日）

# 寻美的旅程

陆 梅

地理的意义上，新疆之于中国，是西北版图上连接欧亚大陆的一块腹地（通商要道），是地广人稀的大边疆。可是不管你到没到过新疆，有没有深度地漫游过新疆，只要你对新疆投注过热情，心灵的、身体的，你或许更愿意把新疆看作是一份心的神往——听听这些山脉河流的名称吧：

天山、昆仑山、喀喇昆仑山、阿尔泰山；塔里木河（“脱缰的野马”）、伊犁河（“光明显达”）、叶尔羌河（“朋友的村镇”“崖上的城市”，汇入塔里木河）、额尔齐斯河（“河流湍急”，中国唯一流入北冰洋的河流）、玛纳斯河（“巡逻者”）、盖孜河（“分水岭”，从帕米尔高原发源）……

引在括号里的汉译源自维吾尔语、突厥语、蒙古语、柯尔克孜语等各民族的语言，我想它是一个提醒，这一条河和那一座山，它是有源头的，有自己的来处和恢宏历史，而命运一旦让它和广阔的新疆大地相濡以沫，我们才得以体会如此浩瀚壮阔的大自然。新疆的河流多达570条——这个数字我从网上找来，未必准确，然而河流的出现不就像连绵的雪山冰川一样，这里消失了，那里又奔腾了？我就亲眼看到从昆仑山帕米尔高原上一路涌淌，裹挟着泥沙鲁莽冲撞，浩浩荡荡激流而下的雪水河谷。时间是在七月末的夏季，混沌的泥水滋养出了青绿草滩，草滩上的马牛羊优雅无匹，金色旱獭懒洋洋地在草海里打滚，没错，这是新疆最丰沛热烈的季节。

就是在南疆广袤的荒滩戈壁，你也总能在这个季节遇上一点绿色，红柳、沙棘、芨芨草、骆驼蓬、小白杨……当你的眼睛饱看了广阔视野里褐色和铁色的秃山，无意间一抬头，你就和夏天的绿撞个正着，你就特别受提振，丢开瞌睡，眼目四望，原来南疆夏天的秘密在雪山！遥不可及却又近在咫尺的慕士塔格峰、冰山之父群峰连绵袒露在你面前——这么坦荡敞亮，我还以为是孤绝的山峰一座呢！车子开了很久，我们竟然还一直在慕士塔格峰的照耀下，称它冰山的“父亲”

真是贴切。有雪水的润泽，荒漠生出奇迹，草原盛放花朵，绿洲深处的家园更是瓜果飘香。所以在七月的南疆，和阳光一样灼烫的，是山涧谷底的苍翠奔腾。

不用怀疑，大自然洞悉一切。而我，已经踏在了松软肥美的绿草地上，暖热空气嗡嗡嗡在耳边回响——是空气还是风？还是草原上飞舞的蜂蝶？眼前雪山，绿色草原，金色的夕光，一匹吃着草的骆驼，俯仰之间，我领受了美的真谛。

然而我却生出羞愧心。其实美有自己自在自为的世界，美不需要他人的指点和赞美，而习惯了饕餮的人们总也忍不住忘形于色，手机相机轮番咔嚓……美不动声色，收起深沉的暮霭。我们继续赶路。

从干旱暴晒的喀什出发，一路驱车，总有难忘景致牵住我们的脚步，如此跋涉了八九个小时，夜晚到达塔什库尔干小县城。这里海拔 3200 米，深夜十一点的天空还是青灰色的，风有点凉。坐了一天的车，人乏肚饿，每个人都风尘仆仆——这个词用在这里方显本色。沿途看到的雪山、峥嵘巨石、绿洲和荒野……无不笼罩在漫天黄沙里。深夜住进酒店，犹豫着要不要洗澡，打开水龙头，出水正常。可怜的羞愧心又一次袭来，感觉不把水龙头关小简直是可耻。这一夜，潦草洗了把脸打发自己睡下。

在干旱风寒的高原，水是珍贵的，阳光是珍贵的，随处可见的石头也被珍重地善待起来——塔什库尔干就是“石头城堡”的意思，这座县城有两个石头城，土黄色遥遥矗立在县城东北角，木栈道相连、围了一个内外圈的是古代石头城，参观要买门票，而我更想看看有塔吉克人生活的当下的石头城。代表过去的石头城被认为是公元初期塔吉克先民建立的朅盘陀国的都城，直到清代，还在发挥丝绸之路葱岭驿站的作用，是东方最西端的商贸驿站。也许，在高原塔吉克人的心里，这座旧石头城一直在时间里，过去的时间、现在的时间和将来的时间，它就是时间本身。时间是历史，也是命运。

这里已经是帕米尔高原了，脑海里闪回着小时候看《冰山上的来客》的经典镜头，披着闪亮纱巾的古兰丹姆在雪域高原的映衬下绚丽得像个谜，优美旋律已经鼓胀在喉咙口了——

花儿为什么这样红？
为什么这样红？
哎红得好像，
红得好像燃烧的火
……

我看到了广场上的雄鹰。它伸展开双翅，被昆仑山柱高高托起，它飞得太高了，时间也为它停下了脚步。它是塔什库尔干的“精神海拔”。在高原，也只有在高原，雄鹰跟太阳一样距离塔吉克人这么亲这么近，它们是这座高寒小城的热力和光芒。

因为神秘的古兰丹姆，帕米尔高原在我心里早就神圣化了，我以为那是我此生不可企及的雪域高山，积雪终年不化，平均海拔在4500米以上，“塔吉克是一个不仅忍受着高寒酷晒，也忍受着贫苦的民族。”不仅塔吉克族，还有柯尔克孜族，我们在行车途中借一家有两个柯尔克孜族男孩的屋子歇脚充饥，男孩和他们的母亲慷慨地请我们进屋，很快又麻利地端来酸奶和大盆西瓜请我们吃，两个男孩进进出出看有什么需要帮助，他们的脸都晒成了高原红，常年的风寒和酷晒，或许还有少人吧，养成了他们山一样的品格，就那么静默着，热情限制在70度，而这已经是高原的沸点了。这也许是雪山高原人最经典的表情，静穆着一张脸，不说话，只默默注视，随时等待着献出他们最无私的帮助。而当你从高原上下来，你会越来越多地看到一张张嬉笑怒骂的脸，表情夸张，口不择言，口若悬河……

可是同时，我又在塔吉克和柯尔克孜人的民族音乐和舞蹈里感受到一颗火热炽烈的心。在石头城，我看到了塔吉克人最心爱的乐器——鹰笛和手鼓——用鹰的翅骨制成的长笛，和太阳一样圆润光芒的大鼓，只有在最吉祥的时刻、最需要祝福的时刻，绝美的音乐才会响起，热烈的鹰舞才会跳起，这是帕米尔高原的秋天、冬天和春天，他们的新娘要出嫁了，他们的耕种要开始了。他们的音乐和歌舞就是吹散风雪的热力和光芒。

“没有一块石头不拥有自己的家乡，没有一匹骆驼能驮走太阳的新娘，没有一位冰山来客能摘走一朵帕米尔花。”（沈苇的诗）新疆真的是太大了，一朵帕米尔花里住一个精灵，一只神鹰的脊背上驮一个民族，一座石头城藏一卷星辰，一片冰川把你的眼睛擦亮……嗳，如果我不千里迢迢来到南疆喀什，不长途跋涉踏上帕米尔高原，不在海拔5000米的天界哨所听战士讲述守边的故事——那个战士紫黑着一张脸，一直在笑着笑着，讲一句话笑一笑，停下来又笑一笑，眼神里汪着清澈的雪水和瓦蓝苍穹，就这么轻描淡写地讲着哨所苦寒的过去和今天的来之不易，他是红其拉甫的孩子，雪域高原的守护者——嗳，如果我没有这样的一次漫游，身体和心灵在缺氧的高原腾云驾雾，不知疲倦地苏醒着，我那神往的心还会在意念里打转，然而此刻，切切实实的，我从战士的笑颜里获得了审视自己的角度和目光。

去塔什库尔干的漫漫长路上，田野深处不时闪过一排排青黛的白杨树，它们遮天蔽日，遥遥延伸，简直是横无际涯——白杨树的尽头是村庄吗？肯定的，一切的终点也是起点。对白杨树来说，有家园的地方就有它们的生长，家园的方向就是绿洲的方向。而我无限遗憾地一次次和它们失之交臂，一个村子，又一个村子，有时一闪而过绿荫里几个小男孩追逐奔跑的身影，一对年轻夫妇劳作后闲然而坐的松快，包着头巾的维吾尔大妈提着鼓鼓囊囊的手袋晃向白杨深处，艾德莱斯绸绚丽的裙衫迷迷蒙蒙……这样的一幕幕闯入我眼底的时候，竟然我听到了心底的一声叹息：终究，我是一个旅人，每一刻都是当下，然后永远消逝。

一阵白杨林的风吹进车窗，暖热混合着清芬凉意的气息拂在脸上。给我们开车的维吾尔大叔关了空调，他很会照顾自己的车，也知道哪里的风不该轻易辜负。呼吸瞬间通畅了，天地间笼罩一路的沙尘也被白杨林遮挡了。密密匝匝冲天而上的白杨树是新疆的家园树，它们甚至可以指代新疆的绿洲。尽管新疆还有沙枣树、榆树、胡杨树、白桦树、石榴树、无花果树、葡萄树、野苹果树、梨树、杏树、桑树……新疆的绿洲就是树的天堂，没有树的新疆是不可思议的。但是，只有白杨树可以撑起一个个村庄，有白杨树的地方就有家园。白杨树就是家园，维吾尔族百姓的家园，哈萨克牧民眺望的高塔，我眼睛所及南疆乡野广阔无边的一排排大地琴键——

在两种流动之间
你是一颗银珠！
——在我和心灵之间
撑着你这理想的躯干

写《小银和我》的希梅内斯这样歌唱白杨，而我以为他更该礼赞家乡的橄榄树，灰色的风，大片广袤干绿的橄榄树，苍茫茫的蓝天，是安达卢西亚平原的典型景致。绿洲深处，我好像听见了刀郎人“用歌声攀越天空”（沈苇语），一阵白杨林的风接过歌声：“为什么问我的家世？正如树叶的枯荣，人类的世代也是如此。秋风将树叶吹落到地上，春天来临，林中又会萌发，长出新的绿叶，人类也是一代出生，一代凋零……”

在新疆，你一低头随处的游走就可能踩到一样宝贝——石头还是玉石就不说了，单说草本的苦豆子，一丛丛槐叶一样的小灌木，低矮地长在路边沙地里，很不起眼，红柳还开出烟霞一样的红粉粉花团呢，苦豆子草就跟相貌平平的柴门女孩一般，眼里装满了大景致的游客根本看不到它。可是它有大用。我也是漫不经心在胡杨沙枣林里转时听讲解的女孩顺手指了一下，说这是苦豆子草，叶子可以杀菌驱虫保鲜，“盖了苦豆子草的羊肉不会坏”，女孩在我的追问下解释原因。我在沈苇的《植物传奇》里知道布尔津人以前用苦豆子草驱蚊，“家家户户门口点燃麦草压上苦豆子来驱蚊”，对新疆如此熟稔热爱的沈苇写了一本新疆植物的书，连红柳也专有一节，却没给苦豆子草，可见新疆宝贝多不胜数。

单草本里的苜蓿是“天马的食粮”，奥斯曼草是“眉毛的食粮”，鹰嘴豆不仅是解馋的零食，还“专门用来治疗男人各种莫名其妙的疾症，譬如神情倦怠、腰酸背痛、焦炭般的干渴、夜半的噩梦、面部的毒素、止不住的咳嗽、百结的愁肠等”。至于帕米尔高原上生长的雪菊、和田的小玫瑰、库尔勒的香梨……早已被推广到平原内陆大面积地种植了。然而毫无疑问，离开了扎根的乡土，雪菊就是不香，香梨有股酸涩味，玫瑰也不是和田的徘徊花了。“永远没有两块同样的天空”，回到上海，有一天，当我从手机相册里翻出在高原拍到的黄金般的雪菊和粉妍如梦幻的帕米尔花时，我愣在那里说不出话。

有一种得到，就是永远的失去。美从来不需要证明什么，你却生出羞愧心。

似乎，我写下的，仅仅只是一个漫游者寻美的旅程。所谓漫游就是任性而游，蜜蜂一样只管采撷诗意和美好，而腹地的深处，那些卑微无名的生活，那苍茫贫乏的荒漠，那雪域高山上“风吹石头跑”的严寒，沿路随处可见生死相依的麻扎，还有在古城喀什噶尔迷宫般的深巷里，我能知道多少呢，多少深沉的叹息和深长的祝福对我是永远关闭的？这就是一个漫游者的局限。

然而我仍然欣慰——当你从局限里感知到了美的刹那永恒和转瞬即逝，甚而学会了欣赏人的差异性和文化的差异性，而这差异性恰成全了多元多样的激发与互融，是一个民族生生不息的活力和生机，难道，这不是美给予我们的启示？

（选自《美文》2019年第10期）

# 春天关掉的报刊亭

彦　妮

从家到报刊亭二十分钟。从报刊亭到家二十分钟。

每天的每天，若非家里有特别的事情，我都要骑着叮当作响的自行车，去我的报刊亭忙碌。十几年了，报刊亭由兴盛到衰落，我也容颜苍老。但我依然像《老人与海》里的老渔夫，尽管连着八十四天没有钓到一条鱼，仍旧不肯认输。

我一直在坚持。我总希望黎明到来时会有一个新的开端。可随着网络的冲击和智能手机的普及，这种希望越来越渺茫。就像一块庄稼，明知道歉收，还非得起早贪黑去侍弄。

收到几本杂志，只是奇怪没有我需要的那一期。看文友年底总结，知其今年已经在杂志发表过五六万字。惊讶之余，觉得这些年我还是没有好好写，不够勤奋。新作太少，多在吃老本。还是要写新东西，拿作品说话。要看得开，要有胸襟。虽身无半亩，也要心忧天下。要有贮存的文字，不能总是等米下锅，或常用快餐待客。

生意每况愈下，前日居然得十几元不等，真是羞于对人言。对妻无奈地说，上帝不让咱们吃这碗饭了。

写作也是，还是难有收获。妻说，反正你也写不出东西，索性守着报刊亭。我就对答：难道一块庄稼长势不好，你就不再锄草和打理，任其自生自灭吗？

去市场批发了一些东西，回来见妻在炉盖上炒了南瓜子，我们就边嗑瓜子边闲话。炉火很旺，一点儿也不冷，我们居然忘了生意如何萧条了。

还是每日上午在家，修改整理文字，两小时左右再去报刊亭。

未到报刊亭就接到电话，说他在杂志上读过我的文章，要过来拜访。握过手，他自报家门，二十多岁的样子，偏瘦。问写过什么，说在某县级刊物发过散文，又说在微信上读到我的《范教授》，感觉很亲切。他说，以前觉得散文好写，后来写起来才知道不是那么回事。我就说，写一般化的散文行，要想写出深度来，并非易事。

两张名字不符的稿费单终于取出钱了，真是如同作战，手心里都捏着汗。每年都会因此闹几天情绪，总感觉被什么东西堵住，想发泄。所以每见稿费单上名字不符时，我都像望着自家麦田里的麦垛，明知道那就是我历尽艰辛收获的麦子，却不能将它拉回家来。

因报刊亭外窗锈蚀断裂，我去找焊工过来帮忙，约了几次人家都没来，便心生闷气，想破罐子破摔：来则修，不来就用绳子绑着。反正也不知能坚持几天，明年究竟能不能干，谁也不知。

腊月廿四回老家，前日归来，算来已是十三天。年过得越来越没滋味。除了玩，似乎就是吃喝。对赌博越来越厌恶，想坚决克制。有时遇到亲戚约，又不得不硬着头皮玩，玩则输，输则想捞，越想捞越深陷。组织亲友在家卡拉OK，总算捡回些意思。又带妹妹外甥等去村里芦苇荡游玩半日，拍了一些照片，看起来还颇有意义。

无论怎样，须得从零开始。新年新气象，不敢偷懒。除此之外，目前尚无目标，只好先开报刊亭再说。感觉内心想法越来越少，对事物的敏感度也越来越低。玩的时候就只是放开玩，思维似乎已变迟钝。故对文字的指望，是渐已变得虚弱。

新的一天，生意依旧冷清。连报纸算上，也仅得三十余元。进书数量一减再减。想努力维持这种自由和清闲，现在看来，是越来越难了。

一学生骑自行车过来，停在报摊前，我问他看啥，他笑着说看看，说以前上学时在这儿买过书，挺怀念的。报刊亭已成他人的一种念想。而某些人永远也不会想到这层意义，他们只会顾及眼前利益，至于这种隐形的、附加的价值，有谁会去考虑？

有个穿着紫色大衣的女人过来，问刊报亭能否支撑一家人的生活，我摇头。她说某报刊亭光转让费就六万块钱，说最好的时候一月能挣一万块，最差也挣三五千块。我就实打实地说，你能信吗？好地段的报刊亭肯定不会转让，转让的报刊亭肯定有问题。想干吗？我的报刊亭你干去。

她笑了。方才觉得还是上班稳定，即便事情也多，但没风险。不像守报刊亭，前期投资就得不少费用，到时候如果不想干，就等于白折腾了。

立春以后，天反而更冷了。放在窗外的饮料都冻成了冰。

朋友介绍我去当保安，让先体检，说实习期间没工资。只是因为不倒班，无法顾及报刊亭，我便一面答应着，一面忐忑着。每一次换工作的同时，都怕自己从此没了写字的时间。总是有两难，不可能两全其美。只有一个猛子扎进去，才能知道水的深浅。

已很难静心写东西，只会在网上闲逛。看来，我吃不了文字的饭，只得靠体力谋生。

体检表不合格，只好再回来。走到半道就决定不去了，觉得规定太严，怕自己很难适应。其实昨晚就矛盾纠结了一夜，辗转反侧。黎明起来满嘴唇起泡，半夜还嘀咕了好一阵子，终难下定决心被拴死。但不去当保安又能怎样？守报刊亭半日不过得二十余元钱。因炉子灭得早，双腿都被冻木。

气温略有回升。在温和的时光里，年节的气氛渐渐退去，生活的节奏又步入正轨。

权当上班，朝九晚五，写稿、投稿，直到下午三点半才到报刊亭。黄米饭就白菜，外加辣椒油，吃得很结实。妻说，你现在这么吃了，晚上还端碗吗？

冷静，保持耐心。从这几年的经验来看，投稿被选中的概率越来越小。每打开博客，见某些并非大腕者，却有一串一串的发表数量，再看文章，多是一稿多投。

不找借口，置之死地而后生。

我继续坐在报刊亭，看车来车往，忍受噪声和污染的空气。尽管大半日都无进项，还得坚持守着。

不敢耽搁写东西，但其实并没有写出什么。一边埋头锲而不舍地投着稿，一边被巨大的失望情绪包围着：没有任何把握，纯粹是汪洋大海里钓鱼，一根小小的钓竿，究竟能钓到多大的鱼，我根本无法预料。

第二次勇敢地推掉了酒局，尽管朋友是真心的，但还是不想去。只想安静些，老老实实写点东西，看点书，不去张扬，不惹家人担心或轻看。

忽冷忽热，炉子早早就压灭了。外面刮着和煦的春风，看几页书，并无打扰，惬意得很。只是生意还是老样子，甚至越发冷清。中午从新华街过来，看见好几个店铺都贴着“出租转让”的条子，心下惊异：究竟是怎么了？难道只是网络的冲击？

昨夜大雪，收完报刊亭往回走时眼睛都睁不开，灯光下是满天飞舞的雪粒。行人已渐稀，到楼下放车子时，两个女人在雪中玩自拍，似乎等这场雪已经太久了。

一旦踏进家门，就再也不知外面的雪下成什么样子。立在窗前观望，亮晃晃的，只见楼下一片灰白，半空里却看不到什么。

还是半夜醒来，看一阵儿书。还是坚持按老时间出门，不管车子在雨雪中怎样摆来摆去，都不敢偷懒不去。

因为扫报刊亭顶上的雪，所以没时间回家。担心不扫的话，雪一融化，亭子随时就得漏水。

不为青枣去操心，到了时候自然红。许多事情都不可期望太甚，免得失落。刻意不去上网，专注改写稿子，完全打乱过去的写作习惯，语言与情节都得重新打磨，估计明天还得再改一上午。不怕慢，也不计较字数多寡，想整出深度来。

好不容易等来一个开着车四处找报纸的妇女，她却一张口就问：一块钱？咋这么贵？还有五毛钱的报纸吗？另外一个等车的女人翻了半天杂志，有意要，我刚准备出门去收钱，人家却又问还有新的吗？等我答没有时，她便似找到了借口：那就不要了。

这样的生意，哪里还有什么前景？但还是坚持不找工作，对亲戚说，就是不愿去收车费。太受气，去年干过一个月，坚持不到时节不说，手里没摸过一本书。我也算半个写东西的，结果，那一个月我没有写过一个字。

为了不跑两趟，中午没出去吃饭，直到下午三点，就喝了一罐八宝粥。到报刊亭时，妻问我：你弄得这不是午饭不是晚饭的，究竟算啥时候的饭呢？我说，我就是要打破常规。

某人为了写东西，甚至辞职、离婚，然后做北漂十余年，带女儿在京上学，一直到今天。而我说起来比他更勤奋，却前怕狼后怕虎，到现在还以卖报纸为生，前几日还差点去做了保安。我就是缺乏自信，怕万一写不出什么，糊口都成问题。

保持自我，做自己的事，这样还落个清静。但不会像某友那样，忽然出家，而且将以前所写所读完全推翻，并说以前是白活了……凡事不钻牛角尖。存在的即是合理的。包容，思索，坚持。

某友过来，聊了一阵儿。她也爱好文学，说挣钱了要买许多好吃的给孩子、给父母。她也能折腾，先从学院辞职，然后到处讲课、带班，有时坐飞机去外地讲学，一天能得四千元的报酬。另外，她还利用纸媒平台，给孩子讲作文，去职业学校代课等。临走时她说，等我退休了，干不动了，我就写小说。我心说等你干不动了，可能你也写不动了。

文友在博客上帮别人征稿，一上午就收到三百多篇稿件。我就发短信问情况，结果她回过来说，没有稿费。我就纳闷：一个没稿费的刊物征稿，还有这么多的人投？

昨晚看微信，有两个祝贺，便知道有好消息。以为是小说发表了，因为以前听编辑说过已送审，没想到是散文。元月给的稿子，按惯例，这么长时间没反应，应该没戏了，现在能发表出来，真是高兴。

就对妻说，一有东西发表，我就又恢复了信心，想好好再整几篇。没东西发表时，人便灰心。某大报有篇文章提到了我的散文，算上去年某网站的一篇评论，这该是第二次被重要评论家提及。联想某作家每年写十万字的计划，我是的确不敢再玩了。慢下来，静下来，一个字一个字地往出磨。

为赶稿，每日往返三个来回，来亦匆匆，去亦匆匆，到黄昏大致浏览几页杂志就收摊了。让妻先回了。我留下说是充电，其实也没看几页书，大多坐在椅子上假寐或打盹儿。

阴冷，说是明天又要下雪。在杂志上看阿袁的小说，觉得此女颇能联想，有才，可以东西南北哲学数学拿来混用，而且杂得有味，还幽默，耐看。

某青年也守着一个报刊亭，但生意欠佳，从进书的情况推测，估计还不如我。但那天闲聊时，却无意中听到他说自己穿的运动鞋都是阿迪达斯，我当时就问多少钱，他说七百多元钱。我羡慕到，太奢侈了！他就转问我：那还是一般的价格，鞋子嘛。那你穿多少钱的？我抬脚说道，我都穿一百元钱的。他马上笑道，怎么可能？一百多元的？你真会开玩笑。

我诚实地说，真的。

昨晚收报刊亭的雨布时，见亭子顶部露一大洞，铁锈撒满亭盖，斜眼可望天。十几年了，它也完成了它的使命。而我，估计也会换一种生活方式吧。

中午进书归来，遇某单位副总，原想打个招呼就过去，却见她又折回，便赶紧停下问好。她问生意情况，我说很不好。她便建议我再带点别的小零碎，看看能不能添补一下。

一退休老叔，每见我发表东西，比我本人还激动。只要遇见我便夸几句，有时直接到报刊亭来聊。今听妻说我不在时他来报刊亭，低着头，远远就说这小伙子……抬头见是她，又转身走了。

除此之外，还有几位老叔都很关注我的创作。尤其老王叔让我感动，我的长篇小说在晚报连载后，他竟然一张不落地剪了报样，积攒了厚厚一摞送给我。八十多岁的老人，真难想象他是怎样戴着老花镜、颤颤巍巍地拿起报纸、沿着横线、一剪一剪弄得那么整齐……

文友自费四万元出书。说出书前心情是平静的，出书后人反而急躁了，老想着怎样把书销完。

昨大雨倾盆，到亭子一问，不过卖出一本《读者》，当即决定收摊。收工前看邮箱，收到某编辑回复，真是意外。赶紧依其意思改了结尾，复投对方，只待下文。

阿袁的《姬元和汤弥生》看完了，翻看摘抄笔记，居然有十几页之多！喜欢她的语言和联想，喜欢她动辄以诗词或典故增强文字的趣味性，但结尾一般。近年来，总感觉很多作品都缺一个令人回味的结尾。哪怕我之前有多么热血贲张，读到最后，都开始平静，甚至大失所望。当然，我自己写的东西，也未必有多好的结尾。

上午编辑来电，说修改的结尾还不如未改的原文。让延伸，不是让扬起来，不是刻意拔高，而是要让主人公通过爱过的人的死亡，延伸出他的迷茫和担忧。便又认真改了一遍。

下午看马金莲的《旁观者》，自愧弗如。太慢、太细，简直细致入微。我的东西还是太粗，走马观花，很少有精到细致的描写。

小杜送来通知，让交拖欠的报亭租金，八千元，否则收回亭子。我与这个报刊亭的缘分，怕是要彻底尽了。

天气预报只说是多云，可是天亮就下雨了。急忙往亭子里赶，怕漏雨淋湿了报纸杂志。好在不要紧，只湿了拳头大小的一块地方。

一下雨就难摆摊，东西摆不出去，人就没地方下脚。最后还是勉强抱了一些书出去，用塑料盖住，并生了炉子取暖。

想不到的是，一高个儿青年，穿着单薄的西装，捂着鼻子，似乎还打了一个哈欠，站在报刊亭门口摆着手说，你的这个太呛了，都灌到我们单位了！有的女同志咽炎都犯了！我放下书本走出去，看见并无多少烟，而且那烟要串到他所说的单位里面，估计还得长一双翅膀。人家却说，你看咋弄呢？我只低语道，我这都十几年了……再看一眼那单位，门都关得严严实实，里面还挂着一层门帘。

心里便窝着气，等妻回来就说，一桩生意不好做时，神也来骚扰，鬼也来打搅，非逼得你把生意黄了不可！

在春天，我没有秋天的打算。我只想在冷风寒雨中，能多坚持一天算一天，不抱别的期望。

下午有人来电话，让我去某地讲课，声明付劳务费。我婉拒：我上台紧张，就不去了。他说，听说你讲得挺好的。我说不行，我只会照着稿子念。

我需要钱，但我不会削尖了脑袋去挣钱。我总觉得一个写东西的人，一定不是八面玲珑的。他不会整日抛头露面，像是万金油一般，上下五千年，天文地理，无所不知。

自那日被旁边楼里的员工捂着鼻子说烟太呛了之后，今早批发报纸的也说，你看你的报刊亭烟冒得咕嘟嘟的，这要让环保局的人看见，肯定要罚你的款呢！虽是玩笑话，但听着心里还是不舒服。我看着报纸，眼皮也没抬地说，那你给他们打电话吧。

城里没有烟火气。就越来越怀念乡下的生活。乡下没有这么多规章制度，即便谷子地里长出西瓜都与别人没关系。离乡十里八里，只要遥遥望见哪儿有一缕或浓或淡的炊烟，心里便即刻热了起来。而城里生一小炉子，想在每天早晨熬一罐开水或茶，都会引起这么多人的反感。

一下午都没挣上十元钱。这是彻底要逼我退出报刊亭！十几年了，咋就突然会变成这样？妻说，这个样子咱们还往啥时候熬呢？我说，他们要不催着交报刊亭，咱就能拖一天算一天，还有些存货没卖完呢。

尤其在这未知的关门时刻，更不能确定每日进书的数字。有些冷门杂志，看样子都会剩下。

给主任打电话要把报刊亭交回去，人家很痛快地说，交吧。

关于电的问题，人家也说不要拆了。我说我与供电局签了合同，到时候出了问题我要负责的。他便说明天面议。

一说开了，人便没了向往。分别给老顾客发了短信，让他们近日过来拿书。有好几个顾客表示可惜。但有什么办法？实在难以为继。知道我每日仅得二三十元钱，别人只会笑。

但是真正要交了，我还是有些底气不足。对于未来，我是茫然的、无助的。我本能地想守住一些什么，但决心下了，人就难以再四平八稳地坐在亭子里。顾忌这个，思考那个，一个字也看不进去。

十五年了，我从此就要离开这个地方。从此就要改变我一贯的生活方式，怎不叫人难过和伤感！

昨日给朋友QQ留言，他闻知我要关门时，也是很吃惊的样子。妻也说心慌慌的，想起三日后就要离开这地方，便无法静心做事。我上午回去一个字也没写，就在网上浏览了一阵儿。一边处理报刊亭的旧报旧杂志，一边其实也在担心：一旦没了干头，我能否安心写出东西来？

一女戴海青色帽子，三十多岁，嚼着口香糖，直接走到我报摊前拿一张报纸，然后转身背对我。我以为她看一眼就会过来跟我问价或是把报纸放下，结果人家直接跨步就往前走了，还低头看着报纸。我在窗玻璃后面看着，以为她忘了付钱，就追出去。一直走了五六米，她还在翻报纸。我就问，报纸你要吗？人家也不吭声，更加若无其事地嚼着口香糖。我便伸出手去，拿过报纸，看见旁边有两个人在盯着我看。走了两步我忍不住骂一句：真是个神经病！她定是听见了，但也没吭声，往前走了几步，又走回来等车。她上车时，我紧盯着她看，见她很正常地掏出一块钱，慢慢上了车。

一中年妇女骑车过来，问我有晚报吗，我说有呢。她就迫不及待地抽出一张，然后给另外一个女人看：这是我儿子画的！看！上了报纸了！然后她就像沙漠里迷途三天的人忽然发现水一样，异常激动地说，转了大半个城才找到我要的报纸！现在的报纸咋这么难买？你的报纸我都包圆了！

去供电局问更改合同的事，工作人员在电脑上一查却说，你的电有问题，电费没交清！我冷冷地说，我卡上还有一百多块呢，咋没交清？他们不听解释，留了电话，让我回去等消息。我只能一言不发地回去了。

多想再坚持几天啊，可是，今天又是只卖了五本杂志，仅得二十元。感觉已没有东西可卖，顾客要啥没啥。提起来就难过，一看销售记录就气愤。

在亭外把旧书都摆上了，无人问津。一女孩两元钱买一本过期杂志，下午又来说，给阿姨给了两元，书没拿。只好又让她拿了一本。

一下午就一老顾客买了两本书，其他啥也没卖出去。电表已来人查过，再无牵绊。但还存一丝幻想，以为再不济也能混碗面，现在看来，是越来越难了。

矛盾纠结中，到底又要了一些饮料。卖不完怕剩下，没有卖的又不甘心。口香糖、棒棒糖，都接近于无了，还是下了决心又补了一些。

昨儿得二十元钱，今儿得三十五元钱，还算好的。但又能好到哪儿去？妻不做主，反正看我的，她怕以后会落埋怨。

一个在附近中学毕业的学生过来打招呼：叔，你还记得我吗？以为要我帮忙，或是借钱，没想到就是叙旧。说他现在在加拿大上学，那儿坐公交车需十六元钱，贵，还是家里的饭好吃。临走买一本杂志，说了句：叔，你多保重！

一上午没卖书，下午倒还卖了几本。与友坐了一下午，聊酒、聊文学，不亦乐乎。十几年来，我在报刊亭里遇见过各式各样的人，他们有不讲信用的、有贪图蝇头小利的、有薄情寡义的，但也让我结识了许多喜欢文字的良师益友，还有一些良善正直的兄弟姐妹。

昨日发现，一本十二元钱的合订本不见了。上午有个三十多岁的女人买报纸，挑了半天，拿出一份《参考消息》问我多少钱，我说一元。她便递上十元让我找。我低头找钱的同时，她已将报纸塞进了包里。递给她九元钱后，她转身即走。我忽然发现她开始挑出来的一张三元钱的报纸也不见了。便问她拿了几张报纸，她说两张，就又很平静地给我递过来三元钱。

这么惨淡的生意，还是会丢书，还是有人装糊涂，没有几个人会主动将少给的钱补给我。

昨日得四十多元钱，今天估计也是这个数。但是我一整天时间全泡汤了。上午保安来坐了一小时，说他热爱文学，年轻时曾骑车赶几十里路去听张贤亮和王蒙的课，却只字未写过。跟他谈历史、政治，我自愧弗如。但是又想，那又怎么样呢？

天阴着，上午小憩二十多分钟，中午还是昏昏欲睡。听了一阵收音机，坚持翻看《国家地理》，觉得牧民“每顿饭都离不开肉”的生活，还是让人觉得有些神奇。

昨晚看《朗读者》，有余秀华出场。她是那种一说话就得别人为她鼓劲的样子，但她却能讲，几乎不假思索，动辄语出灵魂。她说她出名之后有钱了，就为丈夫买了一套房子，然后离婚。她还说她是为了心灵的自由才选择离婚的。心灵的自由，这话让人感觉奢侈。

天终于大热。槐花的香气更浓。中午往亭子走时见有妇女绑了长杆打槐花。槐花与我是陌生的，我小时候多见杨柳桃杏，还有苦菜和酸杏。一个人童年的记忆，将伴随他的一生。无论是舌尖记忆还是玩伴记忆，此生都难忘记。

大风。生意更为冷清。昨天下午有老女人提着一箱牛奶过来，跟我说，不单单是你的生意不好，我走过那个巷子时，以前那些卖饼子的、开商店的几乎都不干了。今天一个买《环球时报》的中年男人也说，智能手机一开通，啥都卖不动了。

柏油路两旁的槐花香味儿越来越浓了。我很难持久地继续我原来的工作，随时等待着。也许一声令下，或一个电话，我干了十五年的报刊亭就会易主。

进书时老板还说，能坚持到五六月份，说不定就会反弹。他还说，报刊亭越是减少，说不定最后剩下的生意就会越有起色。因为看书的人就那么多。我摇摇头说我撑不住了，说不定也就坚持这几天吧。

亲戚让我贴个“转让”，说报刊亭转出去我的损失会少些。我忍了几日，对妻说，不是正在整顿报刊亭吗？如果咱们刚转出去就给整顿了，那还不得把转让费退还人家？妻想了一阵儿，说那就不转了。

今日又冷起来，早晨还落了几滴雨。

中午某文友来，说是从日报上看到我的那篇《牧羊记》时，以为我是女孩。并说她自己的散文集马上要出了，花五万多元钱，估计单位会报两万元，书则给认识的校长或老师，让他们帮忙销售。我总认为卖书于作家来说是难以启齿的，作家只负责写字，卖书挣钱得他人运作谋划。如果像某友那样背一麻袋书出去兜售，我就觉得没颜面。也许这就是我的臭清高，是被某些人嗤之以鼻的。

沉下来，好好写东西，一点儿高调都不敢唱。低调，再低调。拿文字说话。

读迟子建短篇小说《最短的白日》，觉得人家会把听来的或看到的故事融为一体，写得恰到好处，不露编造的痕迹，很生活化。而自己越来越拘泥于语言的锻造了，对故事的营造水平越来越低，太笨、太老实、太言之无物。一件事情说着说着就卡壳了，一点也不流畅。

天大热。昏昏欲睡。但仍坚持在亭外转一转，或听听收音机。强迫自己看周晓枫的《离歌》，觉得有思想，非一般化文字。一件婚姻悲剧其实并不值得如此大写特写，但凭她的能力，竟还是写得环环相扣，并无拉杂拖沓之感。要是我写，断然写不出四十多节的。对理发店、胡同、建筑楼群、拆迁地等，我也没有她那样细致的观察。

朋友去录节目，过来坐了一下午。说上月挣了五千元钱，全部送给医院了。今年算起来挣了也有八千多元了，现在手里不过一千余元。房租每月二百八十元，一年三千六百元，重活已干不了，有人打电话让他过去搬家具，月薪四千元，都被他拒绝了。

这也就是我们目前面临的处境。苦力已干不了，轻松的工作又找不上，完全靠写作又靠不住，放弃写作另寻他路又不甘心。我说，尽力而为吧，写到啥程度就啥程度，不能强求。

朋友就说他忙的时候还能写东西，一闲下来反而写不出什么，心还急。我现在最担心的也是这个，一旦我把报刊亭交了，我能安心坐在电脑前敲字吗？如果不能，我又会去干什么？

气温上升，亭内仍然凉飕飕的，外套也不敢脱，亭外已经有人穿短袖。朋友领了一个作者，虽在当地只发过几篇小说，但聊的过程中，却听他读过许多书，诸如《红楼梦》《水浒传》等。对文坛的情况，他也颇为了解，许多有名气的作品他都读过。这就使我想起本土的某些作者，尽管已经有作品发表，但有的几乎就没读过什么书。

报刊亭见人的便利，也许我再也难以利用了。一旦交回，我就再不可能与这些偶然路过的朋友见面。有几个人会专门打电话约我呢？

某报刊亭每日能卖六七十瓶饮料，人家还说要是不降租金他就交了去，不干了。我家最多也就卖十几瓶饮料，还坚持个啥呀！

下午继续看《离歌》，还做笔记。恩怨情仇，悲欢离合，写得如此细腻，当属难得。

老爷子只要见我在，必会远远走过来。以前我发一篇《麦草垛》，他见我就会没话找话地问：是草垛子还是麦垛子？后来又发一篇《雪花白》，他见了又问：白雪还是雪白？只要他能见到的文字，他都会关注，也算铁粉了。

那个自称钢粉的人，再无音讯。情感其实是最靠不住的，拥有时它是钢筋铁骨，失去时它不如一张纸。不说什么脆弱和虚假，经历了、体验了，就珍惜为是。

生意越发惨淡，真的是在苟延残喘了。如此境况，是不值得让妻早晨急急忙忙赶过来，再让我急急慌慌赶回去写字的。这样的坚持，无异于浪费青春。坚决不再多进书刊，能卖一本少一本，想在一周内将亭子交回去，然后再做打算。

其实我有多么的不甘。

你有多幸福，你就有多悲伤。

某文友来电话，问地址，说是自己不干了，现在已回老家。联想到侄子回乡搞“农家乐”的事情，我便有些惊诧：难道这个城市真的不需要我们了吗？难道我们除了回乡务农，就再无出路了吗？

不管怎样，是结束了。于是便沉静下来，不再期望奇迹出现。只有庸常，只有起早贪黑靠双手谋生。卖了十本旧杂志，计二十元。最近每有人要过期杂志，便能卖则卖，再也没有先前的底气，前几日将厚厚的五本书卖了十元钱。

谁也不知道还能在此坚持几天。能卖几本书的时候，就想着再坚持几日；半天没了生意，就想着立马把亭子交了去。

上午与扫街的环卫工聊了一阵儿，觉得干啥都不易。她说她也忙得很，要是地上有个烟头或纸蛋蛋被经理发现了，就要被罚三十元。

中午去电信局交话费，顺便把报刊亭固定电话也办了拆机。当确定这个用了十几年的号码再也不能用的时候，眼睛就不由自主地酸涩。对妻说，想起来就觉得心酸。说是卖不动就不再进书了，但还是去转了一圈。去进书的地方说到再也不能常跟大家见面的时候，眼泪就在眼眶里打转。

不管挣钱与否，我在这个地方待了十五年。十五年的光阴，都在这个报刊亭里挥霍或享用了。妻也意识到了什么，说平时就是说说，但真的要不干的时候，还是觉得舍不得。

推着，拖着，就是想让离别的情绪慢慢淡化。

换了薄衬衣，脱掉外套。可饮料还是少有人买。不知道我关了门还能干啥，只相信上苍饿不死瞎眼的麻雀，相信车到山前必有路。愁也没用，半空里不会掉一个子儿给你。

一熟识的女人到报刊亭前说，以为你不干了。她已经六十多岁了，但说话还是很夸张："我永远都忘不了你写的那篇烤土豆！当时把我馋得呀，想起来就感觉香喷喷的！对着呢，我们就只是想着玩了，把时间都荒废在麻将桌上了。你过得这么不容易，还在坚持写作，真的值得所有人学习！稿费咋样？几千块钱？那也好着呢，你是不是现在满脑子都是你的文章？"我摇摇头，笑着说不是。

她穿衣不讲究，头发却染成酒红色，说起话来声音洪亮。她还讲了一个笑话：有一年在市场碰见某名家，人家正想买几斤水果，我当时就对小贩说，给那名家便宜些。知道他是谁吗？他就是某某某。结果那小摊贩却说，我管他是干啥的！他写啥与我有啥关系呢！

如果我真要离开这个地方了，我是否还会遇到这么多鲜活的素材？

饮料没了，想继续要又怕随时关门，犹豫再三后，还是拨了电话，要了几箱。如此难以决定期限的工作，真是要把人矛盾死。干吧，不知道能坚持几天；不干吧，有些东西尚未处理。尤其剩书还有很多。天热以后，饮料会比以前卖得多些，故还不能决定交报刊亭。

又是大风天，报纸上压满了石块与木头。昨天饮料卖得不错，黎明起床时就对妻说，再坚持三个月，在最热的季节里，咱凭啥要把亭子让给别人呢？

结果中午就听妻说，“上午城管又来了，给我拍了照，给报刊亭也拍了，说五月份要换报刊亭，旧的换掉，新的要重新招标。”我当即垂下头：这个行业气数已尽。

坐了一上午，没卖出一本书。

下午，妻卖了一本杂志，再没开张。

一人开着豪车到报刊亭前要买报纸。我问他啥报纸，他摇头不知。我就说，你先弄清楚了再买。人家不，说，今天的报纸我都要了！我便给他三份。结果他拿起报纸开始一张一张往过翻，根本不知道遗失声明在何处。我也不吭声，就看他在那里乱翻。他边翻报纸边在电话里聊天，后来回到车里把车窗都摇上去了。妻来接班，我准备交接东西要回去，就去敲他的车窗。人家还不乐意地说，给你钱就行了，你敲窗干啥？我说，你把车停在亭子前面，让别人咋到跟前呢？他怒目圆睁，一副要置我于死地的样子：我停的是公家的地方，你管得着吗？听完此言我就知道这是个什么货色了，赶紧走开，把妻也喊了回来。

黎明还做梦，梦见好多蚊子在小腿上乱叮咬，以为会有好事。结果，竟是如此。

“林花谢了春红，太匆匆，无奈朝来寒雨晚来风。”不得不决定，月底关门。话一出口，朋友就在微信上发布：本市最有文化的报刊亭月底就关门了。

有几个朋友立马打电话过来，纷纷嘘寒问暖，让我始料未及。我尽量回避关门这个词，总觉得这里面隐含着被推赶出去的意味。对于这个养活了我的躯体和精神的地方，我没有怨言，除了感恩和不舍，就只有心酸。

原本只想悄悄离开，然后另谋生路。可是，就在我和妻临收完东西时，报刊亭窗口竟出现了记者。以前打过招呼，认识。他说，都收了啊？我听朋友说你们不干了，就赶紧过来了。

我只能笑笑。他就开始举着相机拍。他也不要求我们怎样做，任凭我们将有的东西归类，有的东西带走。一直到离开，他都没说几句话。背着油腻的大包，我对妻说出走字时，泪水已夺眶而出。骑车离开报刊亭几十米远了，我才停下来，看着记者还在对着我拍，我便转身对他招招手——也是对我起早贪黑坚守了十五年的报刊亭招招手！

在春天最热的时候，我关掉了我的报刊亭。

翌日打开手机，在微信朋友圈就看到了记者朋友发的照片和文章。好多人都在转发，包括本地的、外地的。又有文友纷纷来电表示惋惜。更多微信留言则令人剑气箫心、侠骨柔肠：

——上帝关上了报刊亭的门，一定会再给他打开一扇窗。

——老哥的报刊亭，让我们有着太多的记忆！相信他会有好的生计，相信他不会放下手中的笔……

——这是我最熟悉的报刊亭。心里有种莫名的滋味。上学上班必经过的地方。怀念！

——突然想起诺基亚的董事会的那句名言：我们并没有做错什么，但不知道为什么，我们输了。

——永远年轻，永远热泪盈眶，就因为，我们永远在路上！

（选自《朔方》2019 年第 9 期）

# 大门过道

李登建

整整一个夏天，忠温大娘大门过道里笑声不断。那是多么欢实的笑声啊，扑扑棱棱的，像一群群的白鸽，忽地飞起来，在空中盘旋。母亲最经不住它们的撩拨了，她总是把洗衣盆端到小南屋东山墙下，或者搬来矮桌子打袼褙。她选这个位置，为的是听那边人们说笑。小南屋东山墙正对着忠温大娘的大门过道，相距也就十几步远，但是中间隔着我家的大门。一道薄薄木板的屏障却使那些本来清楚明白的笑语变得模糊，这让母亲听起来很费力，有时听着听着不自觉地停下了手里的活儿。可是母亲还是坚持掩上那两扇门板，她不想被人家发现她在偷听。

今天形容忠温大娘的大门可用我后来学摄影掌握的“景深”一词。忠温大娘的大门是有景深的——大门带着一个长长的过道——当时在我家乡，这样的大门并不多见，多数家庭是那种“道士帽子”大门，大门上面三五根木头支着一个简单的门楼；再一种上面连“道士帽子”也不戴，只几把麦草苫了一片檐子，像遮在额头的发绺；还有更简陋潦草的，用树枝子或者秫秸胡乱扎成的篱笆门。乡间是很看重大门的，大门是一家的门面，有了钱，先把大门整得体体面面，“撑门面”一说很可能由此而来。忠温大娘家是中农成分，祖上留下了这份家业。她大门后的过道相当于一间房子那么大，平时可放自行车、小推车、锄镰锨镬等家什，到夏天，就把它腾出来，中午在这里吃饭、乘凉。过道里溜溜着穿堂风，清爽而不冷峭，大优于今天的空调。三伏天晌午头，热得没处躲，躺在床上霎时汗就粘住身子，除了累得骨头散了架的汉子睡午觉，女人们干脆找块阴凉地，一边说话一边做针线活儿。忠温大娘是个豁达之人，又喜欢说笑话，她的大门过道便成了大家最好的去处。

忠温大娘一家中午吃饭的时候，大门就敞开了——这一带夏天人们吃饭习惯在大门口，有的还端着碗到街上走着吃——每每，他们家饭还没吃完，就有人倚住门框等候了。收拾了碗筷，一圈儿马扎子上坐的已经是别人。头一拨往往是一帮大姑娘，忠温大娘的小女儿已十七八岁，和她娘一样热情、爽快，前后街上下差个一半岁的姑娘多是她的好伙伴。姑娘们摆好“阵势”，纳鞋底，绣鞋垫，缝制衣衫，可是麻线哧啦哧啦响，针尖儿闪闪地跳，却耽误不了斗嘴。“这是要给谁做鞋啊，针脚这么密实？真用心呀！”虽没直说，但有寓意。“俺可不比你，你做的‘千层底’，穿着上山打虎逮兔子也磨不烂。”这话顶上来，对方登时噎住，因为她上个月相亲，那男的是南山里的一个后生。“又绣花又绣蝶儿，送给俺姐夫的吧？”说这话的人明知人家还没有情人，再者，这四敞大亮的地方咋能绣心底的秘密？那得藏在家里才行，可她偏这么说。“死妮子，看我不撕你的嘴！”“撕俺？你快老实交代！”“别揣着掖着啦，当心长了醭。”“说出来，俺帮你参谋参谋！”群起而“攻”之。被“围攻”的女子伶牙俐齿，无奈寡不敌众，她面颊胀得发烫，好歹一缕清风适时地吹了过来……

野外日头毒得晒死人，农人们歇晌能到下午三点多钟，多数时候，忠温大娘大门过道里中间会换一拨人。在家里掌管着锅碗瓢盆乐队的婆娘们，演奏完最后一支曲子，也凑了来。她们来一个两个还占不了上风，来三个四个，就控制了话语权。而且她们常说村西头某男某女相好，收工后钻了玉米地；大槐树底下寡妇家半夜里溜出一个男人之类的事，姑娘们听不下去，又不好掩耳朵，逃走了之。而晚辈们的离开，这些大嘴巴就更缺了把门的，雅的俗的，荤的素的，一股脑儿往外倒。不过，她们的话里也确有丰富的信息含量，哪家娘生日，哪家孩满月；王疤瘌他娘瘫在床上，儿媳妇连碗水都不端给婆婆；李拐子从四川买回来个媳妇，黄花大闺女才花了三千元；孙憨子可不憨，盖屋抬高地基，要压住邻居的风水，邻居不慌不忙，在影壁上挂一面镜子，让你扑过来的凶气再返回去……汇集了旮旮旯旯的传言，这里好像是一个新闻发布会现场。

母亲仔细地捕捉着那边的一言一语，像有一条小虫子在心里爬，左冲右突；海水一潮一潮在心里涨，要漫过那道堤岸。她努力扼制、挡住它们，因为她听见支书老婆还在那里“呱呱”，母亲不愿与这个富态、尊贵而又傲慢的女人坐在一条板凳上。本来支书家也有大门过道，可是那两扇黑大门一年到头都紧紧关闭着，倒很像支书那张阴沉铁青的面孔。他老婆更是毫不避讳地说，她怕乱，讨厌外人到她家里闹腾。她都是每天中午跑到忠温大娘大门过道里来快活，把蹬了一上午缝纫机（她买了一台缝纫机，对外揽活）、被嚓嚓机声压抑的情绪全喷发出来。这个女人仗着男人当支书，说话总要欺人一头。众人背后都骂她是慈禧太后，当面却比李莲英还能讨好、恭维，端茶满水围着她转。母亲性子耿直，不会逢场作戏，可又惹不起人家，只好退避三舍。这其中还有一个原因，我母亲曾是童养媳，卑贱的出身使她格外自尊，格外敏感。母亲只有这样闷在家里，打完了袼褙，搓麻线，搓一会儿麻线，沿鞋口……干腻歪了，眼睛盯住墙角那棵榆树，看它被石头咬伤的树身（那年翻盖饭棚，父亲从南山里拉来一车石头，垛在树旁），被截断的树杈（树冠大了，磨南屋的麦草顶子，父亲就把那根捣蛋的树枝子锯掉了），看它密密层层的叶子（每片叶子都有虫眼儿）……从树干看到树顶，再从树顶、树杈、树干倒回来，倒回来的目光好像无处放了，一道一道往手指上缠。但她的耳朵却一直兴奋着，忠温大娘大门过道里的说笑声仍然一浪推着一浪。

贫穷的生活和繁重的劳动吞噬了父亲母亲的好心情，那些年，父亲母亲经常吵架，每次吵着吵着，母亲就拐弯抹角生拉硬拽地扯到大门过道上。我家的大门是没有过道的，母亲会把她多少日子孤独、寂寞结成的怨恨都发泄到这里，可以想见那火势有多旺。每每这时，父亲气就不壮了，这是他的痛处。我家不仅没有大门过道，院子也非常狭小，半个天井见不到阳光，哪像忠厚大娘家院子前半截当晒场，后半截垦出来种菜；在墙根种两棵丝瓜吧（她羡慕婶子家的丝瓜七上八下荡在秋风里，吃不迭），干黄干黄的，不发身量。可是父亲没有能力另划地基盖一座好宅院，就是这座老宅也非我们自己所有，其主人是我的三爷。这位我没见过面的三爷，也是个穷光蛋，这么窄巴破旧的房子，无儿无女，他便咬了咬牙背井离乡闯关东去了。作为寄居者，我们无权笑话三爷，只能咀嚼自己的耻辱。父亲让步，母亲却越发感觉委屈，嫌父亲没本事、窝囊，待到父亲忍受不下去，狮子一样跳起来怒吼，母亲又无声地抹眼泪，直抹得我们兄弟姐妹的眼也红红的。这样一场“战争”会让我们家好几日不晴天（下一场“战争”又在孕育之中），我少年忧郁的性格就是在这长长的阴天里形成的。自然，“大门过道”这四个字就刻在了我的记忆里，甚至到今天，我去一个地方，总是一个大门一个大门地注意看、瞅，是带过道的还是一顶“道士帽子”，而见到那种柴门荆扉，我的心情立刻就沉沉如压上了一盘石磨。

忠温大娘大门过道里最热闹的时候，是男女“联合演出”。俗话说“三个女人一台戏”，如果加上男人，这出戏就唱活了，唱出花来了。这一般是下雨天，下不了地，老天爷给汉子们放假。他们在床上睡一大觉，疲乏、松垮的身子又充了气似的变得饱满硬朗。这样的肉疙瘩没事做是要发痒的，有人就披上蓑衣到街上挖沟排水，有人蹲在屋子里编筐编篓，有人拾掇农具。而那些“不正经”的汉子则出来寻乐，专往女人堆里钻。当然也不是乱钻，得找准目标。乡村有老辈传下来的规矩，大伯哥在兄弟媳妇面前得装模作样，不能随便说笑；小叔子对嫂子无所顾忌，胡诌八扯，却不是啥大毛病。所以来忠温大娘大门过道里的都属小叔子“级别”。男女混在一起，这些大东洼里丛生蔓延的高粱棵子、地瓜蛋儿一样的汉子，粗得很，野得很，赤裸裸，出语轻狂；嫂子们平日禁锢的心性也放开了，高音大嗓地应对，还浪声浪气的，脸上还飞彩，真是"婆娘四十骚过母驴"。这是乡村难得的浪漫时刻，他们打打闹闹，欢笑声拱破房顶子，引得天上的神仙都频频探头张望。一次，这里笑浪滚滚，天上则响雷排排，大家耍得正忘情，突然一个霹雳携着大火球冲下来，在大门过道里画了个弧儿，惊得男男女女哇哇嚷叫着抱成一团——这是雷公不同于人间的参与方式，倒也率直、热烈得可以。

一个一个夏天，忠温大娘大门过道里的说笑声一阵一阵接续下来，母亲依然一个人待在十几步之外的地方。南屋山墙的阴凉儿缩小、扩大，扩大、缩小，墙角榆树的树冠一寸寸慢慢融入云里。母亲的寂寞有千百叠墙阴那么厚，母亲的孤独长成了一棵高大的榆树……

（选自《时代文学》2019 年第 5 期）

# 月上龙坞

苏沧桑

## 一

圆月从后山升起，中间是耀眼的白光，周围是粉色的云，向晚的夜空仿佛一张微醺的脸。我们就着月色喝最后一口杨梅酒的时候，听见月色里亮起一声“老黄——”

这是初春的龙坞，西湖之西、钱塘江之北，一个离杭州只有十五公里的世外桃源，千亩茶园连绵起伏，散落着一户户茶农人家。离清明节还有五天，对于以西湖龙井茶为生的村民们来说，是金子般的五天。

茶农黄建春的炒茶坊里，蒸腾着这个春天最浓郁的香气。自从祖先与一片叶子在森林相遇，茶在波澜起伏的人类进程里就扮演着各种风雅角色，而对于黄建春一家，茶就是茶，是土地的馈赠，是安身立命的根本。

踏月而来的，是一位茶人——与黄建春家一墙之隔的求是茶园园主王如苗，跟在他身后的，是即将来杭攻读茶文化博士的美国小伙戴伦。

十年来，农历二月二过后的每个清晨，王如苗都会一个人沿着求是茶园旁蜿蜒的小路走一段，先经过比邻的黄建春的茶垄，慢慢下坡，走向开阔处，展眼便是黛色的远山和一垄垄碧绿的茶园，低低萦绕着白色的云雾，一声声鸟鸣从经过一夜沉静的空气中穿行而过，叫声比露珠更为清冽，而一夜之间冒出来的芽尖，也像一张张雀嘴在鸣叫。他常常想，一定不只我一个人知道，一杯茶里，藏着多么美好的清晨。

古时，将采茶时节上门来寻茶、留宿或相帮的朋友，叫作“茶亲”，此时，王如苗是，我也是，戴伦也是。一见如故的三个人像古人一样，坐在黄建春炒茶坊前的空地上喝茶。普通的玻璃杯，几张顺手拉过来的骨牌凳和矮竹椅。用最舒服的姿势坐到一张矮竹椅上，感觉一左一右都是我多年的兄弟。围着我们的，还有十几个竹篮竹篓竹筛竹簸箕，还有老茶树们，以及一只脚受了伤的猫。

皓月当空，人在草木间，空气里有三种茶香——一种是炒茶的干香，一种是明前茶茶汤的润香，还有一种是茶树呼出的气息，在月光里暗暗浮动。我恍若觉得，此时月下喝茶的，不止三人，而是对影成六人、九人、无数人……是第一次与茶相遇的猎人或者神农，是留下划时代茶学专著《茶经》的茶圣陆羽，是首创“佛茶一家”的茶祖吴理真，是第一次写下“茶人”二字的汉唐诗人皮日休、陆龟蒙，是手书“茶禅一味”的宋代圆悟克勤禅师，是吟出“从来佳茗似佳人”等千古绝句的苏轼，还有宋徽宗赵佶，还有将狮峰山下十八棵茶树封为“御茶”的乾隆……一片树叶，与人类的第一次结盟后，用它小小的身躯占领了地球上300万公顷的土地，一杯弱水，由实物蜕变为灵物，在历史时空里腾云驾雾，既左右着人类文明的进程，又让无数素昧平生的平凡人像家人一样坐在同一轮圆月下寻得清净自在，就像此刻的我、王如苗、戴伦，还有仍在炒茶的黄建春。

王如苗说，半个月前，下午三点，早春头一批西湖龙井刚炒好出锅，门外响起一个熟悉的声音：新茶好喝了吗？

进来的是一位山东大汉——他在济南开茶庄的茶友，居然独自一人开了八小时的车来到求是茶园，事先并没有告知任何人。

王如苗心里诧异，笑问缘由。答曰，只为品鉴早春第一泡西湖龙井。

王如苗问，你怎么知道今年第一泡龙井正好今天下午有？

他笑，昨天看到你朋友圈说今天开采了。

两人在茶桌前一一坐定。那个下午的第一口西湖龙井，王如苗尝出了与往年不同的滋味，和胃一起慢慢热起来的，还有眼眶，还有心。

## 二

月上柳梢时，她们已经睡下了。

惊蛰过后，春分之前，油菜花铺满江南大地时，采茶女们被村里的茶头带领着，浩浩荡荡从江西或安徽等地出发，坐十多个小时的火车抵达杭州，抵达一个个正在萌芽吐翠的茶园。

她们大多五六十岁，做了祖母或外祖母，大多不愁温饱，但一年一度二十天的采茶工收入，关乎她们的生活质量，可以补贴家用、零花，或攒足一根金项链、一对金耳环。拖着肿胀的双腿来到茶村后，她们被随机摊派到需要帮工的茶农家里，每天凌晨五点到傍晚五点，除了吃午饭，中间不休息，不敢多喝水，尽量不上厕所，晚上八点多就睡觉，睡通铺或地铺，如此，包吃包住一百多元一天。

马达加斯加的卷尾猴有着独特的歃血为盟的方式：把手指放进对方鼻孔，让对方碰触自己的眼球，以示在性命攸关的战斗中保持极度信赖。一斤茶需要一双手采摘56000次，按照采摘嫩度的不同，分为莲心、旗枪、雀舌，构成龙井茶的品质基础。采茶工是否用心，直接关系东家一家人一整年的生计。短短的二十天是一场“战斗”，他们“歃血为盟”，凭的仅仅是口头约定，还有良心。

午后寂静的时光里，滑过一声声鸟鸣，一朵朵云在天空默默无语，充耳不闻人间的悲喜。采茶女们双手戴着半截棉纱手套，每一个指甲都被茶汁浸染成黑色了，拇指和中指食指指肚的皮很厚，指纹已经被一道道纵横交错的裂纹代替。这些手指上仿佛长着眼睛，左手落在一片叶芽上时，余光已经瞟到右手要落到哪片叶芽，右手落下时，左手又有了着落。用的是食指和大拇指指尖的巧劲，升上拔起，只轻捻，不紧捏，不用指甲掐，太嫩了不行，太老了也不行。

每年清明前后，戴着斗笠、穿得花花绿绿的采茶女们静静散落在云雾缭绕的龙坞茶园，成为江南初春最美的景色，被摄入人们的镜头，镜头年年记录着这种美，却无法记录斗笠下通红的脸，湿透的头发，还有腿脚的酸痛。

此时，月光照见她们已经熄灯的窗口，让我想起一张照片——是她们中的一位发在朋友圈里的合影，背景是一垄一垄绵延不尽的茶树和寂静的群山，她们大多笑得很腼腆，其中一位叫王中玉的笑得最开心，皱着鼻子，露着豁牙。

照片下写着：“七仙女下凡。”

## 三

月亮升到顶空时，月光落到龙坞茶农黄建春身上仿佛多了些重量，使他的手势和脚步都渐渐沉重，像独自一人拖着一整个夜的黑。

“沙——沙沙”筛子旋转，茶叶飞起来，在月光下悬停一秒，或十分之一秒，落下，瀑布般闪亮，沙沙沙地落回筛子，一些分量轻一些的碎叶，便经他手腕的巧劲，飞离了筛子，落到了地上。

村里人都睡了，采茶工都睡了，他的家人也都睡了，他还在炒茶。除了吃饭，抽几口烟，他没有过片刻的休息。他的手，是天生炒茶的手：五指合并，严丝合缝，从指根到指尖，有微微弯曲的弧度，与炒茶锅紧紧贴合，手工炒茶的“抖、带、挤、甩、挺、拓、扣、抓、压、磨”十大手法一一精通。黄建春是村里炒茶炒得较好的人之一，他炒出来的茶叶，色绿、香郁、味甘、形美，尤其是色泽乌润，手感如同摸在丝绸上，无比光滑，拿到茶叶市场卖，一般比别人价格高一两百元。

第一锅新茶出来，叶底细嫩，如同花朵一般，他从来舍不得自己喝，喝的都是清明后采的老茶，卖相差的那种。不是喝不起，不是死要赚钱，是太辛苦了，只有他自己知道，在每一片茶叶上，他从未吝惜过自己的体力。

巨大的老香樟树像一双大手覆盖着炒茶坊，让他常想起父亲的大手。睡在山上的父亲说，这是老天的恩赐，传了一千二百多年，不能白白扔了。是啊，祖上传下来的茶园怎么能放弃呢？祖上传下来的手艺怎么能放弃呢？他不太懂茶文化的博大精深，好好做茶，心无杂念，随遇而安，是最心安理得的谋生方式。

月光下，一丛丛老茶树站成了一块块沉默的石头。老茶树是祖上传下来的，年岁久了，乏力了，产量太低，味道较之新品种更为苦涩、浓烈，有人特别喜欢，但卖不出价格，几乎被茶农们放弃了，便任它自由生长，也不修剪，越长越高，越长越瘦，无人问津，野猫随意出入。

月光下，茶农黄建春微微弯着腰，用畚箕畚着茶，那么瘦，像一棵老茶树。

## 四

我睡在月光下的龙坞，做了一个关于茶的梦。我梦见我在一个梦境里飘浮，如同立体的圆月亮在海平面上下浮沉。我在梦里捕捉着“它”——有时，它是一枚嫩叶，有时，它是一粒葵花籽大小的绿光，有时，它是玻璃杯里千万个跳舞精灵；它是解毒的良药，亦是喂给敌人的毒药；是刀剑，亦是丝绸之路上的生命之饮；是禅院里的一缕青烟，亦是殿堂上的最高礼仪；是僧侣行囊中无上的佛法，亦是凡间最美的烟火；是诗人的酒，是酒的友，是他乡明月，是游子的根，路的尽头……

它在几近沸腾的温度里一次次涅槃，让万千生命在永恒的不完美中感受短暂的完美；比心脏更柔软的舌尖，为漫长的生命苦旅完成了一次次短暂的释放，哪怕只有一盏茶的时光。

而那些制茶的人们，手掌上沾染着泥土的温度，在我的梦里转身，面目清晰，他们从未想过要释放自己的艰辛和坚忍，累到极点时，也只是轻轻地、轻轻地叹了一口气。

梦被一声鸟鸣啄破，隔壁房间采茶工们洗漱和聊天的声音鱼贯而入。打开房门，黎明前最后的月光四处逃散，月亮放弃挣扎，向着山坳渐渐沉沦。

路灯尚未熄灭，采茶女们又出发去山上采茶了。不知谁说了个笑话，她们嘻嘻哈哈的笑声瞬间占领了被晨雾和露珠管制着的田野。

（选自《光明日报》2019年4月5日）

# "英雄谱"上的白求恩

杪　椤

我要说自己是在"革命斗争"中成长起来的，长辈人会取笑我。二十世纪七十年代出生的毛孩子，"生在红旗下，长在春风里"，"我们的生活比蜜甜"，哪里还有"干革命"的机会？但是，从太行山里走出来的同龄人，大抵是能理解我的说法的：孩提时代，我们好像一直混在八路军、解放军的队伍里，模仿战士们行军、站岗、射击的姿态；没有实战机会，我们就三五成群地玩"捉汉奸""埋地雷"的游戏，或者站在垒过炮楼的地基上，一手叉腰，一手高高地举着高粱秆扎的"手枪"，大喊："为了新中国的胜利，冲啊！"

抗战胜利了，解放战争打完了，新中国成立了，抗美援朝战争打完了——到我懂事的时候，这些战争已经进入教科书，但我们这帮孩子们仿佛从未离开这支并没有真正见过的"革命队伍"。那时流行看小人书，《狼牙山五壮士》《王二小》《小兵张嘎》《鸡毛信》几乎人人看过，画页中英勇跳崖的五勇士、不怕牺牲的王二小、机智勇敢的小嘎子，成为我们的"英雄谱"被顶礼膜拜——直到今天，他们不仅活在太行山中，也活跃在我的心灵世界里——由于特殊的机缘，那位在全国有着广泛知名度的白求恩大夫，是"英雄谱"中较重要的成员之一。

我初中毕业那年，校门外县城十字街的中心点上新塑起了一尊黄灿灿的铜像，铜像身材高大，神色凝重，高鼻卷发，身披大衣——尤其那件大衣，在当地方言里被叫作"大氅"，它总使我想起小人书上杨子荣穿着的那件"英雄氅"——铜像身披大氅，很像是形色匆匆地行走在山间小路上。

全县人都知道，这尊铜像的真身叫白求恩，一个外国医生，他的"坟地"在"山上"的军城镇。

河北省唐县曾经是晋察冀抗日根据地的重要防区，从县城向北越过现在的京昆高速路，到白合镇往北进入深山区，被习惯地称作"山上"，当年那里是八路军子弟兵的安全堡垒。在唐县，你要问谁是现任的县委书记、县长，不一定人人都知道，但是你要问到“白求恩”，尤其在“山上”——没有人不知道，而且对白求恩的了解，并不局限在《纪念白求恩》这篇全国人民都熟悉的文章所提供的“高度”上，而是有具体的故事和温暖的细节，年龄稍长一点的人，都能讲出关于“洋大夫”的几个故事来，我印象最深的就有一个白求恩大夫借“消毒锅”的故事。

当时晋察冀军区驻地在唐县和家庄，白求恩在相距不远的牛眼沟村创办了晋察冀边区卫生学校——这所学校后来发展成了位于长春市的白求恩医科大学，也就是现在的吉林大学白求恩医学部。当时物资匮乏，医疗器械稀缺，只能土法上马、以土代洋解决现实问题。有一天，白求恩让勤务员去村自卫队队长家借个小铁锅，“白大夫又不自己做饭，借锅干啥？”队长百思不得其解。后来才搞明白，铁锅是用来煮注射器、针头、手术刀剪镊子的，这口锅在治疗伤员过程中发挥了大作用。随着战争形势的变化，医院随部队转移前，又把这口小铁锅送还给了队长家，队长将这个土“消毒锅”当作宝贝一样珍藏下来，现在已经成了革命文物被陈列在纪念馆中。

之所以对这个故事印象深，是因为里面有两个使我感觉特别亲切的元素：一是铁锅，家家都有铁锅，童年时我听到这个故事，便常常想，那口“消毒锅”是否跟我家的小铁锅一样？还不止一次端详过自己家做饭的铁锅，“脑补”过用它们煮医疗器械的场景。二是那个自卫队队长名叫“黑蛋”，在太行山区，流行给孩子起赖名才能保平安的习俗，所以几乎每个村子里都有个叫“黑蛋”的人，每次听到这个故事，我总是把队长和我们村的黑蛋联系起来！这个故事用方言讲出来，别有一番“土”味——连同白求恩留在老区的其他故事，被讲得次数多了，白求恩就成了像邻居或者亲戚那样熟悉的人，常常在日常言谈中被提起。

1939年10月，白求恩在涞源摩天岭前线做手术时，被伤员碎骨（一说被手术刀）划破了手指，后来在给另外一名伤员做手术时发生感染，败血病毒侵入体内，11月21日凌晨病逝于唐县黄石口村，为中国人民的抗日战争献出了宝贵的生命。白求恩病逝后，军区交通队迅即将遗体伪装成重伤员，急行军五天转移到于家寨村。在这里，晋察冀军区司令员聂荣臻亲自为遗体净身并装殓后葬于该村——我曾在不同的出版物上，看到过聂帅向遗体告别时的照片：白求恩的脸庞瘦削，面目沧桑，白种人的大鼻子突兀地伸挺在遗容上。为防止坟墓被日军破坏，白求恩在于家寨的葬地不立坟头，并成功地躲过了三天后的日军“扫荡”。十八天后，白求恩的棺椁被起出，迁葬于军城南关古阅兵场边，并召开了万人追悼大会。即便如此，边区军民仍然觉得未能道尽对白求恩的缅怀之情，随后又历时四个多月，在古阅兵广场中央修建了规模宏大的陵墓，并立了汉白玉像。1940年6月21日，聂荣臻为白求恩雕像揭幕，并将棺椁迁入新墓中，边区万余名军民再次集结，纪念这位伟大的国际共产主义战士。令人愤慨的是，1942 年日寇发动"五一大扫荡"，炸毁了这座在战争年代晋察冀边区规格最高的建筑物，但棺椁幸存。新中国成立后，白求恩灵柩迁往了位于石家庄的华北军区烈士陵园，并经历过从侧位到中心位置的迁葬过程。

白求恩陵墓的变迁和对白求恩精神的纪念，映照出的是他在根据地人民心中不可动摇的位置。

在唐县军城镇，老百姓把位于晋察冀军区烈士陵园内的陵墓旧址，称作白求恩大夫的"坟地"，是在心里给了他一个家乡人的归属和身份。二十世纪七十年代，县里建立了小型的纪念馆，用以纪念白求恩和在他牺牲之后的 1940 年来到唐县，并同他一样将生命留在这片土地上的印度医生柯棣华；1986 年 11 月，在县城北部的钟鸣山下，白求恩柯棣华纪念馆新馆落成，时任中共中央总书记胡耀邦同志题写了馆名，如今已成为著名的红色教育基地。

真正的英雄可以战死沙场，陵墓也可以被对手炸毁，但精神之像却永远屹立在人民的心中——更何况，在白求恩高明的医术和高尚的医德下存活下来的人，至今还在用后半生的幸福生活诠释着英雄精神的伟大。

今年夏天，我随河北省作协创作采风团来到易县，采访狼牙山五壮士的事迹。不期然却有了另外的"奇遇"——见到了一位接受过白求恩亲自治疗的老人。在易县石门村，八十四岁的赵桂珍老人住在女儿家，刚一见面，我就看到老人颌下和脖子上有明显的疤痕，看得出是由于年深日久的外伤形成的。

"我被狼叼了，咬在脖子上，褂子也被狼撕了。我爹把我送到甘河净找白医生，白医生给我治伤。伤好了难看呀！白医生跟我爹说，回家后去山上找小叶兰（一种草药），磨成面，用细箩筛了，敷在伤口上。我就这样活过来了。"由于年事已高，老人说话并不流畅，但感情炽烈，每一句话都拉长了声音才能讲出，而每一句话仿佛都是从心窝子里冲出来的，讲到动情处就痛哭失声。在老人断断续续的讲述中，我们才明白了：她是在白求恩大夫的救治下才活下来的！

白求恩随晋察冀军区部队转战在阜平、涞源、易县和唐县等地的抗日战场上，不仅挽回了许多革命战士的生命，同时，他也和部队医院的医生们一道，在缺医少药的年代为边区百姓看病疗伤——"洋大夫"也成了那时这一带百姓心目中能够起死回生的"神医"。我结合一些资料，又通过赵桂珍老人的讲述，大致还原了那场惊险的遭遇和"不幸之中的万幸"经历：

1939 年秋天的一个早晨，距离易县甘河净三公里处的北桥子村，一条饿狼将赵家五岁的小女儿桂珍叼走。正在做饭的母亲听到哭声迅速赶来，见到地上的鲜血顿觉大事不好，于是大声呼救，桂珍的哥哥拿起棍子出门去追。饿狼看到来人，将小桂珍丢在地上逃之夭夭。而此时的她颈颌部位已被咬穿，鲜血淋漓，生命垂危。太行腹地，山高林密，交通闭塞。这件事如果发生在1938年之前，小桂珍断无生还之理。但此时，晋察冀一分区医院就驻扎在易县甘河净，那天，一位名叫白求恩的“洋大夫”正在这里为伤员做手术。

时隔多年后，一位叫余保成的采访者，访问当时任一分区卫生部手术室卫生班班长的高金山时，记录下了下面的情况：

“正在紧张地为一位腹部受伤的战士做手术的白求恩大夫，听翻译告诉他说求救的是一位被恶狼咬伤的小女孩，且生命垂危。白大夫闻讯后，当机立断，决定亲自进行手术抢救。白求恩大夫当即把一分区卫生部手术室主任王道健招来，替他完成战士善后手术工作，自己立即投入了抢救农家幼女的手术工作中去……此刻，幼女颈部鲜血直流，被咬伤的小洞冒着气泡，经白大夫细致检查，清洗血污后，又及时对幼女的伤口进行了止血、气管缝合手术，敷药包扎后，又为幼女注射了抗毒狂犬菌疫苗。经过近一个小时紧张的抢救，终于将这个幼女从死亡线上挽救回来。术后，白大夫又让小桂珍留在边区医院观察调治。之后，白大夫每天坚持几次到病床前查看幼女的伤势恢复情况，他不顾连续手术、超负荷工作的疲劳，一会儿问小桂珍疼吗，一会儿询问孩子的家长有何要求。同时，他还反复嘱咐卫生员要精心看护这个农家幼女。在白求恩大夫的亲自关心下，赵桂珍很快痊愈，恢复健康。”

白求恩于1938年3月来到中国后，6月已到山西参加战地医疗工作，7月到冀西参加晋察冀军区卫生机关的组建和领导工作，8月起担任军区卫生顾问，至1939年11月病逝，其间不到一年半的时间，他救过多少伤病员，做过多少台手术，已经难以准确统计，但相关资料记载的关于一个时间段的统计数字，可以作为参考例证：“白求恩1938年11月底到雁北前线，两昼夜做手术71次；次年2月，他率领‘东征医疗队’到冀中地区进行战地救治，冒着日军炮火的巨大威胁连续工作69小时，成功为115名伤员进行手术。据不完全统计，从1938年11月到1939年2月，白求恩在4个月时间里连续行军1500里，做手术315次，指挥建立包扎所和卫生室13处，救治伤员1000多人，并在这一过程中发明了‘卢沟桥药驮子’和‘白求恩换药篮’，建立了战地救护的有效机制。”

数字尽管是枯燥的，但是每一个数字背后，都是人命关天的严峻现实。如此的工作强度，在和平年代都是难以想象的，还原到战火硝烟的战场上，其难度可想而知，但是白求恩做到了。当年的随行护士琼·尤恩，在自述中的记载更佐证了白求恩工作的困难和他的在其中的重要性：“除了几种必不可少的东西，医疗站其实并没有任何设备。磺胺类药品从没有听说过，青霉素那时还没有发明，能用上的都是土药。医疗站有大批乙醚和普鲁卡因粉。我于是教吴先生（中国医生）配置溶剂，制蒸馏水，还教他按照白求恩大夫的方法割取生鸦片供皮下注射使用。"

白求恩柯棣华纪念馆新馆落成时，与加拿大的白求恩纪念馆签约结为姊妹馆。我曾作为学生代表观摩过整个签约典礼。多少年过去了，仪式上双方互赠纪念馆建筑模型的场景，时常浮现在我眼前——那时少年无知的我曾疑惑不已：白求恩是为中国人民牺牲的，为什么外国也要纪念他？当然这个疑问现在早已豁然：世界反法西斯战争是全人类的事业，在这场战争中为维护正义而牺牲的人是全人类的英雄。加拿大白求恩纪念馆系加拿大政府回购白求恩家族旧居后建立，按照19世纪白求恩在此居住时的陈设布展，这座纪念馆已经被列入加拿大国家文化遗产，而白求恩家乡的中学以及加拿大约克大学的医学院，都以他的名字命名——在中国，除了上文提到的白求恩医学院外，位于石家庄的中国人民解放军白求恩国际和平医院，以及在唐县人民医院基础上建立的唐县白求恩纪念医院，都是白求恩精神的纪念者、继承者和传播者。

英雄不老，英雄不逝，只因为他们是英雄——我回首自己的"革命斗争"经历，有"英雄谱"中的英雄们一路陪伴，人生就少了迷茫和遗憾。而我从少年懵懂已至中年不惑，但英雄们仿佛从未离去，依然身形矫健地在万山丛中疾行……

（选自《天津日报》2019年9月26日）

# 西 客 站

刘春荣

再一次走进北京西客站，陪伴我的是我的拉杆箱。

西客站仍旧是人流如织，来来往往的人群仿佛是从四面八方涌来的潮水，汇集到这里。每个人都带着各自的故事，在没有红酒和咖啡的站台等待驶向目标的列车。

在这里我看到过热烈拥抱的恋人，久别重逢的亲人和席地而坐疲惫至极的民工，也有像我一样到处奔波的写作者。在候车大厅的一处，我看到一位蹲在地上，用纸巾擦拭地板的年轻母亲，她的儿子不小心把饮料洒在地上，她没有说话，默默蹲下来，用随身携带的纸巾认真擦拭地板上的污渍。那个不小心“闯了祸”的六七岁男孩安静地站在一旁。我想告诉那位母亲，她真的很美。可是我没有说话，用无声的陪伴以示敬意。

擦拭完地板之后，她收拾好用过的纸巾，放进旁边不远处的垃圾桶里。然后，她拉起儿子的手在座椅上坐下来，我也在她对过坐下来休息。

对于孩子来说，家长是最好的老师，有如此修养良好的母亲，这个男孩长大了人品也差不到哪里去。祝福这对母子。

观察了很多年，我发现一个比较有意思的现象，在候车室里，男士们大都中规中矩，衣衫整齐，穿着清凉的或者举止言谈豪迈的倒是那些女孩或者女士，穿着清凉那是个人衣服品位，没有妨碍别人，倒还可以理解。年轻女孩儿青春活泼，衣服穿得少比较凉快，炎热的夏天让人的眼睛感觉凉爽，这也无可厚非。冬季穿得凉爽就让人很心疼了，有些爱美的女孩穿短裙整个大长腿裸露在外面，站在那里瑟瑟发抖，让人看到都感觉寒冷。我想说的是，美丽的女孩请为你的腿保暖，它辛苦为你奔波，陪伴你走完人生的路，它没有犯错误，不该接受你的惩罚，以致年老以后被关节疾病所困扰。漂亮的女孩请爱惜你自己。

我不止一次见过一个人占几个位子躺倒睡觉的人，有男也有女，也许他很疲劳，也许她有不得已的苦衷，但把候车座椅当自家炕头的行为确实让人无法理解。行走之处，彰显个人教养；言谈举止，体现自身素质。希望躺倒在座椅上的人能早日坐起来，为他人让出一个休息座位。

候车大厅里，有些女士的豪气真的可以冲天。坐在座椅上，把行李箱放在前面，为了舒服，把鞋袜脱掉，然后把脚丫子高高伸在行李箱上，甚至四仰八叉躺倒在那里，或看手机或打电话，其豪放程度让人咋舌。想起一句歌词：“为什么你从来不说为什么，也许是我给你自由过了火。”对于这个社会来说，是不是妇女解放过头了呢？

人过一百，形形色色。何况西客站永远都如春运一样，每天都在超负荷运载，向辛勤工作的西客站所有工作人员致敬！

坐在那里等车，我结识了一位“85后”女孩儿。当时她坐在我身边，一脸的落寞。我不敢打扰，一直安静地坐着，她突然问我：“姐姐，你也是离开北京吗？”我点点头告诉她：“在这里等车，都是离开北京的。”她有些不好意思地笑了。话题由此打开，她告诉我她要离开北京，不再回来的那种。她说她家人已经为她联系了一份安稳的工作，她要回家相亲结婚生子，过安稳的日子了。在北京工作了七年，忙碌得没有时间恋爱，没有男朋友，每个月也几乎没有存款，到了适婚的年龄，家里人拼命催婚，无奈只能离开回家。我能理解她的苦衷，在高房租高物价的帝都，生活成本远远高于地方城市，很多年轻人怀揣梦想在这里奋斗，谁不是忙得想死却努力地活着？

累了倦了，想休息就回家吧。父母永远是自己的大后方。

但北京是个机会相对较多的城市，并且这里一切井井有条，只要你努力拼搏又运气够好，成功的概率还是有的。这里人际关系相对简单，没有太多的繁文缛节，这也是我喜欢北京的原因之一。

眼前的这位姑娘一直在小声地诉说着，伤心之处她还流下了眼泪。我拿出纸巾递给她，她轻声说谢谢，然后继续说，我知道她需要倾诉，并不需要劝慰或者开导，受过高等教育的女孩，什么道理都懂，她需要的是一个听众，仅此而已。我默默倾听，感受她的悲伤，她奋斗的辛苦以及她离开的失落。我尊重她的选择，等她回到家乡工作以后，她对慢悠悠的生活能不能适应？回家结婚生子，每天慢悠悠上班，慢悠悠下班，做家务带娃，日复一日，一眼望到头的日子也许更可怕吧？

进站的时间到了，她和我挥手告别。祝福这位姑娘，愿她早日觅得如意郎君。

前两年有一篇很火的网文，说在北京有2000万人在假装生活。我不知道生活怎么假装，我只知道，在这个快节奏的城市，很多人都在努力工作，为养家糊口，为房贷车贷，为孩子老人，哪个人不是忙得像高速旋转的陀螺？哪有时间在那里矫情在那里假装？

每天早上，很多上班一族几乎是跑步出门，匆匆赶公交或者地铁，晚上顶着路灯回家，辛苦程度可想而知。很多人都是在公交或者地铁上解决早点，有人怒怼车厢里各种早点的浓烈气味，我自己也曾经被香得让人窒息的猪肉大葱包子熏得差点吐出来，但我不能全怪吃包子的人，一则我晕车，再则我不吃猪肉，那种香味我本来闻不得，我自己身体素质不好，真没法去责怪别人。地铁上，有两位穿着时尚的美女在聊天，可能刚吃完早点，一位美女的牙齿上粘着韭菜，两人边说边笑，我想告诉她她牙齿上有韭菜，但又怕她说我多管闲事，犹豫很久也不敢上前说。就这样走了两站，她们还在说笑，那位女孩牙齿上的菜还在，我不明白她的伙伴为什么不告诉她。到了第三站，也许快到站了，两个女孩开始整理妆容，从包包里拿出带镜子的粉饼，女孩终于发现了自己牙齿上的菜，脸一下子红到耳根，她白了同伴一眼，不再说话。

那个同行的女孩脸上却露出诡异的笑容。玻璃闺密是说的这种人吗？我不是嘲笑她牙齿有菜，我是心疼她匆匆早餐。如果时间许可，谁愿意在大庭广众之下吃东西呢？谁不想在餐桌旁坐下来，细嚼慢咽享受美食然后刷牙漱口，美美地出门呢？

在北京，很多人在南城上班，在西城居住；或者在北城上班在东城居住。东西南北城区来来往往的人很多，地铁上早晚高峰都非常拥挤。每天用在路上一两个小时，是正常的事，也有三五个小时在路上，大家忙忙碌碌都很辛苦，这都是实实在在的生活。

生活没法假装，但可以假装晕倒。我亲眼见过一位大妈戏剧性的表演。当时，她和一位小伙口角，她大喊大叫，小伙小声嘟囔，本以为吵闹几句，大家各自离开就是了，毕竟大家出门在外都不容易，何苦互相为难？况且小伙子一直很克制，并没有想干架的行为。那位大妈咄咄逼人，竟然突然晕倒在地。小伙和周围的人都很紧张，工作人员也闻讯赶来，候车大厅广播里播音员在寻找医生急救。一位中年男士匆忙跑过来，亮明自己是某市三甲医院内科医生后，他单膝跪地准备开始急救，却突然发现她胸部呼吸起伏平稳，这医生一愣，跪地的姿势改成蹲姿，摸摸手腕脉搏，他明显松了一口气，又翻翻眼皮，并没有异常，做完必要的检查之后，医生缓缓站起身，沉默了一会儿说：“地上凉，回家睡觉去吧。”众人皆乐，不管怎么样，人平安就好。大妈从地上呼隆一下猛然坐起来，指着小伙说：“今天算老娘仁慈，下次可不能这么便宜你。”小伙连忙道歉，上前一步搀扶大妈起来说：“您坐那儿歇会儿，躺这儿挺累的。”于是大妈乖乖坐座椅上休息去了。

如此一幕，为单调的等车时间涂上了色彩，让人莞尔的同时也不得不佩服那位戏精大妈的表演才能。人生就是一场戏，只不过有人喜欢在舞台上，有人喜欢安静平稳，不同的人有不同的选择吧。

来来往往，去去回回。我习惯了在西客站出行或者返回。耳旁响起我喜欢的那首歌曲：

当我走在这里的每一条街道
我的心似乎从来都不能平静
除了发动机的轰鸣和电气之音
我似乎听到了他烛骨般的心跳
我在这里欢笑
我在这里哭泣
我在这里活着
也在这儿死去
我在这里祈祷
我在这里迷惘
我在这里寻找
在这里失去
北京　北京

（选自《中国作家网》2019年9月9日）

# 声地树间

于 兰

## 一、花椒树

小时候在沙岗下的花生田里与父母一起刨花生，父亲说沙岗过些天就要被平了，他想移走上面的两棵野生花椒树。回家时地排车上就有了那两棵花椒树，因为生活在沙岗这样缺水漏水的地方，它们的根扎得很深，我记得被刨下的它们根上的土壤很少，却有着很长很发达的根系。而且它们浑身长满了铁钉一样的东西，小孩子的身体本能地远离它们。

秋天移植的树木不一定能活吧？我想。因为这两棵花椒树不讨人喜欢，在院子里奔跑时一不小心就会被它们的钉或刺划破衣服。它们像不受欢迎的客人站在本不该它们在的地方。

但是，第二年的四月，有一天我走出家门，来到院子里，分明闻到了一股原本不属于这个院子的味道，那种香味清新又纯正，不是那棵榆树，也不是那棵柳树，更不是来自于那棵枣树或是苦楝树，我看到了那两棵迟迟才发芽的花椒树，对，它们刚刚发芽，有一些小叶片也是刚刚舒展的。香味就来自于那里。这时的院子里麻雀在枣树上飞来飞去，乌鸦和斑鸠从后院的树林中飞来，如同精灵一般的鸣叫，那声音穿透了睡梦中我策划的情节，柳莺也在柳树上欢声歌唱。

只有它们孤傲地、冷酷地，一副与世界拒绝合作的姿态，自我地生长。它们不在乎、不讨好任何人。但它们香浓的叶芽、小小的花朵和果实都暴露了它们有一颗柔软美丽的心。如同古代皇后才能居住的椒房殿，它们长不了多么粗大，不能做梁或椽，也许它们要粉身碎骨和泥土混在一起做成殿房的墙，永远散发着香味。不过，那就是它们的梦与远方吗？

## 二、树间

下班的时间，在人民广场等公交车，路北面嫩黄色枝条鼓胀着芽苞的一排柳树，其中一棵上落满了柳莺，它们像麻雀一样叽叽喳喳地叫着，不知道的，还真以为是一群麻雀。

这情景从未见过。柳莺的体型只有麻雀的一半大，胆子又小，叫声也是清亮而怯怯的，所以，像今天这样群聚在一起实属罕见。我见过的柳莺都是一两只，在柳树已经长满叶子的繁茂的枝条间，它们可以轻易地藏身其中。它们有着小小的嘴，小小的清亮的眼睛，还有与柳叶相似的浅绿色背部和浅白色的腹，灵活地转动着身躯，小声而明亮地歌唱着春天的到来。一旦我想离它们近一点儿进一步看清它们的样貌时，它们就小心地飞走了。

如同人群聚在一起胆子会变大一样，这天的傍晚，这群柳莺真是上下跳跃，叫着飞动，我靠近了拍照都不离开树枝。

我在想我的小说中经常写到的叫四月的女孩子，她是否像故乡的柳莺一样来到了这陌生的城市？她朴素的衣裙轻轻扫过城中的湖水，湖水就荡漾起了波纹，就有鱼儿想跃出水面。她走过小山边弯曲的道路，两边的桃树就要开花了，花瓣有一些洒到水里，一片片的桃花柳绿。

在夜里，她手中的小提琴奏出月光的碎影，弓与弦接触的刹那，春风已随雨降落在马颊河畔。

孩子们头上的蝴蝶结飞动时，父亲的背弯腰咳嗽时，一代又一代的叫四月的女孩像岁月的背影渐行渐远，渐渐渺无行迹，只有这声在树间的鸟儿还通晓这一切。

若奏响一曲轻音乐，那么第二天柳絮就飞上了天，就有无数的鸟儿来和鸣，就会有风像舅舅说的一样：你看，这风都不像冬天的风带着刀刃，这风里有春天的味道。

## 三、岁月的车轮

夜里，不远处一行行的灯光，还有车灯划过的街道，在11层楼上一览无余，那湖边三三两两散步的人们，我知道他们各怀心事。有桃花要开了，他们说说笑笑，这个春天就流逝了。走去湖边，要经过一大片无主的油菜花田，那里开了一些花，还不是全部，有几只喜鹊在觅食，忐忑着，东张西望，魂不守舍。南边小片杨树林上的几个喜鹊窝大概是它们的家。我总想什么时候人也像喜鹊成了半个漂泊客，还好，人们都觉得那大大的喜鹊窝是个风景或者什么，没有人去动那些窝，不然喜鹊真成了漂泊客了。

是的，这一大片的开发，成就了这湖边的风景，人们黄昏时步行着，骑着自行车的母女俩很开心，还有人开车慢慢地一边欣赏一边走着。是的，世界总是要向前发展，不以很多人的意志而改变。我坐在11层楼的阳台上向各处望着时，就忽然想起了美剧《西部世界》，人类把编码程序写进了机器人脑中，未来的机器人像真实的人一样逼真，只不过按程序演出剧情。剧情也是早就编好了。园区的开发者扮演着上帝的角色，把他们称为接待员，即使园区主人允许他们的伤痛记忆和即兴变化让他们知道了自己的身份，并为此而痛苦，但那个叫福特的园区主人一样会归零，让他们重新回到最开始的程序。比如那个最老的美丽的女接待员，她每次被重新设定之后，就会有“自己”内心的声音说，这个世界是美好的，有人选择看到它的邪恶，而我选择看到它的美。

我常常想，这个世界每天都会发生无数的美与恶，而我们的选择是不是“某个上帝”的编码，这些想法看起来荒唐可笑，但是，我们到底怎么理解这个世界，包括它的善与恶，美与丑？

是的，我在湖里看到几只野鸭子在黄昏的光下戏水，有一只野鸭划开水波一溜，水花就随着它张扬地四溅开来，这景色是为我们准备的，当然也是为所有人准备的，谁都可以来欣赏它，在湖边干净的路面上走，都觉得心情愉悦，唯一与这情景不协调的是，一个老汉赶着毛驴车，车上不知载了何等货物，他甩开鞭子，毛驴车便向西沿着人行道跑开去。望着它远去的背影，我忽然想到，当年我的父亲进城卖炒花生，因为“割资本主义的尾巴”，村子里很多人都不敢到城里来卖东西。只有父亲为生活所迫才来到城里。城里的人很少能吃到炒花生，他们一会儿就把一车的炒花生买走了，如果顺利不被抓到，父亲会赚上“好大一笔钱”。够我们兄妹几个上学吃穿用度，度过那快乐又艰辛的日子。

每当父亲讲到这些，我都低下头去，哪怕是一家人，也怕他们看到我湿润的眼睛。哦，看到这在树木间行走的驴车，就想起《父亲写的散文诗》这首歌，它好像唱响在这些树木之间，还有那个赶着毛驴车的老汉，他也是一位父亲吧，站在十字路口等红灯的时候，我在想，我如果随在他们身后，是否能回到最初的场景？

## 四、四无人声

欧阳修的《秋声赋》——闻有声自西南来者，“初淅沥以萧飒，忽奔腾而澎湃；如波涛夜惊，风雨骤至。其触于物也，鏦鏦铮铮，金铁皆鸣”。这段是写雨刚刚下时淅淅沥沥，而之后像海浪汹涌，又像是打在金属物品上发出鏦铮之声，这让他想到更像是衔枚奔走去袭击敌人的军队，但又听不到号令声，好像只有人马疾行军的声音。于是让人出去看看，回来对他说：“星月皎洁，明河在天，四无人声，声在树间。”

四月说，她上学时非常喜欢欧阳修的《秋声赋》，但当她成年后，她的第一个《秋声赋》就来了。她记得那不是秋天是在夏天，但那天的疾风骤雨就如同《秋声赋》里描写的一样，海浪一样汹涌，金戈铁马一样的震撼，短时间的狂暴态势让人们不寒而栗。第二天，二干渠的那条河里积满了水，除了昨夜的雨还有上游放闸涌下来的水，让河里的水面高了很多，就是在那一天，四月的恋人立秋先是失踪了一夜，然后在下游找到。四月当时记得他说，天阴了快下雨了，河里的鱼都在往水面上游呢，他要去钓鱼。

于是，叫四月的女孩离开老家来到了城市里，忙碌的城市生活她都不知道什么时候天下雨了，下雪了，但每当狂风暴雨的时候她都会愣愣地站在原地不动，无论是在别人的店里、超市里，还是不遮雨的别人的屋檐下，她都像被钉住了一样，她失魂了，认识她的人都说她有失魂症。

是啊，得了失魂症的四月经常读《秋声赋》，读着读着就会落泪，别人就说：是啊，你们看，失魂症又犯了。

经常性犯失魂症的四月还跟人家讲解《秋声赋》，说这赋里的童子很厉害，这童子的话像是一位诗人，他用诗人般的语言说出了当时雨下时的情景，他不像已过知天命之年的欧阳修，他更可能看到雨后的欢腾景象。

说到这里，四月就欢笑起来，而她又说其实她是欧阳修，她像欧阳修一样听到了秋天来临的声音，甚至是听到李清照的“凄凄惨惨戚戚”。

是的，四月早早地听到了山川草木衰败的气息，早早听到了凋零的树木结了果实，那秋天里苹果的香气，还有那必然走向冬天的自然之律。她当真像那个叫欧阳修的老头一样看着熬睡的童子，听着秋虫天籁般的鸣叫声，在“四无人声”里听任曲子里那被叫作“命运”的人牵来扯去。

## 五、草木无情

草木真的无情吗？孔子说：“多识草木鸟兽之名。”每一种植物都是非常有思考价值的。我在小花园里散步，看那些榆叶梅。我仔细看着它们，虽然都已过花期，却结出了曙红色的小果子，它们一个个地散落着分布在小枝上，像海棠果那么大，却不像海棠果那么多地分布着。还有那些在园林上被俗称为“看桃”的，大家都在春天里看到它们鲜艳紫红和粉红的花朵，现在它们也都结果了，果子比一般的桃子小，毛茸茸呈红色，红色证明已经熟了。我摘下几粒，它们的果肉只有一层厚厚的桃皮，却没有真正的果肉，然后就是和可以吃的桃子一样大的桃核。我想这些榆叶梅等植物，它们的果实虽然不好吃，但长得非常鲜艳，我想这是出于生殖的本能吧，它们希望鸟儿会来吃掉果实让种子落地，或带到其他地方，在那里的土壤里生根发芽。

细细想来，植物的行囊里装的东西可真不少，它们的花朵是一次对世人的展示，它们的叶子，比如紫叶梨，它在开完白色的花朵之后，长出的是紫色的叶子，在众多的植物之中它一年三季都是紫色的。当然，还有枫树，它的叶子在秋天会变得火红，这颜色染遍了祖国的大好河山，在很多地方会看到它们的身影。还有樱花树，虽然繁茂的花朵才是它一年四季里最美的景象，但它可是用尽了一年中所有的力量来开一次花。大家喜欢看它像雪一样纷纷落下的浪漫场景，却不知这是它对这个世界更多的留恋与不舍，它们的灵魂在纷纷扬扬中有了更多的牵挂和理想的光芒，让它们变得不朽起来。

植物的行囊里背负的越多，比如桑葚，它的行囊里不仅有叶、花、果，更有它具备的保健功能，《本草纲目》就曾给它留下要背负的东西，如此之多的东西要怎么样才能保证真如《本草纲目》中所说的？有一年，那些紫桑葚树都在冬季里一个并不特别冷的天气里冻死了，第二年从根上冒出的芽慢慢生长着，直到它仍没有误了第二年的结果，结得少了，情有可原的，大家都说。所以说，作为植物你不能随心所欲的，给你的行囊要背起来，在每一个季节里完成自己的使命。

我想起最近正在读王尔德的童话《夜莺与玫瑰》。那男孩家的玫瑰也长满了大大小小的刺。他爱上了一个女孩子，想在舞会上送给她一朵最美的玫瑰，但那不是玫瑰开花的季节，该怎么办呢？一只夜莺为男孩的爱情所感动，于是四处为他寻找一朵玫瑰，最后在男孩家的院子里，那棵玫瑰花树上，夜莺让树刺刺破自己的心脏，然后玫瑰树开出了一朵极美的花朵，那是夜莺用生命换来的。当男孩带着玫瑰送给女孩时，女孩并没有收下它，她拒绝了他。于是，在回家的路上，男孩就将那朵玫瑰扔到了一条水沟里。不知为何，看到这里，我的心跟着痛了一下。植物，植物的行囊里竟然还背负着爱情的美好与痛苦。

在蒲公英刚开花的时候，就一棵棵拔下来，还有荠菜，一棵又一棵，很快它们被肉馅包裹着，最后成了香喷喷的水饺。这样还好，总算得其所道，尽自己的生命成就一顿美食。生活就是这样驱赶着你，不给你任何的理由，草木有情，更有声，情与声都是它们自己生命里缤纷多彩的东西，同时，其结局无论是否痛彻心扉，都还是美好的大团圆。生活就是这样给我们的。

（选自散文集《声在树间》，广西师范大学出版社 2019 年版）

# 老船上岸

阿　占

一条二十年的老木头船，用凶恶的风浪做了文身，满布的杀伐之气，就像那些久经沙场的武王。现在，它被搁置在早春的岸滩上，正午时分，若靠近船身，能听见喑哑低闷的声音从深处传来——榫卯相离，绝响四起，生命里最后的动静了。

咔吧一声！榫卯相扣，这是新船才有的资格。新船和新房子一样。从前新盖的大木梁架结构的房子，房架上柁没完全装到位，经过一段时间的居住，被烟火气焐热了，被人的呼吸落实了，会发出咔吧一声。因为新，边簧和边槽之间即便较着劲，也不会开裂和变形。

老船恰恰相反，响起来的，是散了架的声音。一声成谶，便已归天。

再看老船，好像被烧刀子泡过，泛青，泛蓝，泛黄，泛灰，泛白，泛一切天翻地覆的狠颜色。烧刀子是什么？因为度数高，味浓烈，似火烧，而得名。渔把式们都知道，烧刀子之烈，遇火则烧。入口如烧红之刀刃，吞入腹中则燃起滚滚火焰。出海打鱼，在冰冷的海上，就是凭借这一种浓烈的感觉，渔把式们才能找回存在感。

渡海的老船，当年渡的是苦难，渡的是艰险，能够从这些个中间抽身而过的，怕也只有仁慈了。老船身上的每一块木头都有灵性，早就成了雷电的一部分，成了风暴的一部分。老船曾经对主人说过，如果有一天老了干不动了，要将它留在大海上，随风浪漂泊，逐渐解体。或者在某个瞬间凭借风浪与礁石的夹击而粉碎，转眼沉入海底，成为深蓝的深处——这些都可以让老船拥有从出生到死亡一直属于大海的荣耀感。死于大海，老船相信还会有来世。至不济，也要拥有滩涂一隅，对死亡保持觉知，潮汐涨落，时间显示出不动声色的力量，生命之光与死亡阴影重新融合，流沙如软金覆盖了所有的秘密。

主人肖老大没有背叛老船。在渔村，老船不能用了，拆卸变卖是一种约定俗成，十个有九个船老大都会这么做——头颅被拆分下来，卖给流动的小贩，改造成简易住房；躯体卖给家具商，经过打磨上漆，以老船木的噱头炒卖；心脏和大脑卖给收废铁的，与废弃易拉罐混为一谈……大多数船老大都希望那些驾驶舱、发动机和螺旋桨能卖个好价钱。除了肖老大。他知道老船不想这样死。相会过千军万马，最后落得变卖残骸，这样的过程比结果更疼痛。死亡最可怕的地方不在于丢失未来，而在于没有了过去。唯肖老大惺惺相惜。

不过是一条渡海的破船，留着干什么？人们不解地问。包括肖老大的儿子。肖老大陡然大怒，在儿子脸上甩了一个巴掌。

回想起海上的苍茫日夜，一切背景都简化了，都退后了，只剩下孤独的海平线。肖老大和老船始终没有发现岸，他们固守着心中的石头，彼此默契。来了好潮水几天几夜不能睡觉，要趁着潮水浪峰抢鱼。在风口浪尖上，他们一起扯着嗓子吼起来。肖老大到死都不会忘记有一年的农历九月初五，早晨出海还是漫天的胭脂彩霞，到了中午头儿海就怒了，眨眼工夫，云层灌满了铁铅，沉沉地碾压而过。肖老大从没见过这么逼仄的天空，他感觉快要憋死了。忽然，冰雹噼里啪啦地砸了下来，最小的如鸡蛋，大的竟好比半块砖头。那浪啊，扯天扯地。一个浪峰过来，船被抛了出去；再一个浪峰过来，船又被接住了。渔伙计们不是吐出了苦胆就是被吓破了胆，根本无从下手，只听任上天安排。

一个又一个的浪峰之后，肖老大惊奇地发现船竟然没翻，自己还活着。这个时候，岸上的女人们早已哭声一片。冰雹把庄稼地都打烂了，那树叶一样的木头船还能在吗？哭上一阵，又憋了回去，女人们齐齐地跑到码头上等着，死死地望向轰隆翻卷的大海，彼此只说宽慰的话，祖辈上那些翻船的老故事谁也不敢提半句，就好像村后的衣冠冢从来不存在一样……

肖老大与老船相依为命，彼此的悲喜是连同着生死沉浮一起完成的。二十年前，肖老大正值壮年，那个吉日，他兴兴头头地购置了渔网渔具，在新船上贴满了对联——大桅上贴“大将军八面威风”，二桅上贴“二将军日行千里”，三桅上贴“三将军舵后生风”，四桅上贴“四将军前部先锋”，五桅上贴“五将军五路财神”，船舱内贴“船舱满载”“积玉堆金”，大网上贴“开网大吉”，船头上贴“船头无浪多招宝”，船尾上贴“船后生风广进财”……终于，一切停当了，放炮仗，请财神，做羹饭，下水——二十年前的老船是个披挂齐整的新晋武王啊。

船通常需要三年两修。过去的二十年里，肖老大都是按照这个频率把船交给石老二，就像肖老大的爹把船交给石老二的爹一样。从祖上开始，石家就是半岛地区有名的船匠人，凭借一把斧头、一把刨子、一把锯子、一个凿子、一些麻丝、一点油灰，石家在不同的渔村里施展着匠心和苦心。修船是一种缘分，更是一种悟性——整个木头船都是手工打造的，修补只能依靠手工推进，一寸是一寸，一厘是一厘，想快也快不起来，即便五六米长的小船，缝缝补补也要七八天工夫。以前这门手艺不传外姓人，师傅门下颇为拥挤，后来木船被铁壳大船替代，再加上修船又累又枯燥，很多人转行不干了，年轻人更看不上这份出力差事，修船匠就跟海里的鱼一样，越来越少了。

老船最后一次修整是两年前的事情。伏天休渔，渔民进城打工，修船匠却是最忙的。石老二戴着草帽，衣裤严实，为了躲过毒日头，他凌晨四点半就得开工。肖老大提了茶水去看他，顺便也去看看老船。他们躲在阴凉地里歇晌，太阳白花花地倾倒而下，满世界闪着针尖儿一样耀眼的光。

这船到年岁了，石老二说。我也到年岁了，肖老大说，春秋天三五海里跑跑，捞点小鱼虾，就消停了。后来又说到了各自的儿子。肖老大的搞养殖，石老二的开渔家宴，他们不会打鱼也不会修船。

茶水浓酽才能解暑，茶锈如铁，就像岁月的坚硬。肖老大给石老二递了烟，笑眯眯地说下去——那些年船把肖老大带到了不为人知的所在，海怪，大鱼，他都见了。大鱼的脊背是黑色的，拱形，就像退潮时露出的岛子。有月亮没有风的晚上，船把肖老大带到海中央，大鱼就会来报信，告诉他在哪里撒网能满载而归。鱼嘴一张一合，清脆的声响能在水面上走很远。肖老大就仰天长笑，那笑声甚至能把月亮击落……

夏天之后，肖老大与石老二再无后会。又过了一个夏天，肖老大与老船一起上岸，渔网渔具都撒在房顶上，老船则风化于天地自然之间，于是便有了开头的那一幕。也许用不了多久，人们会说，看那老船，像被狼吃剩的牛或马的骨架，也像被人和猫吃过的鱼的骨架。到那个时候，肖老大必定更老了，每逢大潮之日，他都要孑孓而行于岸滩，去看望老船。海风啸叫起来，浪堆叠如雪，它们一起组成了举世的废墟。

（选自《解放日报》2019年4月25日）

# 母亲与字

徐海蛟

## 一

送母亲到路边公交车站，她要回自己家去。

“等等再下，找地方把车靠一下。”我一边让车速慢下来，一边拿目光朝车窗外搜寻。母亲催促着：“走吧，我认得，你直接上班去。”

我还是不那么放心，把车停到一个小区出口处，陪母亲来到公交站台。我和母亲站在高大的站牌前，我像一个老师那样再次指着 28 路上的“28”，和她确认：“这个 28，你再认认看，数字总没问题吧？”母亲像初学阿拉伯数字的小学生，点头说：“这会儿不认得啊。”公交车站牌映出了我们母子俩。这是早晨，一辆洒水车自远处开来，喇叭播放着响亮的音乐，白花花的水喷洒出来，四溅开去，灰灰的柏油路面顷刻变成了深黑。我们身旁急速地驶过去一辆又一辆车，不远处小区里不时有人出来，送孩子上学的，拎着购物袋去买菜的……一个闹嚷嚷的人间苏醒了。

不时有公交车开来，庞大的身躯发出吱嘎响声自我们身旁晃过去，只要看到带有 2 字或 8 字的公交车，我都会跟母亲唠叨一番：“这个 638 路，看到吗，最后一个 8。”

母亲说：“8 字好认，这个字不容易看错。2 字不好认。”

“2 为什么不好认？”

母亲说：“2 和 5 不好区分。”

我细细一想，公交车驾驶台上方显示出的 2，笔画由横和竖组合起来，没有转折，母亲说得没错，若翻个面就无疑是 5 了。接着我开始和她指认 2，112 路开过来时，我让母亲盯着 LED 屏上红色的 2：“仔细看，这就是 2。”母亲说：“知道了，不会弄错了。”她冲着我轻松地笑了笑。我还是不放心，继续等着，等到一辆

53路摇摇晃晃开过来，我唠唠叨叨向母亲反复指点了5之后，才回到自己车上。离开前我又补充了一句话："真乘错了，就打电话。"母亲笑了："不会错的。真乘丢了，这样的老太婆也没人要。"

我的担心持续了一小会儿。等驱车进入单位，停好车，急匆匆去用早餐，打开办公室电脑，处置一应杂事，这样便一整天过去了……竟然忘了要问问母亲，她是否到家了。等到想起早晨母亲独自乘车回家的事时，已是灯火初上的傍晚。

此刻，我在纸上写下那天早晨的情形，才隐隐意识到，母亲每一回乘公交车的不安。她晕车，又不认识字，哪儿上车，哪儿换车，哪儿下车，这些于我们简单不过的事，到她面前可都是结结实实的障碍。我想到12岁那年，乘车去中山东路新华书店，车乘一路，惴惴不安琢磨了一路，当时我似乎总弄不清该在马路哪边上公交车。若是上错车，就朝反方向去了。我竟没有想到母亲正一回回经历着我儿时那般的无助。

一旦走到外部世界去，母亲就成了一个孩子。而整个外部世界，都是对母亲这样的孩子关闭的。母亲不识字，如她自己说的是一个瞎眼的人。一个瞎眼的人看不到这世界的大部分精彩，也找不到进入外部世界的钥匙。

她无法独自去大医院看病，烦琐的挂号手续，复杂的指示牌，种类众多的科室……医院如一个迷宫，她置身其中，要见到想见的医生，不知得费多大周折。

她无法独自乘火车，乘轮船，更不用说坐飞机，迄今母亲都还未坐过飞机呢。她也无法办理酒店入住手续。远处的生活几乎和母亲断了干系，她的路径只在脚下，只在双脚和脚踏车画出来的弧线上，偶尔或许还可算上公交车。

母亲很少去超市，一开始推说超市买东西麻烦。后来，我们说多了，她就说货架上标签不好认，我们起先心不在焉嘲笑她："这有啥不好认的，你十个数字都认识的。"但有一天，我在超市货架前驻足，看着那些小标签上的数字，开始思考，如果一个人仅仅认得十个数字，能顺畅看懂商品的价格吗？我们且不说看不懂价格牌上对应的中文名称，就是数字后面那些点号于不识字的人也必是极玄虚的谜面。母亲说，她去超市，要买什么都是估摸着大致价格才买下的，付款前心里没底，临付款了，才知道有些东西价高了。母亲喜欢去小镇上的菜市场，喜欢去菜市场周围的小摊。小贩们熟识，也好讲价格，不像超市里只是冷冰冰的数字。我们同样也很少想到，当世界快速前进时，无意间却将我们的父母远远抛在了后头。

母亲有段时间住我家，帮着照看家里的小学生。社区物业通知每月可免费领一卷垃圾袋，母亲便觉得该行使这项权利。但领了几次，就不好意思起来，原因是领完垃圾袋，需在物业制作的表格后对应着门牌号签个名字。往后，母亲每回去领垃圾袋就带上我女儿。其时，小家伙正读二年级，她在物业的蓝面硬皮本上替奶奶签下名字。回到家，趁母亲不在时告诉我：“奶奶不会写名字，还是我厉害。”

我三十三岁那年，在省城杭州动了手术。母亲夜以继日守在病榻旁，给我喂饭、擦身体，帮我翻身……她永不疲倦。有一天，其他家人恰好不在，剩下母亲，她要返回酒店取我的一本病历卡。那家我们预订下来作为家人休息的酒店位于医院西北角路口。这是一家巨大的医院，母亲要穿过好多栋大楼，绕到北门，再沿北面主马路往西走半里左右，才能到酒店。住院楼、门诊楼、医学试验楼、肾病大楼、消化科大楼……每一栋楼都有冷灰的外表，相似，生硬。水泥路，连廊，地下通道……母亲穿行其间，像走在一个巨大丛林里，可她不认得任何标志，我无法跟她谈及路名，只能以虚弱的声音反复告知母亲酒店的名字。母亲很沉静，她说让我别担心，她记得酒店的路。我知道母亲拿话安慰我，酒店到医院，我前些天也迷路过。

母亲于四十多分钟后返回病榻旁，额上沁出了汗，她说，走错好几次，问了好多人，总算找到了。我躺在床上，心重新落进胸膛，冲着她疲倦地笑了。

## 二

母亲小时，家中拮据。她是长女，下面有六个弟妹。外祖父老实巴交，使出浑身解数，只为让全家人身上有衣穿，嘴里有粮食吃。外祖父认定女儿不必读书，他倒是挣扎着让几个儿子都踏进过校门，尽管家里没出一个读书人。母亲常常跟我们讲：“你那些舅舅都去读过书的。”她那么讲的时候，目光里流露出一种羡慕之色，“可他们不爱读书，你大舅舅只喜欢放牛，三舅舅总逃学到人家鱼塘里游泳，剩下小舅舅倒不逃学，可书一窍不通。只有我和你阿姨，你外公一天书也没让读。”母亲很少提及外祖父的不是，只在读书这件事上除外。

母亲的少女时代像一枚落在墙角无人问津的苦涩杏仁，除了劳作，除了担心饿肚子，也并没有太多时间感伤读书识字这件事。母亲给我讲过一个故事，是关于外婆的，她说外婆对待孩子心极硬。母亲七岁时，还是个小女孩，那年冬天特别冷，有一回她没捧住一个暖手炉，暖手炉掉地上，炉口豁开一个口子，炭火撒了出来。那会儿，我外婆刚好在母亲身边，她看到女儿的这个失误，竟然做了一个令母亲一生无法释怀的举动。她抬起腿，一脚踹到女儿腿上，小女孩疼得满头大汗，跌倒在地，小腿当即骨折。

待到母亲长大些，由于是长女，不但要干活，还要照顾几个弟弟妹妹，她似乎是他们的另一个娘。母亲说，她最不喜欢大舅舅，他打小就笨，动不动把尿尿到她身上。母亲十六七岁时，正是我们国家困难时期，小山村里家家户户缺衣少食，家里吃饭的嘴巴又多，日子过得十分紧巴。家中可吃到的米越来越少，常常只能撑大半年，剩下小半年，就吃番薯藤，吃细糠，吃草籽。每回做饭，她只好将米做成一大锅稀粥，心想至少大家都能让肚子里装点东西。但大弟和二弟，拿起勺子，尽往锅底捞。外婆为此时常责备母亲，说她将粥煮得太稀。

母亲十八岁那年，家里实在弄不到粮票，外公就去各处借米。而她则跟着村里姑娘们到农场采茶，一住半个月。那半个月，她粒米未沾，带去一大袋红薯干，天天以此充饥。

在母亲偶尔忆及的往事里，我大致能窥见她的少女时光，黯淡寂然，充斥着汗水与劳作。没有甜的糖果，没有更多来自父母的疼惜，没有花花绿绿的裙子，而事实上，母亲年轻时候，从未穿过裙子。

外公觉得生活就是他能一眼望到底的样子，他把家筑在山沟沟里，种几亩山地，村里分到了几十亩林子，家里七个孩子，一头黄牛，一头猪。每天起来，下地干活，每晚回来，摸着黑，点着油灯早早上了床。

母亲也同样觉得生活是她能一眼望到底的样子，做姑娘时帮家里分担家务，抚养弟妹。学会烧菜做饭，纳鞋底，织毛衣，补衣服……嫁人后为丈夫生儿育女，尽管作为女人，但她同样会种地，打柴，烧炭，熟稔各样农活。在她的生活里，有风雨，有汗水，有种子，有果实，唯独很少遇见字，她的生活似乎与字无关，字既不能当柴烧，又不能当饭吃，认不认得字有什么干系呢？

到了二十世纪八十年代初期，村里通知村民办理身份证。母亲说，村里很多人都不想去办身份证的，她也那么想。跟她年龄相仿的女人们觉得自己都这把年纪了，天天在山里种地，这辈子都走不出大山去，没必要往乡里跑一趟去办一张无用的身份证。后来她之所以又去办了身份证，是听邻居大嫂说了一句话："身份证还是能派上用场的，以后你孩子到城里上大学去了，做了城里人，你要去看望他，就用得到身份证。"

母亲的名字被写下来，除了结婚证，大概就是那张身份证了。那是在山村里的母亲少数几次和字发生的关系。

## 三

生活并不是谁能一眼望到头的，父亲就不能容忍生活一成不变。父亲率先离开小山村，他的这个举动即刻牵动了母亲的生活。

父亲一离开老家，母亲的生活里马上需要用到字了。那段时间，他一走大半年，却没半点消息。母亲去找父亲的朋友林国，林国是我们村少有的一位能断文识字的“秀才”，据说我的名字就是他和父亲一道苦思冥想给取的。母亲央他给父亲写一封信，信的内容大体就是问候近况。母亲走了十里路，去乡上邮政所将信寄发，过去大半个月，仍未见回信，也不知道是不是邮递员将信弄丢了。母亲没在我和妹妹面前表露出什么来。但现在回想，当初她心里一定焦急得很。有一天，母亲从抽屉里翻出一张白纸，让我给父亲写封信。我统共念了三个月不到的书，认识的字加起来还没地里收来的红薯多，不会写的字就以拼音代替。母亲让我写下这些字：“爸爸，现在好吗？你离开家八个月了，却没有一点消息。你会想到我们吗？还要我和妹妹吗？”她唯独没有让我在信里写“你会想到妈妈吗？”等到长大后，我才明了母亲的心思，这是她的迂回之计。她能说什么呢？她既无法想象丈夫置身的世界有多宏阔，也无法得知丈夫正在经历怎样的生活。只有孩子，唯有孩子才是他们生活里最大的紧要事，孩子是表情达意的唯一主题。

我不知道父亲最终是否顺利收到这封信，只记得这是母亲借用八岁儿子的手，第一回用了汉字。紧接着，母亲也跟随父亲离开小山村。她的生活里就离不开字了，或者说字给她带来的障碍日益明显，这个世界对于不识字的母亲是不友好的。

起先她要去银行存钱，父亲会赚钱，又极不会打理，动不动借钱予人，母亲只好及时将家中收入归拢。但母亲去银行却不方便，只好跟一个做老师的邻居老太太一道去，存钱时，请她帮忙看看存折上的数字，请她帮忙在储蓄柜台前签字确认，每一回母亲都要向邻居交付自己的秘密和信任，这种不适感，认得字的人一定没有体会过。过了几年，母亲便带我去银行存钱，让我在储蓄柜台上代她签字。总算解决了她一点后顾之忧，我想这意味着母亲的安全感。

到了二十世纪九十年代末期，家中装了一部电话。前两年，我们在外求学，这台朱红色的电话就剩下接听的功能，木然地趴在楼上我的房间里。我们一想，母亲打不了电话可不行。妹妹发了心要教会母亲认识数字。她教了些时日，一边教，也一边企图让母亲学会写字，母亲试着努力了几天，渐渐对写字失去了耐心，她手腕太僵直，转不过弯来，使劲握着笔，到纸上却用不了力，写在纸上的数字歪歪扭扭。母亲自嘲说还没有清清写得好，清清是她孙女的小名。便不再写，只是认，几周之后，母亲会认十个数字了。这样打电话的麻烦解决了一半。为什么说一半呢？写在电话本上的号码，她通常分辨不出它所属的主人来，号码前的名字母亲认不得。

形势逼迫妹妹发明一种“象形文字”，作为母亲专属电话本上的字。她以简单形象的符号替代电话号码前的主人姓名。例如，我的名字，以一片波浪，上面点缀着几只海鸥来代替。我姑姑名叫香琴，她的电话号码以一把琵琶代替，以示这是一把琴。我阿姨名叫茶恋，手机号码前则是一片绿茶的叶子，悬浮在空气中。还有一些人名则很难“象形”，如我妈老家的邻居福高，我妹妹大概想了好久没想出如何恰当注释这个略显抽象的名字，她说倒可以画个双喜代表福气，但似乎又容易造成曲解。后来灵机一动，想到这位邻居以种西瓜为业，我们一家人提到西瓜，几乎都会想到种西瓜的福高。于是福高的电话号码前出现了一只圆滚滚的西瓜，屁股上还缀着一片藤叶。好在，母亲电话本里需要联系的人并不会太多，以此种方式造出人名的象形字简单有效，解决了母亲使用电话的障碍。

母亲能打电话了，也不全是为了某些实际的事。我更期望母亲能用电话找人聊聊天，讲讲生活的不如意，母亲的日子太瓷实了，除了无尽的劳作，她几乎没有自己的精神生活。

除了十个阿拉伯数字，妹妹应该还教了母亲几个汉字。第一个是“胡”，母亲的姓，当妹妹将这个字写下来递到母亲面前。母亲脸上现出羞涩来，她极不好意思地自言自语：“这是胡？”又自我确认说：“这个就是‘胡’。”这种感觉仿佛一个流落异乡多年的孩子重新找回了亲生父母，她想靠近自己的父母，但又有一种说不出的羞耻和陌生感。第二个是“茶”，第三个是“香”。茶是最中国的植物，茶香是最中国的香，这是并不识得太多字的外公借来做长女的名字，我觉得我那质朴得像枣树般的外公在那一刻无疑是个诗人。可母亲并不知道自己名字是美的，直到有一回她去看医生，那个两鬓霜白的医生在处方笺上写下母亲的名字，他顿了一下：“你爸爸一定是识字的人，这个名字取得多好！”

母亲跟我们讲述这件事的时候，第一次因为自己名字面露喜色。

母亲总共认识的汉字没超过八个。“胡茶香”是她最先认识的三个汉字，她认识的第四个汉字是“徐”，“徐”字在她生命中的分量和意义绝不亚于“胡”字，那是丈夫的姓氏，是孩子的姓氏，往后，她生命里诸多的期望都在这个姓氏里延展。

## 四

不认得字，给母亲带来的缺失无可弥补。这些看似不起眼的汉字，岂止是抵达更深广更开阔的外部世界的通行证呢？它同样也是抵达更深邃的内在宇宙的精灵，离了它们，你的心不可能到达一个澄明境地。

我常常为此感到遗憾和痛惜，母亲是那样勤奋聪敏的人，她烧得一手最好的菜，织得一手最精致的毛衣，她纳的鞋底针脚最为匀称，她做的麦饼味道全村最好……却因为与汉字的见面不相识，她被阻滞在逼仄的生活里。

字的伤害让母亲对我们的学习变得无比在意。大部分时候，当我们捧起书读，母亲绝不会来打搅，她知道读书为第一要事。只有一回，我初二那年，母亲去开了一次家长会，她看不懂老师发到手里的成绩单，当然也没好意思向别的家长询问，她说这样会丢脸的。班主任老师还是口头点到了我的成绩，大概说了我那段时间成绩动荡，要把心思收到学习上之类的话。

那段时间为了在繁重学习外找到一丝自由，我课余都在折腾写作，仿佛那是呼吸，我在如痴如醉地读诗，读小说……母亲起先并未见出异常，只当我认认真真念着教科书。家长会上老师的话令她醍醐灌顶。有一天回到家，我发觉那个三夹板组合起来的简易书架上一格书剩下半格，那可都是我最最珍爱的书，是一块一块午餐的钱省出来买的。我愕然地跑到母亲面前责问，以为她擅作主张，将书借出去了。母亲起先不语，但经不住我的脾气，说了实话，说三舅舅来过了，她跟他提了家长会的情况，请三舅舅看了看我的书架，把那些不该看的、不健康的书籍都给收了。

母亲向舅舅的求助让我哭笑不得。在我央求之下，那些书自母亲放衣物的木箱里被一本一本拿出来。它们逃离了短暂的阴影，托尔斯泰的《战争与和平》回来了，夏洛蒂·勃朗特的《简·爱》也回来了，我站在书架前重新审视它们，不禁哑然失笑，舅舅是将《战争与和平》当成了一本打仗的书，《简·爱》书名里有个爱字，则被看成是一本谈情说爱的书了，我不知道舅舅如何跟母亲描绘我的书的，这事一定让母亲心里紧张得很。

写作之后，我有时多么希望母亲认得字。我不会忘记十五岁那年，她陪我去小镇上破败的邮局，让我将九十元钱汇给一个全国征文比赛组委会。该组委会通知我的文章得了奖，会被收入书中，但须购书二十册，否则不予评奖，我激动不已，全然没想到九十元是母亲半个月劳作换来的工资。后来收到一堆品相粗劣，里面编排了数百篇征文的作品集。多年以后，我才确认这是当年最流行的骗局，但不可否认，这份虚荣依然在我写作路上起到某种不可估量的推动作用，让我恍然以为自己是能写作的。我常常想，我认得的字，我能写下的字，不都是母亲的恩赐吗？

如果母亲认得字，那该多好。在命运变故面前，她或许能减少惊恐。她不会只看见阴暗面，她会在另一个由字结构的世界里，找到新的光亮。

如果母亲认得字，那该多好。她的生活就不会仅仅只是丈夫、儿子、女儿的生活。她会有自己的寄望和探求，会有自己的方向，她会成为一个拥有内心花园的女人。我希望她能种植粮食蔬菜，也可以侍弄花草。

如果母亲认得字，那该有多好。在我们各自有了自己的生活后，母亲的心不会因落寞而枯寂，她不会坐在那把旧竹椅上苦思冥想，不会在内心压抑的时刻，倍感沮丧。她没有邻居可以谈心，她甚至也不喜欢打牌搓麻将，她不跳广场舞。如果母亲认得字，我就不必担心她大把大把的时间该如何消磨。她可以看电影，可以读书，可以去自己想去的地方。她会在文字里见到和她相似的命运，仿佛拥抱了同病相怜的人，书会让一个人从寂寥里挣脱出来，让日常保有生动的模样。

可是，我知道这是多么大的一个奢望呢，过去所有的时光里，甚至写这篇文章之前，我都不敢有过这番奢望。我的母亲不识字，这已经成了我和母亲都无法更改的宿命。

母亲不识字，但我仍然将我写的每一本书都献给她，我固执地相信我认得的字，我能写下来的这一个一个的字都是母亲给我的。当我的新书出版了，我会送给母亲一本，她捧着我的书，用手摩挲着封面，充满歉意地说："给我没用，我又看不懂。"但我知道她心里一定很骄傲，她的儿子成了一辈子写书的人，她的儿子认得这么多这么多汉字。

（选自《南方文学》2019 年第 1 期）

# 南太行的妖娆山野

杨献平

板栗树冒出黄色嫩芽的时候，杏花、桃花和梨花早已经开过。与板栗树同步的，是洋槐树。这种树木，在南太行乡村的山野极其普遍。每当春天，满树花朵洁白绽开，蜜蜂们忙得前脚跟后脚的时候，村里的人会提上荆条编织的篮子和长把的镰刀，到附近的山坡上去采。洋槐树浑身有刺，很尖、很长，但比较稀疏，嫩枝上的刺也很软，一般扎不破人的皮肤。只有那些老树枝上的刺，不仅细长，还很坚硬，常常把人的手刺得血流如注。

凡是美好的，从来就不容易亲近。自然在给予人的同时，也教给了人付出。因此，采洋槐花需要技巧，要慢慢来，先用镰刀勾住花团锦簇的树枝，再用手慢慢地摘。一朵一朵的花，就这样被人在它们最为鲜艳的时候，掐断了继续在枝头喷香的曼妙时光。往往，人在采花的同时，也会把绿叶子大把大把地捋下来，和花朵一样带回家。

花朵当然是人吃，绿叶子则喂猪。猪在吃绿叶子的时候，常常故意先捡里面残剩的洋槐花来吃，还把嘴巴吧嗒得很响，以示抗议。人们把洋槐花洗干净，再和玉米面搅拌在一起，放点盐，放在箅子上蒸熟，倒点香油，吃得满口生香，仿佛整个身体，从里到外，也都有了花香似的，觉得特别轻盈，又很充实。洋槐花和玉米面联合的甜丝丝的滋味，至今还留在舌尖上，每一想起，就忍不住吞咽一口唾沫。

从这个时候开始，新的一年才算真正开始。农人一方面跟随节令，另一方面就是跟随庄稼，展开一年四季的生活。这时候，麦苗连夜疯长，早上吓人一跳。青油油的，像是染了绿墨；没有太阳光的时候，看起来有些发黑，但也是油油的那种黑，深深的黑。玉米也是，悄悄拔节，把星光下的山野吵闹得愈加热闹。只有各种豆子长势缓慢，它们大都被套种在玉米或麦子地里。人很偏心，总是先照顾长得快的、高的庄稼。豆子们也知道，为了使自己长得快一些，它们会伸出柔软的青色的手臂，挽住人高马大的玉米秆子，努力攀缘而上，不断争取与阳光谋面的机会。花生也要在这个时候点种，但它们的待遇一般较差，人们总是把它们种在山坡上。还有芝麻、黄豆、红小豆，等等。在人们眼里，它们是类似于杂草一样的庄稼，越是与荒草挨得紧密，越会长得好。

南太行的山坡，都是硬石山，岩石密布，庞大且扎得很深。有些松松的石头下面，常常居住着蝎子和它们的天敌蜈蚣，还有蚂蚁、蚰蜒之类的。蛐蛐、蚂蚱、螳螂等则住在草丛里，还有野兔和野鸡，与冷不丁吓人一跳的蛇为伍。孩子们放假了，每人提着个玻璃瓶或者塑料瓶子，去山上，一次次逐块把松动的石头翻开，要是看到蝎子，赶紧用镊子把它们捉住，丢在瓶子里。那时候，一只大的蝎子可以卖五角钱，再大一点的，就是八毛钱。有特别厉害的孩子，一天下来，可以卖一百多块钱。

河北沙河、武安一带的太行山山峰林立，莽苍无际，众多的悬崖隐藏其中，林子虽然不大，但也很茂盛。人进去，就和其中的一棵树没有区别了。要找，得扯着嗓子喊。林子的树下，特别是阳光可以经常光顾的地方，茅草丰厚，里面有柴胡、党参、黄芪等药材。为了挣到零花钱，不太忙的时候，村人就扛着锄头，提着篮子，去挖药材，回来晒干了，卖给药材贩子或者就近的中药铺。

高山起伏，犹如不停翻卷的巨大波浪，也像是群龙聚首。但再高的山，也是一沙一石积累起来的。接近村庄的时候，山势逐渐减缓，土质也随之改变，松软、肥厚，用锄头一刨，把野草和荆棘搬离原位。通常，大半天工夫，就可以开出一片田地。据父亲说，他年轻的时候，大家觉得田地少，人口倒是一年比一年多。为了多打粮食，村里的人就选择山上土比较多的地方，开垦出一些新田。可也奇怪，山里田地，总是产量很少。同样一片地，即使雨水充沛的年景，也还是不如村子附近的正规田地。开始人们不明白，久而久之，才发现，那些野草和荆棘虽然被除掉了，可它们的根还在，一不留意，就又滋生出更多的同类来，使庄稼无力抵抗，土地的营养都被原来的植物汲取了。

人们渐渐离开了山坡，有的出去打工了，有的办了养殖场，还有些，凭着脑子和嘴巴做生意。再加上政府号召封山育林，不到一年，先前的山坡就又恢复了原来的葳蕤，杂草卷土重来，就连消失了的野鸡、野猪、狼，都再一次出现了。老人们说，从前没有电灯的年月里，都是听着鸡鸣和狼嚎睡觉、起床和上地下工的。现在，有了电灯、电话和楼上楼下，又可以听着狼嚎过日子了。还有的，栽种了苹果树，每当秋天，沉甸甸的苹果在枝头上纷纷笑出声来，红扑扑的脸蛋，胖胖的身子，惹得孩子们总是流口水，有胆子大的，趁主人家不注意，从茅草当中爬到果园边上，像惊慌的兔子一样，摘几个连滚带爬地躲到自以为安全的地方大快朵颐。

我也干过这样的事情，还偷过杏子。那大大的、甜滋滋的杏子，只有邻村的一户人家有，长在他们家后面山上。有一次，我和弟弟商量好，我爬树偷摘，他负责“放哨”。我刚爬上树，就被主人家看到了，慌乱之中，摘了几颗黄杏子，哧溜下树就跑。主人家也没有追来，大致是看我俩都是孩子。再后来，杏子熟透了，这家主人就用扁担挑着，沿着村子去卖。我见到他，就觉得脸红，不敢看他的眼睛。他倒是人好，见到孩子们，就把熟得变软了的杏子给他们吃。

也不知是哪一年，小姨家忽然养起了蜜蜂。每年洋槐花开，她和姨夫就把蜂箱子整齐地放在洋槐树林子旁边。太阳灼热，正是蜜蜂们劳作的大好时刻，嗡嗡嘤嘤，金黄色的小蜜蜂飞快地在树林里穿梭，落在一朵花上，不一会儿，再换到另一朵上。洋槐花稠密，又是成串儿的，往往，一朵上面，有好多只蜜蜂。有一次，我好奇地去看，刚接近蜂箱，就有几只蜜蜂落在我的脖子上、手背上。我害怕，伸手一打，哎呀妈呀，一阵疼，被蜇的地方不一会儿就开始泛红、起包。我哭了，小姨说，蜜蜂蜇人没事儿，对身体还有好处，不要哭。姨夫说，蜜蜂蜇了人，它也就活不成了。

后来我从书上得知，确实如此。蜜蜂的毒对治疗风湿病有好处。蜜蜂一旦蜇了人之后，就没了尾针，采蜜回来，负责看守和把关的工蜂就会把它拒之门外。因为，它也活不久了。这令我难过。仔细想，蜜蜂是有权利自卫的，攻击了伤害它们的人，为什么要被拒绝回家呢？再说，它们本来就命不久长了。

这时候，河边的芦苇也趁势壮大自己，幼苗一再滋生，不几天，就蹿起好高。因为害怕有蛇，人极少到芦苇荡里去。倒是流水，不需要忌惮。总是穿过宽阔的芦苇荡，再流到田地里去。麦子已经成熟，不要三五天，就被人收割了。玉米开始吐穗，粉红还有点发紫的玉米缨子挂在长长的叶子之间，像闺女的发辫一样。四季豆也开花了，紫黑色的，很不起眼。韭菜割了一茬又一茬。站在院子里，头顶不断有鸟鸣，还可以听到喜鹊等鸟儿忽闪翅膀的声音。阳光下的山野，一片苍郁，庄稼和草木竞相展开，不断分枝，增添新的力量。天空上，云朵飘逸，如丝带。两边的青山上，寂静而又喧哗。

板栗树早已开过花了，长条状的、有点像弹簧的花朵枯萎成黑色，慢慢掉落，取而代之的是浑身长满细小尖刺的板栗。圆球形的板栗，开始小如指头肚，慢慢地膨胀、扩大、成长，想起来就很有意味。站在山岭上，漫山遍野的板栗树，青色的果实、稠密的绿叶子，看起来蔚为壮观。这时候，冷不丁会钻出一个人来，也或许是谁家的一只狗。村庄在远处近处的山坡上燃起烟火，慢慢增多的各式车辆在盘山道上，一会儿钻出一会儿隐没。那是来这里旅游的外地人。近些年来，南太行开发了不少景点，引得外地人不远千里万里，来到南太行，一个个睁着好奇的眼睛，在生养我们的沟壑、山野之间，寻找自然与乡野之美。

（选自《河北日报》2019 年 6 月 28 日）

# 寻 豚 记

罗张琴

## 一

头部钝圆钝圆，上下颌几乎一样长的弧线天然上扬，小牙齿密密排着，两只小眼睛，被肥嘟嘟的肉儿一挤，挂在大脸两边……每分每秒都保持微笑的江豚多可爱呀，然而，发现猎物后的江豚却堪称凶猛：往前冲，快速转体，用尾鳍击水、搅动，惊散鱼群，再迅速接近、咬住、吞咽。如果集体发现鱼群，就分开游动将猎物包围，协力在水面激起数十厘米高的涌浪，将数十至上百条鱼追出水面，一片银光闪闪。

江豚宝宝在母体中生长的时候是个慢性子的小霸王，一座母体宫殿只能住它一个，优哉游哉待足十二个月后，它才伸个懒腰决定出来。先露尾巴，再出身体，最后是头部。分娩出后，小霸王奋力向上游动，母豚则腹面向上，身体朝孩子相反方向远冲，用力拉断脐带。小霸王借力浮出水面，向着生命的天空展颜欢笑。江豚与人类一样，有很强的母性，经常带孩子欢快地出水觅食。驮带时，仔豚的头、颈、腹部紧贴母豚背部，活像我们人类的母亲背娃。托带时，母豚常用鳍肢或尾叶托着仔豚的下颌，帮助它出水呼吸。

仔豚吃奶非常困难，它必须跟妈妈保持同样的速度，等妈妈把肚皮翻上来，才能吃几口。因为需要用肺呼吸，它每隔一分钟左右还要浮出水面透透气，不然会被憋死。也就是说，好不容易蹭着母亲奶头的它，没吃两口呢，又得暂停让自己浮出水呼吸，真是一点也不尽兴。

过去，长江一直是江豚的“快乐老家”，长期以来，那绵延数千里的长江里到底生活着多少江豚，恐怕谁也无法数清。但是到了二十世纪八十年代，长江大开发，航运不断使水体破坏严重，几乎没有什么鱼了。“饥饿的江豚”“江豚倒在迷魂阵旁”“江豚被螺旋桨打死打伤”“江豚困死乱采砂石的大坑中”……各种悲怆的呼声悄然埋没了许多江豚的身影。现在，全世界仅剩下一千头左右的江豚了。创造一个物种，要几百万年光阴，毁灭一个物种，却只需要几十年时间。

“世界吻我以痛，而我报之以歌”，江豚选择把航运少、鱼类资源丰富的鄱阳湖当成最后的“避难所”。无论遭遇什么伤害，无论境遇再怎么不堪，这些精灵，从始至终保持微笑，笑着繁衍、笑着生活、笑着涉险、笑着赴难，一如既往在水中安静悬浮或翻腾转动，没心没肺对人类亲近友好、喷水嬉戏。这番气量胸襟，难怪没有天敌，难怪可以在地球上存活两千五百万年之久，并一路走到食物链的高处。

## 二

宋代诗人孔武仲在《江豚诗》中写道：“黑者江豚，白者白鬐。状异名殊，同宅大水。”黑不溜秋的江豚，人称“江猪”，这非猪非鱼的江猪，对大风感觉敏锐，每当刮大风前、江面顺风起浪时，会朝着起风的方向“顶风”出水，这就是江豚拜风，曾是渔民最重要的水上预警，渔民据此就知道，大风要来了，不能出湖捕鱼，以免发生意外；而“白者”白鳍豚在阳光照耀下，闪闪发光，招人怜爱，加上本性善良，但凡看见有人不幸落水，会围在一起救人，湖区渔民奉之若神灵，称它们为“长江女神”。可惜的是，白鳍豚多年前已被宣告功能性灭绝，江豚成了长江里仅存的哺乳类动物。

同事发过来一张江豚流泪的照片。照片拍摄于 2011 年。那一年，长江中下游地区连续干旱，水位持续下降，科学人员对救助江豚进行体检时，江豚眼睛里缓缓流下一滴眼泪。那一滴眼泪，写满凄凉、无助。

在网上搜集资料时，我用五笔字根输入词组，想打出“江豚”，显示的却是“满月”两个字。月上中天，皎皎其华。一轮满月，仿佛自盘古开天辟地起的一个永恒存在，万籁俱静的夜晚，与之对望，人似乎可瞬间回溯到自己最深最远的故乡，使情感得到极大慰藉。可紧随慰藉而来的，却是一种关于生命的荒凉感。这荒凉之感，生生使人从心底深处升腾起无名的哀恸。

月凉如水。生命来源于水中。江豚和人类共享同一条江河。“满月”是江豚的隐喻么？那一刻，太阳陷入乌云的包围圈，世界很快暗淡下来。

在我有限的认知里，余干康山大堤有个江豚湾，听说是江豚出没最频繁的地方。我满怀希望去往那里。然而，却失望而归。在信江、抚河、鄱阳湖三水合流的美丽江豚湾，我守了五六小时，也没能瞧见一只江豚的身影。余干的朋友安慰我，也许江豚怕热，都躲在水底贪凉呢，又或者夏季是丰水期，一湖清水流过几千平方公里，江豚贪玩，满世界旅游去了也说不定。多来几次，肯定能见到的。

## 三

没料到，我与江豚会以这样的方式初见。

也是五月的一天，斜风，细雨，我随省水政总队去巡江巡湖。一头江豚静静地泡在水里，尾巴被细线缠绕了好多圈，脸上微笑依旧，眼睛却再也不能睁开。它的身上沾满血迹，有许多伤口，腹部的一处血洞尤其淋漓、触目。

难以想象，这头江豚之前经历了怎样的挣扎、承受了怎样的痛苦，是血洞在替死去的它“开口说话”：“再过三两个月我就可以当上母亲了，是那些滚钩阻断了我所有关于未来的想象，而我腹中那个已经殒失的豚儿本来只需很短的时间就能和人类的孩子一样，学会所有本领，跟我哭、对我笑、满江湖里调皮捣蛋。”

我多想此时此刻有一场大雪纷纷扬扬啊。纷纷扬扬的大雪，一直下到江豚内部，将所有伤痛填满。

之后一段时间，我几乎每天早晨都会遇到同一辆车、同一个人。

车在沿江快速道的江边辅路靠右停着。副驾驶那一侧敞开的车门与路边一小排树形成一个曲尺型的天然屏障，如此，屏障与车身夹着的那一小天地，就是一个隐匿又开阔的舞台了。

舞曲从车内扬出并向外盘旋。盘旋之声仿佛一根无形的柱子。一个壮硕健美的男子，面朝赣江、攀着柱子不停耸动双肩、扭动身体、抖动双腿，仿佛一条蛇在苏醒。他光着膀子、赤着双脚、只着一条湿漉漉的泳裤站在那里，旁若无人、兀自舞着，似乎心里正奔涌着一条江的荷尔蒙。起初，我自然是被这白晃晃的一个身体给吓着了，我使劲摁亮电动车最高速的那个档，从他的车旁落荒而逃。但我很快发现，我不过是在自己吓唬自己，每天，那个男子只倾心于自己的舞台，连眼都不曾睁开过。

当速度归于平稳，好奇心便占了上风。以后路过，我都忍不住去打量他的样子、想象他的故事、揣测他的命运。

流线型的身体，发达的肌肉，光滑富有弹性的皮肤，还有灵活无比的腿部，他的样子多像白鳍豚淇淇呀。淇淇是一部名叫《豚殇》的纪录片中的主人公，于1980年被渔民误捕。铁钩在它的颈背部钩成了两个直径四厘米、深八厘米、内部连通的洞，送往中科院水生所时已经半昏迷。专家想尽办法总算是将它抢救过来了。

伤好后的淇淇被移至离水生所六公里的研究基地生活。说是基地，其实就是一片鱼池，但生性活泼的淇淇很喜欢这片鱼池。它对声音特别敏感，有人来了就无比兴奋，在靠近人的水中快速游动、翻腾，甚至用尾鳍不停拍水。它痴迷玩具，尤其是救生圈，最喜欢把身体趴在救生圈上，或者钻来钻去，玩疯了连饭也不吃。

四年后，淇淇进入青春期。春夏两季，开始发情——局部皮肤充血变成桃红色，身体直立水中，一边激烈晃动脑袋，一边发出吱吱叫声，生殖器伸出体外，贴着墙壁运动。

必须给淇淇寻找伴侣。

母豚珍珍初到水生所时，淇淇非常紧张，紧张得都不吃东西。它们你看我，我看你，头对头好像互相观察。珍珍很勇敢，主动接近淇淇。两三天后，它们慢慢熟悉。后来，当发情期的淇淇表现激动时，珍珍会迅速游到它身边，用自己的身体与它摩擦，直到淇淇平静。正当珍珍接近性成熟、就要和朝夕相伴的淇淇完婚时，一场突如其来的肺炎结束了它年轻的生命。

珍珍死后的那些日子里，淇淇在水中孤独地游着，发出凄惨的叫声。研究人员察看从池底的水监器捕捉到的声音图谱，发现这种声音是淇淇过去从来没发出过的。这也许是豚类特有的悲鸣吧。

淇淇在鱼池里孤独终老。它开始出现一些在孤独环境下高等生物所表现出来的一些严重的心理问题：总是长时间地贴着池塘壁游泳、任何异样的事情都会使它异常兴奋、食欲不振，以及各种疾病等。每年的发情期，淇淇尤其饱受煎熬。它不停地将身体与水池边的水泥壁摩擦，然后一个滚儿又翻回到水里。一贯腹部朝下的它此时仰面朝天，粉红色的生殖器，坚挺地在下腹部不断向上延伸，二寸，四寸，六寸直到一尺多。它很快又在水泥墙上蹭开了，接着又一个滚翻回到水里，它的生殖器比刚才伸出来的还要长，充血的颜色也更浓了。

生殖器是用来生小白鳍豚的，但这却是淇淇永不能实现的愿望。研究所的工作人员再也无法从长江里帮淇淇找到伴侣，甚至从整个地球都无法帮淇淇找到伴侣。

淇淇的肤色越发深重，皱纹也多了起来，显得老态龙钟。它的牙齿已经快磨光了，捕捉食物的能力明显变得呆钝。在它弥留之际，工作人员为了让它可以吃到鱼，在将鱼投入水中之前先将鳃挖掉，让鱼慢悠悠地游，即便如此，它常常还是“心有余而力不足”。2002 年 7 月 14 日早上 8 点 25 分，淇淇“沉睡”池底，用永恒的微笑与世界告别。

冰雪消融的早春 / 圆梦时刻到来了 / 今天我梦见我要回家了 / 别了，我深爱的“妈妈” / 再见了，岸上的伯伯们 / 此刻，我终于看见了宽阔的长江 / 虽然我不知道这条大江的前方是否漩涡密布 / 但是，我会继续追寻我们曾经拥有过的天堂和

梦想 / 好好地活下去！

这是片尾，豚类的心声。

努力让某一物种得以延续的意义，并非为了避免什么，也不在于为它辩护，更不是为了寻求永生，而是为了努力证明，它的存在对世界赋予了怎样的意义。这只是白鳍豚的消失吗？只是江豚的危机吗？当环境被破坏，人类能独善其身吗？自然的生态系统，一种生灵消亡，人类就少了一种依存，从而更加脆弱。

我捕捉到了盘旋之声、大蛇之舞背后一个人的孤独。是的，难以言说的孤独。

（选自《散文》2019 年第 9 期）

# 炉火里的冬天

徐祯霞

北方的冬天，太阳一绕过山头，天就阴冷下来，有了一种萧瑟与寒凉。这时，母亲就赶紧去柴场拾柴火，给我们生火。

## 一

火当然是柴火，偶尔会有一点木炭，那是来客人的时候，或者是在过年的时候。

柞水囤居在秦岭山中，在秦岭十万大山中，柞水是一个极小极小的县，它只有十六万人口，虽然是一个县，但是却抵不上南方的一个镇上的人口多，因此小到在中国地图上找不到，以致忽略不计，但是又因为地处秦岭大山当中，林木丰茂，有着极丰富的森林资源，这些树木砍了又长，长了又砍，一茬一茬，山里人世世代代就是靠山上的这些林木来养命度命，繁衍生息，因此，这些群山，连带山上的树木和植被，于我们来说都是珍贵的，我们视它们为宝，我们视它们为养命的根。

唐代著名诗人白居易在《卖炭翁》中写道："卖炭翁，伐薪烧炭南山中。满面尘灰烟火色，两鬓苍苍十指黑。卖炭得钱何所营？身上衣裳口中食。"就写的是我们那一带人旧时的生活场景，我们地处秦岭以南，按照现在的地域划分，秦岭以南叫"陕南"，而在古代，便称作"南山"，或者是"终南山"。那时，唐朝的都城长安离我们所居的柞水仅一山之隔，但这座山并非普通寻常的山，它是高大巍峨群山绵绵的秦岭，而在秦岭山中，凡是道路所及者，皆有人家，一家、两家、数家，土屋、石屋、小木屋，甚而还有茅草屋，不一而足。

人说，靠山吃山，此话不假，对于秦岭山中的人来说，更是如此，所有的人都赖山养命。在山中开垦一点荒地，种上庄稼和蔬菜，在山涧取水，靠柴火做饭或取暖，用中草药医病。农闲时节，采上一些中草药，打上一些木柴，换取一些油盐钱，特别是到了冬天，城里有钱人需要大量的木炭取暖，南山人便打得粗壮一点的树木，烧制成木炭，拿到城里卖钱，以换取生活零用钱。

在人类的文明时代，火是一个进步的象征，因为有了火，人们可以吃到熟的食物，可以照明，可以取暖，在寒冷的冬天，因为有了火的陪伴，冬天，便不再冷得瑟瑟发抖，无处可躲，无处可藏。

村庄里，各家各户都有一个柴场，柴场一般都在屋的侧角，供堆码柴火之用，我们一年做饭取暖的柴草，全都是在此处取用，因此，家家门前常年都码着大捆大捆的干柴，供天天顿顿做饭烧水取暖之需。

人们在农闲时节上山打柴，便成了山里居民的日常生活，农活干完了，有劳动力的，就自觉去打柴，不用人安排，不用人吩咐，就包括，一些勤劳会算账的人，一边干活，都会一边打柴，庄稼地周围的干柴死木，他们就顺便理起来，扎上捆子，下工之时带回家，这一捆柴，最起码可以做上好几天的饭，想到这里，干活人心里就充满了欢欣的喜悦，山里人就是这样容易满足，一个小小的收获，都会让他们喜不自胜，心满意足。

才砍下来的湿柴是烧不着的，非要等到晒到半干或者是干透了之后才方便烧，干柴好烧，半干的柴也能烧，但它非得等到火烧得特别旺了添上去，被旺火连烘带烤的才能烧着，要不然，不但不能让火烧旺，还会将火烧灭，这也是人们必须储存柴火的原因，有经验的农人，就在空闲时间打下湿柴，放在柴场上晒干，而天天顿顿做饭，都要用柴火，因此柴场上的柴总在不断地增加，而又在不断地减少，柴场上就要不断地补充新柴，以免断炊。

到了冬天，要生火炉，那就更需要大量的柴火，而且是硬木，要不然，根本就架不住一冬三个月整天的烧，而硬木的来源，便是那些粗壮的树木和一些疙瘩蔸。疙瘩蔸，城里人不明白，其实就是树根，树老了，死了，或者是被砍了，长不出新的树了，人们便将树根从地底下刨出来，做冬日取暖的柴火，至今令我费解的是，树看起来没有多大，但是树根却大多又粗又壮，多数宛如狮子和老虎一般雄壮，当然它们的外形相像，体积也相像，别看这疙瘩蔸，它确实是树木浓缩的精华，再小的疙瘩蔸，也能抵得上一堆的柴火，足以红红火火地烧上那一天半天，既省事，又省柴，在冬日，它便成了山里人的最爱，长长的一冬，人们便是靠着它过冬的。

因此，家家的门前，除了那成堆成捆的柴火，便是那一堆一堆的疙瘩蔸。

## 二

烧火的时候，母亲先拿一些黄豆杆和碎柴火，将它们放到火炉里，擦亮一根火柴，有时是一根，有时是几根，才能将它们点燃，火苗慢慢地从碎黄豆杆中蹿起，向四周扩散，慢慢地越燃越大，越燃越旺，在黄豆杆的熏燃的灼烧下，碎木柴也慢慢地烧着了，待到碎木柴都烧旺了，母亲又架上一些硬木柴，待硬木柴烧旺之后，又将一个碎疙瘩蔸架上去，在整炉火的连烘带烤中，疙瘩蔸也就慢慢地烧着了，发出“噼噼啪啪”的声音，好像是人在伸懒腰舒展筋骨的样子。

这时，母亲就会喊叫，火炉烧着了，你们都来烤啊！我们就从各个地方一一蹿出，一下围涌到火炉边，伸出自己冻得冰凉的小手，放在火上熏烤着，在明亮的火光和股股的热气中，我们的手一会儿就暖和起来了，然后我们就安分地坐在火炉边相互嬉戏，再也不肯离开。

见我们都来烤火了，母亲就觉得在一个寒冷的夜晚，对我们这些孩子有所交代了，似乎一件大事完成。她起身，拿起我们家里唯一的一把铜水壶，用葫芦瓢从木桶里舀上水，灌进去，这样的一个壶，一般只能灌上三瓢水，就满了。灌好水后，母亲将它拿到火炉边，挂在了火炉前方悬着的钢丝钩上，嘱咐我们说，水开了赶紧叫我。一般情况下，母亲是不让我和弟弟动水壶的，除了哥哥姐姐在跟前的时候，他们人大，可以拿得起水壶，并且将水安全地灌到电壶里。说到电壶，其实是不带电的，按说应该叫“暖水瓶”，一个竹子的外壳，里面一个壶胆，但是我们当地人，却一直叫它“电壶”，大家都这样叫，我们小孩子也跟着这样叫。我和弟弟，母亲是不让我们染指的，我们既不能动烧水的铜水壶，也不能动装开水的电壶，她害怕烫着我们，总是万分小心着、谨慎着。

我没有被烫过，但是弟弟被烫过，却不是火，是滚烫的饭。那似乎是一个秋天，才收了玉米，母亲用新碾的玉米糁给我们煮玉米饭，记得那餐饭里放的有大豆、洋芋，饭煮得红润润的，黏糊糊的，糯香糯香，诱人极了，好吃极了，我们个个捧着个碗津津有味地坐在院子当中吃着。一边吃饭，母亲一边跟三哥说着农事。母亲说，今年不错，玉米收成比较好，感谢老天爷，让我们这半年没有白忙活，收了玉米，秋后，再过几天，又该整地了，要种麦了，庄稼一茬赶一茬，误不得。母亲在说话间，没留意，弟弟就自己端着吃完了饭的草碗进了灶屋，那时的弟弟才不过五岁，刚刚高过案板一个头。他自己在锅里盛饭时，不小心，将盛了半碗饭的草碗扣在了自己的胸口上，那个草碗在我们家，是弟弟的专利，是母亲专门请人给弟弟编的，说草碗轻，好拿，不怕摔，弟弟人小，拿着轻巧，我们都很眼乞弟弟的草碗，可母亲说，你们大，弟弟小，草碗也就是小娃用的，你们哪个见到大人用草碗的？母亲如此说，我们便作罢，但仍会眼乞弟弟的草碗。可是，弟弟，在那天中午，就只这半碗饭，便毁了他一生的理想和梦想。那碗滚烫的饭扣到了弟弟的胸口上，弟弟的胸口立时被烫起了一个大大的水泡，烫伤好后，便落下了一个心形的伤疤，弟弟长大后，一心想参军，在征兵的时候，体检样样合格，就因为胸口上的那个疤痕，给刷下来了，弟弟当兵的愿望落空了，这件事，一直让他懊恼着、后悔着、遗憾着。我的母亲，也为这件事情自责着、内疚着，长久地不安着，她觉得是她没有照顾好弟弟，让弟弟烫伤了。

因为弟弟的那次被烫伤，母亲便一直小心小心又小心着。当然，也因为本村有一个女子，坐在火炉边打着瞌睡，一个不小心，滚进了火炉里，满脸烫伤，肉皮起皱，堆起。一个年轻的小女孩，忽然间就变得像老太太一样，从此落下了烫疾和败相，村里淘气的孩子还给她取了一个别名“疤女子”，这都让母亲始终警惕着，以防我们不小心也会被烫着。

我们的火炉在灶旁边，依着墙根挖就的一个四方形的土坑，边上用砖头砌整齐，四四方方，柴火和疙瘩蔸就放在这个小土炕里燃烧，烧出的通红的火炭子就攒在土坑里，一直到我们睡觉的时候，火炉仍旧红旺旺的。墙的上方有一个伸向外面的烟囱，柴火和疙瘩蔸烧出的烟子就会从那里散发出去，烟子散出去了，我们在家里烤火就不会觉得被烟熏呛得难受。火炉呈半圆形，边上能围一圈的人，一般情况下可以坐六个人，我们家里人都在的时候，就是八个，八个人，一起坐在火炉边，便显得有点挤，于是，我和弟弟便被大人们抱起来，有时候，也会加个小凳子让我们挤在他们中间，实在太挤的时候，母亲就会弄个火盆，将烧好的火炭子拣一些出来，放在灶门口的地方，反正烤火的时候，我们一家人总在一起，因为在一起，方便聊天、说话，夜晚，便不会孤单寂寞。

## 三

其实，有母亲在的时候，生活的任何时候，都不会无聊寂寞。

母亲会讲故事，会唱曲，会说《三字经》《弟子规》，还会说《增广贤文》。傍晚，待火炉烧旺之后，母亲便取来针线活，一边烤火一边做针线活，在红红的火炉边，母亲一边纳着鞋底，一边给我们慢慢地说着这些，她慢慢地心有感慨地说着，我们静静地听着，母亲说话很好听，脆亮、清晰，一字字，一句句，说得清清楚楚、明明白白，当然，也有我们不懂的时候，遇上不懂的，我们也会插个嘴问下，母亲就会耐心地给我们解答，直到我们一一明白，从母亲的言谈中，我们知道了做人的道理，知道了怎样做人，怎么做一个好人，“人不学，不知义。玉不琢，不成器”。从母亲嘴里，我小小地便知道了“三才者，天地人。三光者，日月星。三纲者，君臣义”。这是我对世界最早的认知和最初的认识，母亲的言传身教对我们兄弟姐妹的做人和认识世界起到了很大的作用，她说是世情和世道，也说的是自己几十年来对人生的体悟和感悟，更是她自己所谨遵的做人的原则和道德准则，母亲识字不多，只读过两年私塾，但她的记性很好，这些经典文句，她都能通背下来，而且可以信口拈来，随便拣出哪一句，都可以用得恰到好处，恰如其分，于此，我对母亲也常常惊叹着。我有时望着母亲，惊奇地问她，妈，您咋记性那么好，脑子里能装这么多东西？母亲总会说，这是先生教的。可是，可是现在的人，上到大学毕业，也未必见得能背得过这些东西。

以至后来，我上学了，见到了这些小本子小册子，我都会借来，将这些内容抄在自己的笔记本上，这才安心，总觉得抄在笔记本上了，就是我的，那些小册子别人收回去了，我也就不用担心再也找不到这些完整的文本了。由于这些话都是母亲曾经教授给我们的，很多思想和理念都对我的人生起到了指导的作用，虽然，我不能完全地背下来，但是，却将这些东西视为人生最珍贵的警语和格物，它们都是可以指导我人生和有益于我人生的，我遵循着这些个道理往前走，就不会错，就不会辜负母亲的期望。

冬日的火炉边，母亲与我们，永远都有说不完的话题，远的、近的，昔时的、现在的，母亲似乎也都知道很多。当然，也因为她是村里的一个厨娘，村里各家各户的红白喜事，都会请母亲去主厨，而母亲，总会不计辛苦地去帮衬，包括村外，远远近近的人也会慕名相请，母亲的宽厚热心和不计得失不计贫富也博得了村里村外方圆几十里的人的尊敬，母亲虽是一个农村妇女，但在人们眼里，她却是一个德高望重的人。也因为这些，母亲的见识总比旁人多，在母亲的嘴里，总有讲不完的趣事和趣闻，于是，我们一个大家，母亲便是我们的主心骨，有母亲在，我们便始终有着一种向心力和凝聚力。

在红红的炉火边，偶尔，母亲也会讲起她的往事，讲旧社会，也讲新社会，剥丝抽茧般，娓娓道来，为我们讲述着她那一生坎坷而又多变的人生经历。小时候的家庭败落，后在父母之命媒妁之言下与父亲订下了娃娃亲，未出嫁，又不得不躲反跑反，天天躲山里，藏山洞，躲土匪的抢粮抢人抢物。她说，她有一次在跑反的时候没来得及跑离，小脚的外婆在厕所里惊得不敢出来，她一个人吓得“哇哇”直哭，土匪见她是个小孩，就说，小娃娃，不要哭，我们不会害你的，然后拿了一些东西，拎了几只鸡走了。母亲后来称这个人是义匪，因为，在兵荒马乱的年月，母亲见惯了那些烧杀抢掠的事，对于这个没有伤害她的土匪，一直心存感激。这里解释一下，躲反跑反，就是在兵荒马乱的年月，老百姓为了躲避兵乱和匪患，而不得不四处躲藏的意思。

和父亲结婚不久，中国就解放了，又遭遇了土改，吃大锅饭，土地分产到户，慢慢地人们的日子越过越好，不再为吃发愁，为穿发愁，勤劳一些的人，大多过上了富足安定的生活。

但这时，冬天的夜，依然是黑的、冷的，无边无际的黑暗，好的是，母亲总会为我们烧起一炉暖暖的明亮的炉火，于是，再黑的夜，我们也不会觉得恐惧和寒冷。

## 四

土地包产到户后，便到了我能记事的年龄。

村里分给我们的地，有平地，有坡地，因为，柞水的地貌呈“九山半水半分田”的格局，因此，平地少，多数为坡地和半坡地，那就意味着广种薄收，幸而母亲勤劳，就算是坡地和半坡地，母亲也能种得跟平地一样，清清如水，秧苗整齐，长势葱茏，遇上雨水好的年份，也能多收得一些粮食，只是，大人孩子，都辛苦一些，孩子得跟大人一样，除上学的时间，便都得在土地里耕耘，以期能够谷物满仓。

当然，也有年份不好的时候，遇上水涝，遇上干旱，庄稼要么遇水齐刷刷倒伏，要么天旱干枯而死，这样，收成就会大大地减少，我们就不得不依靠头一年柜子里的剩余的粮食来度年荒，母亲嘴里常唠叨的一句话是：“晴带雨伞，饱备饥粮。”就是晴天的时候，也要记得时时带一把雨伞，以防突如其来的暴雨，吃饱饭的时候，也要想着会有饿饭的时候，应该准备一点饿饭时候的口粮，这就叫“防患于未然”。

在母亲的影响下，我们家的孩子都很勤劳上进，在学校里努力学习，在家里主动积极地帮大人干活，我们知道何事可为，何事不可为，何事能为，何事不能为。我们知道怎样做让我们家里的日子慢慢地过得好起来，都在为这个家的日子积极地努力着。

人都说父母是人生的第一个老师，确实如此，在学校里，老师多教授我们知识，但做人的道理，我们却多是从母亲的言传身教中获得，母亲的一举一动一言一行都影响着我们，让我们时时觉得应该做一个诚实的人，善良的人，做一个人有自己坚持和原则的人，我们循着母亲的方向在一步一步地塑造着自己的人品和人格。

## 五

在冬日的炉火边，还有一宗事情是我们常常要做的，就是搓玉米，就是将玉米棒子上的玉米一粒一粒地搓下来，将它装进柜里，这才算秋收之后一场农事的大功告成。

秋天的时候，玉米熟了，张开了嘴，露出金黄的牙齿，该收获了，人们掰下黄灿灿的玉米棒子，一背篓一背篓地背回家，堆进堂屋，将堂屋堆得满当当的，午后和傍晚，我们吃过饭，就是撕玉米的时候。撕玉米的时候，都会留两片玉米叶子，一般情况下，会挑玉米芯里最软的叶子留上，这是为了方便捆绑和空中悬挂，晾挂在空中的玉米，会自然风干，而且干得比较透，干透了的玉米就不会发生霉变，所以，农人多爱将玉米悬挂在通风处，有阁楼的挂在阁楼上，没有阁楼的就悬挂在房前屋后的廊柱上。

成堆的玉米撕好后，三哥就负责扎捆，绑成一搭一搭的，用肩膀扛到楼上，在阁楼中的木头杆子或者是廊柱上挂起来，玉米撕完，大挂大挂的玉米搭被搬上阁楼，悬挂起来，实在无法绑的，就铺在楼板上，至此，秋收就算告一段落。

冬日的夜晚，只要母亲一声吆喝，晚上咱们搓玉米吧，三哥和姐姐就会应声说，行吗。于是，三哥就用挎篮去取楼上的玉米棒子，将玉米棒子一挎篮一挎篮地从阁楼上取下来。晚上，大伙就都坐在火炉旁开始搓玉米了。

母亲会取出一个筛子和簸箕，分发给哥哥和姐姐，哥哥和姐姐一人怀抱一个，母亲就就着挎篮搓玉米，我们就围着他们搓。搓玉米粒有技巧，整的就不好搓，咋搓都不顺溜，须得搓出个豁口，也就是要搓出两行空玉米路儿，有了豁口，就好搓了，一搓玉米就会唰唰地下来了，通常情况下，第一个玉米搓完，我们会将第一个玉米芯当作搓捧，搓下一个玉米，有了搓棒，就好搓得多了。当然，对于我们小孩子，这个搓棒都是母亲给我们提供的，我们搓不下来，母亲搓光了的玉米芯，就给我们做搓棒，手大的，给个大的，手小的，给个小的，量我们人的大小给搓棒，以让我们手好握。

三哥向来是我们家干活的主力军，他话不多，但做活儿扎实、麻利，大家都在说话，逗趣，他就只管干手里的活，他手上的活总比我们要快得多，母亲和姐姐都搓不过他，当然，也是他手有劲，搓玉米这活，考验的是手的灵活，也考验的是手劲。

小孩子都是图新鲜，开始搓的时候，总会觉得很好玩，有趣，抢起来搓，看着在自己的小手下，玉米粒被一粒一粒地搓下来，就像是变魔术似的，很有成就感，但由于力气小，手上皮肤薄，搓一会儿，就会给手指头或者是手掌搓得生痛，就搓不了了，这时，母亲就会让我帮忙给拾玉米芯，将那些搓尽了玉米粒的玉米芯收到一起，放到灶门口里码柴火的地方，待到第二天做饭的时候好用。

当一颗一颗的玉米从玉米棒上滚下来，汇聚到一起，由零碎的越积越多，一个一个的玉米棒被褪光，变成了玉米芯，成了我们烧火的材料，母亲就将这些玉米粒全部汇聚到一起，择出胡须和玉米芯末，将它们倒进柜子里。

一个晚上，能搓上三挎篮到四挎篮的玉米棒，母亲说，这样做事，啥都不耽误，既烤了火，又做了活，确实如此，这样的一个夜晚，可以干到白天半天，甚至是大半天的活儿，也让夜晚变得丰富有趣，有了明确的事务和目标。

## 六

炉火边最热闹的时候，莫过于唱曲子的夜晚。

村里人都知道母亲嗓子好，爱唱曲子，因此，有爱唱者总会来找母亲。村子里有几个好唱曲的人，其中烟袋姐算是最爱唱的一个，她爱唱曲，性格开朗，人没到，声先闻，跟王熙凤一样，热闹泼辣，有她的地方，就有歌声，有她的地方，就有朗朗的笑声，又因为她爱抽烟，走到哪儿腰间都如男人一样别着一个旱烟袋，因此，人们又叫她“烟袋姐”。除开烟袋姐外，村里还有一个独臂老人，因为炸鱼炸掉了一只胳膊，从此，出不了重力，只能赋闲，但嗓子好，爱唱曲，无事的时候，就跟人唱唱曲。还有一个就是我的本家大哥，他跟我们同宗不同房，他是大房的，我们是七房的，太爹爹生了八个儿子，依年龄大小，分作了八房，这在当时，是大户人家了。成年后，兄弟各自独立，成家立业，各自立了门户，各家过起了各家的日子。他们几个都有一副好嗓子，都有一个好记性，都爱唱曲，因此，烟袋姐一吆喝，大家就都响应了。有时候，他们会去大哥家，因为大哥家人少，火炉大，有时，烟袋姐吆喝了，母亲也会让他们来我家，母亲会在火炉里煨上一壶苞谷米甜酒，给大家一人冲上一碗，大家一边喝着甜酒一边唱着小曲。

在印象中，他们会唱的曲子挺多，有《梁山伯与祝英台》《天仙配》，有《十里亭》《杜十娘》，有京剧《红灯记》《智取威虎山》，还有好多的渔鼓曲子，譬如《拉篱笆》《朱氏割肝》《王端刻母》，等等。一个人一起头，几个人就跟着一起唱起来了，有时合唱，有时分唱，歌声从火炉边回荡在屋子中，又从屋子中飘进了村庄，于是，村庄的夜便变得有些活泛，意趣横生，有了生气和灵气了。

没有文化生活的村庄，这几个会唱曲子的人，便成了村庄里活跃的人了，干活累了乏味的时候，就会有人喊道，你们谁个吼一嗓子吧，解解闷。一个人一唱，几个人就跟了起来，于是，满村庄满山坡里就回荡着一些男男女女悠扬的、粗犷的、奔放的歌声，这些歌声让原本枯燥的劳动变得有趣，本来，那些干活的人，经过大半天的出力出汗，个个累得像泄了气的皮球，听了这些生动而又提神的歌声，就又像是被重新打了气，又劲头十足地干了起来。

在村庄里，有爱唱的，也有爱听的，只要有人愿意听，会唱曲的人只要一被点名，就会唱，绝不拿腔作势，在精神生活贫乏的年月，人们只有自己找乐子，自己编曲子，自己填词，甚而自己编一些笑话和段子，找一些乐事，来满足劳动生活中精神上的需求，为平淡枯燥的生活增色润色，不管任何时候，人们都会有化消极为积极的办法，在村庄里，人们从来不缺乏积极生活的热情，正所谓，到哪个山唱哪个调，到哪个坡头唱哪个歌。

这样的夜晚，唱曲人在火炉边一唱就能唱半个晚上，他们兴致勃勃地唱着，我们也会精神抖擞地听着，有时也会招来一些附近的邻居，在我们这些小听者的眼神里，对于这些会唱曲的大人们是充满了一种崇拜和向往的，心里总想，啥时候了，自己也能像他们一样，能响亮地、歌声悠扬地唱一些自己喜欢的曲子就好了。

有时候，某个人学了一个新曲子，就会急不可耐地拿回来给大家学，因为一个人唱曲，终究是唱不起劲的，得有人配合，得有人叫好，俗话说：“独乐乐不与众乐乐。”大家一起乐呵，那才叫真的快乐，一个人的快乐终究是单调的、贫乏的，缺少叫好和共鸣的。

众人可劲地唱着，母亲的甜酒也是煮了一壶又一壶。

母亲从来不是一个小气的人，只要自己有，总会舍得让人吃，让人喝，村里的人大大小小的都吃过我们家的饭，因此，母亲在村里，人缘颇好，大人小孩都喜欢她、尊敬她，见了面，总是亲热地叫着刘奶呀刘婶呀，不管叫啥，这是母亲的辈分所致，也是母亲的人品所致。

这样的夜晚，我们的胃有多幸福，心境又有多愉快，有红红的炉火，有满屋子的欢声笑语，还有香喷喷的夜宵，这是农村生活中最幸福最丰足最奢侈的时刻，我们有这样一个勤劳能干的母亲，冬日的寒夜总不会单调，也不会贫乏，更不会孤寂和无聊，并且还能时时享受到别人享受不到的馨香生活，于母亲，总是心怀着感激，感恩。

时常觉得，母亲就如一盏精神上的明灯，照亮了黑夜，也照亮了我们的前路，在我们成长的路上，陪伴着我们一路向前，就算遇到再黑的暗夜，我们也能一直勇往直前，无惧无畏，走到天明。

## 七

在我成年以后，离开了村庄，冬日的夜晚，天黑尽之后，村庄仍会陷入一片漆黑，只有各家的炉火红红的，明亮着，有的家庭为省一点煤油灯钱和电钱，连灯也不亮，那整栋屋子，也就只有那一团红焰焰的炉火，闪烁在黑漆漆的暗夜当中，在农人的眼中，有火的地方就是温暖的，有火的地方就是人向往的地方，有火的地方，就是人心凝聚的地方。

村庄里漫漫悠长的冬日，多少年中，一直是与炉火相伴的。

回望故乡，记忆里最温暖的地方，便是那冬日里暖暖的炉火，它的光焰一直闪耀在我的心头，把我的心头照亮，也把我的前路照亮，把我的人生照亮。

此时此际，冬天又来临，母亲已故去，作古十余年。

（选自《延河》2019年第3期）

# 最后一次探望

赵海萍

在她去世前半年的一天，说不清是出于恻隐还是懦弱，总之，是一种强劲的力量，它促使我带着儿子回到那个我生活了十三年，但却始终不能爱上的村庄。因为不爱，所以，我尽可不受谴责地省略掉它的名字。那儿埋葬着我十余年的青春，是一片荡漾着痛楚与挣扎的死水湖。

白露乍过，薄凉微侵，静谧的天空突然显得高远、深邈，它以一副祥和而博达的姿态俯瞰人间。夕阳的余晖给这即将陷入寂寥的楼群增添了几许凝重和沧桑。杂草和月季完全失去了活力和光泽，它们衰败的枝杈使人伤感；几个泛黄且遍布皱纹的丝瓜在晚风的驱逐下微微颤抖着身体；有三五成群的闲妇迈着悠闲的步子打发时光，她们边走边窃窃私语。

我们的脚步乍一落上第一层楼的台阶，狗的尖细的欢叫声和激越的扑腾声便清晰地传来。它的记性好得让人意外和感动。我知道，一个风烛残年的老人和一条年轻健壮的博美犬住在二层西门。老人是我前夫的母亲，差不多七十岁了。现在，她像半截正在腐烂的木头躺在卧室的大床上，或者，僵硬地坐在客厅的圈椅里打盹儿。她是个虔诚的基督徒，每年圣诞节，这个以吝啬出名的老太太都会拿出二百块钱捐给教会，要知道，她每月只能领取六十块钱的补助。在她没有被疾病打倒之前，她风雨无阻地到教堂聚会，即使在我由于生产而急需照顾的那些日子。她痴迷于“我们日用的饮食源于主的恩赐”，不止一次，在给她端上饭菜之后，我盯着她坏坏地问：“要感谢谁？”她看看我，略显肥胖的脸上迅速掀起一抹羞赧，之后，她小声低语“感谢主”。

“妈妈，你听，它知道咱们回来了！”

“是啊！它总是这么灵性！”

打开房门的瞬间，博美犬“妞妞”便像个疯子一样扑上来，它总是这样，即使你下楼不到五分钟再折回来，它也会这么疯狂地表达爱意和思念。儿子将身体蹲下，他用手轻轻抚摸它光洁、纤细的长毛，它则不安分地吐着鲜红的小舌头寻觅他的脸亲吻……

“妈妈，你看它！”儿子一边嗔怪“妞妞”的过分热情，一边左右扭着脸躲避。

“哈哈，它简直像你的小情人儿！”

洁净的地面上横七竖八地躺着一些竹板凉席的碎片，关于“妞妞”撕咬竹板凉席的嗜好，儿子的父亲已经通过电话告知过。我当时明确表态：“让它啃吧，反正这个竹板凉席早已派不上用场。何况，你让一只活蹦乱跳的狗儿拿什么消遣呢？”现在，看着这一地碎竹片，我突然怜悯起这个无辜的小生命。主人们都在外忙碌，它孤零零地陷落在这所空荡、寂静、毫无生气的房子里，只一个常年躺在床上熟睡的老人和它做伴。当然，一起生存在这个房子的还有阳台上的朱顶红和茅厕的潮虫、蚂蚁。但它们不谙孤独滋味，或者，它们没有愁苦、病痛和恐惧。

老人能够起身迎接我们，但她没有，她直挺挺地躺在透窗而入的一团白光里。那团光无限轻，但似乎又无限重，它已经不能为她带来光明。听到有脚步声，她的眼珠转动了几下，并未扭头。我和她儿子结婚时，她身体尚好，只是肥胖，但肥胖还没对她的精神和健康造成影响。她对儿子结婚这件事似乎漫不经心，既不肯拿出多年积蓄的几分之一，也不肯满心欢喜地拾掇新房，更不肯给予我们一字半句真诚的希冀和祝福。那时，我充分体恤她儿子的难处，就连婚戒都没买，并且还自作主张把彩礼报到最低，然后和他一起朝朋友们借钱……那时，对自由和奋斗的美好憧憬已经完全占据了我的内心，甚至，我完全不能预见两种家庭在信仰及处事上的差别，也不能预见自己即将开始“笼中鸟”的悲剧人生。

“还好吗？老太太！”我冲她笑了笑。

老人并不吭声，只是呆呆地看着我，眼珠一动不动地盯着我的眼睛，那样子像端详一个陌生人。她的眼角被糊状的乳黄色眼屎堆满，眼神黯淡无光；稀疏的花白头发凌乱而倔强地支棱着；脸颊比两个月前越显消瘦，皱纹密集，使一张脸看起来像一小片蛛网……一个人要是执意苍老起来，谁能阻挡得住呢？

“知道我是谁吗？”

“知道，你是我儿媳妇。”老人声音小极了，但并不吃力。她并没有因为我的到来而表露出些许意外和欢愉。

“想我们了吗？”

“想了。”

“你儿子呢？”

“不知道。”

“你女儿呢？”

“刚走。”

“尿湿了吗？”

“没。”

……

如果我有兴趣这样问下去，她就会一直这样不紧不慢地答下去。我突然发现她身下的褥子已经洇湿，虽然光线暗淡，但洇湿部分的颜色深了许多，我习惯性地用手摸了摸——真凉！

“起来吧，尿湿了。”我没必要再对一个风烛残年的老人粗声粗气，之前，我曾用刻薄的语言冲她大吼小叫，那是我的罪，我承认。虽然我的罪源于她的罪，但毕竟，我的心灵遭受了煎熬。

“不湿。”老人伸出干瘪如柴的右手胡乱地朝身下的褥子抓摸后喃喃自语，她喃喃自语的时候像个孩子，无助又茫然。

“真的湿了，我还能骗你吗？”我又耐心地说了一句。

老人开始微微欠身，并试图挣扎着坐起来。她在一场大病之后变得格外慵懒，尽管她能够凭借自己的力量起身，但只要身边有人，她就会放弃努力。这于她十分不利。但她显然不在乎这些，即使她不情愿早日见到心心念念的主耶稣，她也不屑于使自己的任何一个零部件得到合理的锻炼。

老人整天一动不动地躺着，并不介意谁来看望，也不介意裤子里的屎尿有没有人收拾，更不介意博美犬“妞妞”是否饿着肚子。“妞妞”已经是陪伴她最久的活物了，但她并不关心它，甚至，她厌恶它清澈的眼睛和纯粹的叫声。有时候，“妞妞”会将小蹄子搭在床铺上等待她的抚摸，但这样的愿望往往落空，它根本不懂她的绝望和阴暗。像她这样的人，即使在身体健康的时候都不会对一条狗表示出热情和爱戴。何况现在，她已经病魔缠身。每逢“妞妞”将小蹄子搭在床铺上等待她抚摸的时候，她会恶狠狠地打它的脑袋。但它并不躲闪，它以为她只是做个架势罢了。但落到它脑袋上的巴掌格外实在，以至于它根本不能相信这样的力量会来自一个病恹恹的老太太。在多次挨打之后，它再也不主动到她跟前卖弄热情了。

“脱掉吧，咱们换一条干净的。”我把不太柔和的声音抛向她。她茫然而无助地盯着我，妄图从我这儿得到力量。但显然，我没有朝她伸出援手。

她只好缓缓地坐起来，瘦弱的身子像一坨随时倒塌的稀泥。她究竟是怎样在两年时间内减掉满身赘肉且瘦得不成人形，这实在令人匪夷所思。她的饭量相比往日有增无减，活动量相比往日倒是大大减少，但体重就在这夜以继日的昏睡中悄然蒸发了。

“为啥要脱？”她突然放大声音问我，听起来有些愤怒，就好像遭受了戏弄一般。

“因为裤子湿了，被你尿湿了！真不明白你为什么老往裤子里尿尿呢？你明明能下床走动，可为什么老往裤子里尿呢？”我不由得多说了两句。这十来年，我从来没有像爱自己的母亲一样爱过眼前这个女人，从她的中年到老年，从她的飞扬跋扈到弱如风烛。

“湿了吗？”她同时用两只手在褥子上抓摸，“没湿啊，好好的，没湿。”她怔怔地看着我，仿佛急切地等待我的肯定。

“脱。”这个字几乎是从我的嗓子眼儿压迫出来的，同时，我觉得我的耐心和善意在刹那间被撕成碎片，一些恶的成分在霍霍地生长。

也许是我的声音太过奇特，毕竟有愤怒和无奈的成分在里面。“妞妞”摇着尾巴循声而来，它径直跑到我跟前伸出小舌头舔了舔我的手，在发现并无大的异常之后又跑开了。

“怎么了，妈妈？奶奶又尿裤子了吗？”儿子急忙跑过来并顺手拿掉我斜挎在身上的背包，“您有活儿干了！嘿嘿。”他略显拘谨地站在那儿，并将目光投向多日未见的奶奶。对于孙子的出现，老人并未表现出惊喜和热情，甚至，她都没有呼唤他的小名，也没有招手让他过去。

儿子带着“妞妞”去了客厅，我听到从“妞妞”的嗓子里发出一种尖细而怪异的声音，我知道它在向昔日的小主人表达思念和爱意。

“脱掉？”老人面无表情地看了我一眼。这次没等我继续下命令便乖乖地开始了脱的动作。她的双手已经不能准确地发力，即使她思维清楚，但指挥双手准确无误地活动已然费事。她一点一点往下脱那条由于洇湿而涩滞的单裤，很费力，但最终还是脱将下来。

“这还算是一个女人的身体吗？”我的心刹那间痛得剧烈抽搐。老人的胸部及以上部位由于上衣的遮拦我不能看到，但凹陷的腹部及附着在松塌塌腹肌上的大片黑斑醒目地裸露在我的眼前，两条蜷缩着的大腿瘦巴、干枯，像稍一用力就会折断的干柴棒，你要知道，它们曾经像白玉般丰润动人哪！但，可怕的岁月和病魔毫不客气地摧毁了一切。

老人终于在费了九牛二虎之力后将裤子脱掉，像丢弃废物一样扔在地板上。若在几年前，一定会有大颗粒的汗珠簌簌滚落。但现在，就连她的脸上都没出现一滴汗。我想，她果真进入了衰竭期，距离面见耶稣的日子不远矣。我一直对她不冷不热，俨然一个客气的亲戚。即使在我还是她儿媳的时候，我也只是例行公事般照应她的一日三餐。有时候，她明明知道饭已上桌，但并不利索地起床；有时候，我明明看到她已经欠起上半身，但稍过些时候再看，她又四平八稳地躺下来。这样，我的怒气便迅速淤积，于是，我便用手掌朝她屁股上拍几下。“干吗打我？”她用眼睛瞪我。“你到底起不起？”我扯着嗓子问。“起。”她便哆嗦着开始起身。其实，我应该拉她一把，帮她穿上鞋子，带到餐厅，扶着她在圈椅里坐稳，把筷子递到她手里，把碗朝她推一推……但我很少这么做，多数时候，我像个冷静又绝情的旁观者观摩她笨拙的“表演”，而任由她孤零零一个人对抗衰老、病痛和孤独。

我把尿湿的裤子拿到卫生间冲洗，为她刷洗被屎尿污染的衣裤已然成为习惯。浓重的尿骚味升腾起来，霎时，我被这久违的味道感染，心也跟着柔软起来。回想这十余年时光，即使我包揽着一切家务，即使我善待她所有的亲戚，即使我偶尔给她买衣服和鞋子，但我仍然感觉心有愧疚。因为这看似饱满的温情和爱意并非出自我的本心，而完全源于责任和良知。其实，这和施舍并无二致，老人心知肚明，但她显然习惯了被动地接受。老人逐渐变得寡言、漠然、迟钝，即使两个亲女儿逗她，她也爱搭不理。她终日默默无闻地躺着，任由透窗而入的阳光明灭，或者移动。她全然忽略了活着本身，而只顾妄自活着。

我带着儿子离开时，轻微的打鼾声已经在狭小的房间响起，她睡着了。之前，她还健康的那些年，她的打鼾声格外高亢，有时候抑扬顿挫地拉着调子，而现在，它们衰弱得使人伤感。自从被高血压、脑溢血、宫颈癌等各种疾病纠缠上之后，睡觉就变成她证明自己活着的主要方式。只是活着，而没有任何内容。她惧怕死亡，尽管她深信自己死后灵魂能够得救，能够和耶稣及信徒们生活在那没有饥饿、病痛、欺诈等一切罪恶的美好国度。但在死亡面前，她仍然表现出了一个凡人的拒绝和恐惧。在最后那段日子，她知道能够维系她生命延续的不是耶稣，而是食物和药品，为此，在吃药和吃饭上，她表现得很英勇无畏。但我知道，她距离那最后的栖息地越来越近，并且，她可能不知不觉加快了前进的速度……

第二年初夏的一天，我忽然接到孩子父亲的电话，他沙哑着嗓子说：“过来吧，老太太不行了。”当我赶到她床前时，那一副比之前更为枯槁的身体把我吓坏了，她的脸呈现出可怕的暗黄色，闭着的眼睛深陷进密集的皱纹里，颧骨突出，嘴巴微张，鼻息微弱。那一刻，一股沉重而酸楚的气流在我胸腔里翻滚，撞击着我的五脏。我哭了，第一次为这个并不爱戴的女人流下了伤痛的泪水。我像是她晚归的不孝女儿坐在床边陪着她，一刻也不敢离开。但她一直没有睁开眼睛看我，她安静地躺在那儿，不痛苦，不悲伤，不恐惧。正午时分，透窗而入的阳光照着她的上半身，她的双腿剧烈地抽搐了几下，牙关紧咬……她永远地去了，在我的注视下。那一刻，我再一次哭了，为着一个生命的陨落，也为着这最后也是最彻底的诀别。

如果我知道她会在第二年初夏就永绝于人世，我想，我会在最后一次探望她时表现得更温和一些，或者，我会经常带着儿子前去看她，为她日渐干涸的生命增添一丝暖意。如此，我就不会在每每想起她时，而心生怅恨和悔意。

（选自《星火》2019 年第 5 期）

# 外乡来的手艺人

若 荷

## 磨刀人

三十多年前，我们还在乡下居住的时候，经常看到一些进村招揽生意的手艺人。印象最深的是磨刀人，挑着一副担子走街串巷，先不用看人，单听那一声长长的吆喝，眼前也会浮现出一幅熟悉的画面。真的是太熟悉了，搁在肩上的，确切地说不是扁担，而是一条长长的板凳。这条长长的板凳，一头固定着一块磨石，磨石旁边挂着只小铁桶，另一头就成了磨刀人的担子，板凳的四面光滑可鉴，那是他们长年累月用手摩挲的见证。

整条长凳被磨刀人扛在肩上揽在怀里，那只挂着的小铁桶就这么高高地悬在半空。板凳之下，是磨刀人磨出补丁的旧棉被。就在磨刀人扛着板凳走街串巷时，那只小铁桶就悬挂在凳子的一端，半桶水盛装在小铁桶里，同时也仿佛盛装着磨刀人数十年行走的光阴。只要行走的脚步停下，板凳的另一端就成了磨刀人工作的座位，而能让一块坚硬的铁变得柔软且易于磨砺的，是磨石和水。

每到过年过节的时候，院外的大街上总会传来一声声吆喝:“磨剪子嘞戗菜刀。”声音出自一个衣着破旧的中年或老年人之口，不抑扬，也不顿挫，扯着与我们当地不太一样的口音，显然是个外乡人。乡下的日子清闲，大街上很少能看到人，偶尔不上学，出门看见磨刀人坐在大门外的阳光下，一坐就是大半天，有活就在那里默默地干，没活就坐在磨刀用的长凳上，“吧唧吧唧”地抽烟，磨刀的工具和磨好的刀，依次摆在树下的平地上，好像等候人们的检阅和欣赏。

总会有和他年纪相仿的人前来搭讪。不管是本地人还是外乡人，农民的话语大多都是相通的。难忘的是磨刀人戴的一顶小毡帽，初春时，天气有些寒，那顶小毡帽就戴在磨刀人的头上，至晚春，仍然没有摘下，夏天天气很热了，那顶小毡帽这才不见了，磨刀人的衣裳也从头到脚换了个遍。秋天到，寒风一吹，那顶小毡帽就又悄然现身了。除了小毡帽，另外加上一条长围脖。腊月里，是新年，这时候，家家户户用刀的机会特别多。剪刀磨快了好裁大人小孩的新衣裳，剪大年三十张贴的过门钱和红窗花，菜刀磨快了好砍过年用的年猪肉。年根下，各家院中传出来的乒乓声，大多是刀剁肉馅的“打击乐”。有那么多地方用着它们呢，所以戴毡帽的磨刀人，总是雷打不动地等在老地方，静候村里的人的光顾。

我们住的那个村子是大村，村里人住的较密集，每当磨刀人吆喝着进村磨刀时，就有妇女怀揣个旧布包向磨刀人走去，包里多半是把钝了的菜刀或剪刀。乡下人，用刀切东西的机会特别多，一般家庭都有两三把，一把做饭切菜用，一把切野菜剁猪草用。猪草是从野地里打来的，里面的石子特别多，就是没石子，经常接触沾在叶茎上的细泥沙，时间久了也足以将一把上好的钢刀使钝了。只是在农村，很多人家都配有家庭用的磨刀石，真正拿出刀具来让人打磨的，不是家常用的切菜刀，而是女人们裁衣剪裳用的绣花剪，磨剪刀是个技术活，家里有磨石也不顶用，一般人都磨不好。

每每看见磨刀人，就让人想起《红灯记》里那句“磨剪子嘞，戗菜刀”，这句台词让我对磨刀产生过很大的兴趣。第一次看见磨刀人，我就被他手下的那块磨石吸引了。只要和同学去河滩，眼睛就会紧盯在沙滩上，看那里有没有磨刀石。据说，磨刀石是从河滩上捡来的。用来磨刀的石头，主要成分是砂岩，砂岩是一种沉积岩，是由砂粒经过水冲磨蚀之后沉淀于河床，经千百年的堆积胶结而成的。有一次，我在河滩上发现了一块似磨刀石的石头，于是把这块石头带回家，趁父母不在把一把水果刀给磨了磨，磨完之后试了下，水果刀不但没锋利，反而让我磨得更钝了。这件事令我很不安，赶紧把那块石头扔掉了。要知道，这把水果刀可是我家唯一的一把水果刀，是从县城某个有名的商店买来的，在二十世纪七十年代的乡下，进一趟城不容易。那块被我认为“磨刀石”的砂石块，就这样被扔在院墙外面的角落里。

我参加工作进城后，偶尔也能见到磨刀人，在我所居住的小区外，让人恍然看到童年的天真。那时候，小区里还不时兴门禁呢，能够随意进出的磨刀人，一声“磨剪子嘞戗菜刀”，把人遥远的记忆激活了，陆续有人拿着菜刀、剪刀去修理。此时的磨刀人，已不再独扛一条长板凳，而是脚蹬一辆三轮车，磨石也不再是当年的砂石，而是用磨料和结合剂凝结而成的油石。车内依然有只小水桶，半桶水盛在里面，与几块擦拭用的抹布相伴相依。那辆三轮车的功用也并非单一，当磨刀人行远路时，它就是磨刀人的代步工具，当磨刀人俯身工作时，它就是磨刀人专注工作的“车床”，那上面的每一件工具，都是磨刀人用来精雕细琢的神器。

后来我发现，磨刀人不仅能磨刀具中的钝器，原来豁口缺牙的也可以磨。那一次，我家里正好有一把厚实的砍刀，许多年前因为砍硬物没加以爱惜而崩了刃，这回正好把刀刃卷曲的砍刀拿出来让他磨，又怕磨不好，心中忐忑地盯着。他默不作声地接过去就放在一边了。他手上，正有一把别人需要重新开刃的菜刀。我站着不动，等着看他的手艺。当看到豁了牙的菜刀经他翻转手腕，利用各种神器三磨两磨不一会儿现出薄薄利刃时，我惊喜地笑了。磨刀人从地上捏起一根草棒放在刀刃上轻轻地一戳，草棒无知无觉地断作两截。从那后，家里再有破损的刀，我都送给他处理。有一次，我家菜刀的刀柄使坏了，切东西时明显感觉到松动，每次切菜都会夹着手，我不舍得扔，就拿去给他看，他说刀把上面少了一个铁皮套，因为没配件，没法修，等他下次再来时将配件带来，再给我修好。不久后，果然他又来，我刚好路过他的三轮车，他喊住我说配件找到了，让我把上次需要修的菜刀拿给他。我是跑着回家取来的，经过他一阵娴熟的按捏和敲打，松动的刀柄转眼就给修好了，我特意拿在手里试了试，结实如初，几年来，无论怎样刀割切剁，亦是坚固无忧。

常见他，于车来车往的大门边，坐在一把低矮简陋的木凳上，默默地在那里打磨。木凳的另一端，一块表面已经凹陷成 U 形的磨刀石，卡在一个固定的槽板中。他低头专注忙碌着，不时抬手试一下刀刃的锋芒。旁边是一个花坛，花坛里面长满了紫薇花，正午的阳光下，花枝从花坛里探出来，玫瑰红的朵儿，缀在花坛和磨刀人之间，瞬间产生了一种别样的画面，而那“嚓嚓嚓”的声音，俨然就是那幅画面的背景音乐。

## 崩爆米花

赶在夜幕降临之前，我穿过小城，准备到城里的另一个地方去。刚走到街上，就看见不远处的角落里，几袋爆米花挂在一个方形的铁架上，再一看，原来是个摆着崩爆米花工具的小摊，趁着晚饭之前等候前来崩爆米花的人。小摊的主人，上身穿了件褪了色的藏青色棉袄，下身着青黑色裤子，坐在盆罐围绕的泥炉前一边摇炉一边与等候爆米花的顾客说话。我预定了时间，一小时之后来这里加工些大米，暗自感慨，老式的崩爆米花手艺，在小城实在是难得一遇了。

在一个地方住得久了，当地的旧俗难免会耳濡目染。许多年前，我刚到小城居住，腊月里，街头总能听到崩爆米花的响声，这声音就是新年的序曲。有了崩爆米花的声音，会让人觉得新年新岁，不同寻常。在新年大吉、岁岁纳福的日子里，不外乎起着“富贵花开”的愿望。随着一阵阵“砰砰”的声音炸响，附近的大人小孩闻声从家里出来，有的端着瓢，有的捧着个大茶缸，里面分别装满玉米或大米，按先后顺序把它们摆在崩爆米花的师傅的脚边，人便在一边安静地等候，拥挤的队列里，齐齐地投出期待的目光。师傅取适量的米和糖，放到冒着热气的爆米花锅中，封好盖，再把爆米花锅架在泥坯做的火炉上，经过火炉的加热，密封的爆米花锅的蒸烤，那些金黄或雪白的米，就在不到十分钟的时间里，变成了多于原来几十倍的爆米花。

乡下人喜欢爆米花，用爆米花蘸糖稀，黏成圆圆的形状，再用可食的颜料点上红花绿叶，以白色的棉线穿起来，挂在高处，谓之花喜团。花喜团是过年送小孩子的礼物，它可赏可玩可食，有一股强大的乡俗的魅力，让人平生出节日的欢喜。乡下的孩子，扎一对冲天的小辫，红袄绿裤的打扮，正好与红花绿叶的花喜团相映成趣，有了它，孩子们就格外快活，一串花喜团拎在手里，多少钱买来的玩具都可以忽略，不仅仅是为了衬托新年的气氛。

那些从事崩爆米花的人，都是些乡下闲不住的老年人，冬季寒冷，这个时节不用下地干农活，于是走街串巷，崩爆米花就成了他们另一份谋生的活计。他们随身带着三件宝件：一件是泥炉，一件是风箱，一件是被烟火熏黑的爆米花锅。还有一套工具，我小时候常认为它也是个宝，那就是在爆米花锅装好之后，用来添加糖精的用具，一个茶色的瓶子，一把自制的小勺子，那里面好像有着取之不尽的甜蜜，简直是神话中可以自动激活并灌满魔力的神器。

住在街边的人家，总有机会到街上探头探脑，巴望着崩爆米花的师傅赶快来到。师傅者，通常有六七十岁的年纪，他们身材瘦小，脸上的皱纹很深。常见他们有这样一个表情，就是在点燃爆米花的炉火之后，眼睛略微地眯着，眉毛大多是拧在一起，久而久之，就形成了一副饱经风霜的模样。他们很健谈，那些前来崩爆米花的女人们，都愿意和他们搭讪，聊着聊着，就会顺藤摸瓜般扯出十几年前从此村嫁到彼村的亲戚，师傅和前来准备崩爆米花的女人们，一时间就成了远房的表亲，于是小小的崩爆米花摊前，又增加了些叙旧的话题。

这样的叙旧每次都有，这样的表情却各有例外。有的人就眉头舒展，目光也炯炯有神。这样的人很会精打细算，他们一般都是黄昏来，顶着寒风，借着路边的灯照，一直加工到夜里十点。从人涌如潮，到夜冷人稀。价格先是五分一锅，后来收取一角，再后来似乎就涨到一块多了，但相比超市里卖的爆米花，仍是便宜。师傅们虽然身材瘦小，却都能吃苦耐劳。曾听一位老人说，每到腊月十二三，他们就推着小车到乡下去，半个月时间，炉子几乎就没熄过。常见他们来小城，在一些不起眼的地方停下车，支起炉，点燃火，把炮弹形的爆米花锅子架起来，一手拉风箱，一手不停地摇着锅子转呀转，还不时看一下摇把上面的小圆表，不知是在关注锅子内部的压力，还是炉火烤炙锅子的时间。

六七分钟后，他们从炭火炉前缓慢起身，一手托着锅子的摇柄，一手拿一条灰黑的毛巾，捂在锅子顶端的耳钮上，将其稳稳地架在事先备好的笼罩前，用根铁棍迅疾撬动顶端扣紧的密封盖，一股强烈的气体，从打开的爆米花锅中崩出来，与此同时，膨胀的爆米花就“嘣”的一声扑进了那条长长的笼罩里，一股强烈的气体从爆好的米花中腾起，一股米香在安静了的摊位前弥散开来，围绕在周围的大人孩子们，也早已把香甜的米花握满了手心，塞满了嘴巴，牙齿搅动，弥漫身边的爆米花香便更浓郁了些。

一别经年，时间进入二十一世纪，小城经过了各种各样的建设，街道变了，能够让人支起炉子在那里等候前来加工爆米花的人的角落已经不多。手艺人年纪都大了，年轻人不想去承接，外面世界的诱惑，让这些走街串巷崩爆米花的人逐渐少了，尽管爆米花的设备已得到不少机器的更新换代：古老笨重的木推车被电动三轮车代替，手拉的风箱变成了转动轻便的鼓风机，不锈钢制的爆米花机取代了过去的手柄转炉式，然而，机器的更新换代，并没有挽回爆米花行业从人们的视线里渐渐消失。

曾经在网上看过一篇报道，有一位从事崩爆米花的师傅，三十年前生意红火，爆米花的炉前经常出现排队等候的场面，队列摆得如同长龙。如今生意冷清，前来光顾者屈指可数。而这时，随着科技的进步，制作过程更方便、口味更多的新式爆米花机却进入了人们的视线，新机器加工的爆米花供不应求，参加郊游的人喜欢携带一包爆米花，一边游玩一边当零食垫饥，看电影的年轻人更甚，一场电影看下来，几包爆米花就下肚了。于是那些推着小车走四方的爆米花人，就成了一代人美好的记忆，想象着冬日里的那把火，照亮了村庄，照亮了拥挤在爆米花人身边的脸膛，驱散了夜色笼罩下的雪地里的寒意。

一直不懂得爆米花的原理，后来经百度搜索，了解了有关爆米花形成的过程，那可真是一粒米的涅槃啊！当温度升高到一定的程度，锅内压强也升到一定的强度，这时候，锅内米粒的水分就变成了水蒸气，如若这时突然将爆米花锅的密封盖打开，迅速减小的压强导致米粒在高压水蒸气下急剧地膨胀，瞬时爆开，一时间，数不清的爆米花从黑乎乎的“炮膛”中“崩”到地龙般承接着它们的网罩里，从而实现了它们的华丽变身。

在小城，偶尔还能遇到崩爆米花的人。他们还是那样的脸庞，还是六七十岁的年纪，只是不知道，他们来自哪个遥远的村庄。每次来，都是在一个温暖的黄昏。冬季的白天过得快，当你排队等候时，夜色已不知不觉间降临。炉火中，你看不清他们清晰的五官，只能隐约看到他们在不断地续炭、铲火，上下钳动坚硬的爆米花锅的动作。他们的腰是弯着的，背略驼，动作衰迈缓慢。那弯着的腰，弓着的背，仿佛是劳作过后的旧疾，日积月累的痕迹。

（选自《散文百家》2019 年第 3 期）

# 逐 光 记

苏雪依

爹娘在院子里编筐篮，荆条是到村西的崖头割的。爹娘各拿一把镰刀，左手握住条子，右胳膊肘一抻，长展展的荆条就落到了地下。月亮如银钩，照着他们娴熟的动作。已经有七八个筐篮静静坐在那里，赶初三的李家寨集，它们会分散到需要它的陌生人手中。月亮看腻了这一切，偷偷地将光线泼到窑洞里。炕上睡着弟弟，只有两岁。她已五岁。没有灯。她捏弄着一张纸，在月光里，说不清是要做一只梦想的小舟，还是仅仅叠一个粽子。这两样东西，都很好。

他们从山东一路奔波到这里，因为先前来的一个叔说，这里有数不清的土地，玉米棒子长得窜天高；葵花金灿灿的，一到秋天，尽着收吧。来了却发现，地皮是薄的，雨水一年到头淋不了几下。倒是荆条可以额外充盈爹娘的口袋。

唯有月光。她想象不出彻夜燃着煤油灯是怎样的辉煌。明黄的光线婆娑在墙壁上，照出“年年有鱼”年画的轮廓，一丝生动，还有一种逼人的新鲜感。爹娘没有过多的钱买灯油，所以，她的睡梦里多是弟弟找奶的哭声和爹断续的呼噜声。而阴天的日子，连月光也没有了。

爹娘终于慢慢意识到条件的闭陋，对孩子未来可能产生的影响。方圆三五里没有校舍，村里多的是光脚丫吮噬脏手指的娃。他们笑、闹，不知“鹅鹅鹅”为何物。在经过半年的寻思后，爹娘一手拉着一个，肩扛着重重的行李挤上了东去的火车。

奶奶说，点上灯，把毛线拉过来。娘小心地划根洋火，灯苗仿佛吃足了水分，豆苗一样长大了。薄明的光漫洇在各处，娘和奶奶的影子一个长，一个短。她们拿着毛针，手像蛾子舞动着，翅膀扑簌，扑簌，手里多了黄间绿的花纹。这两件针织衣，一件是爹的，一件是她的，交了秋，她就要上小学了。她的头发不再乱蓬蓬，而是扎成两个马尾，在上面绑了两块绸布——小女孩子时髦的扮相。

下半年，她如愿以偿成了小学生。她端坐在椅子里，一笔一画地写作业。密密的字像小黑蚂蚁，她把眼睛凑了凑。老师说，明天，默写第三课。她把第三课写进了肚子里。

她越来越依赖光亮，落进肚里的知识越来越多。她知道有“大城市”，尽管这概念像天际线那么遥远。大城市里灯火通明。总有一天，我要去那里，她默默地对自己说。灯光就是她的希望。一次，灯花舔着了她的头发，一股焦煳味钻入鼻孔，她看到，一股青烟在她面前袅袅升起。她突然意识到，是她的头发。她跳起来，慌张地用课本拍打额头。一丝火辣辣的痛。

她不明白，为什么家里没有电灯，甚至瓦斯灯。那个时候，村里已兴起了瓦斯灯。高挑的烛台，跳跃的菊花似的光焰，屋里弥漫出一股好闻的辛辣味。她抽抽鼻子，想，在这样的灯下写作业，得的分数一定会高。

时光如水而逝，她上初中的时候，爹终于给每个房间装上了灯泡。钨丝的，梨状。村里许多人家都装上了这种灯泡，除了穷得掉腚的。灯光晃着她瘦长的影子，来来回回，她的口中冒出一串串历史事件的句子。课业加重了很多。早晨她在梦中，娘已拉开灯，走进厨屋，给她冲鸡蛋，里面加上葡萄糖。只有她和爹有这待遇。爹要早早地出去干活，他去批发大米，然后辗转于各个村庄，把它们卖掉。娘呢，大部分时间撑着一个小小鸡场。没事时，她也去看那些鸡。它们踱来踱去，全然不知做了一家四口一半的收入来源。过上几个月，它们将被收购，端到一户户人家的餐桌。灯光下的鸡仔，是快乐的，不知白日青天的快乐。

她渐渐注意到，看远处时，好似隔着一层水雾，总不真切。为了保护视力，爹在她头顶悬了一根灯管。雪白的颜色。她耽溺于这种白。黑夜不再是黑夜，作业如一片片花瓣，随着她的笔沙沙落地。

她的目标是确切的。她马不停蹄地赶路，像一个小小的旅人，顾不得看身旁的风景。同学们有的早恋了，有的半路退学，闯入社会。她凝视着灯光，它是她永恒的朋友，只要她要，它就不走。她扑在它的怀抱里，它接纳着她的一切。

经过不懈的努力，她终于考上了大学。爹娘的皱纹如菊花舒展开来，对着道贺的乡亲们频频举杯。他们像两枚老柿子，鲜明地挂在秋初的天空下。她听见他们由心的叹气声，仿佛一生的劳碌，终有了结处。阳光洒在身上，那一刻她突然感觉，灯光，其实就像阳光。大地在自转，又围着太阳转，她呢，一生都在围着灯光转。灯光里，有她的喜怒哀乐。

大学的灯是节能灯，好看又实用。她和同学一回回趴在灯下，做课件，温习功课；关了灯，就开始卧谈会。女孩子们有很多的秘密，秘密纵横，就流出泪水，溢出欢笑。灯下，她拆开过几封男生的情书，他们用阳刚的笔迹写着：“下雪的时候，记得我在1号楼前那棵梧桐树下等你，不见不散！”“为什么要走进我的心里，我已经有四季，可我更想拥有你！”“雪儿，我做了一个关于你的梦，猜猜？”……她轻轻地笑笑，将这些烫人的情话塞到枕头底下。她的身影固定地出现在图书馆。白亮的灯光覆盖着她，她眼睛一眨也不眨。专业是行政管理，她在一本本刊物中寻找最前沿的理念，熟悉一个个经典案例。大学期间，她发表了好几篇论文。一个齐刘海的姑娘，是她的朋友，也是“敌人”，每次考试，两人不是你前，就是我后。齐刘海的同学有天拉过她的手，说到我家摘柿子去吧，专为你留了一树柿子呢。

毕业后，鬼使神差地，她竟踏进了供电公司的大门，近距离接触到“送电”的人，那些支撑她梦想的各个环节。世界仿佛洞开了，电的知识像雨点一样扑向她。她弄懂了电的方方面面。她一次次接触电力一线，无论是风雪弥漫的冬天，还是烈日炎炎的夏季，她关注过泰山山顶变电站值守的年轻人，接触过以电为根本的老模范，采访过有着深厚电力情结的退休老职工，泰山脚下的她，感慨这个上下和谐、勇于拼搏的团队，为有这样一个“弘扬泰山挑山工精神”的集体而自豪而感动。而她更大的自豪是，国家电网的大集体，感慨中国的特高压和智能电网水平，已经远远走在了世界前列。

2017 年，她跟随组织去采访藏中联网工程。她去的地方是波密，八月，高原冷得像严冬。工地在紧张有序地忙碌。跑进来项目经理，张晓洪。此人原是一名武警，后来进了四川送变电公司。这里的桃花很美吧？她问。他瞪大眼，仿佛没听明白她在说什么。听说，这里经常有双彩虹？她笑眯眯地望着他。张晓洪挠挠头，这个，还真没注意到……你看，实在太忙了，每天早早开会，人员又多，协调的事也多……他说，自己的老娘和孩子全交给了妻子，一年到头难得回趟家。说着说着，这位刚强的汉子眼里亮闪闪的。她转过身，想自己一个弱女子，上来都难，这么多号人，既要克服高原反应，又要抢工期，困难可想而知。

也许，只有工程完工的那天，他们才会放下这沉厚的思念。正是这种思念，支撑着他们不畏艰难，勇于前进。

这些年，到处都在联网，到处都是特高压，她的战友，一个个都像张晓洪那样，奋战在艰难困苦的第一线。他们不知道桃花美，不知道彩虹会常常出现，更顾不上老娘和孩子。他们怀揣着小爱，更怀揣着将电连遍中国的大爱，一根根银线，在茂密的山间，在平坦的大漠，在渺无人迹的荒原……

有时想起童年，真像一个梦。遥远，疏落，只有当她渐渐长大，走在有光陪伴的路上，内心才真正踏实下来。人活着，也许就是为了这一束光。一个朋友曾经告诉过她自己的“死亡体验”，说在医院里，由于身体剧痛，倏忽到了一个陌生的所在。朋友一次次地穿行于隧道，而隧道曲曲折折，并不见尽头。你害怕吗？

她问。怕什么，朋友摇摇头，有光呢，一种奇特的光一直陪伴着我，那么安宁，那么喜悦……睁开眼的时候，看见的是头顶上那奇妙无比的无影灯。

她知道，历史上，曾出现过几次停电事故。2003年，美国东北部和加拿大大规模停电；2009年，巴西和乌拉圭停电；2012年，印度东北部大规模停电……这些停电直接影响到了千千万万人的生活乃至生命……然而，她了解中国的电网，了解国家电网在全球的卓越地位。它坚强，有力，值得每个国人信赖。多少年里，在医院，在学校，在人们生活最重要的场所，都不会有停电事故发生，不是电变得听话，而是有责任的电力人让它变得听话。那从人心发散出来的光，始终是温暖的、安详的，如母亲慈爱的目光。

是呀，无论是星光、烛光、煤油灯的光，还是心光，还是人类正在享用的电力之光，都照亮过曾经的过往。光，给了人们无数的可能和希望。有光，平和安宁就会一直相伴，而这种相伴，也许就是天堂的样子。

（选自《国家电网报》2019年8月23日）

# 二姐的面孔

李光彪

每次去二姐家摘梨，远远地看到二姐家那几棵比院墙高出半个身子，在风中婆娑摇曳的“大冬梨”树时，就像见到了二姐晃动的影子。

跨进二姐家的院门，只见那些硕果满枝的“大冬梨”，如农家秋收屋檐下挂着的一串串苞谷辮子，若不是下面打了很多撑杆，梨树早已垂到了地上。尽管二姐忙前忙后招呼我们，但我总有些迫不及待，随便一抬手就随心所欲地摘一个梨连皮啃吃。看着那一个个圆头圆脑的“大冬梨”，我仿佛又见到了二姐情窦初开时熟悉的脸庞。

老家的人并没有高深的文化，却常用“小红梨”“水扁梨”来比喻那些初长成人的姑娘脸蛋。二姐天生一副椭圆形的面孔，脸上没有粉团花漂亮的腮帮，更没有圆溜溜的小酒窝，却有不少麻雀斑，便落得一个酸溜溜的外号——大冬梨。

大冬梨又叫“土锅梨”，与青菜梨、火把梨、雪梨等其他的梨相比，个头大、皮厚，结得早，长得慢，熟得迟，肤色偏黄，宛若柴火灶上的土锅，每年都要到秋收结束，冬至来临，才慢腾腾成熟。而在那个缺吃少穿的年代，梨是我和二姐童年弥足珍贵的零食。每年端午节过后，二姐领着我去找猪草时，每当看到那些睡眼惺忪的梨，我和二姐就会趁机悄悄摘几个，像松鼠一样“尝梨心”。爬树摘梨、偷梨吃梨很快就会上瘾，隔三岔五，我和二姐就像两只猴子，她推着我的屁股上树，我爬得越高，就能摘到越大的梨，鸟瞰到更多美丽的田园风光。我在树上高兴地摘梨，她在下面小心翼翼地接梨，互相配合，然后把梨藏进猪草篮里，顺手牵羊背回家慢慢吃。那种只有半成熟的“大冬梨”，二姐常教我放在猪食锅里煮，捞出来洗干净，剥去皮，就没有酸涩味，面糊糊的实在好吃。有时，半生不熟的梨吃多了，也害得我和二姐肚肠咕噜，又拉又泻。母亲常责骂二姐：“你这样馋，喜欢吃梨，以后就给你嫁到盛产梨的地方，让你一辈子有梨吃。”

我心里明白，自己比一头拱地的母猪还馋，梨是我吃得最多，挨母亲骂得最多的却是二姐。从小到大，都是二姐带我受过，为了吃梨，二姐不知为我背过多少次黑锅。

事与愿违，二姐到了女大当嫁的年龄，却嫁到了白马山脚的柿子树村。那里只见柿子，不产梨。后来，在母亲的劝说下，姐夫在自家的院子里栽了七八棵棠梨树，上冬时节，从我们村割了几株“大冬梨”秧穗条，带回去请师傅嫁接。成活后没几年，原本没有梨的二姐家，房前屋后就被蓬勃生长的梨树掩盖了。可是，“包产到户”以后，我们村的田地、梨树都分给了各家各户，很多人家都嫌梨树长在田间地头，与庄稼争阳光雨露，妨碍庄稼生长，曾经养育着一茬茬乡村孩子长大的梨树，断断续续倒在了刀斧之下。尤其是那种连猪都不愿意吃的“大冬梨”，几乎被砍尽杀绝。倒是二姐家院子里的那几棵“大冬梨”，每年都开花结果，逐渐进入盛产期，成了二姐家的摇钱树，不仅可以哄孩子、送亲戚，还可以拿到猫街卖一部分，赚点零花钱。每年七月十五祭祖，中秋节献月，我都要去二姐家摘梨、背梨，反哺我家。

岁月如刀，长大成家以后，二姐和我仿佛是被刀砍成两瓣的梨，我移栽城市，她扎根乡村。每年梨成熟时，二姐就会打来电话，催我回去摘梨。有时事多回不去，二姐也会大老远地大兜小袋把梨送上门来。梨多吃不完，母亲就会一一敲开邻居的门，送几个给人家品尝，都赞不绝口，夸二姐家的“大冬梨”水多、梨味浓、好吃，赢得了不少好口碑。每年春节回家过年，我都要去二姐家走亲戚，二姐早已为我们腌制了很多“大冬梨”，制作了很多梨醋，让我们带回城慢慢吃。花开花落，一年又一年，我和二姐的血脉就在“梨来梨往”中悄无声息地流淌着。

如今，市场上品种繁多琳琅满目的水果，叫得出名字的，叫不出名字的，一年四季都不会断档脱销，什么都能买到，家里水果天天都有，已经不那么诱人。可是，在我顽固的胃蛋白酶里，却怎么也忘不了二姐家那种余味回肠的“大冬梨”味。

二姐家的梨，于我而言，是一道情有独钟的风景，在我的心头伫立了三十多年，根深深扎进了我的血脉，历经沧桑，怎么也摇撼不动。如今，二姐的两个孩子一个在昆明，一个在县城，和我一样都过上了吃穿不愁的生活，只有不愿意进城的二姐和姐夫仍在以院子里的那几棵梨树为伴，坚守着那几棵情同手足的梨树。我每次去二姐家摘梨，早有准备的二姐和姐夫都把我当贵客招待，火腿、土鸡一桌特有的农家饭菜，就在浓荫如盖的梨树下拉开序幕。头顶，看热闹的鸟“扑突突”落在枝头，打量着我们这些乡村的寄生虫，嗡嗡鸣叫的马蜂飞来飞去，似乎把我们视为入侵者。只有好客的风沙沙浅韵，在为我们助兴。坐在二姐家亲情的梨树下，拉家常，叙旧情，不知不觉，就酒足饭饱，沉醉在血浓于水的酒杯里。

吃梨解酒，站起来一不小心就把沉甸甸弯下腰的梨碰落在地，我随手捡起来啃吃，满舌苔上都是二姐的味道。

每次去二姐家摘梨，都是一次一奶同胞的亲情抵达。起身时，年过半百的二姐依旧会为我准备很多“大冬梨”，再多，我也不会拒绝，因为那是二姐的脸面。

（选自《散文选刊·下半月》2019 年第 7 期）

# 人息屋檐下

邓跃东

一直记得，村里那一大片平整的农田中间，兀立着一间土砖屋。屋子简陋老旧，不高不大，上面盖着稻草，里面堆了草灰。屋子没有门，檐下很宽敞，十多个人可以席地坐下。

小时候，常见到大人们凑拢来，抽一袋烟，说一阵笑话。天气炎热的时候，大家轮流过来歇凉，每人带着一瓦罐茶，倒到白瓷碗里大口大口地喝。我喜欢雨天，雨天可以长时间地停下休息，大人们在等着天空放晴，没事干就在地上画几道线，下起棋来。对弈的人手里端着一碗茶，一局完了，才把一大碗茶一口喝完，手背擦一下嘴巴，连说再来再来。

雨水从草檐上连珠似的落下，碧绿的水稻在风中翻滚，人和庄稼在雨水中变成了一幅美丽的农耕休憩图，让人沉浸在清欢之中。晌午了，谁家的媳妇在村口一声声呼唤——呷饭了，还呷饭么！大人们才懒洋洋地拍着屁股上的泥土，慢腾腾地离去了。

长大一些我才知道，这间土屋是用来歇脚的，干活累了喝口茶，人就有了精神，再回地里去。分田到户后，这座土屋年久失修，在雨中坍塌了，没有人修复，反把地平了，种上了庄稼。这幅雨中饮茶图一直留在了我的脑海里，时间遥远了，却愈加清晰。

我经常追忆过去的饮茶清欢，是觉得现在离茶越来越远了，虽然每天都在喝茶。如今日子好过了，不像过去粗茶淡饭，随便抓点泡到杯里就可以，现在叫过茶生活，人们看重形式。我发现，什么东西一形式起来，离内容就远了。

比如，有人喝茶一定要选优质的茶料、高档的茶具、纯净的泉水、雅致的茶室，精美的茶点，这还不够，还要邀上三五个相投的茶友，交谈一个话题。选择一个好环境无可厚非，让身心安顿下来，但是一个个正襟危坐，轻言细语，口吐莲花，我觉得过于规整了，很不自然。平时为生计奔波，人就很累了，休闲空间再这么正经，一个人如何能轻松下来！

我也无法做到远离，不时地被邀请过去。有次我问到，你们在家里、工作的或茶室以外的地方喝茶不？回答很少有人喝，说环境太差没气氛。我说我的体会，喝茶就是图个简单，图个自然，不能脱离茶的本意，你去想想“茶”字的本义。

有个朋友说，前不久看到一篇《人在草木间》的散文，作者写得很美，寓示含蓄，接近茶就是接近自然，我们应该多到山水中去。这篇文章是我一个文友写的，生动灵气，独出己见，从生命状态上解析“茶”字，人处草木之间，生命得到润泽，的确概括形象，深得妙理。后来，很多人以这个题写文，重复这种解释，以为得了茶道。我觉得这是一种功能论说，生命离不开茶，应多亲近自然嘉木，但不能启示到底怎样去亲近，人们不可能为喝口茶，都跑到茶山上去。他们说也对，那你认为自然的喝茶方式是哪样的？

生命离不开茶，怎样才能自然地接近一片茶呢？我们饶有兴趣地讨论下去。

一次，我到湘西南绥宁县一座苗寨里，帮山民硬化一条公路。有天下雨不动工，一个在山腰干活的汉子喊我，叫过去喝杯茶。附近是他家一座木制的粮仓，上面盖着瓦，下面铺了木板，仓里是空的，人坐到里面，看着瓦檐上雨水流下来，就跟静坐木屋中一样。他从一根三节长、碗口粗的竹筒里倒出一碗温茶，递给我喝，味道先苦后甜。我问这是什么茶，没有香气，但很润喉，喝了轻松。他说是山里的一种树叶，叫青钱柳，也喊作茶叶。我们聊了起来，得知这种茶要坐下来品饮，慢慢地喝，要是边走边喝就没得味道了，细柔气味飘开了。我觉得他喝茶有阅历，能够分别出坐下喝与走着喝的不同味道。

也是在绥宁的一座苗寨里，碰到一家女主人在打油茶，热情地请我们品尝。这种油茶看着简单，实际丰富：把油炸锅巴和玉米跟茶叶水、葱姜一起煮，味道很香，盛到小碗里一起喝，但不能用筷子。可我们怎么都喝不干净，碗底全是饭粒玉米，而他们却喝得精光。女主人说，不要心急，坐下来慢慢喝，晃几下，喝一口。我照她的说法，坐下来边晃边喝，一碗喝下，碗底干净了很多，看来还要慢一些。油茶本不是茶，是一种应急食物，山民们每天在山上干活，做饭不方便，就带着油茶，饿了倒出来喝一碗，坐着歇息一会儿，一摇一晃中，光阴就拉长了，充了饥又解了乏。

大家兴致盎然，说茶是要慢下来喝的，节奏快了感觉不到味道。我觉得是这样的。周作人先生写过一篇散文，记述一个爱茶之人坐火车出行，突然想喝茶了，便摆开随身携带的茶具泡起茶来，周围人说他太讲究了，坐会儿火车还要摆个谱。我觉得，这个人不但嗜好茶，而且有一颗安然之心，不避嘈杂，淡然自饮。周作人在另一篇谈茶的散文中说：“喝茶当于瓦屋纸窗之下，清泉绿茶，用素雅的陶瓷茶具，同二三人共饮，得半日之闲，可抵十年尘世之梦。”他对饮茶条件有些挑剔了，但也认为喝茶要有点闲心，最低也要安然坐下来，才能得茶味。

喝茶需要体味。我说起苏轼来，他年轻时飞走大地，有诗“人生到处知何似，应似飞鸿踏雪泥”，四十多岁却作文说，“此生有甚么歇不得处”。人应随遇而安，就地饮茶。

我们越谈越有味，他们还要我继续说下去，我又说起小时候跟大人上山采茶的情景。那时候，村里有一片茶山，后来分地到户，开春后就去采摘，四五角钱一斤，每次可以采摘十余斤，一年可采摘七八次，换得五六块钱也能添置好多日用品。那时生活紧张，好茶叶都卖给了茶厂，留下的全是茶厂不愿收购的粗老叶子。老人们做活细心，把茶叶晒干，过了筛子，无须翻炒，翻炒的茶香味浓、但不耐放。各家各户早起烧一锅水，倒进大瓦罐，抓一把茶叶丢进去，从早喝到晚。大人们下地都带着一罐茶，活计再忙，也要聚到农田间的土屋里歇一会儿；农闲时常常坐到屋檐下，三三两两喝着茶，谈着阳春，说着桑麻。大家总是一脸的欢快，还以为是茶叶好，其实是慢下来的日子心情好。

我喝茶好多年，没有感受到山野屋檐下喝茶的散淡悠闲，后来慢慢觉得静坐下来喝茶要舒服。我以为是我独到的发现，但有次在茶店的灯笼上看到一个毛笔隶体的“茶”字，突然间就醒悟了——老祖先早叫我们坐到草屋下的木凳上呢！

接近一种茶就这么简单，只是我们老坐不住，还常埋怨茶叶不好。

（选自《散文》2019年第8期）